KB111663

무림세가
천대받는
손녀딸이
되었다

무림세가 천대받는 손녀딸이 되었다 3

마루별 장편소설

초판 1쇄 찍은 날 | 2023년 2월 27일
초판 2쇄 펴낸 날 | 2024년 10월 31일

지은이 | 마루별
발행인 | 이진수
펴낸이 | 황현수

기획 | 정수민
편집 | 윤수진

펴낸곳 | 주식회사 카카오엔터테인먼트
등록번호 | 제2015-000037호
등록일자 | 2010년 8월 16일
주소 | 경기도 성남시 분당구 판교역로 221 6(일부)층

제작·감수 | KW북스
E-mail | paperbook@kwbooks.co.kr

ⓒ 마루별, 2020

ISBN 979-11-385-8784-6 04810
        979-11-385-8781-5 (set)

무림세가
천대받는
손녀딸이
되었다

마루별 장편소설

3

Yeondam

目次

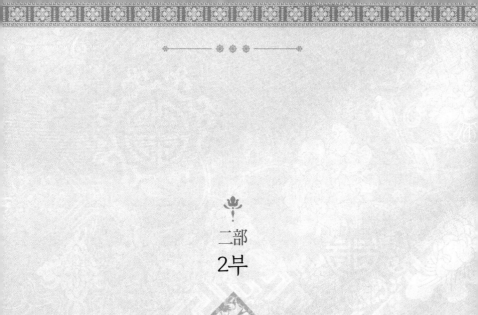

二部
2부

第一章 下

이튿날 아침. 천산염제를 만날 수 있었다.

노복이 문발을 걷어 주자 안에는 할아버지와 아버지, 그리고 천산 염제와 야율이 먼저 자리 잡고 있었다. 나는 세 분께 인사를 올리며 안으로 들어갔다.

"안녕하세요."

"그래. 어서 오너라."

야율이 내 앞의 찻잔을 채워 주며 미소 지었다.

"보고 싶었어."

눈물점이 있는 눈매를 부드럽게 휘며 입꼬리를 당겨 만든 미소가 아주 눈부셨다. 어릴 적엔 표정이라고는 찾아보기 힘들더니 그간 무슨 일이 있었는지 갑자기 얼굴을 제대로 활용했다.

충격에 나는 반 박자 늦게 답했다.

"……어? 아, 어. 좋은 아침."

내 멍청한 반응에도 야율은 미소를 거두지 않은 채 나를 바라보 았다.

달칵.

그때 할아버지의 찻잔 뚜껑이 거칠게 부딪치는 소리가 분위기를 깼다. 할아버지가 불퉁거리는 말투로 천산염제를 향해 말했다.

"작별 인사를 할 거라 하여 내 손녀를 불러 주었으니 어서 인사나 하고 꺼지시오."

"손님 대접이 아주 엉망이구면?"

"손님은 무슨. 연회를 망친 불청객을 하루씩이나 재워 줬으면 충분하지. 내 살날 얼마 안 남은 노인네니 넘어가는 걸세."

"푸흡!"

나는 깜짝 놀라 찻물을 뿜었다. 켁켁 기침하는 내게 아버지가 손수건을 건네주었다.

그렇다. 벌써 시간이 그렇게 된 것이다. 확실히 천산염제는 남궁 세가에서 마지막으로 봤던 것에 비하면 기력이 확연히 쇠해 있었다.

천산염제의 나이를 정확히는 알지 못하지만 대충 할아버지 연배라는 걸 짐작할 수는 있었다. 평균 수명이 오십 세인 세상에 그 연배면 무인이라 한들 이미 천수를 누리고도 남았다고 볼 수 있었다. 그렇다고는 하지만 할아버지와 천산염제가 너무나 대수롭지 않게 얘기하여 당혹스러웠다.

이윽고 정말 '작별 인사'를 위해 부른 것인지 할아버지와 천산염제는 실없는 말만 몇 마디 나누고 곧장 일어났다.

그리고 나와 아버지는 천산염제를 배웅하러 향했다. 그동안에도 무슨 말을 해야 할지 알 수 없었다. 그저 입을 꾹 다물었다가 중문까지 나와서야 말했다.

"어르신, 정말로 혼자 떠나시게요?"

"왜, 죽을 때까지 저 애새끼 보호자 노릇을 해야 하느냐?"

"예? 아니…… 그런 뜻이 아니라……."

"흥. 노부는 호젓하게 인생 마지막 여행을 즐길 테다."

"……."

천산염제는 야율을 여기다가 '떨구고' 혼자 떠나겠다고 했다. 잠깐 맡았던 녀석을 돌려주는 것이라고. 야율은 천산염제가 뭐라고 하든지 흥미 없는 낯이었다.

아니, 이 세상에서 스승과 제자는 부모와 자식 같은 관계 아니었어? 내가 잘못 알고 있는 건가?

나를 바라보던 천산염제는 뭔가 말할 것처럼 입을 열었다가 다시 닫았다. 그리고 답지 않게 부드러운 어조로 말했다.

"잘 지내거라."

"어르신도요."

그리고 몸을 휙 돌려 중문을 넘어갔다. 아버지가 천산염제의 뒤를 따르며 말했다.

"성 밖까지 배웅하겠습니다."

"필요 없다."

하지만 아버지는 꿋꿋하게 천산염제를 따라갔다. 천산염제도 아버지를 흘끔 보고는 혀를 한 번 찰 뿐 별말씀 없이 앞서 나갔다.

야율은 따라가지 않았다.

"넌 안 따라가?"

야율은 의아하다는 듯 고개를 기울였다.

"왜? 필요 없다잖아."

"그렇게 말씀하시긴 했지……."

그래도 정말 괜찮은 건가? 이렇게 마지막이 될 수도 있는데? 뭔가 기분이 살짝 묘했다. 그때 나와 눈이 마주친 야율이 살포시 미소 지었다. 동시에 귓가로 바람을 타고 온 듯한 진음이 들렸다.

[그 녀석을 잘 부탁한다.]

고개를 돌려 보았지만, 천산염제의 모습은 보이지 않았다.

그림자가 가장 짧은 정오에 가까운 시각. 넓은 전각 바깥까지 아이들의 웃음소리가 흘러나왔다.

전각 안. 삼삼오오 모인 이들이 한 사람을 힐끗거리며 계속해서 속삭였다.

"정말 잘생겼다. 와, 난 지금까지 석 공자가 제일 잘생긴 줄 알았는데."

"소문이 과장이 아닐 줄이야."

그녀들이 시선을 둔 곳에는 그야말로 조각 같은 풍모의 소년이 앉아 있었다. 높게 솟은 콧날과 굳게 다문 입매가 다소 오만하게 보였으나, 순백의 미려한 턱선에 흐트러짐을 용납하지 않는 반듯한 태도가 어우러져 귀족적이면서 고결해 보였다.

"이 자리에 남궁 공자가 올 줄이야. 이건 둘도 없는 기회인데 가서 말이라도 걸어 볼까?"

"아서라. 성격이 만만치 않다던데. 괜히 말 걸었다가……."

전각에 모인 사람 대다수는 그 소년에게 매우 관심을 가졌으나 쉽사리 접근을 허용하지 않는 분위기에 힐끗거리며 눈치만 보았다.

달칵.

문이 열리고 새 사람이 들어왔으나 이미 짝을 이뤄 대화를 나누던 이들은 새로 들어온 인물에게 관심을 주지 않았다.

누군가의 목소리가 들릴 때까지.

"연아!"

전각 안을 둘러보던 나는 내 이름을 부르는 소리와 함께 갑자기 다 닥다닥 꽂히는 시선에 살짝 당황했다. 그리고 내게 향했던 시선은 곧 장 내 뒤편으로 향했다.

"쟤가 그 천산염제의……?"

"세상에, 나는 여태 석 공자가 제일 잘생긴 줄 알았는데."

"얘, 너 남궁 공자 볼 때도 그 말 했어."

그 대화에 나도 모르게 웃음을 터트릴 뻔했다.

익숙한 낯이 많이 보였다. 백리가 방계 친족, 같은 학당의 아이들. 하지만 처음 보는 이들도 꽤 되었다. 그들은 나를 보며 호기심 어린 눈빛을 했다.

그리고 방 가운데에는 백리명이 떡하니 자리 잡고 있었는데, 당당 한 자태가 이 연회의 주인처럼 보일 지경이었다. 순간 나와 눈이 마주 친 백리명은 불쾌감이 전혀 느껴지지 않는 표정으로 살짝 고개를 끄 덕이듯 인사했다.

나 또한 해사한 얼굴로 백리명을 향해 인사할 때, 서하령이 저를 둘 러싼 이들을 헤치고 내게 달려왔다.

"왜 이렇게 늦었어?"

"잠깐 인사해야 할 분이 계셔서."

"너는 그렇다 치고, 쟤는?"

서하령이 야율과 눈인사를 나눴다. 야율이 돌아왔다는 건 천산염 제가 온 날 소문이 쫙 퍼졌다. 그날 서하령과 인사도 나눈 상태였다.

"나랑 같이 오느라."

"쟤는 여전하구나?"

서하령이 혀를 내두르며 우리를 이끌고 갔다. 도착한 곳은 대여섯이 함께 앉을 수 있는 둥근 탁자였는데, 남궁류청이 선객으로 자리하고 있었다.

나는 다과를 집으며 맞은편에 물었다.

"류청, 연회는 어때?"

"……."

"내 생각에 쟤 스무 살이면 미간에 내 천(川) 자 주름 생길 것 같은데. 그렇지 않아?"

서하령이 웃음을 터트렸다. 그런 서하령의 모습을 힐끗거리는 소년들이 눈에 띄었다.

얼마나 떠들었을까? 갑자기 서하령이 내 옷자락을 잡아끌어 돌아보자 전음이 들렸다.

[측간 어디야?]

"아, 시비 불러서 안내……."

서하령이 내 팔을 아플 정도로 꽉 잡았다. 눈을 부릅뜨고 나를 바라보는 통에 어쩔 수 없이 함께 일어났다.

"알았어. 가자, 가자."

어디를 가는 것인지는 알고 따라오려는지, 야율이 나를 따라 일어났다.

"야율, 너는 여기서 기다리고 있어."

"떨어지기 싫어. 우리 오랜만이잖아."

애걸에 가까운 목소리에 순간 주변에서 숨을 헉 들이쉬는 소리가 들렸다. 나 또한 눈을 동그랗게 떴다.

'아니, 그렇게 말하면 사람들이 오해하잖아!'

그때, 남궁류청이 찻잔을 큰 소리 나도록 내려놓으며 싸늘하게 말했다.

"작작 해. 여기 너만 있는 거 아니야."

야율이 표정 없는 낯으로 남궁류청을 바라보았다. 남궁류청도 피하지 않고 서늘한 눈빛으로 노려보았다. 싸늘해진 분위기 속에서 몇몇은 흥미진진한 듯이 그들을 바라보았다.

짝!

나는 손뼉을 마주쳐 시선을 모았다.

"둘 다 그만해. 야율, 네가 사실 여자였으면 따라와도 돼."

"아……."

야율이 그제야 깨달은 듯이 얌전히 앉았다. 고개를 살짝 숙인 채 붉어진 낯으로 중얼거렸다.

"미안."

"알아들었으면 됐어. 그럼 갔다 올게. 둘이 싸우지 말고."

"……."

"……."

"알겠지?"

"……."

"……."

끝까지 대답 안 하는 것 봐.

서하령의 성화에 결국 대답은 듣지 못하고 연회장을 빠져나왔다.

"둘 사이는 여전히 별로네."

"언젠 좋았던 적이 있던 것처럼 말한다?"

"아니, 몇 년 만에 만났으니까. 그래도 좀 괜찮아졌을 수도 있다고 생각했지……."

"흥."

서하령이 보란 듯이 코웃음을 쳤다가 콜록 기침을 내뱉었다.

"어우. 갑자기 확 쌀쌀해졌어. 아, 옷을 두껍게 입고 나오길 잘했다."

눈이 부실 정도로 화창한 볕과 달리 공기는 살짝 서늘했다. 서하령이 옷자락을 여미며 말했다.

"어젯밤에 비 오는 소리 들었어? 물을 바가지로 퍼서 쏟아붓는 줄 알았어. 그래서 오늘 걱정했는데. 정말 네 말대로 아침 되자마자 갑자기 뚝 그치네. 비가 그칠 거라는 건 어떻게 안 거야?"

"그냥 그칠 거 같았어."

"그게 뭐야!"

매일 날씨가 어땠는지 전부 기억하는 건 아니었다. 내 기억력이 그 정도로 뛰어나진 않았다. 하지만 이날은 기억이 특히 선명했다. 하늘과 햇볕과 온도까지.

서하령을 데려다주고 나는 정원으로 걸어 나왔다. 아직 마르지 않은 바닥이 축축했다.

'여기였지.'

멀리서 악공들의 음악 소리와 아이들이 떠드는 소리가 희미하게 들렸다. 나는 정원의 작은 돌다리로 향했다. 돌다리에 올라가 내려다본 수면은 혼탁했다. 전날에 온 비의 영향이었다.

과거와 변한 건 이제는 손으로 꼽을 수 없을 정도로 많았다. 하지만 날씨처럼 변하지 않는 것들도 많았다. 나는 이 사건도 과연 과거와 같을지 궁금했다.

풍광을 바라본 지 얼마 지나지 않았을 때였다. 나를 향해 무언가 날아왔다.

백리연과 서하령이 떠나고 난 자리.

"……."

"……."

탁자에는 침묵만 흘렀다.

야율은 백리연이 나간 방향만 뚫어지게 바라봤고, 남궁류청은 눈을 내리깔고 고고하게 차만 들이켰다. 이때다 싶어 남궁류청, 혹은 야율과 친분을 만들어 보려던 이들은 주변에 전혀 관심 없어 보이는 둘의 분위기에 눈치를 보며 머뭇거렸다. 하지만 그 분위기에도 전혀 개의치 않는 사람이 있었다.

백리리가 남궁류청과 야율의 탁자에 다가가 주변을 두리번거리더니 물었다.

"언니, 어디 갔어요?"

"……."

"……모릅니다."

남궁류청은 시선을 들지도 않았고, 야율이 짧은 침묵 후 시선을 조금 틀어 답했다. 백리리가 남궁류청을 잠깐 노려보았다가 야율을 향해 물었다.

"서 소저랑 둘이서만 갔어요?"

야율이 고개를 살짝 끄덕였다. 백리리가 그대로 돌아가려다가 다시 돌아봤다. 그러곤 대뜸 물었다.

"언니랑 어떻게 친해진 거예요?"

야율이 그제야 백리리를 제대로 돌아보았다. 백리리가 다 안다는 듯 말했다.

"처음에는 사이 안 좋았잖아요."

"……그게 왜 궁금합니까?"

"그쪽이 백리 세가에 계속 객으로 머물 거라는데 이 정도는 궁금해 해도 되는 거 아니에요?"

그때 남궁류청이 끼어들었다.

"여기서 계속 지낸다고?"

야율이 싸늘하게 말했다.

"알 거 없어."

그 말로 답을 알 수 있었다. 남궁류청이 빈정거렸다.

"목숨 한 번 빚진 걸로도 모자라, 언제까지 거머리처럼 기생할 테야? 염치를 알아라."

서로 시선이 부딪쳤다. 이내 야율이 피식 웃었다.

"부러워?"

"하."

남궁류청이 기가 찬 듯 탄식했다. 야율이 말했다.

"연이가 허락했는데, 네가 무슨 상관이야? 이제 네 집도 아닌데."

야율이 얄궂게 미소 지었다.

"하루빨리 꺼질 날을 고대할게."

"……."

그리고 이를 지켜보던 백리리는 어처구니없다는 듯 성질냈다.

"아니, 둘이 지금 내 질문엔 대답도 안 하고 뭐 하는 거야?"

그때 또 다른 목소리가 그들 사이를 파고들었다.

"무슨 재미난 얘기를 하고 계십니까?"

생글생글 웃으며 다가온 사람은 백리명이었다. 이미 백리연이 없는 걸 알고 온 것이면서 이제 깨달았다는 듯이 새삼스레 물었다.

"어라? 연이는 어디 갔나요?"

백리리는 불퉁한 표정으로 대답하지 않고 휙 빠져나갔다.

"리리야, 어디 가!"

원체 이런 일이 잦았기에 백리명은 백리리가 친우들과 함께 나가는 걸 보고서는 시선을 돌렸다.

그사이 당장 싸울 듯하던 남궁류청과 야율의 분위기는 소강상태가 되었다. 그들은 서로를 바라보기도 싫다는 듯이 고개를 반대로 돌렸다.

상황을 모르는 백리명이 웃으며 말을 걸었다.

"리리가 원래 낯을 많이 가리는데 공자들과 함께 있다니 의외네요. 다음에는 제 처소에서 리리와 함께 차라도 마시는 게 어떻습니까?"

남궁류청이 한숨을 내쉬었다.

"공자."

"예."

"관심 없습니다."

그리고 내심 짜증스럽다는 듯 말을 이었다.

"허튼 곳에 시간 들이지 마시고 본신의 실력을 높이는 데 집중하시는 게 어떻겠습니까?"

"그게 무슨…… 예?"

"백리 세가를 이끌 후계라길래 기대하였는데…… 실망스럽군요."

"……"

백리명은 백리가의 소공자로, 이렇게 대놓고 무안을 받은 경우는 처음이나 다름없었다. 그의 얼굴이 당혹감에 붉게 타올랐다.

"남궁 공자, 말이 너무 무례하지 않습니까? 저는 그저 누이를 아끼는 오라비로서 말을 했던 것뿐입니다!"

남궁류청이 백리명을 가소롭다는 듯이 바라볼 때, 야율이 갑작스럽게 몸을 일으켰다. 남궁류청도 바로 인상을 찌푸린 채 야율이 바라보는 방향을 보았다. 이내 전각 안으로 뛰어들어 온 사내아이가 소리쳤다.

"야야, 밖에 싸운다!"

"뭐? 정말? 누가? 누가 싸운다는 거야?"

백리명은 이 난감한 상황을 벗어나게 해 준 자들에게 감사하며 재빨리 엄하게 목소리를 높였다.

"그게 무슨 말이지? 싸움이라니? 백리 세가에서 감히 누가 다툰단 말이냐?"

"백리연 소저랑 쌍둥이 공자들!"

백리명의 얼굴이 다시 난감함으로 일그러졌다.

백리연과 서하령이 아직 연회장에서 나가기 전, 방 한쪽 구석.

쌍둥이들이 어두운 표정으로 어디에도 끼지 못하고 외따로 떨어져 있었다. 그들 주변에는 고작해야 네댓 명에 불과한 잔챙이들만 모여 있을 뿐이었다. 심지어 그들은 쌍둥이들의 눈치를 보며 백리연 쪽에 끼고 싶어 하는 듯한 태도였다.

백리의란이 강호 지사들 앞에서 벌인 소란은 천산염제의 등장에 밀려 크게 회자되지는 않았다. 그래도 소문이 퍼지는 걸 막을 수는 없었다. 소문의 당사자도 아닌 데다 장자이고 장손인 백리의묵과 백리명은 별 타격이 없었다.

하지만 백리의란과 쌍둥이들은 달랐다. 백리의란이나 쌍둥이들과 친해져 봤자 득이 될 것 없다는 분위기는 순식간에 퍼졌다. 사람들은 전과 달리 그들과 기꺼이 이야기하려 들지 않았으며 말을 걸어도 심드렁하게 답할 뿐이었다.

그에 비하면 백리연을 중심으로 모인 탁자는 화기애애하기 그지없었다.

"하하하. 아니, 그게 정말이야?"

"그렇다니까요."

"그 뒤로 난리도 아니었어요. 너 따라서 강 건너겠다고 뛰어올랐다가 삼 할은 물에 빠졌으니. 강가에 구경꾼들이 몰려올 정도였다니까요."

"하하하."

"대로에는 대낮에 물에 빠진 공자 소저들로 난리도 아니었고."

"어? 아, 그래서! 네 동생이 그랬구나?"

"서 소저, 조용히 하시죠."

"푸핫, 흐응. 뭐 알겠어요."

"그러고 보니 남궁 공자, 어릴 적에 백리 큰 소저가 공자랑 대련에서……."

"자, 자, 자, 잠깐!"

백리표가 입술을 꾹 깨물었다. 이건 모두 다 저 계집 때문이었다.

'어미도 모르는 천것 주제에……!'

속이 부글부글 끓었다. 심지어 백리명까지 자신들의 존재를 무시했다. 기가 막혔다. 어떻게 자신들을 고계암에 들어가게 만든 백리연과 사이좋게 지낼 수 있단 말인가!

그때 갑자기 백리연이 수향문 계집과 함께 자리에서 일어났다. 그러고는 단둘이 연회장을 빠져나갔다.

그 순간 소우악이 눈을 빛내며 백리표를 향해 말했다.

"나한테 저 천것 쫓아낼 방법이 있어."

"뭐? 어떤 방법인데?"

소우악이 백리표의 귀에 속삭였다. 백리표가 사악하게 웃음 짓다가 멈칫했다.

"그러다가 그 계집이 어른들께 꼰지르면?"

"흥, 걔가 연회 분위기 망칠 수 있겠어? 어른들 귀에 들어가 봤자 다 끝난 뒤겠지."

소우악과 백리표는 재빨리 백리연의 뒤를 밟았다.

그리고 현재.

처음 날아온 건 몸통 방향이었다. 재빨리 몸을 비틀어 피하고자 할 때 하나가 더 날아왔다.

'머리 좀 굴렸네.'

연달아 던져 피하지 못하게 할 생각이 읽혔다. 하지만 이미 대비하고 있었다. 주먹만 한 크기의 진흙 덩어리. 그냥 잡으면 손바닥에서 철

퍼덕 터지며 사방으로 진흙이 튈 터였다. 잡는 게 문제가 아니라 조금 스치기만 해도 옷자락에 진흙이 묻을 것이었다.

마구잡이로 날아오는 것을 피하려다 문득 그런 생각이 들었다.

'잡을 수 있겠는데?'

할아버지와 천산염제가 찻잔을 주고받았던 것이 떠올랐다.

'그 방식이라면…….'

이 모든 고민은 아주 짧은 사이 스친 것이었다. 반사적으로 몸으로 날아오는 것을 피하며 그것을 잡았다.

철퍽!

충격을 최대한 흘려 보냈어도 손바닥이 얼얼했다. 차갑고 축축하기도 했다. 손에 잔뜩 묻긴 했으나, 그래도 어떻게 터지거나 튀지도 않고 진흙 덩이 형체를 온전히 유지할 수 있었다.

진흙 덩이에서 묵직한 무게감이 느껴졌다. 나는 이를 싸늘하게 내려다보았다.

'……이건 변하질 않네.'

과거에 그나마 집안의 웃어른이 없는 자리에 겨우 용기를 내 참석했더랬다. 그땐 구석에 가만히 앉아 대화하는 이들을 구경했다. 그러다 산책이나 할까 해서 밖으로 나왔고, 정확히 이 자리에서 진흙 덩이를 맞았다.

'혹시나 변했을까 싶었는데…….'

나는 진흙 덩이가 날아온 방향을 보았다.

"뭐, 뭐야! 어떻게!"

"감히 피해?"

경악한 낯의 소우악과 씩씩거리는 백리표가 보였다. 잠깐 당황한 듯한 백리표가 소리쳤다.

"당장 꺼지지 못해! 네깟 게 좀 떠받들어 준다고 뭐라도 된 줄 알아?"

"네가 꺼지지 그래? 그러는 넌 사라져도 아무도 관심 없을 것 같은데."

"뭐, 뭐라고?"

"내가 보니까 다들 너랑 별로 얘기하고 싶지 않은 것 같더라고."

정곡을 찌른 말에 백리표의 얼굴이 시뻘게졌다.

"닥쳐! 닥치라고!"

버럭버럭 소리치는 백리표와 달리 소우악은 뭔가를 눈치챈 듯한 모습이었다. 그래. 조금만 머리가 있다면 내가 진흙 덩이를 단번에 잡은 게 어떤 의미인지 알 수 있을 터였다.

백리표가 몸을 숙여 다시 진흙을 쥐었다.

"잠깐, 표야."

소우악이 말리려는 듯 백리표의 어깨를 짚었다.

"뭐 해! 너도 빨리 해! 던지다 보면 하나는 맞겠지. 그 꼴로도 어디 연회에 나올 수 있을지……!"

또다시 바닥에서 진흙을 쥔 백리표가 몸을 일으킨 순간.

휙! 무언가 날아오고. 퍽 소리와 함께 백리표가 비명을 지르며 뒤로 넘어졌다.

"악!"

"표야!"

소우악이 깜짝 놀라 백리표를 붙잡았다. 백리표는 이마를 감싸 쥐고 부들부들 떨었다. 소우악이 황급히 백리표의 손을 떼어 내며 맞은 곳을 확인하자 머리카락부터 이마까지 갈색 진흙이 처참하게 묻어 있었다.

"헉, 허억, 허어엉."

백리표가 헐떡거리며 울먹였다. 이내 진흙 사이로 붉은빛이 스멀스멀 퍼져 가다 흙탕물과 함께 주르륵 흘러내렸다.

"피, 피가……!"

툭. 그때 백리표의 옷자락에 걸려 있던 작은 돌이 바닥에 떨어졌다. 진흙 안에 들어 있던 돌이었다.

'예전에 저걸 맞고 이마에 흉터를 얻었지.'

소우악이 소리쳤다.

"이게 무슨 짓이야!"

나는 어깨를 으쓱이곤 웃었다.

"나는 놀자고 던진 줄 알았지."

"너 미쳤어? 감히 표를 다치게 해?"

그때였다. 우르르 다가오는 발소리와 함께 여기에 있을 리 없는 목소리가 들렸다.

"다쳤다니? 무슨 말이야?"

백리리였다. 친우들과 함께였는데, 앞에는 서하령도 있었다.

'아, 쌍둥이들이랑 얘기하느라 다가오는지 몰랐네.'

거기다 저번에는 아무도 나타나지 않았기에 완전히 마음을 놓고 있었던 점도 일부 영향을 끼쳤다.

백리리가 서하령을 밀치면서 앞으로 나와 인상을 찌푸렸다.

"뭐야? 오라버니 왜 그러고 있어? ……진짜 다쳤어?"

훌쩍이던 백리표가 소리쳤다.

"보면 몰라? 저 계집년이 나, 나한테, 돌을 던졌다고!"

백리리가 뾰로통한 표정으로 말했다.

"돌이라고?"

"그래! 이거!"

백리표가 질척한 바닥에 박힌 새알만 한 돌을 가리켰다. 백리리가 의심스러운 표정으로 나를 보았다.

"언니가 왜……?"

"거짓말! 연이가 그랬을 리가 없어!"

서하령이 대뜸 소리쳤다.

'오, 살짝 감동인데.'

말이 잘린 백리리가 눈을 치켜뜨며 서하령을 돌아보고, 백리표가 버럭 소리쳤다.

"수향문 계집애는 꺼져!"

"하! 이 개자식이 뭐라는 거야?"

서하령이 꿈쩍 않고 험한 말을 내뱉는 모습에 깜짝 놀라서 바라봤다.

"뭐라고? 너……!"

당장에라도 싸울 것 같은 모습에 황급히 말렸다.

"하령아! 이리 와."

서하령이 백리표를 노려보다 콧방귀를 끼고는 내게 다가왔다. 그 뒤로 백리리가 눈을 세모꼴로 뜨고 서하령을 노려보는 게 보였다.

'왜 서하령을 노려보지?'

쌍둥이들과 친했으니 나를 노려봐야지 않나?

서하령이 나를 흘끔거리며 작게 속삭였다.

"아니지, 연아? 네가 던진 거 아니지?"

"……."

나는 조용히 흙이 묻은 손바닥을 보여 줬다. 서하령이 눈을 홉떴다.

"……이 자식들, 연이한테 무슨 짓을 한 거야!"

"프흡."

순간 웃음이 터져 입술을 꽉 깨물었다.

그때 백리리가 소리쳤다.

"그쪽이 뭔데 끼어드는 거예요? 외부인은 빠지시죠. 우리가 알아서 할 테니까."

서하령이 코웃음을 치며 말했다.

"웃기는 소리! 우르르 몰려들어서 연이를 핍박해 놓고는, 알아서 하겠다고?"

"우리가 언제 핍박했다는 거야!"

"뻔하지!"

서하령과 백리리가 싸움을 시작하려는 순간, 빠르게 다가온 기척이 버럭 소리쳤다.

"이게 무슨 소란이냐!"

서하령과 백리리가 말싸움을 멈추었다. 좌중을 둘러보던 백리명이 백리표를 보고 사색이 되어 소리쳤다.

"표야! 그 꼴은 뭐야? 그 상처는 뭐고!"

"형!"

백리표가 백리명을 붙잡고 소리쳤다.

그때 백리명이 온 방향에서 또다시 누군가 다가왔다. 두 명으로, 이번에도 익숙한 기척이었다. 나는 두 사람에게 재빨리 전음했다.

[오지 마.]

달려오던 두 사람이 우뚝 멈춰 섰다.

야율은 무슨 생각을 하는지 알 수 없는 눈으로 나를 응시하고, 남궁류청은 무척 성난 표정이었다. 나는 남궁류청과 야율을 향해 괜찮다는 듯 미소 지어 보였다. 그러자 남궁류청의 표정이 왈칵 일그러졌다.

그사이 백리명이 소우악과 백리표에게 물었다.

"악아, 표야, 괜찮으냐? 이게 대체 무슨 상황이야?"

소우악이 억울한 얼굴로 소리쳤다.

"나랑 표가 정원을 산책하고 있었는데 저 계, 백리연이 갑자기 우리한테 진흙을 던졌어!"

헛웃음도 나오지 않았다. 나는 남궁류청과 야율에게서 시선을 다시 돌려 쌍둥이들을 바라보았다.

"그걸 표가 맞았는데, 심지어, 심지어 그 안에 돌이 들어 있어서! 형!"

소우악이 백리명을 붙잡았다. 백리명이 당혹스러운 눈으로 나를 보았다. 곧이어 소우악을 향해 걱정하지 말라는 듯 고개를 끄덕였다.

"일단 악아, 표를 데리고 의원에게……."

하지만 말을 마치기도 전에 백리표가 소리쳤다.

"아니! 무릎 꿇고 사과부터 시켜! 저 계집년이 나를 이 꼴로 만들었다고!"

씩씩거리는 모습이 분노가 아픔을 이긴 듯 보였다. 백리명이 눈을 꽉 감았다가 나를 돌아보았다.

어른이 없는 자리. 책임자는 백리명이었다. 소란이 일어난 사실이 어른들의 귀에 들어가면 백리명은 관리 소홀의 문책을 피할 수 없었다.

"연아, 악과 표의 말이 사실이냐?"

나는 선선히 고개를 끄덕였다.

"맞아요. 제가 던졌어요."

서하령이 깜짝 놀라 나를 붙잡았다. 백리명도 놀라서 소리쳤다.

"어찌……!"

나는 태연하게 말을 이었다.

"하지만 오라버니들이 먼저 던져서였어요. 저는 제게 날아온 걸 잡아서 되던졌을 뿐이고요."

소우악이 버럭 소리쳤다.

"거짓말! 형! 저년이 거짓말하는 거야! 설마 저 말을 믿는 건 아니겠지?"

백리명이 백리표를 돌아보고 다시 내게 말했다.

"……똑같이 던졌다기에는 너는 멀쩡해 보인다만."

"그야 다 피했으니까요. 표 오라버니는 못 피했고. 오라버니들 몸놀림이 둔한 게 제 탓은 아니잖아요?"

눈이 뒤집힌 백리표가 내게 손가락질했다.

"너……!"

그런 백리표의 말을 자르며 백리명이 말했다.

"증거가 있느냐?"

"그야 당연히 있죠."

"무엇이냐?"

"오라버니들 손을 보세요. 진흙투성이일 텐데."

백리명이 쌍둥이들을 돌아보았다. 백리표는 두 손을 숨기며 주춤거렸고, 소우악은 되레 대놓고 양손을 보여 주며 백리표의 이마를 가리켰다.

"이건 표 이마를 살피느라 묻은 거야!"

"맞아!"

소우악의 말에 백리표가 냉큼 동의했다. 이제 어찌 변명할 거냐는 듯이 쌍둥이들이 뻔뻔한 낯으로 나를 보았다.

"……."

"……."

백리명은 잠시 상황을 살피며 재는 듯한 모습이었다. 곧이어 판단을 마친 듯이 나를 돌아보았다. 그리고 자비를 베풀듯 관대하면서도 엄정한 태도로 나를 나무랐다.

"연아, 이유야 어찌 되었든 사람에게 돌을 던져 다치게 한 것은 명백한 잘못이다."

"……하."

하긴 뭐, 처음부터 기대도 하지 않았다.

소우악과 백리표가 의기양양하게 웃는 모습이 보였다. 그리고 발끈한 남궁류청을 야율이 막아서는 것 또한. 백리명이 말을 이었다.

"게다가 할아버님의 산수연이지 않느냐. 이런 기분 좋은 날에 어른들의 심경을 불편하게 해서야 되겠느냐. 내 어르신들께는 잘 말씀드릴 테니, 사과하거라."

백리명의 인자한 태도에 백리리의 친우들을 비롯하여 백리명의 뒤를 따라온 이들까지 백리명의 말이 맞는다는 듯이 고개를 주억거렸다.

"……."

침묵하던 나는 고개를 숙이고 울먹이는 듯한 목소리로 말했다.

"……알겠어요. 오라버니께서 사과하라고 말씀하신다면 할게요."

백리표가 소리쳤다.

"하, 질질 짜기는! 울어 봤자 소용없거든!"

저 자식 말처럼 진짜 눈물이라도 나왔다면 참 좋았을 텐데. 양파 없이는 눈물 한 방울도 흐르지 않는 탓에 애수 어린 표정으로 말하는 수밖에 없었다.

"하지만 마지막으로 하나 묻고 싶은 게 있어요."

"백리연."

대충 마무리하고 싶은 백리명이 이제 그만하라는 듯이 내 이름을 불렀다. 나는 무시하고 다른 이를 불렀다.

"하령아."

서하령은 이 상놈의 새끼들이란 표정으로 씩씩대고 있다가 깜짝 놀라 나를 돌아보았다.

"네가 가장 처음 이 상황을 봤지? 어땠어? 본 대로 말해 봐."

"응? 어…… 너는 여기에 서 있었고…… 백리 쌍둥이 공자들은 저쪽에서 한 명은 질질 짜고 한 명은 소리치고 있었지."

고개를 끄덕인 나는 백리명을 보며 말했다.

"오라버니, 제가 서 있는 곳을 보시겠어요?"

"대체 무슨 말을 하고 싶은……."

말을 이어 가던 백리명이 깨달은 듯한 표정을 지었다.

"제가 던졌다면 이곳에 진흙이 있어야 할 텐데, 이 자리에 진흙이 어디 있죠?"

나는 돌다리를 발바닥으로 톡톡 두드리고 고개를 들었다.

"……누군가 제게 던졌다면 모를까."

백리명이 순간 말문이 막힌 듯한 표정을 지었다.

"그건……."

나는 말을 이어 갔다.

"오라버니도 그렇고 다들 무공을 배웠으니 아시잖아요? 뒤에서 누군가 기습하면 반사적으로 반응할 수밖에 없다는 거. 저는 그저 제게 뭔가 날아오기에 반사적으로 잡아서 되던졌을 뿐이었어요. 제 몸을 보호하기 위해서요. 그게 제 잘못이란 건가요?"

백리명의 말에 고개를 끄덕였던 이들은 이젠 내 말에 고개를 주억거리며 수군거렸다.

"백리 큰 소저 말이 맞는 것 같은데? 저기 진흙이 어디 있어서 던져?"

"비겁하게 기습을 하다니!"

"게다가 말이에요, 안에 돌이 있다는 걸 처음 던진 사람 말고 어떻게 알겠어요? 그걸 보면 사실 백리 공자들이 처음부터 계획한 거 아닌가?"

"그래 놓고 뒤집어씌우려고 한 거야?"

그들의 수군거림에 백리명과 쌍둥이들이 당황한 낯을 했다. 나는 쐐기를 박듯 말했다.

"오라버니는 공명정대하다고 믿었는데……."

백리명의 얼굴이 붉게 달아올랐다.

"아니, 나는……!"

백리명이 뒤를 돌아보자, 역시나 그를 향한 시선이 곱지만은 않았다. 그때 소우악이 이렇게 질 수 없다는 듯 소리쳤다.

"저 계집은 백리연의 친우니까 백리연 편을 드는 게 당연하지! 쟤 말을 어떻게 믿어?"

서하령이 버럭 소리쳤다.

"내가 거짓말이라도 했다는 거야?"

소우악의 속내를 눈치챈 백리표가 의기양양하게 소리쳤다.

"그래, 리리! 백리리도 저 수향문 애랑 같이 왔으니까 리리한테도
물어봐!"

당황한 백리명이 뭐라고 하기 전에 소우악이 백리리를 향해 말했다.

"그치? 우리 말이 맞지 리리야?"

"……."

백리리와 함께 온 친우들은 무슨 말을 해야 할지 당황한 표정이었
다. 그때 입술을 꾹 다물고 있던 백리리가 입을 열었다.

"오라버니들, 추해."

"뭐, 뭣?"

"연이 언니. 내가 처음 왔을 때부터 한 발자국도 안 움직였어. 뭐,
오라버니들 편든다고 나한테 지금 거짓말이라도 하라는 거야? ……
짜증 나게."

쌍둥이들을 경멸하듯 본 백리리가 몸을 뒤로 뺐다.

나는 조금 놀랐다. 소우악은 입술을 깨물었고, 백리표가 발을 구르
며 소리쳤다.

"뭐, 뭣! 백리리! 너 어떻게……! 거짓말! 거짓말이라고!"

"……."

"……."

아무도 백리표의 말에 동조하지 않았다. 이미 상황은 명백했다. 서
하령이 조소를 머금고 조롱했다.

"차라리 백리 공자들이 걸어가다 혼자 넘어져서 얼굴을 박았다고 보는 게 더 말이 맞겠네."

"푸하핫!"

아이들 한 명이 웃음을 크게 터트렸고, 이를 찰싹 때리며 말리는 소리가 들렸다. 얼굴이 시뻘게진 백리표가 구명줄을 잡듯 백리명을 향해 소리쳤다.

"형, 뭐 해! 왜 가만히 있는데! 지금 저 계집 말 듣는 거 아니지? 형은 그럼 안 되잖아!"

그때 안색이 돌변한 백리명이 호통쳤다.

"조용히 못 해?"

백리표가 놀라 눈을 크게 떴다. 백리명이 말을 이었다.

"제발 창피한 줄 좀 알아라! 시시비비가 이만큼 밝혀졌는데 아직도 정신을 못 차리고 누굴 탓하는 게야?"

"아니, 형이, 형이 어떻게……! 지금 형도 저 천것 편을 들겠다 이거야?"

백리표가 큰 충격을 받은 얼굴로 백리명을 바라보았다. 백리명은 그런 백리표의 모습에 점차 분노가 솟아올랐다. 이 녀석들은 하루라도 사고를 안 치면 죽는 것인가? 하필이면 오늘 같은 날 사람도 이리 많은 곳에서 눈치도 보지 않고 제멋대로 굴다니!

누군가 이 상황을 보기라도 했다면. 이 상황을 가장 먼저 발견한 게 서 소저나 백리리가 아니었다면……!

심지어 이번이 처음도 아니었다. 저번 놀잇배에서도! 백리연이 먼저 자리를 뜨지 않았다면 어찌 되었을지.

고모와 틀어졌어도, 내심 저 아이들이 마음에 들지 않더라도, 그래도 친척이라고 챙겨 줬는데 끝을 모르고 자신들을 살펴 주길 바란다. 자신이 무슨 쌍둥이들의 뒤처리 담당이냐 말이다!

거기다 상황이 명백했다.

'이 일이 할아버지 귀에 들어가기라도 한다면⋯⋯.'

절로 식은땀이 났다. 백리명이 단호하게 소리쳤다.

"더 소란을 피우면 내 조금 혼날지라도 할아버지께 모두 아뢸 것이다. 어디 제대로 시시비비를 가려 보자꾸나!"

나는 내심 고개를 주억거렸다.

'역시 제 안위를 지키는 잔머리만큼은 특출하다니까.'

제아무리 살펴봐도 쌍둥이들이 불리해 보이니 바로 태세를 전환한 것이다. 처음에는 상황을 이해하지 못하던 백리표도 금세 깨달았다. 백리명이 제 안위를 지키기 위해 자신을 버렸다는 것을.

백리표의 얼굴이 일그러졌다.

"간교한 배신자 같으니라고!"

"배신자? 널 위해서 말하는 거다! 돌아온 지 얼마나 되었다고 또 소란이야! 고계암으로 다시 쫓겨나고 싶어?"

고계암 소리에 백리표가 흠칫 놀랐다. 백리명도 제가 말을 꺼내고 선 실수했다는 기색으로 백리리의 친우들을 살폈다. 아니나 다를까 백리리의 친우 중 한 명이 의문을 표했다.

"고계암이라니? 고계암이 여기서 왜 나와?"

"⋯⋯공자들이 고계암에 갔었어?"

"어, 뭐야? 리리, 너희 오라버니들 언제 고계암에 갔어?"

아이들은 흥미진진한 사실을 들었다는 듯 눈을 빛내며 물었다. 고계암은 벌을 받는 이들이 가는 암자로 유명했다. 그리고 지금껏 쌍둥이들은 대외적으로 견문을 쌓기 위해 여행 겸 먼 친척 집을 방문했다 온 걸로 알려져 있었다. 그런데 사실은 친척 집이 아니라 고계암에 있던 것인가?

새빨개진 낯의 백리표가 핏발이 선 붉은 눈으로 분노와 원망을 담아 백리명을 노려보았다. 백리명은 내심 놀랐으나 시선을 무시하며 고개를 뻣뻣이 들었다.

소우악이 이만 가자는 듯이 백리표를 잡아끌었다.

"형, 두고 봐."

백리표가 소우악의 손을 뿌리치곤 제 발로 자리를 떴다. 소우악이 입술을 깨물고 나와 백리명을 보았다가 백리표를 뒤따랐다.

쌍둥이들의 모습이 완전히 사라지고 난 후. 백리명이 머리를 짚으며 깊은 한숨을 내쉬었다. 몇 번 얼굴을 쓸어내린 백리명이 백리리의 친우들을 돌아봤다.

"다들 괜한 소란을 보게 했구나. 이 일은…… 큼."

백리명이 헛기침하며 백리리를 바라보았다. 그러자 눈을 내리깔고 있던 백리리가 쌀쌀맞게 말했다.

"표 오라버니가 어쩌다 그렇게 크게 넘어졌는지 모르겠네. 그치?"

짧은 침묵이 흐르고 짙은 장밋빛 치마의 소녀가 눈치 빠르게 말했다.

"아, 맞아, 맞아. 어쩜, 앞을 잘 보고 걸으셨어야 했는데 말야."

"돌부리에 제대로 걸렸나 봐. 정원 돌아다닐 때 조심하자."

분위기가 다소 가벼워지자 아이들이 웃음을 참는 기색으로 서로 입을 맞췄다.

어쨌든 친지끼리 돌 던져 이마 깨며 싸웠다는 얘기가 흘러나가 좋을 건 없는 것이다. 영원히 비밀로 할 수는 없겠지만…… 소문이 퍼져 나가는 걸 잠깐은 미룰 수 있을 것이다.

그때 갑자기 백리리가 나를 쏘아보며 말했다.

"너."

나는 흠칫 놀랐다. 백리리가 말을 이었다.

"오지랖도 정도껏 해. 내 언니야. 내 혈육이라고!"

"……?"

순간 백리리의 말을 이해하지 못하고 의아하게 봤다. 자세히 다시 살피자 나를 바라보는 줄 알았던 백리리의 시선은 내가 아닌 내 옆의 서하령을 향해 있었다.

"어? 고작해야 몇 개월 같이 지낸 주제에! 잘난 척은!"

"……."

"……."

"……어, 리야?"

나는 멍하니 있다가 뒤늦게 백리리를 불렀다.

"……흥!"

나를 노려본 백리리가 소맷자락을 털며 몸을 돌려 떠났다.

"리리야!"

백리명이 황급히 백리리의 뒤를 쫓아가고, 나는 그 모습을 얼떨떨하게 보았다.

잠시 후. 같이 바라보던 서하령이 웃음을 터트렸다.

"하하, 네 동생 웃기다. 원래 저래?"

'뭐가 뭔지.'

이유는 모르겠지만 백리리가 쌍둥이 편을 들지 않아 일이 편하게 끝나긴 했다. 나는 고개를 내저으며 남궁류청과 야율을 바라보았다. 그러고는 방금 아무 일도 없었다는 듯이 입을 열었다.

"너희 둘은 좀 친해졌어?"

"응."

야율의 대답에 남궁류청이 고개를 번뜩 들고 야율을 미친놈 보듯 바라봤다.

'음, 거짓말이군.'

둘은 같은 탁자에 있어도 서로 한마디도 얘기하지 않고 있었다. 그래서 일부러 대화 좀 하라고 두고 온 것도 있었는데, 역시나 실패였던 모양이었다.

야율이 말을 이었다.

"친해졌으니까 앞으로 재랑 두지 마."

"……."

"백리연."

야율의 말을 무시하듯 남궁류청이 나를 불렀다. 내가 그를 바라본 순간, 남궁류청은 흙바닥에 박힌 돌을 발끝으로 들어 올린 후 걷어 찼다. 그리고 내게 날아온 돌을 야율이 손을 뻗어 잡아챘다.

'아니, 나도 잡을 수 있는데…….'

누가 봐도 잡으라고 던진 속도였다. 남궁류청이 살짝 짜증 난 얼굴로 야율을 쏘아보았다가 말했다.

"이건 고의야."

나는 야율의 손에서 돌을 가져왔다. 새알 크기의 돌. 묵직한 무게감. 이런 돌이 진흙 안에 그냥 딸려 들어갔을 리 없다. 백리표가 일부러 돌을 집어넣고 뭉친 것이다. 나는 그 돌을 멀리서도 잘 확인할 수 있도록 난간 위에 올려 두었다.

"알고 있어."

산수연의 남은 날들은 별다를 것 없이 흘러갔다.

극단과 곡예단의 공연이 있었고, 소림사에서도 승려 몇 명이 와 할아버지의 복을 기원하는 의식을 치르기도 했다.

고모와 쌍둥이들은 산수연이 끝나기도 전에 소가장으로 쫓기듯 떠났다. 쌍둥이들과 정원에서 있었던 일. 그 모든 걸 할아버지의 부하가 낱낱이 지켜보고 있었기 때문이다. 굳이 일러바칠 필요도 없었다.

떠나기 전에 고모의 처소에 큰아버지와 백리명이 불려가 몇 번의 큰 소란이 일어났다는 소식은 소녹을 통해서 알 수 있었다.

'흐음, 더 자극해 봐야 하나……?'

앞으로의 일들을 고민하다 잠이 들 듯 의식이 가물가물 흐려질 때였다. 창문이 살짝 열리더니 훌쩍 들어오는 기척이 느껴졌다. 나는 누웠던 몸을 일으켰다.

들어온 것은 제갈화무의 고양이 결이었다. 목에 걸고 있는 작은 나무통이 보였다. 제갈화무가 내게 비밀리에 전할 말이 있을 때 쓰곤 하는 것이었다. 이 시각에 연락이라니 왠지 불길했다. 나는 손을 뻗어 결의 머리를 쓰다듬은 후, 하품을 하며 통 속의 작은 종이를 꺼내 읽었다.

[잠깐 보자.]

나는 두 눈을 의심했다.

"보자니? 어디서? 설마…… 지금 밖에 나오라고?"

결이 나를 빤히 바라보다 칭찬을 바라는 듯 머리를 내게 문질렀다. 나는 결이 열고 들어온 창문을 활짝 열어 밖을 내다보았다. 하늘에 뜬 상현달을 볼 수 있었다.

"꼭 지금?"

탁, 탁, 탁. 결의 꼬리가 부딪치는 소리만 들렸다.

"하아."

나는 깊게 한숨을 내쉬었다.

"별거 아니면 가만 안 둬."

나는 투덜거리며 옷을 갈아입고, 도둑질하듯 몰래 처소를 빠져나왔다. 특히 아버지 처소 옆을 지나갈 때는 심장이 콩닥콩닥 뛰었다. 다행히 아무에게도 들키지 않고 무사히 빠져나와 고양이 꽁무니만 뒤쫓을 때였다.

나는 뒤를 돌아보고 말했다.

"나와."

그러자 담벼락의 그림자 속에서 야율이 슬그머니 모습을 드러냈다.

"어디 가?"

뭐가 이렇게 당당하지? 방금 나 몰래 따라오는 거 들킨 거 아닌가? 기가 막혀 순간 말문이 막혔다.

"그냥 잠깐 나가는 거야. 너는 어떻게 따라온 거야?"

"그냥 보여서 따라왔어."

"……"

지금 내 말 따라 하는 거야? 눈을 가늘게 뜨고 바라보다 말했다.

"따라오지 마."

"왜?"

"……원래 허락 없이 사람을 따라다니면 안 돼."

"예전에는 뭐라고 안 했잖아."

"그땐 어렸으니까."

내가 이런 것까지 알려 줘야 하나? 어릴 적에 졸졸 따라다니는 건 잘 몰라서라고 할 수 있지만 커서도 이러는 건 옳지 못했다.

'거기다 내가 나오고 바로 뒤따라온 걸 봐서는 평소에 내 처소 주변을 얼쩡거린 것 같은데……'

하루 이틀 일이 아닌 것 같았다.

'알을 깨고 나온 병아리가 처음 본 어미 새를 졸졸 따르는 걸 무슨 효과라고 하던데, 그건가?'

잠시 고민하는 듯하던 야율이 깨달았다는 듯 말했다.

"그럼 허락해 줘."

"……"

"응?"

"……안 돼. 몰래 나가는 거니까."

"아무한테도 말 안 할게."

나는 인상을 찌푸렸다.

"허락 안 하면 말하겠다고 협박하는 거야?"

"응?"

야율이 어떻게 그런 말을 할 수 있냐는 듯이 나를 보았다.

'뭐지? 내가 나쁜 놈이 된 것 같은 이 상황은?'

야율이 나를 가만히 바라보다 고개를 푹 숙였다. 그러곤 우물거리는 목소리로 물었다.

"그냥 같이 있고 싶어서. 정말로…… 안 돼?"

"……."

그 모습에 순간 남궁 세가에서 지낼 때 마당에서 나를 기다리던 모습이 떠올랐다. 야율은 그렇게 매일 내가 돌아오기를 기다렸다. 나는 순간 마음이 약해졌다.

"……오늘만이야."

야율이 환하게 웃으며 내 옆에 섰다. 나는 툴툴거렸다.

"웃지 마! 가까이 다가오지도 마. 너는 너무 눈에 띄니까 아까처럼 숨어서 와."

조금 가자 내가 미리 매수한 하인이 나타났다. 그는 야율까지 함께 나갈 거라는 얘기를 듣고는 당황하긴 했으나 나와 야율을 샛문으로 조용히 빼돌려 줬다.

물론 야율도 눈에 띄지 않도록 급하게 하인의 복장으로 갈아입어야 했다. 소매를 정돈하던 야율이 나를 보고 물었다.

"왜 웃어?"

"옛날부터 생각했는데 너 정말 하인 옷이 안 어울린다."

"별로야?"

"어."

야율의 눈빛이 시무룩해졌다. 나는 당황해 덧붙였다.

"아니, 그러니까 무슨 잠행 나온 사연 있는 귀공자 같다는 그런 뜻이었어."

"내가 귀공자 같다고?"

"응."

야율은 잘 이해가 가지 않는 듯 보였지만 나를 보고는 그저 미소 지었다.

"너는 왜 웃어?"

"그냥 네가 웃으니까 좋아서."

"……."

얘는 정말. 창피한 줄을 몰랐다. 말하면 말할수록 말리는 기분이었다.

나와 야율은 장원 밖에서 대기하고 있던 마차에 올라탔다.

꽤 달린 뒤 마차가 멈추고 마부가 문을 열어 주었다. 마차에서 내린 나는 풀 냄새를 잔뜩 맡았다. 웬 숲길 앞이었다.

'그렇게 멀리 나오진 않은 것 같은데 여기가 어디지?'

조용하니 바람에 스치는 나뭇잎 소리 사이로 물소리가 조금씩 들렸다. 그제야 어딘지 대충 어딘지 짐작이 갔다.

마부가 등불을 내게 건네주었다. 나는 야율과 함께 하나뿐인 길을 따라 올라갔다. 역시나 한 번 본 적 있는 선착장이 나왔다. 저번에 석가약과 다른 소저들과 함께 왔던 작은 선착장이었다. 그곳에 놀잇배가 하나 있었다.

하얀 손이 천막을 들어 올리고 소년이 빙그레 웃었다.

"어서 와, 연아."

그러고는 내 뒤쪽으로 시선을 옮겼다.

"그런데…… 혹을 달고 왔네?"

"어쩌다 보니."

"결이 시야로 대충 보긴 했어."

제갈화무가 배로 건너오라는 듯이 내게 손을 내밀었다. 차갑게 식은 손을 붙잡은 순간, 강한 힘이 나를 확 잡아당겼다.

"엇!"

제갈화무의 품으로 넘어지듯 배에 타자마자, 배가 곧장 출발했다. 출렁이는 배에서 황급히 균형을 잡으며 몸을 일으켰다.

"놀랐잖아!"

그러곤 뒤를 돌아보았다. 나를 뒤쫓으려는 야율을 갑자기 나타난 흑의인들이 막아섰다.

"하지만 쟤는 안 돼."

나는 얼굴을 굳히고 제갈화무를 바라보았다.

"말로 하면 될 것을."

제갈화무가 눈을 깜빡였다.

"말로 해서 들었으면 널 따라왔을까?"

"……."

그건…… 그러네.

그때, 풍덩-

갑작스러운 소리에 돌아보자 야율을 막던 사람 한 명이 물에 빠졌다가 고개를 내미는 것이 보였다.

"내 몸에 손대지 마."

방금 사람을 빠트렸다고 보기에는 기이할 정도로 고저가 없는 목소리였다. 나는 다급히 야율에게 전음을 보냈다.

[싸우지 말고 잠깐만 기다려! 금방 돌아올게!]

그제야 날뛰던 야율이 움직임을 간신히 멈췄다. 내 낯을 확인한 제갈화무가 정말 의아하다는 듯이 물었다.

"저 녀석이 안쓰러워?"

나는 눈살을 찌푸리며 대답하지 않았다. 하지만 제갈화무는 제 턱을 쓰다듬으며 중얼거렸다.

"그거 참 독특한 감상인걸."

"뭐가 독특해?"

"저 야율이란 애, 반년 전에 천산염제랑 둘이서 흑도 방파 하나 몰살시킨 건 알아?"

제갈화무가 노래하는 듯한 어조로 말했다.

"밤새 장원 안에서 비명과 고통의 신음이 울리고 완전히 조용해지자 불길이 치솟았다……."

나는 그만하라는 듯이 제갈 화무를 노려보았다.

"그 얘기를 왜 지금 하는 거야?"

"조심하라고."

"……."

"사람의 본질은 쉬이 변하지 않아. 저 아이의 잔혹성이 다른 이를 향했을 때는 괜찮지, 하지만 어느 순간 너를 향한다면 그만큼 힘들 테니까."

제갈화무가 담담히 말을 이었다.

"그저 네가 상처받는 일이 없길 바랄 뿐이야."

"……."

침묵하던 나는 말을 돌렸다.

"그래서 무슨 일로 부른 거야?"

제갈화무가 앉으라는 듯이 내게 눈짓했다. 내가 자리에 앉자 하인이 탁자에 접시를 내려놓았다.

"추오당에서 이번에 새로 만든 떡이래."

내가 좋아하는 곳의 떡이었는데, 맛있지만 추오당까지는 거리가 멀어서 자주 먹을 수 없었다. 한숨을 쉬며 집어먹은 나는 눈을 동그랗게 떴다.

"여기 차도 있어."

제갈화무는 자연스럽게 차도 따라 건넸다. 음, 역시 제갈화무 추천. 차와 떡이 아주 기가 막히게 어울렸다.

"너는 안 먹어?"

"응. 난 됐어."

놀잇배가 부드럽게 흔들거리며 강 중앙으로 향했다. 우리 말고도 밤놀이를 나온 배 여러 척이 뜨문뜨문 보였다. 선선히 불어오는 바람에 맛있는 간식과 차를 마시니 놀잇배에 끌려오며 불퉁했던 기분이 사르륵 풀렸다. 그리고 아쉬웠다.

"……같이 먹었으면 좋았을걸."

그새 상당히 멀어진 탓에 강변에 있을 야율의 모습은 보이지 않았다.

새롭게 떡을 집어 들었을 때, 제갈화무가 고개를 숙여 내가 들고 있던 떡을 뺏어 갔다. 나는 어처구니없어 그를 바라보았다. 제갈화무가 눈을 휘며 웃었다.

"음, 네가 줘서 그런가 맛있네."

나는 한마디 하려고 입을 열었다가 한숨을 내쉬고 고개를 저었다.

"이 시간에 왜 나오라고 한 거야? 뱃놀이하자고 부른 건 아닐 거 아냐?"

"조금만 기다려 봐."

제갈화무의 말대로 나는 잠자코 기다렸다. 잠시 후, 사공이 우리가 타고 있던 배의 불을 모두 껐다. 그러자 강 반대편에서 중형 배 한 척이 다가왔다.

무심코 배를 살펴본 나는 눈을 의심했다.

'……고모?'

고모가 왜 여기 있는 거지? 밤놀이라도 나온 것인가? 아니, 그보다 쌍둥이들이랑 소가장에 간 거 아니었어? 주변을 살펴보았지만, 쌍둥이들은 보이지 않았다. 대신 무공을 익힌 듯 보이는 다른 이들이 눈에 들어왔다. 모두 백리 세가의 사람들로는 보이지 않았다.

'누구랑 같이 있는 거지?'

나는 자연지기로 청력을 돋웠다. 강물 소리에 묻혀 거의 들리지 않다가 배들끼리 가까워지자 조금씩 들리기 시작했다.

"……운남으로…… 귀주…… 흔적이 끊겼습니다."

"십 년 넘게…… 머물던 땡중이 갑자기 무슨 바람이 불어서는…… 계속 추적해. 알았어? 그쪽은 됐고, 그 약은 어떻게 됐어? 만들 수 있대?"

"……자신의 능력으로는 알아낼 수 없으니 돌려드리겠다고 연락이 왔습니다."

쨍그랑!

나는 와락 인상을 찡그렸다. 청력을 집중한 상태라 귀청이 떨어지는 줄 알았다. 고모는 배 안의 모든 걸 집어 던지는 듯이 발광하며 소리쳤다.

"그것도 못 알아낸다고? 대륙 제일의 약제사가? 어떻게든 알아내라고! 그놈이 모르겠다면 다른 놈이라도 찾아보든가!"

그리고 다른 목소리가 끼어들었다.

"부인, 진정하시오."

부인?

"우리도 어쩔 수 없소. 장인어른의 눈이 한둘이 아닌 건 알고 있지 않소? 다른 이들도 그렇고. 최대한 조심해야 하오."

들은 적 있는 목소리였다. 소가장의 소가주인 고모부였다.

고모가 흐느끼듯이 말했다.

"목숨 줄도 긴 노친네. 감히 내 아들들을 고계암에 보내 놓고는. 처음부터 어머니, 오라버니, 아무도 믿어선 안 됐는데."

나는 뒤를 돌아보았다.

어둠 속, 제갈화무가 빙그레 웃으며 검지를 입술에 대었다.

며칠 전, 소가장.

소가장은 장원이라고 불릴 만큼 꽤 큰 가문이었다. 하지만 백리 세가와는 비교할 바가 되지 못했다. 심지어 현 가주인 소일웅 대에 와서는 겉만 번드르르하지 속을 들여다보면 텅 빈 쭉정이나 다름없어 거의 무너지기 직전이었다.

그런 소가장에 손을 내민 것이 백리 세가의 안주인이었던 손단후였다. 소가장은 본래라면 백리 세가와 혼담을 나눌 계제도 못 되었다. 하나 손단후는 백리 세가의 적출인 둘째 백리의란을 소가장주와 혼인시켰다.

혼례 후, 소가장은 백리의란이 가져온 어마어마한 혼수와 백리 세가의 지원으로 숨을 돌릴 수 있었다. 그 대신 소가장의 사람들은 백리의란의 앞에서 감히 고개도 들 수 없었다. 처음부터 손단후는 아끼는 딸아이를 위해 세가 약한 가문을 고른 것이었다.

백리의란은 대부분 친정인 백리 세가에만 머물며 소가장에는 잘 돌아가지도 않았다. 심지어 시가를 부끄럽게 여기는 탓에 소가장에서는 이번 백리 세가주의 팔순에도 산수연 전에 미리 와서 축하와 선물만 전하고 떠났을 정도였다.

그런 백리의란이 갑자기 소일웅에게 당장 자신을 데리러 오라 연락을 해 왔다.

평소에 백리의란은 소일웅이 백리 세가에 얼굴도 비치지 못하게 막았다. 그런데 데리러 오라니. 백리의란이 이런 식으로 호출을 할 땐 늘 같은 이유였다. 사고를 친 것이었다. 이번에는 또 무슨 사고를 쳐서 자신을 부르는 것일지. 소일웅은 불안한 마음에 심장이 쿵쿵 뛰었다.

그렇게 소일웅이 백리의란을 데리러 갔을 때, 아니나 다를까.

"뭐라고요?"

기겁한 소일웅의 모습을 보고 백리의란이 새침하게 말했다.

"뭘 그렇게 놀랍니까? 저번에도 안 들키고 잘 성공했잖아요."

"하, 하나. 부인……."

"지금 제 뜻을 반대한다는 겁니까!"

"그런 것이 아니라, 부인, 지금…… 지금 너무 흥분하였소. 그래 봤자 아비는 서출에 딸은 어미 모를 천출 아니오? 고작 이런 일로 그렇게 화를 낼……."

"그 천한 것에게 제 아들이 무시당하고 있다고요!"

"……."

"아아, 불쌍한 우리 표랑 악이. 어미가 무시당하던 것도 모자라 너희들도 무시를 당하는구나."

백리의란이 서럽다는 듯이 울음을 터트렸다. 소일웅은 어쩔 줄 모르며 제 아내의 어깨를 다독일 뿐이었다. 이내 백리의란이 소일웅을 향해 소리쳤다.

"당신은 우리 표와 악이가 그깟 천출 때문에 망신을 당했는데 안타깝지도 않아요?"

"나도 안타깝소……. 안타깝지 않을 리가 있겠소?"

"내 자식도 수모를 당하게 할 순 없어요."

백리의란이 손수건을 쥐어뜯으며 이를 악물었다.

"감히 내 아들의 앞길을 막아? 절대 가만두지 않겠어."

"하지만 장모님께서…… 장모님께서 이를 용서하시겠소? 분명 저번에 다시는 이런 짓 하지 말라고 화를 내지 않으셨소?"

"내라지요!"

"부, 부인."

"어머니가 먼저 잘못하셨습니다!"

"……."

"제가 어떤 수모를 겪고 자랐는지 알면서 제 앞에서 그 천출 편을 들다니! 한 번 했는데 두 번이 뭐가 어려워요! 고작 이런 일로 모녀간의 연이 끊기겠습니까?"

잠시 말을 멈춘 백리의란이 사악하게 웃으며 말을 이었다.

"일단 성공만 한다면 끊고 싶어도 끊을 수 없을 겁니다."

저지르고 난다면 어머니도 어쩔 수 없을 것이다. 선택지가 없을 테니. 그러기 위해서는 마음에 차진 않지만, 남편의 힘이 필요하긴 했다. 백리의란이 속살거리듯 말했다.

"여보, 정말 모르겠어요? 만약 성공만 한다면 이게 당신에게 얼마나 이득인지? 고작 소가장주로 정말 만족하는 건 아니잖아요."

백리의란의 눈을 마주한 소일웅이 마른침을 삼켰다. 만약에 제 아내의 말대로 정말로, 정말로 성공한다면……

소일웅의 머리가 맹렬하게 굴러갔다. 세월은 자신의 편이다. 지금은 얼굴을 마주할 수조차 없이 두려운 장인어른과 사사건건 간섭인 장모님도 언젠가는 흙으로 돌아간다. 그렇다면……

소일웅이 말했다.

"알겠소. 부인 뜻대로 하지요."

잠시나마 소일웅의 머릿속에 백리 세가에서 제게 유일하게 친절했던 이가 떠올랐으나, 이내 미약한 죄책감마저 사라졌다.

야밤의 뱃놀이는 누구에게도 들키지 않고 조용히 넘어갔다. 그리고 이튿날 아침 문안 후 식사 자리.

"나흘 뒤에 출발할 것이다. 의강은 준비할 것이 있다면 고 총관에게 말해 두도록 하고, 의묵은 장 부관을 도와 가문에 문제없도록 이끌거라."

"알겠습니다, 아버지. 걱정 마십시오."

할아버지와 아버지가 무림맹에 가게 되었다. 곧 무림맹회가 열리기 때문이었다.

저번 생에서 아버지는 가지 않으셨다. 할아버지의 산수연 전까지 쭉 무림맹의 일을 하다가 가문에 돌아오신 지 얼마 안 되기도 했고…….

'할아버지가 백리표만 데리고 가셨지.'

소우악은 소리 없이 소가장으로 돌아가 있었다. 그때 나는 서로 죽고 못 사는 쌍둥이들이 따로 떨어졌다는 것이 약간 의아했으나 쌍둥이가 가문에 없다는 사실에 매우 좋아했다. 먼 후일 알게 됐지만, 모두 내게 돌을 던진 일 때문이었다. 소우악은 쫓겨난 것이고, 백리표는 정신 교육을 목적으로 데려간 것이었다.

생각에 잠겨 있던 나는 헛기침 소리에 고개를 들었다. 큰아버지가 불만스러운 기색으로 아버지를 바라보는 게 눈에 들어왔다. 할아버지가 나를 보며 말했다.

"연이 너, 아버지가 없다고 문제를 일으키면 안 되느니라. 알았느냐?"

나를 걱정스럽게 바라보던 아버지가 갑자기 발끈하여 반박했다.

"아버지, 연이는 지금껏 한 번도 문제를 일으킨 적 없던 아이입니다."

"뭐라? 없긴 뭐가 없어?"

아버지는 내가 당신이 안 계실 때 영약을 먹고 주화입마에 빠진 사실을 아주 까맣게 잊어버리신 듯했다.

할아버지의 언성이 높아지기 전에 내가 먼저 말했다.

"할아버지도 참, 제가 걱정되면 걱정되신다고 말씀하세요. 두 분이 똑같이 저를 걱정하시는데 저 때문에 다투시기까지 하시다니. 휴우, 다 제가 인기가 많은 탓이죠."

"헛소리하지 마라!"

할아버지가 헛웃음을 지으며 소리쳤고, 굳어지려던 분위기는 단숨에 풀어졌다.

"원래는 연이 너도 데려갈 생각이었다만…… 일이 이리되었으니 어쩔 수 없지."

남궁류청과 야율이 내 생일 때까지 머무르기로 하여 나는 아버지를 따라갈 수 없었다.

"대신 좋은 소식을 가지고 오마."

"좋은 소식이요?"

그때 단호한 성정이 느껴지는 나이 지긋한 목소리가 들려왔다.

"상공에 의강까지 떠나면 집 안이 적적하겠군요."

목소리의 주인은 할머니로 할아버지 곁에 앉아 계셨다. 원래 이런 식사 자리에는 잘 나오지 않으셨는데 어쩐 일인지 모습을 비추셨다.

할아버지가 가라앉은 목소리로 말했다.

"고작 둘이 자리를 비울 뿐인데 적적할 것까지야 있소?"

"둘이라니요? 다섯입니다. 의란과 악이와 표도 합쳐야죠."

고모가 언급된 순간 할아버지의 표정이 싸늘하게 변했다. 하지만 할머니는 이를 못 본 것처럼 큰아버지를 보며 말했다.

"갑자기 집 안이 텅 빈 것 같구나. 그렇지 않느냐?"

"어, 어머니."

"왜 그러느냐. 내 말이 틀렸더냐?"

큰아버지가 당혹스러운 표정으로 할아버지와 할머니를 번갈아 보았다. 할머니가 이렇게 말을 꺼낸 이유는 뻔했다. 고모를 데려오자 말하기 위해서일 터. 이제 큰아버지가 할머니의 말에 동의한 순간, 할머니는 바로 옳다구나 고모를 데려오자고 말을 꺼낼 것이다.

"……."

"……."

이를 알기에 큰아버지는 쉽게 입을 열지 못했다.

큰아버지는 평소 할머니의 말이라면 덮어놓고 따르는 편이었지만 근래 고모와 불화도 심해졌고 그로 인해 할아버지에게 미운털이 톡톡히 박힌 상황이었다. 여기서 할머니의 말에 동의한다면 할아버지가 큰아버지께 재차 실망하실 것은 뻔했다.

그때 백리명이 갑자기 입을 열었다.

"어차피 할아버지도 안 계신데 고모가 굳이 백리 세가로 돌아올 필요 있나요? 기왕 간 김에 고모, 소가장에 한동안 머물라고 해요."

할머니가 서늘한 눈빛으로 백리명을 바라보았다.

"명이, 네가 끼어들 일 아니다."

그러나 백리명은 오히려 오기 가득한 눈으로 말했다.

"왜요, 표와 악이 고계암에서 돌아오고 나서 소가장에 한 번도 안 갔잖아요. 심지어 악이는 소가장의 후계인데, 백리 세가에만 머무는 것도 소가장에 대한 예의가 아니죠."

할머니의 표정을 본 큰아버지가 황급히 백리명을 붙잡으며 입을 막았다.

"명아, 그만하거라."

그때 탁. 할아버지가 젓가락을 세차게 내려놓았다.

"명이 말이 옳다. 소우악 그 아이는 백리가에 계속 머물러 뭐 하나? 나이가 열둘이거늘 이제 슬슬 소가장에서 지내고 이끄는 법을 익혀야지. 표도 제 형제를 옆에서 돕는 법을 익히는 것이 좋을 것이고."

할머니가 다시 입을 열었다.

"열둘부터 준비할 필요가 뭐가 있답니까? 마흔이 넘어도 소가주 자리는 이른걸요. 그러니 천천히 준비해도 상관없습니다."

"소가장주의 뜻은 다른 것 같소만? 소가의 아이를 고계암에 보낸 뒤 계속 항의를 하지 않았소? 돌아온 김에 거기도 얼굴을 비쳐야지."

할아버지는 끝내 고모를 데려오는 것을 허락하지 않았고, 결국 할머니는 입맛이 없다며 먼저 자리에서 일어났다.

한 숟갈이나 떴을까? 분위기가 이러니 밥도 제대로 먹지 못한 큰어머니가 부른 배를 안고 할머니를 따라 황급히 일어났다. 할아버지가 말했다.

"큰애는 더 먹고 가지 그러느냐?"

"괘, 괜찮습니다."

큰어머니가 부축을 받으며 할머니를 뒤따랐다. 할머니가 방을 나서기 전에 갑자기 멈춰서 돌아보았다.

"명이 너는 오후에 정 소저를 잊지 말거라. 설마 이 말도 무시하진 않겠지?"

"……알겠습니다."

백리명이 입술을 깨물고 대답했다. 정 소저는 백리명과 혼담이 오가는 여인이었다. 이번 산수연에서 처음 만난 뒤 계속 만남을 이어 가고 있었다. 그리고 지금 반응을 보면 알 수 있듯 백리명은 정 소저를 별로 마음에 들어 하지 않았다.

백리명과 할아버지를 살피던 큰아버지가 나를 보고는 갑자기 말했다.

"그러고 보니 연이는 어찌할 생각이더냐?"

"무엇을 말씀하시는 겁니까?"

"혼인 말이다."

갑자기 웬 뚱딴지같은 소리야? 왜 나를 걸고넘어져?

"……형님, 연이는 아직 열한 살입니다."

아버지의 목소리에 당황스러움이 잔뜩 담겨 있었다.

"그게 뭐 어때서? 곧 열두 살이니 삼 년이면 계례를 올릴 것이지 않으냐? 얼마 남지도 않았거늘, 아니면 혼약만 먼저 주고받을 수도 있고."

계례는 열다섯 살이 되었을 때 비녀를 꽂는 성인식이었다. 그리고 보통 그때부터 본격적으로 혼담을 주고받았다.

"남궁 세가의 안주인이 연이를 마음에 들어 하여 본인의 혼수였던 예물도 주었다 하던데."

"……그건 그저 선물입니다."

"그러니 더 문제지. 남궁 세가의 격에 맞는 혼수를 준비하려면 지금부터 해야지 않겠느냐?"

"……."

그때 내 맞은편에 앉아 있던 백리리가 목소리를 낮춰 물었다.

"언니, 남궁 공자랑 혼인하면 남궁 세가 가서 살아?"

"아니…… 이게 무슨, 혼인 안 해! 무슨 소리야!"

"그래? 하지만…… 알았어."

뭘 알아! 전혀 안 믿는 눈빛인데! 아니라고 더 강력하게 부인하려고 할 때였다.

쾅!

할아버지가 탁자를 거세게 내리치곤 말했다.

"연이도 있는 자리다! 경우 없게 아이 앞에서 혼담 얘기를 꺼내는 어른이 어딨느냐!"

할아버지의 말에 안도하려던 나는 문득 이상한 점을 느꼈다. 그러니까 할아버지의 어조가 묘했다. 말도 안 된다고 일축하는 게 아닌…… 왜 내 앞에서 그 이야기를 꺼내느냐고 화를 내는 것이다.

'뭐지, 이건? 뭐야? 뭐야? 설마……!'

머릿속에 좀 전에 할아버지가 한 말이 스쳤다. 분명 좋은 소식을 가져온다고…….

아니지? 아니지? 난 아버지를 올려다봤다. 아버지는 나를 보고는 걱정하지 말라는 듯한 표정을 지었다.

'무슨 뜻인데……!'

큰아버지가 붉어진 얼굴로 말했다.

"저는 그저 연이가 하루가 다르게 자라다 보니, 걱정이 들어 그랬습니다."

"걱정?"

"혼인할 것도 아닌 남자아이들과 계속 어울리면 평판에 좋지 못하거늘. 아직은 어리다지만, 언제까지 어울리게 할 수는 없지 않습니까?"

싸늘히 웃은 할아버지의 시선이 백리리를 향했다.

"그래, 그리 걱정이라면 리리는 연이와 한 살 차이인데 리리의 혼사도 생각해 둔 바 있느냐? 아니면 내 지금부터라도 알아봐 줘?"

"예? 아, 아뇨! 아닙니다."

큰아버지가 깜짝 놀라며 고개를 조아렸다. 할아버지가 마음에 들지 않는다는 눈빛으로 큰아버지를 바라보다 혀를 차고는 말을 돌렸다.

"그러고 보니 연회에 들어온 선물 말이다. 나눠 줄 테니, 돌아가 확인하거라."

아버지가 살짝 미간을 좁히며 말했다.

"아버지께 들어온 선물이지 않습니까?"

"맞습니다. 아버지께서 쓰셔야지요."

큰아버지도 아주 효성스럽게 추임새를 넣었지만, 할아버지가 손을 내저었다.

"다 쓰지도 못할 것 무덤까지 가져갈 생각 없다. 잔말 말고 특별히 원하는 것이 있다면 고 총관에게 말하도록 하고."

그때 백리명이 재빨리 입을 열었다.

"할아버지, 이번 선물 중에 설빙보주가 있지 않았습니까?"

"그래. 이번에 들어왔다 들었다."

"제가 받고 싶습니다."

말이 끝나기 무섭게 백리리가 소리쳤다.

"아니, 오라버니! 그거 내가……!"

소리치던 백리리는 할아버지와 눈이 마주치자마자 화들짝 놀라 고개를 푹 숙였다.

할아버지는 원래부터 아이들에게 무서운 존재였다. 쌍둥이들도 할아버지 앞에서는 고양이 앞 생쥐와 같이 굴 정도이니, 막내딸이라 금지옥엽으로 자란 백리리는 말할 것도 없었다.

거기다 할아버지는 쌍둥이들 때문인지, 백리리가 제멋대로 구는 기색만 보이면 그때마다 크게 꾸짖었다. 그렇다 보니 백리리는 할아버지와 눈도 제대로 마주치지 못할 정도로 무서워했다.

할아버지가 바라보는 시간이 길어지자 탁자 위에 주먹 쥔 백리리의 손이 조금씩 떨리는 것이 보였다.

할아버지가 판결을 내렸다.

"오늘은 명이가 고생하였으니 명이가 받아 가거라. 다만, 바로 먹지 말고 현재 몸 안의 영약부터 녹이는 데 신경 쓰도록. 마구잡이로 영약만 먹는다고 능사는 아니다."

"……"

백리리가 입술을 꾹 깨물고, 백리명은 웃는 낯으로 고개를 숙였다.

"감사합니다, 할아버지."

잠시 눈이 마주친 백리명이 나를 향해 득의양양한 표정을 지었다.

'……뭐야?'

그날 오후 할아버지께서 내려 주신 물건을 정리할 때, 백리리가 처소를 방문했다. 나는 물건을 정리하느라 어수선한 마당을 가로질러 한달음에 다가갔다.

"어서 와."

백리리가 느긋하게 걸어 들어왔다.

"언니 처소는 처음이네. 여기 선물이야."

백리리를 뒤따른 시비가 내게 천으로 싼 길쭉한 상자를 내밀었다. 받고 나서 보니 저번에 정원에서 물에 쫄딱 젖은 백리리를 뒤쫓던 시비였다. 시비가 고개를 꾸벅 숙였다.

"내 처소는 이쪽이야. 들어와."

나는 백리리의 손을 붙잡고 이끌었다. 그러자 백리리가 내 손을 뿌리치고는 주변을 둘러보았다.

"놔 봐. 뭐가 그렇게 급해? 구경 좀 하자."

나는 인내심을 가지고 백리리가 구경하는 걸 지켜보았다. 건물과 정원을 쭉 둘러본 백리리가 정리 중인 짐을 보고 물었다.

"뭐야, 언니? 받은 영약이 고작 이거야?"

"응? 아, 응. 그렇지."

내게는 영약이 필요 없었다. 하지만 내 능력과 단전의 문제는 비밀이기에 눈가림용으로 이런 식으로 영약을 받았다. 눈가림용이다 보니 좋은 걸로 받지는 않았다. 아까우니까. 당연하게도 백리리 눈에 차는 수준이 아닐 터였다.

나는 잠시 서늘한 시선으로 영약을 보았다.

"언니?"

왜 그러냐는 듯한 어조에 나는 시선을 가다듬고 백리리를 돌아보았다. 백리리가 다시 말을 이어갔다.

"언니는 열 받지도 않아?"

"뭐가?"

"설빙보주 말이야!"

"……."

"내가 달라고 하려 했다고!"

네가 달라고 하려고 했는데, 왜 내가 열 받아……? 이해할 수 없는 발상이었다.

나는 적당히 맞장구쳐 주며 백리리를 방으로 데리고 들어왔다. 둥근 걸상에 앉은 백리리 앞의 찻잔을 채워 주었다. 백리리는 내 방을 휘휘 둘러봤다. 나는 초조함을 감추고 헛기침을 하며 백리리의 시선을 끌었다.

"그 있잖아. 리야, 혹시 말이야. 큰아버지가 내 혼사에 대해서 뭔가 말씀하신 거 있어?"

백리리가 눈을 깜빡이다 입을 삐죽였다.

"……그것 때문에 초대한 거였구나? 왠지 자꾸 방으로 데려오려고 하더니만."

"추오당 새 떡이 있는 건 진짜야. 여기 먹어 봐."

붉은빛의 먹음직스러운 떡을 두고도 백리리는 별로 관심이 없는 기색이었다.

"뭐, 됐어. 나도 궁금했으니까. 근데 나 아는 거 별로 없는데."

"들은 것만이라도 얘기해 주면 돼."

나는 귀를 쫑긋 세우며 백리리의 말에 집중했다.

"아빠 말로는 할아버지랑 작은아버지가 맹회에 가서 남궁 소가주랑 언니 혼담을 얘기할 거라고 했어."

"……."

"이미 넌지시 말을 맞춘 상태라던데. 이만큼 좋은 혼담 없다고도 하고. 언니, 진짜 남궁 공자랑 혼약하는 거야?"

그 시각. 수백당의 서재에 은은한 차향이 퍼졌다.

"이만한 혼담 없다."

백리패혁이 찻잔을 천천히 내려놓으며 제 앞의 아들들을 보았다. 한 명은 우둔했고, 한 명은 미련했다.

"명이의 혼처도 거의 정해졌고, 리리에게는 제 조모도 있고 친모도 있으니 걱정할 것 없다. 연이만이 걱정이지."

백리패혁이 눈을 지그시 감으며 말을 이었다.

"그러니 내 눈을 감기 전에 연이 혼사는 끝내고 갈 것이다."

백리의묵과 백리의강 둘 다 깜짝 놀라 말했다.

"아버지!"

"아직 정정하십니다. 말씀 거둬 주십시오."

"내 나이가 팔순이다."

백리패혁은 잠시 천산염제를 떠올렸다가 이내 털어 냈다.

"가문의 세, 재력, 명예, 모두 남궁만 한 곳이 어디 있느냐? 거기다 남궁 소가주와 소부인 모두 연이를 아끼고, 특히 소가주는 연이의 사정도 잘 알지."

친모가 없는 백리연의 가정사와 단전 문제, 금안의 능력도 모두 알고 있었다.

"하지만 아버지, 연이는 아직 어립니다. 굳이 이렇게 빨리 혼처를 정할 필요가 있습니까?"

"남궁 공자가 마음에 들지 않는 것이냐?"

"제 마음은 중요하지 않습니다. 연이의 마음이 가장 중요하지요."

"그럼 연이가 남궁 공자를 싫어하느냐?"

"……아니요."

백리의강이 말을 마친 듯하다가 다소 급하게 덧붙였다.

"하지만 연정을 느끼지도 않습니다."

순간 백리의묵이 웃음을 터뜨렸다가 재빨리 기침으로 꾸며 냈다. 백리패혁의 시선에 백리의묵이 고개를 조아렸다.

"죄송합니다."

백리패혁이 한숨을 길게 내쉬고 말했다.

"너희들도 머리가 굵었으니 이젠 알겠지. 내 혼인 생활이 평탄치 못했기에 너희들의 혼사는 최대한 관여치 않았다. 본인의 의지를 존중해 주었지."

백리의묵이 백리의강을 흘끔 보았다.

백리패혁은 권위적인 가장으로 백리의강의 혼사를 몇 번이나 종용하긴 했다. 하지만 백리의강이 원치 않자 혼사를 강요하지는 않았다. 평소 백리패혁의 태도와는 확실히 다른 모습이었다.

"그런데 그 결과를 봐라!"

"……"

"어느 날 갑자기 딸이라며 연이를 데려왔지!"

그때만 생각하면 백리패혁은 속이 쓰렸다. 백리의강이 입을 꾹 다물었다. 이를 노려보던 백리패혁이 코웃음을 치며 말했다.

"나는 연이가 너처럼 사는 꼴은 절대 두고 보지 못한다!"

침묵하던 백리의강이 조심스럽게 말했다.

"그건…… 너무 큰 비약입니다."

"비약? 흥! 연이가 사리에 밝고 성품이 바르니 다행이지. 너 혼자 돌봤는데 이리 자란 것이 기적이니라!"

백리패혁이 화가 나는지 차를 벌컥벌컥 들이켰다. 백리의묵이 재빨리 백리패혁의 찻잔을 채워 주며 백리의강을 나무랐다.

"아버지 말씀을 새겨듣거라. 너야 홀아비로 살아도 상관없을지 모르지만, 연이도 그렇게 만들어서야 쓰겠느냐?"

"……"

"거기다 남궁가에 직계라고는 류청 그 아이뿐인데 남궁가에서 당연히 이른 혼사를 원하겠지! 그러니 이번 산수연에 류청을 보내서 우리가 살펴볼 수 있도록 한 것이고."

"그래. 의묵이 오랜만에 옳은 말을 하는군. 혼인도 안 한 주제에 네가 뭘 안단 말이냐! 의묵은 연이 혼사에 관해 말할 수 있어도 너는 아니 돼!"

백리패혁이 김이 나는 찻잔을 쥐며 말했다.

"그리고 너도 어느 정도는 짐작하고 있지 않았느냐? 이제 와서 전혀 모르는 것처럼 굴지 말거라."

"저는 그저…… 천천히 두고 볼 생각이었습니다."

백리의강의 목소리는 힘이 없었다. 그 모습에 백리패혁이 다소 누그러진 음성으로 말했다.

"그간 남궁 공자를 쭉 살펴보니 능력과 외견 모두 뛰어나고 괜찮더군. 성품이 다소 오만하고 고집스럽긴 하지만…… 무를 추구하는 이에게 그 정도 고집은 있어야지. 그리고 연이한테는 잘하더군."

쌍둥이들과 백리연의 다툼을 보고 받은 백리패혁은 남궁류청을 불러 그 이야기를 물어보았다. 남궁류청은 기다렸다는 듯이 열렬하게 백리연의 편을 들었다. 쌍둥이들의 행동은 다분히 고의적이었으며 백리연은 전혀 잘못이 없다고. 그 모습에서 백리연을 생각하는 진심 어린 염려를 읽을 수 있었다.

백리패혁이 생각에 잠긴 듯한 백리의강을 기다려 주다가 문득 떠오른 이에 인상을 찌푸렸다.

"혹여 설마 야율, 그 아이를 생각하는 건 아니겠지?"

백리의강은 당혹스러운 낯이었다.

"……아버지, 모두 아이들이지 않습니까? 전혀 그런 식으로 생각해 본 적 없습니다."

그래서 이 상황이 다소 부담스럽고 급작스럽다는 뜻을 몇 번이나 밝히고 있었다.

백리패혁은 단호하게 말했다.

"혹시라도 생각했다면 그 아이는 안 된다."

"어째서입니까?"

"설마 생각했던 게야?"

"그렇지는 않습니다. 다만…… 연이가 친밀히 여기니까요."

"친밀히? 흥, 연이는 제갈 그 여우 같은 놈과도 친밀하지 않더냐? 왜, 딸아이가 원한다면 과부살이도 찬성할 생각인가 보구나."

뭐라 말을 하지 못하고 침묵하는 백리의강의 모습에 백리패혁은 끌끌 혀를 차고 말을 이었다.

"야율 그 아이는 가정사에 문제가 있지 않으냐. 하, 벽가에 대해 알아보니 아주 가관이더군. 벽가 놈들은 원래부터 속이 시커멓지. 제 명성 드높이려고 입적할 때는 언제고, 쯧……."

게다가 연이 앞에서는 사람 같은 낯짝을 한다지만 언제 돌변할지 몰랐다. 백리패혁이 손을 내저으며 등받이에 몸을 기댔다.

"무를 추구하는 이들 중에 손에 피를 묻히지 않고 살아가는 이는 없다지만 그 아이는……."

눈빛에 살기가 가득한 것이 사람의 목숨을 취하는 데 감흥이 없는 이의 모습이었다.

'어린아이가 어찌 그런 눈을 지니게 되었는지.'

그때 서재 안으로 기척을 내며 노복이 들어왔다.

"대공자님, 작은 마님의 시비가 찾아왔습니다. 작은 마님께서 의원을 청하셨다는군요."

백리의묵이 깜짝 놀라 바라봤다. 백리패혁이 찌푸린 낯으로 말했다.

"큰애에게 무슨 일이라도 생긴 것이냐?"

"심한 것은 아니옵고 배앓이가 조금 있다고 합니다. 대공자님, 직접 들어 보시지요."

"그래. 첫째는 이만 가 보거라."

백리의묵이 노복과 함께 황급히 방을 나섰다. 발소리가 들리지 않을 정도로 멀어진 후, 백리패혁이 입을 열었다.

"의강, 내가 왜 이러는지 네가 정녕 모르겠느냐?"

수염을 몇 번 쓰다듬은 백리패혁이 한숨을 내쉬며 말했다.

"바로 너 때문이다."

"저 때문이란 말씀은……?"

"네 몸 말이다."

"……."

"그렇게 오래 해법을 찾아 헤맸는데 아직도 실마리 하나 얻지 못했지……."

백리연에 관해 얘기할 때는 희비가 교차하던 백리의강의 낯은 본인의 얘기가 되자 되레 담담해졌다.

"지금이야 제갈 세가주의 도움으로 악화를 막고 있지만…… 앞으로도 문제없으리란 보장은 없지 않느냐?"

"아버지께 심려를 끼쳐 죄송할 따름입니다."

"심려? 흥, 심려를 끼친다 여겼다면 이리 행동할 수는 없지. 제 목숨 귀한 줄 모르고. 연이가 오고 나서도 벌써 세 번이나 큰 싸움을 치렀지! 만약 그때 발작이라도 일어났다면 넌 죽은 목숨이었다. 그럼 남은 연이는 어쩌느냐? 어?"

백리패혁이 피곤한 낯으로 얼굴을 쓸어내렸다.

"아버……."

"내가 있단 말은 하지 말거라."

백리패혁이 딱 잘라 말하자, 백리의강은 다시 입을 다물었다.

"내 나이가 팔순인데 살아 봤자 얼마나 더 살겠느냐? 내가 살아 있을 때는 내가 살핀다 치더라도…… 하, 됐다."

백리패혁이 말하다 보니 목이 말랐는지 또 차를 벌컥벌컥 마셨다.

"너도 이만 가 보거라. 연이를 위한 것이 무엇인지 잘 생각해 보도록 하고."

백리의강이 천천히 일어나 백리패혁을 향해 고개를 살짝 숙였다.

"의강아."

서재를 빠져나가기 직전 부르는 음성에 백리의강이 뒤를 돌아보았다.

"연이 친모에 대해선 아직도 말할 생각이 없느냐?"

"……."

크게 한숨을 내쉰 백리패혁이 손을 내저었다.

서재를 빠져나온 백리의강은 수백당 정원을 천천히 가로지르다 백리의묵을 마주쳤다. 고개만 간단히 숙이고 지나치려는 그를 백리의묵이 불러 세웠다.

"의강, 뭐가 그리 마음에 들지 않는 것이냐?"

"……마음에 들지 않는 것이 아닙니다."

"그런데 반응이 왜 그 모양이야?"

백리의묵이 언짢은 표정으로 말을 이었다.

"아버지께서 일부러 신경 쓰셔서 나서시는 것임이 뻔하거늘. 아버지께서는 명이 혼사에도 이렇게 나서시진 않았다."

"압니다."

백리의강은 복잡한 낯이었다. 그 모습에 백리의묵은 절로 질시가 일었다.

"남궁 세가의 유일한 직계 공자다. 이보다 더 좋은 혼처가 있더냐? 그리 마음에 차지 않는다면 차라리 내게 넘기거라."

"갑자기 무슨 소리를 하시는 겁니까?"

"싫으냐? 흥, 꺼릴 때는 언제고 남 주기는 아까운 게냐?"

그의 친모가 사방으로 손을 써 구해 온 백리명의 혼처보다 백리연의 혼처가 훨씬 더 좋았다. 심지어 본인이 먼저 혼사를 간청한 것도 아니라, 남궁 세가에서 먼저 말을 꺼낸 것이다. 그저 친우 잘 사귄 탓에 저런 복이 굴러들어 왔다는 게 억울할 정도였다.

'그런데도 저런 반응이라니.'

주제를 모르는 것인지 멍청한 것인지. 반은 저와 같은 피를 지닌 동생이지만 늘 머릿속이 궁금한 녀석이었다.

"그게 아니라 형님, 리리의 혼사를 그런 식으로 결정하셔도 됩니까?"

"뭐 어떠냐? 나는 솔직히 말해 배가 아플 정도다. 정말 거절할 생각이라면 내게 넘기거라."

"……그건 제가 마음대로 결정할 일이 아닙니다. 남궁 세가의 뜻이 중요하지요."

백리의묵이 코웃음을 쳤다.

"리리가 연이에 비해 부족한 게 뭐가 있단 말이냐? 남궁 세가도 반대하지 않을 것이다."

"……."

"남궁 세가와 사돈을 맺으면 든든한 동맹 관계가 될 테니 우리 가문에도 큰 도움이 되겠지. 뭐……."

백리의묵이 조소 어린 음성으로 말을 이었다.

"너야 연이만 생각하느라 가문은 뒷전이겠지만 말이다."

"형님."

"왜, 내 말이 틀렸……."

그때 백리의강이 갑자기 손을 들어 백리의묵의 말을 막았다. 손이 올라온 순간 흠칫 놀랐던 백리의묵이 얼굴을 찌푸리고 살짝 역정을 냈다.

"지금 뭐 하는 것이냐?"

백리의강의 시선은 한곳에 고정되어 있었다. 수백당 다실로 이어진 정원. 곧바로 그곳에 나타난 인물을 본 백리의묵이 당황해 중얼거렸다.

"남궁 공자?"

곧게 걸어오던 남궁류청이 백리의묵과 백리의강을 향해 양손을 모아 인사 올렸다. 당황한 백리의묵이 안절부절못하는 모습으로 눈치를 보다가 말했다.

"그…… 네가 여긴 어쩐 일이냐?"

"백리 세가주께서 부르셨습니다."

멍청한 질문이었다. 백리 세가주가 부른 것이 아니라면 수백당에 외부인이 어떻게 들어올 수 있단 말인가?

백리의묵이 머쓱한 표정으로 말했다.

"아, 그래. 이만 가 보거라."

고개를 숙인 남궁류청이 다시 걸음을 옮기려 할 때였다.

"류청아."

백리의강이 그를 불러 세웠다. 멈춰 선 남궁류청을 바라보던 백리의강이 말을 이었다.

"……혹시 들었느냐?"

"무엇을 말씀이십니까?"

"……."

차분한 표정으로 눈을 마주하는 남궁류청을 응시하던 백리의강이 고개를 저었다.

"아니다. 형님, 저희도 이만 가죠."

"그래, 이만 가자."

남궁류청은 멀어지는 백리의강과 백리의묵을 물끄러미 바라보았다. 이를 하인이 의아하게 보았다.

"공자님?"

재촉하는 음색에 다시 걸음을 떼는 남궁류청의 귓가가 조금 붉어져 있었다.

퍽! 퍽! 퍽!

부드러운 것을 둔탁하게 내려치는 소리가 들렸다. 방 밖으로 들려오는 소리에 언두가 걱정스러운 눈을 했다.

"요새 아기씨 왜 저러시는 건지 알아?"

"휴, 저도 모르겠어요. 물어봐도 아무 말씀 없으시고."

"소녹, 너는 알아?"

심부름을 가다 붙잡힌 소녹이 눈을 깜빡이다가 느리게 고개를 저었다. 금쇄가 한숨을 내쉬었다.

"사공자님이 어서 돌아오셔야 할 텐데."

"떠나신 지 며칠이나 되었다고. 돌아오시려면 한참 남았는데."

언두가 걱정스레 말을 이었다.

"저번에는 해가 져서 창문을 닫아 드리려고 갔더니 침상에서 펄떡 거리고 계시기도 했어. 활어처럼."

금쇄가 들고 있던 부채를 집어 던지며 벌떡 일어났다.

"활어라니. 어떻게 아기씨를 물고기에 비유할 수가 있어요?"

그런 바깥의 소란은 무시한 채, 나는 방금까지 내려치던 이불에 풀썩 쓰러지며 얼굴을 묻었다.

'……대체 어디서부터 잘못된 거지?'

저번에도 남궁류청과 혼담이 나오긴 했다. 하지만…….

'아버지가 돌아가시고 난 후였다고!'

나를 안쓰럽게 여긴 남궁완 아저씨가 무리해서 혼담을 넣었던 것이었다. 그러니 이번에는 혼담이 나오지 않을 거라고 여겼다. 그런데 이렇게 갑자기 혼담이라니!

당연히 가만히 있을 수는 없었다. 나는 할아버지를 찾아가 대놓고 말했다.

"할아버지, 전 아직 혼인할 생각 없어요!"

할아버지는 어울리지 않게 인자하게 웃으며-

"어디서 이상한 소리를 듣고 온 게야? 이 할애비가 네가 싫어하는 일을 시

킬 것 같으냐?"

그렇게 말씀하셨다.

아이의 철없는 투정 취급에 몇 번이나 말을 꺼내도 소용이 없었다. 거기다 할아버지는 맹회로 떠날 준비로 바쁘셔서 나를 상대하실 시간도 없으셨다. 그렇게 속절없이 사흘이 지나 버렸고, 제대로 해결하기도 전에 할아버지와 아버지는 무림맹으로 떠나 버렸다!

"하아……."

저절로 깊은 한숨이 흘러나왔다.

'왠지 할아버지가 자꾸 류청을 부르더라니…….'

나는 그저 무공을 봐주는 거라고 별생각 없이 넘겼는데 사실은 더 깊은 뜻이 있었던 것이다.

'백리명의 맞선을 보면서 실실댈 때가 아니었는데……!'

산수연은 내 맞선장이기도 했던 것이다! 거기다 아버지는, 후…….

"걱정 말거라. 확실히 정해진 건 아무것도 없느니라."

그 말은 아버지가 정말 아무것도 모른다는 느낌만 주었다.

'아버지, 확실히 정해지고 나면 늦는다고요!'

내가 끝까지 싫다고 하면 아버지가 혼인을 강요하시겠는가? 절대 그럴 분은 아니셨다. 하지만 이미 서로 의견을 맞춰 놓은 상태에서, 내가 싫다고 반대해 혼사를 깼다 치자.

'그럼 앞으로 내가 남궁완 아저씨와 소부인을 무슨 낯으로 볼 수 있겠어!'

미리 알았더라면 어떻게 막기라도 했을 텐데. 시간이 너무 없었다.

그때 문 너머에서 목소리가 들렸다.

"아기씨, 손님 오셨습니다."

"누군데?"

"제갈 세가주요."

제갈화무는 나를 보자마자 놀랍다는 기색으로 말했다.

"그새 또 무슨 일이 터진 거야?"

"……."

나는 얼굴을 매만졌다. 그렇게 티가 나나?

제갈화무가 고개를 기울였다.

"아니면 다른 쪽인가?"

"……."

나는 잠시 고민했다.

'말을 해, 말아?'

하지만 비밀로 해 봤자 제갈화무라면 금세 알아낼 거라는 생각에 입을 열었다.

"남궁 세가에서……."

그런데 내 입으로 꺼내려고 하니 왠지 모르게 어려웠다. 진짜 확정이 나는 기분이랄까?

'백리리에게 물어볼 때만 해도 이런 느낌은 아니었는데.'

나는 말을 멈추고 혀끝을 잘근잘근 씹었다.

"더워? 얼굴이 붉어졌네."

제갈화무가 부채를 펴 내 얼굴을 향해 살살 바람을 부쳐 줬다. 나는 한숨을 내쉬듯 내뱉었다.

"남궁 세가에서 나한테 혼담을 넣었대."

그러자 바람이 멈췄다. 제갈화무가 눈을 깜빡이더니 느리게 말했다.

"아…… 혼인? 벌써? 아직 열한 살이잖아?"

"그니까!"

나는 울적한 한숨을 내쉬었다. 제갈화무가 가늘고 긴 세 손가락으로 찻잔을 살짝 받쳐 들었다.

"남궁류청 정도면 좋은 혼처지."

"아니, 너까지 그렇게 말할 거야?"

열한 살의 나이에 혼사 때문에 골머리 앓는 이 비극에 공감해 주진 못할망정!

"가족도 단출하고 가풍도 바르고, 널 지켜 줄 힘도 있을 테고 네 능력을 꺼리지도 않고."

"……."

"거기다 네가 혼인하게 되면 남궁 세가와 백리 세가의 동맹을 공고히 할 수 있게 되지."

제갈화무 이 자식 할아버지께 뇌물이라도 받아먹었나?

"무림맹이라는 연합에 함께 있지만 결국 그 안에서도 서로 가문의 이익을 위해 충돌할 수밖에 없으니까. 하지만 혼인 동맹을 맺으면 말이 달라지지."

길게 이어진 말에 제갈화무가 차로 목을 축인 후 다시 말을 이어 갔다.

"무림맹 내에서 발언권도 훨씬 강해질 테고. 움직일 수 있는 수단도 훨씬 많아지겠지."

짜증 날 정도로 구구절절 옳은 말이었다. 일부러 생각하고 있지 않던 부분이기도 했다.

"그래서 너도 내가 혼인하는 게 좋다는 뜻이야?"

"네가 이런 반응인 것을 봐서 저번에는 없었던 일인가 봐?"

"……전혀 없었던 일은 아냐."

"흐음, 그런데 그땐 어떻게 됐는데?"

"그땐 아버지도 돌아가셨고, 할아버지도 내게 관심 없었거든. 그리고……."

나는 입술을 감쳐물었다가 말을 이었다.

"그 혼담이 탐났는지 할머니랑 큰아버지가 나 대신 백리리를 들이밀어서…… 파투 났지."

"이번에는 백리 세가주가 동의하셨나 보네."

하여간 귀신같이 정답을 말하곤 했다.

"하아, 맞아."

할아버지께서 직접 내 혼담에 나섰으니, 감히 백리리를 들이밀 생각은 하지 못할 것이다.

"너는 어떤데?"

"글쎄. 혼인이라……."

나는 턱을 괴고 창밖을 보았다. 수풀이 바람에 흔들렸다.

내 목표는 살아남는 것이었다. 살아남은 이후는 생각하지 않았다. 누군가와 부부가 된다니…….

"모르겠어. 그런 미래는 한 번도 생각해 본 적 없어서."

"오, 그건 나랑 같네."

청회색 눈동자가 나를 담담하게 바라보고 있었다. 이미 오래전에 마음을 정리한 이의 눈이었다.

아니, 잠깐만.

그때 스치듯 어떤 생각이 떠올랐다.

'남궁류청 그 녀석이 순순히 혼인하려 들 리가 없잖아?'

왜 이 생각을 못 했지?

당시 남궁류청과 혼사가 이뤄지지 못한 것은 가문에서 나 대신 백리리를 내민 이유도 있었지만, 가장 큰 이유는 남궁류청이 원치 않아서였다.

'그래!'

순간 눈앞이 맑아지는 기분이었다. 나는 갑자기 기분이 좋아졌다.

"그래서 너는 무슨 일로 온 거야?"

"아, 네 고모가 움직였어."

다시 기분이 바닥에 처박혔다. 누가 보면 조울증을 의심하지 않을까? 나는 싸늘하게 뇌까렸다.

"할아버지랑 아버지께서 떠나시자마자. 하……."

헛웃음을 짓던 나는 주먹을 꽉 쥐었다.

"아니, 차라리 잘됐지. 빨리 돌아오실 수 있을 테니까. 이쪽은 준비 끝났어. 언제든지 가능해."

"그래. 알겠어."

"그쪽은 어떻게 됐어?"

"지금 데려오고는 있는데, 시기를 맞출 수 있을지 모르겠네."

"어쩔 수 없지. 붙잡은 게 어디야? 고마워."

제갈화무가 없었더라면 이렇게 쉽게 손을 쓸 수 없었을 것이다. 목숨을 살려 준 대가를 정말 알차게 뽑아 먹고 있었다.

그때 제갈화무가 소매로 입가를 가리더니 밭은기침을 했다. 꽤 오랜만의 모습이라 놀란 나는 서둘러 따뜻한 차를 다시 채워 줬다.

'너무 많이 부려 먹었나?'

죄책감을 느끼고 있을 때, 다행히 금세 기침을 멈춘 제갈화무가 찻잔을 쥐었다. 몇 년 지나지 않았는데, 벌써 상태가 조금씩 나빠지고 있었다.

"몸도 안 좋은데, 서신으로 전하지 그랬어?"

제갈화무가 부드러운 목소리로 말했다.

"당연히 네 얼굴을 보고 싶어서 온 거지."

"……."

평소라면 그냥 장난이라고 여기고 넘어갈 말이었다. 제갈화무가 저런 식으로 말하는 게 한두 번도 아니고, 워낙 제멋대로에 장난기가 많았기에.

하지만 최근 혼사로 골머리를 앓아선지, 왠지 와닿는 느낌이 달랐다.

'설마…… 아니겠지? 백리연, 정신 차려. 네가 뭐라고? 남궁 세가에서 너한테 혼담을 넣었다고 도끼병에라도 걸린 거야?'

그렇게 생각하며 확실히 하기 위해 말했다.

"나 류청만으로도 머리 복잡해. 장난치지 마."

나는 제갈화무의 청회색 눈동자를 파헤치듯 들여다보았다.

"……."

"……."

나는 벌떡 일어났다.

쿠당탕.

내 뒤로 의자가 나뒹구는 게 느껴졌다.

"너…… 언제부터?"

제갈화무가 입을 연 순간 손을 들어 틀어막았다.

"아니! 말하지 마!"

심장이 거세게 두근거렸다. 아니, 진짜로? 나는 한참 입을 뻐끔거리
다 말했다.

"근데 너…… 너, 방금 남궁류청이랑 내 혼사에 찬성했잖아!"

제갈화무가 소매를 정돈하며 눈을 내리깔았다.

"상대의 행복을 바라는 게, 진실한 마음 아니겠어?"

시한부인 자신은 이뤄 줄 수 없는 행복이었다.

제갈화무가 나를 보며 미소 지었다.

"그런데 역시 네가 혼인하지 않았으면 좋겠어."

제갈화무가 폭탄선언을 한 후, 며칠이 지났다.

그사이 석 태의 댁을 방문하여 석가약과 대화도 나누었다. 석가약
은 내가 생각도 못 한 인물에게 고백을 받았다는 말에 배를 잡고 웃
고는 바로 상대를 맞혔다.

"제갈화무?"

"……어떻게 알았어?"

"제삼자한테만 보이는 게 있지."

"알면서 왜 말 안 해 줬어!"

"아니, 상대가 고백도 안 했는데 제가 먼저 말하라고요?"

"……."

틀린 말 하나 없는데 왜 이렇게 얄미운 건지.

그리고 또 하루가 지난 다음 날.

"몸은 괜찮아?"

"응?"

언제 왔는지 남궁류청이 나를 내려다보고 있었다.

"아……."

내가 있는 곳은 백검단의 연무장이었다. 나는 연무장에 딸린 전각 계단에 앉아 있었고, 남궁류청은 아래 계단에 서 있었다.

그때 남궁류청이 손을 뻗어 스스럼없이 내 이마를 짚었다.

"……괜찮은 것 같은데."

나는 뒤늦게 화들짝 놀라며 남궁류청의 손을 떼어 냈다.

"뭐 하는 거야?"

심장이 빠르게 뛰었다. 남궁류청이 나를 이상하다는 듯 바라봤다.

"태의 댁에도 다녀왔다며. 많이 안 좋은 거야?"

나는 근래 며칠을 방에 틀어박혀 모든 방문을 거절했다. 이를 시비들이 내 몸이 좋지 않다고 둘러댄 모양이었다. 거기다 석 태의 댁에도 다녀왔으니.

"아, 뭐…… 응. 괜찮아."

"괜찮다면 다행이고."

나는 헛기침을 하며 연무장으로 시선을 돌렸다. 백검단원 두 명과 서하령이 함께 야율을 공격하고 있었다. 삼 대 일임에도 야율은 아주 여유롭게 그들을 상대하고 있었다. 잠시 그곳을 응시하는 척하다가 다시 남궁류청을 돌아보았다. 그리고 살짝 놀랐다. 남궁류청의 시선이 계속 나를 향해 있었던 것이다.

남궁류청이 또다시 물었다.

"석 태의 댁에 석가약이라는 공자도 있지?"

"어? 네가 가약이를 어떻게 알아?"

"……여기 백리 세가 앞 거리에서 너랑 같이 마주쳤잖아."

"그래도. 그때 서로 소개도 안 하고 헤어졌잖아."

평소 다른 사람에게 관심도 없으면서? 의원 조카 이름까지 꿰다니.

남궁류청이 잠시 눈을 내리떴다가 입을 열었다.

"……친해 보이던데."

"그치 뭐. 날 많이 도와줬거든."

"그렇군."

뭐라도 물어볼 줄 알았거늘 남궁류청은 실없이 거기까지만 말하고 입을 다물었다. 의아한 기색으로 그를 보던 나는 어느 순간부터 대놓고 그를 관찰했다.

'정말 잘생기긴 했네.'

남궁류청의 외모는 나날이 절세미남이라는 묘사에 충실해지고 있었다. 연회 자리에 남궁류청이 나타나기만 하면 소녀들의 눈길이 그야말로 쏟아졌다. 남궁류청에게 연심을 품은 게 분명해 보이는 소녀들을 내가 본 것만 해도 여럿이었다.

그의 얼굴을 감상하듯 살피다 대뜸 물었다.

"너는 혼인한다면 어떤 사람이랑 하고 싶어?"

남궁류청이 대리석 조각 같은 이마를 좁히며 나를 돌아보았다. 내가 물어보긴 했지만, 당연히 남궁류청이 무시하며 헛소리로 치부하겠거니 생각했다.

"아니, 아니야. 그냥 해 본 소리야."

그때 남궁류청이 딱딱한 목소리로 답했다.

"혼사는 응당 부모님의 말씀을 따라야지."

"허?"

나는 멍하니 입을 벌렸다.

아니…… 네가 언제부터 부모님 말씀을 잘 들었다고? 언제부터 효자였다고……!

'이 자식이 왜 이래? 뭘 잘못 먹은 거야?'

이러면 남궁류청이 알아서 거절할 거란 내 계획은……!

기가 막혀 노려볼 때였다. 갑자기 뺨이 붉어진 남궁류청이 한 발 뒤로 물러났다. 나도 모르게 물러나는 남궁류청의 손목을 붙잡았다. 남궁류청의 몸이 움찔 튀었다.

"뭐야, 왜?"

"너, 그 말 진심이야?"

"뭐가 진심이야?"

어느새 대련이 끝난 서하령이랑 야율이 남궁류청 뒤쪽으로 다가오고 있었다. 서하령이 재차 물었다.

"응? 뭐가 진심이야? 무슨 얘기 하고 있었어?"

야율이 차갑게 말했다.

"연이한테서 손 떼."

"내가 쟤 편들기는 싫은데 이건 연이가 류청을 잡은 거 아니냐……?"

평소라면 당장 내 손을 뿌리쳤을 남궁류청이 점잖게 말했다.

"백리연, 놔."

"……?"

의아하게 본 내가 손에 힘을 풀고 나서야 남궁류청이 손목을 거뒀다. 남궁류청이 몸을 돌려 연무장 중앙으로 향했다.

"후우, 이제 조금씩 덥다."

서하령의 이마에 땀이 맺혀 있었다. 반면 야율의 얼굴에선 한 방울도 찾아볼 수 없었다.

"쟤랑 대련해서 더 땀이 나는 것 같아. 하, 여름에 싸우기 정말 싫겠다."

억지로 상대해야 했던 야율의 표정은 대충 난 지금도 싫다, 이 느낌이라 나도 모르게 웃음이 터졌다. 그때 진진이 물이 송골송골 맺혀 있는 놋쇠 주전자와 잔을 가져왔다.

"여기 얼음물이에요!"

"아, 고마워."

꿀꺽꿀꺽 마신 서하령이 탄성을 터트렸다. 그 모습을 보다가 문득한 가지 의문이 떠올랐다. 나는 서하령의 손목을 붙잡으며 벌떡 일어났다.

"하령아."

"응?"

"나랑 얘기 좀 하자."

내가 서하령을 데려간 곳은 수련장 구석에 딸린 작은 창고였다. 서하령은 영문도 모른 채 눈을 두리번거리며 창고를 구경했다.

서하령은 남궁류청을 짝사랑하던 소꿉친구였다.

'지금은 아닌 것 같지만……'

현재 서하령과 남궁류청 사이에 연모의 기운 따위는 전혀 흐르고 있지 않았다. 하지만 사람 마음은 모르는 것이 아니던가? 만약 속으로 좋아하고 있는데 나와 혼담이 오가는 걸 안다면……

과거에 남궁류청과 함께 있던 서하령이 나를 싸늘한 눈으로 바라보던 것이 떠올랐다. 가슴이 선뜩한 것이 마치 송곳에 찔리는 느낌이었다.

'그건 싫어.'

나는 곧바로 본론으로 들어갔다.

"하령아, 너 혹시 좋아하는 사람 있어?"

"으엉? 갑자기 무슨 뚱딴지같은 소리야?"

"아니, 류청 말이야. 너 항상 붙어 다니잖아. 그, 혹시……?"

서하령의 표정이 일그러졌다.

"설마 나한테 지금 류청 좋아하냐고 물어본 거야?"

버럭 외치는 소리에 고막이 아릴 정도였다. 나는 깜짝 놀라 손을 모은 채 눈을 깜빡였다.

"내가 그동안 그런 오해를 얼마나 많이 받았는데! 너까지 그런 말을 할 줄이야! 내가 그 싸가…… 걔를 왜 좋아해! 얼굴이 반반하면 무조건 좋아해야 하나? 아니거든!"

부끄러워서 그러는 게 아니라 정말 짜증 나고 진절머리 난다는 느낌이었다. 그간 그런 오해를 상당히 많이 받고 다닌 모양이었다. 펄펄 날뛰던 서하령의 발에 굴러다니던 병장기 하나가 걷어차여 짚에 박혔다. 하령이가 이렇게 화를 내는 모습은 처음이었다.

"그, 그렇구나. 알겠어, 미안해. 나는 정말 혹시나 해서……"

나는 양손을 싹싹 빌며 사과했다.

"앞으로 그런 오해, 안 했으면 좋겠어. 정말 기분 나쁘니까! 거기다 류청 그 녀석은 너랑……!"

날뛰던 서하령이 갑자기 말을 뚝 멈췄다. 나도 눈을 깜빡이며 서하령을 바라봤다.

류청 그 녀석은 너랑……?

미안한 마음이 의심으로 뒤덮이는 건 순식간이었다. 나는 싹싹 빌던 손을 내리고 눈을 가늘게 떴다.

"하령아, 왜 말을 하다가 말아?"

"어? 아니, 여기 덥다. 이제 나가자."

"말해. 류청 그 녀석이 나랑 뭐?"

빠르게 눈을 깜빡인 서하령이 시선 둘 곳을 찾지 못하고 헤맸다.

"나는…… 나는 모르는 일이야."

"너…… 알고 있었구나?"

서하령이 입을 꾹 다물었다.

"그런데 어떻게 아무 말도 안 해 줄 수가 있어!"

"그, 미안. 하지만 엄마가 다른 사람 혼사에 함부로 입 놀리면 절대 안 된…… 헙!"

서하령이 제 입을 막았으나 이미 들을 건 다 들었다. 나는 어이가 없어서 헛웃음이 나왔다.

"솔직히 네가 너무 아깝지. 물론 네 마음이 제일 중요하다고 생각해."

"제가 고맙다고 해야 할까요?"

"하하, 하하하. 화, 화났어? 아니, 뭐 걔 성격이 좀…… 문제 있지만 그래도 얼굴은 괜찮잖아?"

"조금 전에 얼굴 반반하면 무조건 좋아해야 하냐고 고래고래 소리 치던 사람이 누구지?"

내가 차게 식은 표정으로 바라보자 서하령이 안절부절못하다 말했다.

"그, 그리고 걔랑 잘되면 나도 자주 볼 수 있다?"

"뭐?"

"아니이이, 네가 류청이랑 혼인하면 남궁 세가에서 지낼 거 아냐? 그럼 가까운 데에 사니까…… 나랑 자주 만날 수 있잖아? 헤헤……."

"……."

"우음. 그래서 나는 좋은 것 같은데……."

"그걸 말이라고 해!"

서하령이 어깨를 움츠리며 귀를 막았다.

"에이, 화내지 마."

귀엽게 웃으며 치댔으나, 배신감에 치를 떠는 내게는 전혀 와닿지 않았다.

어떻게 이럴 수가 있어! 세상에 내 편이 하나도 없어!

"그러는 너는 어쩌다 알게 된 거야? 백리 대협께서 말씀하신 거야? 확정된 거야? 아하! 그래서 나한테 류청 좋아하냐고 물어본 거구나?"

서하령이 눈을 가늘게 뜨더니 손으로 입을 가린 채 얄밉게 웃었다.

"호호호, 소녀는 그런 마음이 전혀 없으니 소녀를 신경 쓰지 않으셔도 됩니다."

"확정 안 됐거든!"

"에에에~ 그렇~ 구나~"

나는 손으로 이마를 짚고 물었다.

"그래서 더 아는 거 있어?"

서하령이 고개를 저었다.

"그게 사실, 나는 전혀 모르다가…… 출발 전에 엄마가 할 말이 있다고 부르시더니, 조심하라고 알려 주셔서 안 거야."

"……."

아마도 눈치 없는 서하령에게 처신 잘하라고 알려 주신 게 아닐까?

그때 서하령이 갑자기 검집을 쥐며 고개를 번쩍 들었다.

"거기 누구야!"

그 말과 동시에 집중하는 순간 창고 밖에서 흐릿한 기척이 느껴졌다. 몸을 휙 돌린 나는 금안으로 본 모습에 눈을 의심했다.

끼익. 창고의 문이 열렸다.

"뭐야, 야율?"

서하령이 날 선 목소리로 말했다.

"연이가 따라오지 말라고 했는데, 왜 여기 있는 거야?"

야율은 서하령을 무시한 채 나를 새카만 눈동자로 물끄러미 응시했다. 서하령이 살짝 당황한 듯 나와 야율을 번갈아 보았다.

입술을 질끈 깨문 서하령이 재차 입을 열려 할 때였다. 야율 옆에서 다른 신형이 화살처럼 창고로 뛰어들어 왔다.

나는 내 품으로 뛰어든 신형을 붙잡았다.

"뭐, 뭐야?"

서하령이 당혹스러운 듯 말했다. 내 심정도 같았다.

'우리가 그간 말을 좀 텄다고 이럴 사이는 아니었잖아?'

그 심정을 내색하지 않으며 자애롭게 물었다.

"무슨 일이야?"

백리리가 내 품에서 천천히 고개를 들었다. 그리고 발갛게 달아오른 얼굴로 숨을 헐떡거리다 갑자기 울음을 터트렸다.

나는 당황하며 야율을 바라보았다.

"나도 몰라. 널 찾길래 데리고 온 거야."

나는 주변을 살폈다. 백리리는 집 안에서도 절대 혼자 다니지 않고 늘 시중을 들어 줄 사람을 데리고 다녔다. 하지만 오늘은 그런 사람도 없었다.

백리리가 순식간에 눈물범벅이 된 얼굴로 내 팔을 꽉 부여잡았다.

"오라버니가, 오라버니가 주화입마에 빠졌어."

第二章

사건의 발단은 다음과 같았다.

백리명은 최근 정 소저와 혼담이 진행되고 있었다. 그러나 혼담에 불만이 있던 백리명은 이를 피할 방법을 고민하다가, 수련에 집중해야 한다는 핑계를 대야겠다고 생각한 것이다.

할아버지가 설빙보주는 시간을 두고 먹으라 주의를 주었으나, 백리명이 영약을 한두 번 먹어 보나? 큰아버지를 설득해 큰아버지와 함께 오늘 오전에 설빙보주를 가지고 수련관에 들어갔다고 한다.

백리명이 워낙 자신 넘치는 데다, 큰아버지도 함께 있으니 별일이야 생기겠느냐 하였는데…….

'아니, 왜 백리명이? ……왜?'

백리리는 눈물을 뚝뚝 흘리며 말을 이었다.

"아빠가, 아빠가 오라버니를 진정시키려고 했는데, 흡, 흐윽, 실패해서, 아빠도 주화입마에 빠질 뻔하고…… 엄마도……."

"큰어머니는 왜?"

"엄마도 오라버니 소식을 듣고 놀라서, 놀라서 쓰러지셨는데…… 피, 피가……."

나도 모르게 입을 틀어막았다. 큰어머니는 임신한 지 이제 육 개월

이 되어 가고 있었다. 백리리의 목소리가 끊어질 듯 말 듯 가느다랗다.

"모르, 모르겠어. 밖에, 밖에 알리면 안 된다고 하는데 나는…… 나는…… 어떻게, 해야 할지……."

정신이 혼미하니 살짝 현기증이 일 정도였다. 대체 왜 백리명이?

"어떡해, 언니, 어떡해? 오라버니…… 죽어? 오라버니 죽는 거야? 허어어엉."

"……."

주화입마에 빠지면 십중팔구는 죽는다. 살아남는다 해도 평생을 누워 보내야 할 폐인이 되고. 단전 폐인으로 끝난 나는 운이 좋은 것이었다. 가진 내공이 적어서, 아니, 없어서 타격이 덜했다. 몸에 지닌 내공이 많을수록 주화입마도 더 크게 오는 것이다.

바늘로 난도질당하는 것과 도끼로 난도질당하는 차이라고나 할까?

한참을 오라버니와 아버지, 어머니에 관한 걱정을 쏟아 내던 백리리가 갑자기 힘이 빠진 듯 갑자기 주르륵 주저앉았다. 나는 깜짝 놀라 붙잡았다. 창고인 이곳 바닥엔 녹슨 무기들이 나뒹굴고 있었기 때문이다.

나는 거의 오열하는 백리리를 일으켜 세우며 말했다.

"가자."

백리리가 울면서 물었다.

"어, 어딜?"

"명 오라버니께 가 봐야지. 명 오라버니 있는 곳이 어디야?"

"어, 언니……."

그때 서하령이 내 어깨를 붙잡았다.

"연아! 네가 가서 뭘 하려고!"

같이 창고에 있던 서하령은 얼떨결에 내 옆에서 모든 이야기를 듣게 된 참이었다. 심각한 이야기에 숨소리도 내지 않고 있었다.

"설마…… 아니지? 네 큰아버님도 실패하셨다잖아! 위험해!"

"실랑이할 시간 없어."

나는 서하령의 손을 떼고 걸어갔다. 그때 야율이 슬며시 앞을 막아섰다. 비켜서 지나가려 할 때, 야율이 나를 따라 또 앞을 막아섰다.

"야율, 뭐 하는 거야?"

"하나만 물어볼게."

"뭘 물어보려고?"

"네가 주화입마에 빠졌을 때, 백리명이 널 도왔어?"

"……."

나는 눈을 내리깐 채 바닥에 흐트러진 지푸라기들을 보았다. 창고 안에 침묵이 맴돌았다. 간헐적으로 백리리가 훌쩍이는 소리만 들렸다.

'도와줬냐니. 그럴 리가 있나.'

내가 아플 때 문병 한 번 온 적 없는 이들이었다. 나는 숨을 크게 들이쉬고 다시 앞을 보았다.

"야율, 넌 나랑 꽤 오래 같이 지냈지. 그럼 내가 어떻게 할 것 같아?"

"……안 돼. 위험해."

서하령이 다급하게 야율 옆에 다가가 섰다.

"맞아! 너무 위험해! 네 큰아버지도 같이 주화입마 빠질 뻔하셨다잖아! 차라리…… 차라리, 그래! 백검단주께 부탁드리자. 너보다 훨씬 경지가 높으신 분이니까……."

"불가능해."

갑자기 들린 목소리에 서하령이 놀라 뒤를 돌아보았다.

"류청?"

나는 남궁류청이 다가오는 걸 알고 있었다지만, 야율은 갑작스러운 목소리에도 돌아보지 않고 나만 빤히 응시하고 있었다.

서하령이 대꾸했다.

"왜 안 되는데? 백리 세가의 단주인데 연이보다 훨씬……!"

"같은 심법을 배운 자가 아니면 안 되니까."

"뭐?"

"주화입마에 빠졌을 때는 같은 심법을 배운 자가 아니면 함부로 손대서는 안 돼."

오히려 주화입마를 더 촉진하거나 심하면 같이 주화입마에 빠질 수도 있었다.

남궁류청이 천천히 말을 이었다.

"보통 가문의 직계들이 배우는 내공 심법과 그 외 제자들의 심법은 결을 달리해. 백리 세가도 다를 바 없겠지. 그러니 방계인 백검단주도 백리명을 도울 수는 없을 거야."

남궁류청의 말이 맞았다.

가문의 중심이 되는 심법은 유출을 막기 위해 직계에게만 가르친다. 심지어 어떤 가문들은 출가외인이 될 거라며 여자아이에게는 가르치지 않거나, 직계 중에서도 후계자에게만 물려주는 예도 있었다.

그리고 자리를 비운 이들을 빼면 현재 가문에 백리명과 같은 심법을 배운 이는 큰아버지, 나, 백리리 이렇게 셋뿐이었다.

남궁류청이 냉랭한 목소리로 말했다.

"백리명 그 녀석은 나도 마음에 안 들어."

"그래서 너도 반대한다는 거야?"

나는 입술을 깨물며 후회했다.

'……처음부터 백리리랑 단둘이 얘기할걸.'

갈수록 첩첩산중이었다. 백리리는 훌쩍거리며 어찌할 바를 모르고 있었다. 남궁류청이 짜증스럽다는 듯 한숨을 내쉬었다.

"하지만 할 수 있는데도 나서지 않는 건 소인배나 할 짓이지."

남궁류청이 검 손잡이를 고쳐 쥐었다.

"백리연, 동생 데리고 가."

남궁류청이 오만한 눈빛으로 야율을 바라보았다.

"그렇지 않아도 천산염제의 제자라는 저 녀석 실력이 궁금했으니."

예상치 못한 지원에 나는 눈을 동그랗게 떴다. 야율이 그제야 천천히 남궁류청을 돌아보았다.

"……"

어느새 야율의 낯에는 표정이 싹 사라져 있었다.

"뭐 해?"

채근하던 남궁류청이 돌연 몸을 틀었다. 뭔가 휙, 남궁류청이 있던 자리를 지나갔다.

"개자식! 혼자 잘난 척하지 마!"

서하령이 바닥에 뒹굴던 무기를 던진 것이었다.

"무슨 짓……!"

"그래, 너 잘났다! 우리는 연이를 걱정한 것뿐이거든! 누구한테 소인배라는 거야? 가! 가자! 대신 혼자는 못 보내!"

도착하고 나서, 백리리가 밖에 알리지 말라는 얘기를 들었다는 게 무슨 뜻인지 정확하게 알 수 있었다. 수련장이 딸린 전각을 둘러싼 담. 그곳의 평소 늘 열려 있던 중문이 굳게 닫힌 채 그 앞을 무사들이 지키고 있었다.

백리리가 나와 함께 들어가려고 할 때였다. 무사가 검집째 들어 백리리의 앞을 막아섰다.

"뭐 하는 거야?"

백리리가 왈칵 성을 냈다.

"이거 당장 치우지 못해!"

"대부인께서 출입을 금하셨습니다."

무사가 나와 내 뒤편의 일행들을 굳은 얼굴로 보았다.

"작은 아기씨만 들어가실 수 있습니다."

"언니는 도와주러 온 거야!"

"안 됩니다."

"저리 비켜!"

백리리는 발을 구르고 소리를 지르며 난동을 피웠으나 호위 무사들은 굳건했다.

그때 덜컹거리는 소리가 들리더니 굳게 잠긴 문이 스르륵 열렸다. 열린 문틈으로 중년 여인이 나왔다. 백리리의 얼굴이 밝아졌다.

"유모! 문 열어 줬구나! 당장 비켜!"

유모라 불린 이는 정확히 말하면 곽씨 어멈으로 고모와 쌍둥이들을 키운 사람이었다. 그러다 쌍둥이들이 고계암에 유배당했을 때 잠깐 백리리를 맡았는데, 당시 백리리를 맡았던 유모의 친어머니가 돌아가셔서 삼 년간 상을 치러야 했기 때문이다. 쌍둥이들이 귀환하고 백리리의 유모도 돌아오면서 자연스럽게 원래 맡던 쌍둥이들에게 돌아가게 되었다.

'그런데 왜 여기 있는 거지?'

쌍둥이들 곁에 있어야 하는 거 아닌가?

곽씨 어멈이 백리리를 꽉 껴안아 주고는 등을 떠밀었다.

"아기씨, 어서 들어가십시오."

얼떨떨하게 문지방을 넘은 백리리 곁으로 시비들이 다가와 붙잡았다.

"아기씨를 잘 뫼셔라."

어멈의 말이 끝나기도 전에 문이 닫히기 시작했다. 뒤늦게 사태를 깨달은 백리리의 외침이 들렸다.

"뭐야, 안 놔? 언니!"

점점 백리리의 목소리가 멀어졌다.

"곽씨 어멈이 남아 있을 줄 몰랐네. 고모를 따라간 거 아니었어?"

"무슨 소리를 하시는 건지? 저는 계속 남아 있었습니다."

"……그래? 그럼 그렇다고 치고, 날 왜 막는 거야? 할머니께서 명 오라버니를 버린 거야? 그게 아니면 도와줄 수 있는 유일한 사람을 막는 게 말이 안 되는데."

곽씨 어멈이 어딘가 찔린 것처럼 왈칵 소리쳤다.

"허튼소리! 제가 뭘 믿고 들여보낸단 말입니까?"

뒤쪽의 서하령이 소리쳤다.

"말이 너무한 거 아니야? 연이는 도와주러 온 거라고!"

"도와줘? 흥!"

곽씨 어멈이 코웃음을 치고 소리치기 시작했다.

"대부인께서 들어오지 말라면 들어오지 말 것이지, 지금 대부인의 말씀을 무시하시는 겁니까? 불효막심한 것! 사공자님도 감히 대부인을 거스르지 않는데, 가주님이 아낀다고 정말 뭐라도 된 줄 압니까?"

곽씨 어멈이 나를 향해 손가락질했다.

"핏줄도 알 수 없는 천것 주제에 백리가에서 받아 준 것을 감사히 여겨야지!"

곽씨 어멈은 이 가문에서 나보다 더 오래 지낸 사람으로 할머니와 고모의 심복이었다. 내게 이리 굴어도 벌받지 않을 자신이 있는 것이다. 곽씨 어멈이 내 뒤의 남궁류청과 야율, 서하령을 보고 조소했다.

"얌전히 지내진 못할망정 이리저리 사람만 꼬드기고. 썩 물러가지…… 큭!"

쾅— 스릉—

그러니까 순식간이었다. 야율에게 목이 잡힌 곽씨 어멈이 그대로 문에 처박히고, 동시에 남궁류청과 서하령이 문 앞의 무사들을 향해 검을 겨눴다.

좀 전의 창고에서는 서로 검을 뽑고 당장 싸울 것 같더니만, 손발이 이리 잘 맞을 줄이야.

'이게 바로 내분을 잠재우는 방법은 외부의 적을 만든다는 것인가?'

내가 쓸데없는 생각을 할 때 남궁류청이 말했다.

"집안 꼴이 참 대단해."

마주 검을 뽑은 무사들이 당황한 어조로 말했다.

"이게 무슨 짓입니까!"

남궁류청은 태연하게 답했다.

"그보다 당신들, 내 몸에 손댈 자신 있나?"

무사들은 서로 시선을 교환하며 식은땀을 흘렸다.

남궁 세가의 유일한 후계자. 제압하려거든 다치지 않게 해야 했다. 후일 남궁 세가주가 될 남궁류청에게 상해를 입힌다? 아무리 남궁류청이 먼저 검을 뽑았대도 그야말로 인생을 걸어야 할 것이다.

"공자님, 도의에 맞지 않는 일입니다. 백리 세가 내에서 검을 뽑아 들어 겁박하다니요!"

"시시비비는 백리 세가주께서 돌아오시면 가리시겠지."

남궁류청이 푸른빛의 보검을 휘두르자 무사들이 황급히 물러났다. 쾅! 야율의 발길질에 그대로 문짝이 부서졌다. 남궁류청은 나를 돌아보지 않고 말했다.

"먼저 가."

"고마워."

나는 입술을 깨물고 쓰러진 곽씨 어멈을 꾹 밟고 넘어갔다.

나는 미리 봐 둔 방향으로 향했다. 큰 소란에 시비와 하인들이 나와 볼 만도 한데, 내부는 기이할 정도로 조용했다.

뒤에서 발소리가 들렸다. 어느새 서하령이 뒤따라오고 있었다. 내 시선에 서하령이 설명했다.

"류청이 혼자 상대할 수 있다고 나보고 따라가래."

서하령이 걱정스럽게 물었다.

"근데 야율 너, 저 부인 죽인 거 아니지?"

"……."

"왜 말이 없어!"

내가 대신 해명했다.

"아냐, 숨 쉬는 거 확인했어."

"왜 대답을 안 해? 깜짝 놀랐잖아!"

서하령이 안도의 숨을 내쉬었다가 다시 말을 이었다.

"너무 이상해. 왜 도와주려는 사람을 막는 거야? 백리 세가의 대부인께서는 자기 손자가 죽어도 좋다는 거야?"

"내가 도와줄 리가 없다고 여겼던 거겠지."

"하, 누가 저 같은 줄…… 크흠."

"그리고 만약 구사일생으로 백리명이 살아난다면 주화입마에 빠졌단 얘기를 숨길 생각이었을 테고."

"뭐?"

"나도 살아났잖아. 소문만 안 난다면, 가문만 입을 다문다면 어떻게 해서든 조용히 넘어갈 생각이었겠지."

"그게 가능해?"

"왜, 우리도 백리리가 오기 전까진 전혀 몰랐잖아."

백리명의 무위를 앞으로 숨길 수 있을까 하는 문제는 부차적인 것이다. 일단 소문이 퍼지는 걸 틀어막고, 주화입마에서 살아남은 후에 생각할 일이었다.

하지만 그것만으로는 모두 설명되지 않았다. 무언가 더 숨기는 게 있다.

"그리고 보니 네 동생은 어디까지 끌려간 거지? 아, 저깄다!"

멀리서 시비에게 붙들려 가는 백리리가 보였다. 계속 실랑이를 하

고 있었는지 백리리와 두 시비 꼴이 양쪽 다 엉망이었다. 시비들도 무
공을 익힌 자들이라 백리리가 빠져나오지 못한 모양이었다.

백리리도 나를 보았는지 화색이 도는 낯빛으로 소리쳤다.

"언니!"

시비가 놀란 틈을 탄 백리리가 시비 한 명을 걷어차곤 다른 한 명
의 뺨을 날렸다.

"날 한 번만 더 붙잡으면 너희 손목을 부러트려 버릴 것이야!"

아주 포악한 기세가 흘러넘쳤다. 도와줄 생각으로 뛰어가던 서하령
이 멈춰 섰다.

"쟤도 성질머리가 대단한걸."

시비들은 더는 붙잡을 수 없다고 생각했는지 재빨리 물러났다.

"이쪽이야."

나는 백리리를 붙잡았다.

"어딘지 알아. 그보다…… 네가 해 줘야 할 일이 있어."

"내가 해 줘야 할 일?"

백리리가 의아하게 바라보았다.

백리명이 있는 전각까지는 멀지 않았다.

굳게 닫힌 문 앞에는 큰아버지가 계셨다. 큰아버지는 망연자실한
표정으로 문을 바라보고 계셨다.

큰아버지를 마지막으로 뵌 것은 할아버지를 배웅할 때였다. 그날로
부터 얼마 지나지 않았는데, 평소 매끈하던 피부는 푸석푸석해지고

귀밑머리가 희끗희끗해진 게 마치 대여섯 살은 더 먹은 듯한 모습이었다.

'정말 주화입마에 한 발 담갔다 나왔나 보네.'

금안으로 보이는 몸 안의 진기도 매우 불안정했다.

"큰아버지."

얼마나 정신을 놓고 있었는지 내 목소리를 듣고서야 우리가 온 것을 발견했다.

"네가 어떻게, 아니, 같이 온 아이들은, 예가 어딘 줄 알고……. 분명 아무도 들어오지 못하게 막으라고……."

횡설수설하는 목소리는 탁하게 쉬어 있었다.

"리가 저를 찾아왔어요."

"뭐? 아니, 언제……?"

큰아버지가 손을 내저었다. 지치고 힘들어 대거리할 여력도 없어 보였다. 초조한 낯빛엔 절망이 깊게 드리워져 있었다.

"돌아가거라……."

"큰아버지, 전 명 오라버니를 도우러 온 거예요."

나는 큰아버지의 말을 자르며 끼어들었다. 큰아버지가 멍하니 입을 벌렸다.

"제가 할 수 있을지 장담할 수는 없지만요."

"네가 명이를? 하, 헛소리 말……."

나는 또다시 큰아버지의 말을 자르며 싸늘한 어조로 말했다.

"제 도움이 필요 없다는 말 한마디만 하시면 전 돌아갈 거예요."

서하령과 야율이 나를 바라보았다. 그 난리를 쳐서 왔는데, 이렇게 쉽게 돌아간다고 한 것에 놀란 듯했다.

그러자 당장에라도 돌아가라 말할 것 같던 큰아버지의 입술이 아교라도 칠한 듯 딱 달라붙었다.

"……."

"제가 어떻게 하면 좋으시겠어요?"

큰아버지의 눈동자가 흔들거렸다. 마른침을 몇 번이나 삼키고 큰아버지가 입을 열었다.

"네가 어찌 도와줄 수 있다는 것이냐?"

나는 고개를 주억거리며 말했다.

"큰아버지의 뜻 알겠어요. 그럼 이만 물러갈게요. 부디 명 오라버니의 일이 잘 해결되기를 바랍니다."

나는 미련 없이 몸을 돌렸다. 그렇게 열 걸음 정도 뗐을 때–

"아니다! 아니다!"

정신없이 뛰어온 큰아버지가 내 앞을 가로막았다.

"부탁한다. 부탁해."

"……."

내가 아무 말이 없자 큰아버지가 갑자기 털썩 무릎을 꿇었다.

"내 이렇게 부탁한다. 명이를 살려 다오. 내 그동안 네게 못 할 짓 많이 했지. 내가 잘못했다. 내가 이렇게 빌 테니 제발 우리 명이 좀 도와 다오. 제발……."

두꺼운 문을 열었다.

들어서자마자 비릿한 피 냄새가 났다. 피를 몇 번 토한 듯 바닥에 핏자국과 발자국이 정신없이 흩어져 있었다.

서하령이 인상을 살짝 찌푸리며 주변을 둘러보다 물었다.

"근데 말이야. 연아, 너 네 큰아버지가 반대했으면 정말 안 도와줬을 거야?"

나는 설핏 웃었다.

"도움이 필요한 건 큰아버진데, 내가 굽히고 갈 필요 없잖아?"

서하령이 눈을 크게 떴다.

"게다가 내가 억지로 밀고 들어가면 오히려 방해하려고 들 거라 생각했을 뿐이야."

꼬치꼬치 캐물으면서 책임을 떠넘기려 들었을 거다. 서하령이 감탄한 듯 고개를 끄덕였다.

"역시…… 다 계획이 있었구나? 가만히 있길 잘했다."

"뭐, 만약 제 아들보다 본인 자존심을 더 중시하는 사람이라 끝까지 반대했으면…… 오라버니의 운도 거기까지였던 거지."

나는 서하령과 야율을 돌아보며 말했다.

"부탁이 있어."

"어떤 부탁?"

"석 태의를 불러다 줘. 언두나 금쇄를 찾아가면 될 거야. 그리고……."

나는 머뭇거렸다. 마지막으로 헤어질 때의 대화가 발목을 잡았다. 하지만 그런 사소한 일에 신경 쓸 때가 아니었다. 나는 눈을 질끈 감았다 뜨고 말했다.

"화무에게도 가서……."

"화무가 누군데?"

"제갈 세가주."

"아, 맞아. 그런 이름이었지."

"내가 부탁한 게 어떻게 되었는지 알려 달라고 하면 그쪽에서 알아서 할 거야."

그리고 곧바로 명패를 꺼내 야율에게 내밀었다.

"너는 이걸 보여 주고 가장 좋은 말을 받아서 할아버지를 찾아가 줘."

야율이 명패를 바라보며 말했다.

"이미 사람을 보냈을 텐데."

"모르는 일이지."

나는 조소했다. 야율이 걱정스럽게 나를 보았다.

"내가 가면 너는?"

"류청이 있잖아. 남궁 세가가 어떤 가문인데. 할머니도 감히 류청을 건드릴 생각을 하진 못할 거야."

야율이 주먹을 꽉 쥐었다가 내 명패를 받아 갔다.

"……알겠어."

"고마워."

야율과 서하령이 나가고 문이 굳게 닫히는 소리가 들렸다.

그들이 멀어지는 걸 확인한 후, 나는 천천히 안으로 들어갔다. 중앙에서부터 맹렬히 폭주하는 진기에 머리카락이 흔들릴 정도였다.

'역시.'

금안이 그의 폭주가 어떤 식인지 선명하게 알려주고 있었다. 내게는 무척 익숙한 형태였다.

"오라버니, 제 말 들려요?"

"……."

"상황이 참 웃기게 됐어요. 그쵸?"

"……."

돌아오는 답은 없었다.

목과 이마는 핏줄이 튀어나올 듯이 울룩불룩했고 땀으로 범벅되어 부들부들 떨리는 몸에서는 희미한 아지랑이마저 피어오르고 있었다. 이미 피투성이인 입가에 또다시 검은 피가 한 줄기 흘러내렸다. 백리명은 날뛰는 진기를 어떻게든 억누르기 위해 악전고투하고 있었다.

나는 옷자락을 펼치며 백리명 등 뒤에 자리 잡았다.

"도와주겠다고 들어왔지만, 어떻게 될지는 하늘에 달렸어요. 어떤 결과가 나오더라도 날 원망 마요."

나는 백리명의 등, 명문혈에 손을 올렸다. 설빙보주로 인한 주화입마라 그런 걸까. 손끝이 시릴 정도로 차가운 느낌과 함께 폭주하는 진기의 흐름이 선명하게 느껴졌다. 나는 조심스럽게 날뛰는 진기의 주도권을 뺏기 시작했다.

내게는 익숙한 일이었다. 자연지기를 다루는 것 자체가 제어권을 뺏어 오는 일이었기 때문에. 내가 당당하게 주화입마를 돕겠다고 나온 이유 중 하나였다.

'이미 기맥이 상했네.'

더 지체했더라면 회복할 수 없을 정도로 타격을 입었으리라. 조금씩 뻗어 나가는 기운이 내 감각 사이에서 느껴졌다.

'이것 때문에 주화입마가 시작됐구나.'

내공이란 본질적으로 아주 예민하고 통제가 힘든 것이었다. 한번 제어를 벗어나기 시작하는 순간, 삽시간에 폭주하기 시작한다.

운기조식을 할 때 누군가 옆에서 호법을 서 주는 이유도 그 때문이다. 작은 충격, 미약한 자극만으로도 제어를 잃고 순식간에 폭주할 수 있는 위험이 있어서였다. 그 말은 다른 뜻으로 해석하면 약간의 자극만 주면 주화입마에 빠트릴 수 있다는 것이었다.

이미 자신의 몸에 안착시킨 내공도 그런 위험성을 지녔는데 하물며 영약, 외부의 기운을 내 몸에 넣어 안착시키는 과정은 어떻겠는가? 당연히 일반적인 운기조식보다 위험했다. 백리명이 영약을 먹고 난 뒤 큰아버지가 곁을 지켜 준 이유였다.

그렇게 큰아버지가 외부의 위험에서 백리명을 지켰을지는 모른다. 하지만…… 내부의 위험에서까지 지켜 주진 못했다.

나는 천천히 호흡을 내뱉으며 눈을 떴다.

백리명은 고개를 푹 숙인 상태로 앉아 있었다. 손끝으로 느껴지는 진기의 흐름은 이제 잔잔하게 안정되어 있었다. 나는 마무리를 짓고 손을 뗐다. 그러자 백리명의 몸이 앞으로 푹 고꾸라졌다.

"엇!"

백리명이 바닥에 머리를 박기 직전, 길쭉한 다리가 툭 막아섰다. 남궁류청이었다.

"끝났어?"

"응."

남궁류청이 백리명을 바닥에 천천히 눕혔다. 아, 물론 손은 쓰지 않고 발만 까딱거리는 식이었다. 그리고 내게 손을 내밀었다.

"네가 호법을 선 거야?"

남궁류청이 고개를 끄덕였다.

"얼마나 지났어?"

"이틀 정도."

"피곤하겠네."

"누가 할 소리를."

"어디 다친 데는 없지?"

"하. 백리 세가는 무사들을 새로 뽑아야겠어. 순 겁쟁이들뿐이더군."

"하하."

살짝 웃으며 내민 손을 잡고 가볍게 일어났다.

"그리고 걱정은 오히려 내가 해야 하는 것 아닌가?"

"음?"

남궁류청이 갑자기 입을 다물었다.

"뭐야, 걱정했어?"

나서는 것이 당연하다는 듯 말하더니만, 걱정했다니.

밖에 나오니 하늘이 어두운 것이 해시(21~23시)에 가까워 보였다.

덜컹. 갑작스러운 소리에 돌아보자 문 바로 옆에 가져다 놓은 의자와 큰아버지가 보였다.

홀로 다른 시간을 사는 듯, 그새 또 몇 살을 먹은 듯한 모습이었다. 핏줄 터진 눈동자와 얼굴에서 그간의 마음고생이 훤히 보였다.

"연아……."

어떻게 되었냐고 물어보고 싶은데, 내게서 나올 답이 두려워 차마 묻지 못하는 기색이었다.

내가 먼저 선선히 말해 주었다.

"목숨은 건졌어요. 들어가 보세요."

큰아버지가 정신없이 뛰어 들어갔다. 밤이 되어 서늘해진 바람에 머리카락이 휘날렸다.

"이제 끝났으니 가서 쉬어."

"글쎄……."

이제부터 시작일 텐데.

의아한 낯의 남궁류청을 돌아보며 물었다.

"석 태의는 어디 모셨어?"

침상에 반쪽이 된 백리명이 누워 있었다. 검붉은 안색에 푹 꺼진 뺨, 그늘이 짙은 눈가. 간신히 주화입마에서 빠져나왔지만, 반송장 같은 몰골이었다. 뱃가죽 부분의 미약한 움직임이 아니라면 시체라고 여겨도 손색이 없을 지경이었다.

그런 백리명을 석 태의가 이리저리 살피며 진찰했다.

평소의 큰아버지라면 석 태의의 진찰을 꺼렸을 터. 외부인이기 때문이다. 하지만 이번에는 달랐다. 큰아버지는 할머니의 반대에도 불구하고 석 태의를 직접 찾아가 부탁했다. 석 태의가 거절하기라도 한다면 바짓가랑이라도 붙잡을 것 같은 태도였다.

할머니의 말이라면 군말 없이 따르던 효성스러운 모습은 찾아볼 수 없었다. 결국 할머니는 대로하여 자리를 박차셨고, 석 태의가 백리명을 진찰하게 된 것이다.

석 태의는 주화입마에 빠졌던 나를 오랫동안 치료했던 의원이었으니 자식을 생각한다면 당연한 판단이었다.

'할머니가 그 사실을 모르는 것도 아닐 텐데…….'

백리명의 치료가 가장 중요한 것이 아니란 말인가? 손자를 생각하는 할머니라고 보기엔 매우 기이한 태도였다.

석 태의가 진맥을 마쳤는지 손을 거뒀다. 땀을 뻘뻘 흘리며 지켜보던 큰아버지가 조심스럽게 물어보았다.

"태의…… 어떻습니까?"

"운이 좋았습니다."

"예?"

"몸에 큰 문제는 생기지 않았습니다. 다행히 늦기 전에 주화입마가 멈춘 듯합니다."

가슴을 졸이던 큰아버지가 탁자를 짚으며 의자에 털썩 앉았다.

"정말 아무 문제 없이 무사하다고요? 그게 가능합니까?"

다그치는 듯한 목소리의 주인은 고모였다. 고모는 내가 백리명이 있는 수련장으로 들어가고 하루 지난 후에 왔다고 한다. 백리 세가 근처 친우의 집을 방문하려다가 가문에 일이 생긴 걸 알고 왔다고 했다.

그리고 당연하달까, 집에 돌아오자마자 한바탕 소란이 일었다고 한다.

남궁류청의 말에 의하면 고모가 날 어찌 믿느냐며 백리명이 있는 수련장 앞에서 큰아버지와 한참 말다툼을 했다고 한다. 차라리 자신이 돕겠다며 수련장에 억지로 들어가려고도 했다고.

석 태의가 담담히 대답했다.

"아무 문제도 없는 건 아닙니다."

되묻는 고모의 눈이 알 수 없는 빛으로 빛났다.

"그 말은……?"

"기경팔맥부터 장기까지 상당히 상했습니다. 한동안은 움직이는 것도 삼가고 소화가 쉬운 음식만 섭취해야 합니다. 운기조식도 하면 안 되고요."

고모가 인상을 찌푸리며 말했다.

"고작 그것뿐이에요? 뭐 더 없습니까? 혹시라도 문제가 될지도 모르는 부분이 있다면 가감 없이 말씀해 주시지요. 주화입마에 빠졌는데 이렇게 무사하다는 게 말이 안 되지……."

큰아버지가 피곤한 목소리로 막아섰다.

"의란, 그만하거라. 그게 무슨 말투더냐? 태의께서 어련히 말씀해 주시겠지. 재촉하지 말거라."

석 태의가 자애로운 미소를 지으며 말했다.

"괜찮습니다. 대소저께서 조카분을 많이 아끼시는 모양이군요."

고모가 입술을 앙다물었다. 석 태의가 차분하게 말을 이었다.

"일단 몸에 장애는 생기지 않은 듯합니다."

"태의 말씀은……."

큰아버지가 마른침을 꿀꺽 삼키고 다시 입을 열었다.

"태의 말씀은 명이의 단전은 문제가 없다는 것이지요?"

"예."

단전이 멀쩡하다는 말에 어느새 일어난 큰아버지가 백리명의 손을 부여잡았다. 천지신명께 감사를 올리는 큰아버지의 여윈 뺨에 눈물이 한 줄기 흘러내렸다.

석 태의가 나를 한 번 보았다가 다시 입을 열었다.

"하나 이건 제가 진찰한 것뿐이니 정확한 건 백리 공자가 눈을 떠야 알 수 있습니다."

"아…… 그렇군요."

석 태의의 말에 큰아버지가 정신을 차렸다. 그리고 조심스럽게 물었다.

"그럼 혹시 정신은 언제쯤 차릴 수 있을까요?"

"깊게 잠든 것뿐이니 곧 깨어날 겁니다."

큰아버지의 잔뜩 충혈한 눈이 백리명을 향했다. 당장에라도 깨워서 확인해 보고 싶다는 마음이 읽혔다. 석 태의도 이를 느꼈는지 부연 설명을 붙였다.

"다만…… 깨어나면 고통이 꽤 심할 겁니다. 따지자면 내부 화상, 아니, 이건 동상으로 봐야겠군요. 내부 동상을 입은 것과 같으니까요."

큰아버지가 멍하니 입을 벌렸다. 석 태의가 말을 이었다.

"차라리 잠들어 있는 편이 좋을 테니 억지로는 깨우지 말고 두십시오."

"아, 알겠습니다."

큰아버지가 바로 수그렸다. 그러곤 곧바로 물었다.

"그럼 그…… 아프지 않게 혹시 진통약도 함께 처방해 주실 수 있는지요?"

"그야 물론입니다."

"감사합니다. 필요한 약재가 있다면 뭐든지 말씀하십시오."

큰아버지가 하인을 불러 지필묵을 준비시키는 걸 지켜보던 고모가 다시 입을 열었다.

"굳이 진통약까지 태의께서 처방하실 필요가 있겠어요? 그 정도는 백리가 의원도 처방할 수 있잖아요?"

고모는 석 태의의 언짢은 표정은 신경도 쓰지 않고, 나를 아니꼬운 듯이 바라보며 말을 이었다.

"얘기를 들어 보니 이렇게 석 태의까지 오라 가라 할 일은 아니었네요. 괜히 태의께 폐를 끼쳤네요."

그때 큰아버지가 성난 듯 소리쳤다.

"의란이 너, 아까부터 무슨 말을 그리하는 게야! 이상한 소리나 할 것이라면 나가거라!"

"오라버니, 지금 저한테 소리 지르신 거예요?"

큰아버지는 고모를 무시하며 태의를 향해 공수했다.

"태의, 의란의 말은 넘기시고 처방해 주시면 감사하겠습니다. 대우는 섭섭지 않게 드리겠습니다."

"음……."

석 태의가 잠시 나를 바라봤다. 나는 살짝 고개를 끄덕였다. 좋은 말을 했으니 이제 나쁜 말을 할 차례였다. 석 태의가 다시 입을 열어 조심스럽게 말하기 시작했다.

"그게…… 아직 다 말씀드리지 못한 부분이 있습니다."

"기탄없이 말씀해 주십시오."

"공자의 단전은 무사합니다만…… 다른 문제가 있습니다."

큰아버지가 그게 무슨 소리냐는 듯 바라보았다.

"제가 무공을 익힌 이가 아니라 단언할 수는 없지만……."

석 태의가 말을 꺼내기 어려운지 머뭇거리다 어쩔 수 없다는 듯 말했다.

"내공의 대부분을 잃은 듯합니다."

"뭐요?"

"공자의 단전 축기량이 현저하게 적습니다. 일반인과 다를 바 없을 정도로요."

"그게 무슨……?"

눈을 부릅뜬 큰아버지가 비틀비틀 뒷걸음질 쳤다. 그러다 탁자에 걸려 바닥에 털썩 주저앉았다.

"그래도 공자는 아직 젊고, 단전이 무사하니 푹 쉬어 몸을 회복한 후 새롭게 쌓아 가면 될 겁니다."

다시 쌓으라니.

석 태의는 진심으로 목숨을 건지고 단전이 무사한 것에 감사하라는 태도였다. 하지만 큰아버지께는 전혀 다르게 들릴 것이었다.

백리명이 걸음마를 뗄 때부터 수련해 모아 온 내공이었다. 근 이십 년 동안 온갖 수단을 동원한 피땀의 결산으로 무인에게는 그야말로 목숨과도 같았다.

석 태의가 침구함을 열며 말했다.

"여긴 내가 알아서 할 테니, 연이 너도 이만 가서 쉬거라. 너도 이틀 은 쉬지 못했다고 들었는데."

"괜찮아요."

나는 탁자로 걸어가 찻주전자를 들어 찻잔을 채웠다. 한 잔은 태의 께 드리고 한 잔은 내가 마셨다.

큰아버지는 거의 반쯤 정신을 놓은 채 고모와 하인에게 부축을 받으며 방을 나갔다.

큰아버지는 정신을 완전히 놓고 쓰러질 수도 없었다. 큰어머니도 살펴야 했기 때문이다. 내가 주화입마에 빠진 백리명과 있는 동안 큰어머니는 안타깝게도…… 아이를 지키지 못했다고 했다.

사실 큰어머니의 임신은 전생에는 없던 일이었다. 그래서 임신했다는 소식을 들었을 때부터 무척 신기했다. 저번에는 없던 사촌 동생이 생길 거라는 기대도 약간 했는데…….

백리명의 일에 큰어머니의 일까지, 저러다 쓰러지지 않나 싶었다.

하지만 이 일은 아직 다 끝나지 않았다.

금침을 살피던 석 태의가 말했다.

"이제 보니 내게 할 말이 남은 모양이구나."

"태의, 오라버니의 상태는 어떤가요?"

"나보다 네가 더 잘 알지 않느냐. 네가 겪은 일과 다를 바 없는 상태이니."

"역시……."

나는 고개를 주억거리고 소매에서 작은 병을 꺼내 탁자에 놓았다.

이를 흘끔 봄 석태의가 물었다.

"그것은?"

"오라버니가 먹었던 영약, 설빙보주예요."

"음, 영약이 남아 있었느냐? 공자의 운이 좋군."

만약 이걸 다 먹었으면 신선이 와도 단전을 남겨 놓을 수 없었을 것이다.

나는 천천히 말했다.

"설빙보주는 술로 된 영약이죠. 이런 영약의 특징은 몇 번에 걸쳐 나눠서 먹어도 공능이 똑같다는 거예요."

동물의 내단으로 만들었거나, 유명 약문에서 빚어낸 영약은 나눠 먹는 걸 권장하지 않는다. 잘못 건드렸다간 공능이 확 줄어 버릴 수도 있었다. 하지만 술, 액체로 된 설빙보주는 상관없었다. 언제 어떻게 나눠 먹든 전에 먹은 영약의 기운과 쉽게 조화되었다.

"오라버니도 본인의 몸 상태는 잘 알고 있었어요. 그래서 설빙보주를 한 번에 다 마실 생각을 하지 않았죠."

"그렇군. 그런데 이걸 왜 내게 보여 주는 것이냐?"

"알아봐 주셨으면 하는 게 있어서요."

"무엇을?"

나는 푸른빛의 작은 자기병을 툭 건들였다.

"이 안에 오라버니가 주화입마에 빠지게 만든 원인이 있어서요."

잠시 멈칫한 석 태의가 말했다.

"설빙보주를 먹고 주화입마에 빠졌다지 않았느냐. 당연히 설빙보주가 원인이겠지."

"태의. 그런 뜻이 아닌 걸 아시잖아요."

"……."

침묵하던 석 태의가 골치 아프다는 듯 한숨을 내쉬고 물었다.

"네 말은 설빙보주에 문제가 있다는 뜻이더냐?"

"네. 이 설빙보주 안에 주화입마를 촉발하는 무언가가 있어요."

"하, 누가 감히 백리 세가 장손의 영약에 손을 쓸 수 있단 말이냐."

나는 설핏 입꼬리를 올렸다.

"그러게요. 대체 누가 백리명이 먹을 설빙보주에 손을 댈 수 있었을까요?"

건물 밖으로 나오자 남궁류청이 보였다. 기둥에 기댄 채 눈을 감고 있던 그가 몸을 바로 했다. 나는 어두컴컴한 하늘을 보고 당황하며 물었다.

"자러 간 거 아니었어?"

"……가자."

천하의 남궁류청도 피로한 기색이었다.

남궁류청과 함께 적막한 길을 걸어갔다. 모두 잠든 시각이라 이따금 경비 서는 무사들을 마주치는 것 빼고는 휑했다.

나는 발을 멈추고 남궁류청을 돌아보았다.

"네 처소는 이쪽으로 가면 좀 더 빨라. 난 이쪽으로 갈게."

이 정원을 가로지르면 좀 더 일찍 도착할 수 있었다. 나는 고개를 살짝 까딱이고 말했다.

"너도 이만 가서 푹 쉬어."

방향을 틀어 원형으로 된 문을 넘는데, 남궁류청이 내 뒤를 따랐다. 의아한 시선에 남궁류청이 말했다.

"너 데려다주고 갈 거야."

"……여기 우리 집인데."

"집?"

고작 단어 하나였는데도 빈정거리는 어조가 느껴졌다. 나는 얼굴을 붉적이며 말했다.

"많이 돌아가게 될 텐데."

"됐어."

단호한 낯을 보다 어쩔 수 없어 몸을 돌렸다.

정원으로 들어서자 어두운 돌길 위로 자박거리는 발소리만 들렸다.

한참 그렇게 걸어가던 내가 먼저 입을 열었다.

"고마워."

"뭘?"

"그냥 다."

"당연한 일을 했을 뿐이야."

"……그래."

아무것도 묻지 않아서 고마웠다.

'그 소란을 보았으니 의아한 점이 한둘이 아닐 텐데.'

그렇게 생각했을 때였다. 남궁류청이 질문했다.

"궁금한 게 있어."

"……뭔데?"

"어떻게 한 거지?"

"응?"

"백리 공자를 주화입마에서 구한 것 말이야. 네 큰아버지도 못 해
낸 일이잖아."

"음……."

난 뭘 생각했던 거지?

'집안에 관해서 물어보는 게 아니라 무공에 관해서 물어볼 줄이야.'

뭐, 남궁류청다운 일이었지만.

나는 남궁류청에게 손을 내밀었다. 그가 곧장 내 손을 꽉 잡았다.
미지근한 온기가 느껴졌다. 나는 당황하여 말했다.

"아니, 잡아 달라는 게 아니고."

"그럼?"

"아, 아냐."

나는 잡은 김에 그냥 남궁류청을 끌고 갔다. 그리고 시선이 닿은 작은 정자로 데려가 앉았다.

남궁류청은 자리에 앉자마자 갑자기 손을 뿌리쳤다.

'뭐야?'

본인이 먼저 꽉 잡아 올 때는 언제고……?

만약 날이 밝았다면 알았으리라. 남궁류청의 뺨과 귀가 새빨개진 것을. 하지만 이를 전혀 모른 채, 나는 뿌리쳐진 손을 다시 내밀고 말했다.

"나한테 진기를 주입해 봐."

"……여기서?"

"응."

남궁류청이 입을 살짝 열었다가 한숨을 내쉬었다. 뭐라고 한마디 하고 싶은데 참는 느낌이었다.

남궁류청이 내 손목을 살짝 잡고 진기를 불어 넣기 시작했다. 금안으로 상앗빛의 기운이 내게 천천히 스며드는 것이 보였다. 팔을 타고 올라간 기운이 어깨, 몸으로 내려가고…….

남궁류청이 눈을 부릅뜨고 날 보았다.

"너……!"

나는 남궁류청을 신기하게 바라보았다.

"와, 너 내공 지배력이 좋네."

남궁류청은 이를 악문 채 할 말이 많은 눈을 했다. 운기할 때는 내공이 흔들릴 염려가 있으니 운기에만 집중하는 게 좋기 때문이다. 바로 전에 남궁류청이 '너'라고 말한 것부터, 이렇게 눈을 부릅뜨고 나를 노려보는 것까지 까딱하면 둘 다 위험해질 수 있었다.

곧이어 남궁류청이 손을 떼고 말했다.

"너, 단전이……."

거기까지 말한 후 어떻게 말해야 할지 모르는 낯이었다. 너 단전 폐인이잖아? 라고는 말할 수 없지 않겠나. 남궁류청은 입만 달싹이다 겨우 다시 물었다.

"단전에 내공이 느껴지지 않아. 대체 어떻게 된 거야?"

남궁류청은 정말로 당황한 듯했다. 쉽게 볼 수 없는 모습이다 보니 웃음이 나왔다.

"지금 웃음이 나와?"

성난 눈빛을 피해 시선을 돌리던 난 마침 알맞은 것을 발견했다. 정신을 집중하자, 바람에 날아가던 이파리가 갑자기 방향을 틀어 느릿하게 내게 날아왔다.

남궁류청이 벌떡 일어났다.

"허공섭물?"

"그렇게 대단한 건 아냐."

"이게 대단한 게 아니라고?"

"그게…… 내가 자연지기를 다룰 수 있거든."

"자연지기?"

남궁류청이 눈을 번뜩이며 깨달았다는 듯 말을 이었다.

"그게 내공이 없어도 무공을 펼칠 수 있는 이유였군."

나는 고개를 끄덕였다.

"그래서 이렇게 외부에 영향을 끼치기 쉬워."

그렇다고 한들 엄청나게 수련해야 했다. 이파리 하나 옮기는 데 폐관 수련으로 꼬박 일 년이 걸렸다. 자연지기의 지배력을 높이는 데 가장 적격인 수련이기도 했지만.

나는 내 손에서 남궁류청의 손으로 이파리를 천천히 옮겼다. 남궁류청이 이를 신기한 듯 바라보았다.

"뭐, 아직은 눈에 띌 정도의 성취는 아니지만."

"하, 그래서였군."

"뭘?"

"제갈 세가주가 첫 만남에서 암기를 던졌을 때."

나는 눈을 동그랗게 떴다.

"네게 날아가던 암기 방향이 갑자기 변해서 이상하다 여겼지."

"그걸 봤어?"

날아온 암기를 손으로 잡기 쉽게 방향을 살짝 틀었더랬다. 제갈화무와 자주 하던 연습 중 하나였다. 날아온 암기를 내가 잡아서 다시 받아치며 허공섭물을 이용해 허를 찌르는 식의 연습을 했다.

'찰나에 그것까지 보다니……'

혀를 내두르던 난 문득 의아한 생각에 남궁류청을 보았다.

'그러고 보니 내 눈 지금 금색 아닌가?'

하지만 남궁류청은 내 눈 색은 전혀 신경 쓰지 않는 기색이었다. 신경은 무슨, 관심도 없는 느낌이었다.

나는 다시 대화를 원점으로 돌려 설명을 이었다.

"나는 외부의 기운을 이용하기 때문에…… 주화입마에 빠질 확률이 낮고, 명 오라버니의 내공을 진정시키기도 수월했던 거야."

"이걸 진작 말해 줬으면 내가……!"

남궁류청의 말투는 화난 것보단 무척 억울한 어조였다. 나는 눈을 깜빡이다가 설마 싶어 말했다.

"혹시…… 걱정했어?"

"……."

남궁류청이 무슨 말을 할 듯 나를 노려보다 이어 고개를 휙 돌렸다. 새침하기 그지없는 모습이었다.

"그래서 네가 직접 호법을 선 거고? 하하하."

남궁류청이 얼굴을 찌푸리고 말했다.

"웃지 마."

남궁류청 그 녀석은 미친놈이었다.

그날 내 능력을 알자마자 피로가 싹 날아간 기색으로 이것도 해 봐라, 저것도 해 봐라, 하면서 어디까지 가능한지 괴롭혀 댔다. 내가 미친놈아 그만해! 라고 소리치기 직전에 끝나서 다행이랄까.

하지만 내게 나쁘지만은 않은 일이었다. 그대로 돌아갔다면 머릿속이 복잡해서 피곤한 몸으로도 잠을 이루지 못했을 게 뻔했다. 그러나 남궁류청과 어울려 주느라 머릿속에서 복잡한 고민과 찜찜한 심경을 모두 지울 수 있었다.

거의 동틀 무렵이 되어서야 처소로 비실비실 돌아갔고, 겨우겨우 씻고 침대에 누워 눈을 감았다 뜨니 하루가 지나 있었다.

그렇게 종일 잔 사람이 나뿐만은 아니었다. 백리명도 하루 내 잠들어 있다가 저녁 무렵에야 잠깐 눈을 떴다. 그러나 금세 다시 잠들었는데, 큰아버지가 석 태의께 일부러 독한 진통제를 처방해 달라고 했기 때문이다.

아마도 백리명이 본인의 상태를 자세히 알지 못하게 하려는 것일 터였다.

'근 이십 년간 쌓아 온 내공을 모두 잃어버렸다는 사실을 알게 된다면 그 충격이 클 테니까.'

석 태의가 돌아간 지 사흘째 되는 날. 석 태의에게서 기다리던 연락이 왔다.

연락을 받은 나는 곧장 장석량을 찾아갔다. 장석량은 할아버지가 가문을 비운 동안 큰아버지와 함께 가문을 맡고 있었다. 그리고 내가 마주한 장석량은…… 사흘 밤낮을 새운 낯이었다.

자랑스럽게 여기던 수염도 며칠간 다듬지 못한 듯 덥수룩했고, 원래도 반백이었던 머리가 이젠 거의 흰머리에 가까웠다.

'그럴 만하지…….'

백리명이 주화입마에 빠진 일은 할머니가 직접 가솔들을 써서 봉쇄하여 가문 내에도 소식이 흘러 나가는 것을 막았다. 그래서 장석량이 이 사실을 안 것은 이틀 뒤, 즉 내가 주화입마에 빠진 백리명을 구한 뒤였다.

불쌍한 장석량을 위해 변명해 보자면 그도 뭔가 일이 터진 건 알고 있었다. 하지만 할머니가 새어 나가길 막은 데다 한편으로는 큰어머니의 일이 컸다.

큰어머니의 유산도 백리명과 관련되어 있지만, 장석량은 큰어머니가 노산이었기에 그저 건강 문제인 줄 알고 이를 수습하는 데 바빴다. 그러다 석 태의의 움직임과 의약당에서 빠져나가는 약재로 뒤늦게 백리명에게도 문제가 생긴 걸 안 것이다.

대형 사건이었다.

'그럴 만하지. 하필 장석량이 대리를 맡고 있을 때, 이런 사고가 터졌으니······.'

어떻게든 수습해야 그나마 할아버지께 할 말이 있는 것이다.

그때 나를 발견한 장석량이 자리에서 벌떡 일어났다.

"아기씨?"

"안녕하세요."

장석량이 거멓게 죽은 낯으로 집무실의 다른 이들을 향해 손짓했다.

"다들 잠시 바람 좀 쐬다 오게."

모두 물러가고 조용해진 집무실에서 장석량이 두 손을 모았다.

"아기씨 덕분에 목숨은 건졌습니다."

저 목숨은 백리명의 목숨이기도 하고······ 장석량의 목숨이기도 했다. 장석량이 씁쓸하게 웃었다.

"감사 인사를 드려야 할 처집니다만 제가 지금 정신이 없어······ 아니, 지금 감사 인사를 올려야겠군요."

장석량이 두 손을 모은 채 깊게 몸을 숙였다. 내가 황급히 말리지 않았다면 내 앞에서 무릎을 꿇을 기색이었다.

"그나마 아기씨 때문에 면을 세우며 물러날 수 있을 것 같습니다."

나는 고개를 들어 장석량을 응시했다.

"제게 감사하다 하셨지요?"

"그렇지요."

"그렇다면 저를 조금 도와주셨으면 하는 일이 있어요."

"도움이요?"

장석량이 나를 의아한 눈으로 보았다. 나는 살짝 미소 지었다.

"물론 장 부관께도 이득이 되는 일일 거예요."

"이득이요? 이제 와 이득을 보아 무얼 합니까?"

장석량의 음색엔 씁쓸한 기색이 가득했다. 나는 개의치 않고 말했다.

"이렇게 물러나고 싶진 않으시잖아요?"

"……."

"장 부관께서 그간 백리 세가에 헌신하신 걸 알고 있어요."

그 뒤로는 모두 전음으로 얘기했다. 내 부탁을 모두 들은 장석량의 표정이 매우 심각해졌다.

"아기씨, 어째서 그런 일을……."

말을 이어 가던 장석량이 무언가를 깨달았는지 말을 멈추었다. 곧이어 안색이 창백하게 질린 채 식은땀을 흘렸다. 장석량 정도 되는 분이 내 부탁에 담긴 의미를 이해하지 못할 리 없었다.

나는 고개를 꼿꼿이 들고 장석량을 바라보았다.

"할아버지께는 제가 직접 말씀드리고 싶어요."

내 부탁에 대한 비밀을 지켜 달라는 뜻이었다. 침묵하던 장석량이 고개 숙였다.

"알겠습니다. 전적으로 돕겠습니다."

그리고 이튿날 새벽.

자고 있던 나는 바깥의 소란스러운 기척에 눈을 떴다. 문이 벌컥 열렸다.

"연아!"

몸을 일으키자마자, 아버지가 나는 듯이 달려와 날 끌어안았다.

"아…… 버지?"

맞지?

이렇게 초췌한 꼴의 아버지는 처음이었다. 나는 당황한 채 아버지를 살폈다.

"아버지, 어떻게 이렇게 빨리 오신 거예요?"

야율이 떠난 지 엿새밖에 되지 않았다.

'최소한 열흘은 걸릴 거라고 생각했는데…….'

아버지가 나를 이리저리 살피고 안도의 숨을 내쉬었다.

"네가 그런 위험한 일을 하는데 어찌 천천히 올 수 있겠느냐!"

아버지의 설명을 들어 보니 할아버지와 아버지, 아주 소수의 호위만 먼저 돌아온 것이었다. 몇 안 되는 인원들이 말을 바꿔 가면서 달리다가 막판에는 종일 경공을 써서 왔다고 한다. 내가 묻기 전에 아버지가 먼저 말해 주었다.

"야율은 다른 일행들과 함께 올 것이다. 도착하고 나서 많이…… 많이 지쳤단다."

"지쳤다고요?"

아버지가 고개를 끄덕였다.

"그 아이가 아니었다면 이렇게 일찍 오지 못했을 거다."

야율에게 고마운 마음과 미안한 마음이 동시에 들었다. 그렇게 가기 싫어했는데…….

아버지가 한숨을 깊게 내쉬었다.

"정말…… 무사해서 다행이구나."

이미 오는 길에 장 부관이 보낸 전령을 만나 상황은 모두 전해 들었다고 한다.

"명이가 내공을 전부 잃었다는 게 사실이냐?"

나는 고개를 끄덕였다. 아버지의 안색이 창백해졌다. 씁쓸하고 괴로운 눈이었다.

"또 이런 일이 반복되었구나……. 왜 이런 일이 생기는지."

아버지가 나를 꽉 껴안았다. 나와 같은 일을 겪었으니, 원래도 선한 아버지는 더 공감하실 터였다.

"형님이…… 괜찮으실지 모르겠구나."

나는 그런 아버지를 걱정스럽게 바라보았다.

아버지는 간단하게 씻고 깨끗한 옷으로 갈아입은 후 곧장 백리명을 살피러 갔다. 나도 할아버지가 어느 정도 상황 파악을 하셨을 시간쯤 준비를 마치고 할아버지께 향했다.

아침 햇살을 맞으며 수백당 앞에 도착했을 때였다. 수백당 안에서 부귀해 보이는 중년의 부인이 걸어 나왔다. 뒤따라 나온 장석량이 부인에게 인사했으나 부인은 냉랭한 표정으로 그 인사를 본체만체했다.

'누구지?'

부인 곁의 시비들도 모두 고운 옷감에 단정한 차림새였다. 화려한 장신구도 보란 듯 달고 있는 시비들의 모습으로 가문의 재력을 짐작할 수 있었다.

곧이어 나는 시비들 사이에서 꼿꼿한 자세의 정 소저를 찾을 수 있었다. 정 소저가 냉랭한 표정의 부인을 향해 말했다.

"어머니."

중년의 부인은 정 부인, 그러니까 백리명과 혼약이 오가던 정 소저의 친모인 모양이었다.

'이렇게 보니 좀 닮았네.'

정 부인이 말했다.

"너는 신경 쓸 필요 없다. 어미의 의견은 변함없으니, 걱정 말거라."

그 말에 정 소저가 기쁜 듯 웃으며 고개를 숙였다.

"그저 어머니를 번거롭게 하여 죄송스러울 뿐이에요."

"무얼. 네가 잘못한 것도 아니지 않느냐. 흥, 우리 가문을 우습게 보아도 정도가 있지. 이제 애써 참을 필요도 없으니 오히려 잘됐다."

고개를 들던 정 소저가 나를 발견했다.

"백리 소저군요."

"정 소저, 정 부인."

가볍게 인사를 나누고 정 소저가 두 손을 모아 공손히 말했다.

"그동안 신세 많이 졌습니다. 잘 지내세요."

정 소저를 비롯해 정 부인과 시비들이 우르르 함께 자리를 떴다. 멀어지는 정 소저의 발걸음이 아주 산뜻해 보였다.

나는 이를 함께 지켜본 장석량에게 다가갔다. 그리고 작게 낮춘 목소리로 속삭이듯 말했다.

"혹시 정 소저가 파혼하겠다고 한 건가요?"

"……속일 수가 없군요. 맞습니다."

이 상황에서 잘 얘기하던 혼사가 파투 나는 이유는 하나뿐이었다. 백리명의 상태를 정씨 세가에서 알아낸 것. 백리명이 내공을 모두 잃었으니, 가치가 없다고 여겨서 파혼을 요청한 것이다.

'냉정하네.'

거의 성사 직전이었으니 이렇게 파혼하게 되면 정 소저의 평판에도 타격이 있을 터였다. 하지만 평판보다 실리를 추구한 듯했다. 거기다 후일, 백리명의 상태가 바깥에 알려지면 모두 파혼할 만했다고 여길 터였다.

'이젠 입장이 완전히 뒤바뀌었네.'

처음 백리명은 이 혼사를 달가워하지 않았다. 하지만 내공을 잃은 지금 정 소저의 옷자락을 붙들고 늘어져야 하는 건 백리명이 되었다. 이득에 따라 박쥐처럼 굴던 사람이 똑같은 취급을 받게 된 것이었다. 이를 보니…….

"벌을 받는다고 하는 거겠죠."

"예?"

"아니에요. 이제 들어가죠."

나는 고개를 저으며 수백당으로 들어갔다.

'모두 모여 있네.'

각기 다른 크기의 빛으로 된 형태들을 확인할 수 있었다. 청력을 집중하자 안에서 나누는 대화를 엿들을 수 있었다.

"……없는 것이냐? 해명해 보거라. 어찌 야율 그 아이가 가문의 전령보다 먼저 도착했는지."

새벽녘에 아버지께 들었기 때문에 놀라운 사실은 아니었다. 백리 세가에서 할아버지께 보낸 전령은 야율보다 훨씬 늦었다고 한다. 그래서 할아버지와 아버지가 백리 세가로 돌아오는 길에 마주쳤다고.

"어차피…… 아버지께 연락을 드린대도 별다른 수가 없으실 테니, 최대한 조용히 해결해 보려 했습니다……."

코웃음 치는 소리가 들리고 할아버지의 목소리가 이어졌다.

"되었다. 어차피 네 뜻도 아니겠지. 부인, 부인은 할 말 없소?"

"명이를 위해서였습니다."

"명이를 위해서?"

"죽더라도 명예는 지켜야지요. 백리가에 주화입마에 빠져 죽은 이가 나왔다고 하면 그 추문을 어찌합니까?"

"아주 잘났소. 잘했소. 하지만 이미 틀린 것 같구려. 정 부인이 저리 나오는 것을 보니."

"백리연 그 아이가 소문냈나 보지요. 제 능력을 자랑하고 싶을 나이 아닙니까? 다른 가문을 배경 삼아 백리가에서 위세 떠는 모습을 보아 그러고도 남지요."

무언가 내려치는 소리와 함께 으르렁거리는 듯한 목소리가 들렸다.

"부인, 염치를 챙기시오. 기껏 살려 줬더니 모함을 하다니. 들어오너라."

하인이 고하지 않아도 할아버지라면 내가 다가오는 것 정도는 진작 알고 계셨을 터다. 하인이 곧장 문을 열어 주고, 나는 비단발을 걷으며 들어갔다. 밖에서 확인했듯 할아버지, 할머니, 큰아버지와 고모, 아버지까지 모두 모여 계셨다.

내가 할아버지께 인사를 올리자마자, 고모가 인상을 찡그리며 말했다.

"네가 여긴 어쩐 일이냐?"

"말씀드릴 게 있어서요."

"하, 네가?"

눈썹을 치켜든 고모가 버럭 소리쳤다.

"아버지가 좀 예뻐한다고 아주 기고만장하는구나? 어른들이 중요한 사안을 논하는데 멋대로 끼어들기나 하고!"

"그 입 다물라."

낮게 가라앉은 목소리에 고모의 어깨가 움찔 떨렸다. 고모의 입을 다물게 한 할아버지가 내게 말했다.

"그래서 하겠다는 말이 무엇이냐?"

나는 품에서 자기병을 꺼냈다. 내 움직임에 집중하던 할아버지가 눈짓하며 물었다.

"그게 무엇이냐?"

"오라버니가 먹고 남은 설빙보주예요."

왼편에서 비명과 같은 외침이 터졌다.

"말도 안 돼!"

의아한 시선이 고모에게 향했다. 고모의 안색이 새파랗다. 아버지가 고모와 정반대로 차분한 목소리로 물었다.

"왜 말이 안 된다는 겁니까?"

"……그, 그건."

나 또한 고개를 갸웃 기울이며 물었다.

"고모, 왜 말도 안 된다는 거예요?"

그때 다른 목소리가 끼어들었다.

"명이가 먹었다는 영약이 어찌 남아 있을 수 있겠느냐?"

나는 놀랍다는 듯 부러 눈을 크게 떴다.

"할머니께서 제게 처음으로 말씀하셨네요."

할머니가 싸늘하게 말했다.

"난 너 같은 손녀 없느니라."

"······."

그러자 이번엔 아버지에게서 격한 음성이 터졌다.

"말씀이 지나치십니다."

"시끄럽다. 나는 지금껏 단 한 번도 인정한 적 없었거늘, 새삼스럽구나."

"어머니!"

"부인, 지금 무슨 말을 하는 것이오!"

여기에 할아버지까지 나서자 점차 언성이 높아져 갔다.

할머니가 이렇게 소란스러워질 것을 몰라서 그랬을까?

아니. 고의였다.

이렇게 말하면 지금처럼 당연히 아버지가 가만히 있을 리 없다는 것을 알았기 때문에 주제를 틀기 위해 매몰차게 대답한 것이다. 보통 아이라면 이렇게 어른들이 서로 언성을 높이고 있을 때 감히 끼어들 생각을 하지 못할 테니까.

심지어 그게 제 존재를 따지는 자리라면. 회귀 전에 내가 그랬듯이.

'상황이 바뀌더라도 그 사람의 수단은 바뀌지 않는다는 게 참······.'

하긴 쌍둥이들과 고모를 통해서도 이미 증명된 것이나 다름없었다.

짝!

나는 박수를 쳐서 시선을 모았다. 다들 무슨 미친 짓이냐는 듯 나를 보았다.

"죄송해요. 지금 중요하게 드릴 말씀이 있어서요."

곧장 할머니가 치고 나왔다.

"입 다물거라. 네가 나설 자리가 아니다."

나는 할머니를 무시한 채 할아버지를 향해 말했다.

"할아버지, 설빙보주인지 알아보실 수 있으시죠?"

할아버지가 고개를 끄덕였다.

설빙보주는 특유의 냉기가 있었다. 나는 자기병을 아버지께 드렸다. 아버지가 이를 할아버지께 드리고 할아버지가 알 수 없는 표정을 지었다. 고모가 당장에라도 뛰쳐나와 뺏어 버리고 싶은 듯 움찔거렸다.

"설빙보주가 맞구나."

고개를 끄덕인 나는 설명을 이었다.

"저는 오라버니가 갑자기 주화입마에 빠진 것이 너무 이상하다고 느꼈어요. 그래서 석 태의께 오라버니가 먹은 영약의 조사를 따로 부탁드렸고요."

"그런데?"

나는 눈을 내리깐 채 살짝 머뭇거렸다.

"석 태의의 말로는 이 설빙보주 안에 주화입마를 일으키는 약이 들어 있다더군요."

"뭐라?"

나는 소매에서 석 태의가 적어 준 소견서를 건넸다. 큰아버지가 한달음에 달려와 소견서를 받아 읽어 내려갔다. 나는 말을 이었다.

"누군가 명 오라버니를 해치려 한 거예요."

"허튼소리!"

고모가 더는 참지 못하고 다시 호통쳤다. 그러더니 제 자리에서 나와 손을 휘두르며 소리쳤다.

"아버지! 이런 말도 안 되는 헛소리를 언제까지 들어 주고 계실 참입니까?"

고모가 이번엔 나를 손가락질하며 침이 튀도록 소리쳤다.

"주화입마에 빠트리는 약이라니! 그런 게 있을 리가 없잖느냐! 어디서 허무맹랑한 것을 읽고……!"

"그럼 드셔 보실래요?"

"뭐, 뭐?"

"설빙보주요. 고모가 드셔 보시겠어요?"

고모가 펄쩍 뛰며 말했다.

"미쳤느냐? 내가 왜!"

"석 태의의 판단을 믿지 못하시는 것 같아서요. 왜 그렇게 기겁하세요?"

"기겁이라니! 내 언제 그랬다고……! 네가, 네가 아주 못 하는 말이 없구나!"

나는 고개를 갸웃 기울였다.

"그런 약이 있을 리 없다고 믿으시면 설빙보주는 매우 좋은 영약일 뿐 아닌가요?"

"……."

그때 차분한 음성이 끼어들었다.

"의란, 쓸데없이 입 열지 말거라."

"어, 어머니……."

백리의란이 어떻게 자신에게 이럴 수 있느냐는 듯 할머니를 바라보았다. 할머니는 날 매섭게 바라보면서도 낯빛만큼은 잘 관리하고 있었다.

'역시 할머니가 한 수 위라니까.'

"저건 명이가 먹은 설빙보주일 리 없다. 어디서 다른 설빙보주를 구해 와 헛소리를 하는지는 모르겠다만."

할머니가 큰아버지를 바라보았다.

"……."

큰아버지는 멍한 모습으로 마치 어딘가에 정신을 두고 온 듯싶었다.

"의묵."

"아, 예."

큰아버지는 처음 설빙보주에 주화입마에 빠지게 한 약이 들어 있다는 말을 들었을 땐 잠깐 충격을 받은 듯했으나, 금세 지친 표정으로 돌아왔다. 그 역시 절대 그럴 리 없다고 믿는 듯한 모습이었다.

"어머니와 의란의 말이 맞는다."

큰아버지가 길게 한숨을 쉬고 다시 말을 이었다.

"명이가 마신 설빙보주는 남은 게 없다. 내가 빈 병을 확인했으니 확실하니라……."

"맞아요. 명이 오라버니가 먹고 남은 건 없었어요."

"……그럼? 좀 전에는 명이가 마시고 남은 것이라 하지 않았느냐?"

"그게…… 이건 명이 오라버니가 설빙보주를 마시기 직전에 나눈 거예요."

"뭐?"

"설빙보주를 계속 달라고 조르던 리에게 주기 위해서요."

"명이가…… 리리에게 설빙보주를 나눠 줬다고?"

"네. 제가 리에게 오라버니가 마시고 난 설빙보주 병과 잔을 가져다 달라고 했거든요. 리가 제 부탁대로 챙겨 오긴 했는데 곽씨 어멈이 이미 깨끗하게 씻어서 치웠다고 하더라고요."

나는 그때의 안타까웠던 심정을 보이듯 한숨을 내쉬고 말을 이었다.

"그때 리가 알려 주더라고요. 자기가 가지고 있는 게 있다고요."

전말은 이렇게 된 것이었다.

백리리는 백리명이 설빙보주를 마실 거라는 소식을 듣고 수련관까지 쫓아갔다. 백리명이 설빙보주를 먹고 남으면 그것을 슬쩍할 생각으로…… . 예전에 나눠 먹을까 고민한다고 하는 것을 들었기 때문이었다.

'참, 그렇다고 하더라도 슬쩍할 생각을 하다니.'

하여튼 큰아버지가 오시길 기다리던 백리명은 수련관을 기웃거리는 백리리를 마주했고, 여동생의 앙큼한 속을 훤히 읽었다. 결국, 백리리의 생떼를 못 이긴 백리명이 설빙보주를 먹기 전에 반을 나눠 줬다는 그런 이야기였다.

"거짓말 같다면 리를 불러서 확인하셔도 돼요. 나중에 명이 오라버니가 깨어나고 나서 물어보셔도 될 테고요."

큰아버지는 아직도 사태를 파악하지 못한 얼굴이었다.

"저는 오라버니를 도우면서…… 기의 흐름이 정말 이상하다고 느꼈어요. 큰아버지도 느끼시지 않으셨어요?"

큰아버지가 멍한 얼굴로 답했다.

"맞다. 나도 기이하다고…… 하지만 주화입마라는 것이 다 이런 건줄…… ."

나는 눈을 내리깔고 씁쓸하게 말했다.

"왜 오라버니께 해를 끼치려 했는지는 모르겠지만, 정말 용의주도하죠."

큰아버지의 숨이 점차 격해졌다. 나중에 가서는 거의 헐떡거리는 목소리였다.

"네…… 네 말이…… 정말…… 정말로? 내 아들이…… 내 아들이…… 부인이…… 모두…….”

할아버지가 속을 알 수 없는 눈으로 나를 응시했다. 나는 피하지 않고 담담하게 마주했다. 곧이어 할아버지가 일어나며 말했다.

“설빙보주를 관리한 자, 그리고 손을 댈 가능성이 있는 자들을 모조리 다 끌고 와라.”

모두 수백당에서 청당 앞으로 자리를 옮겼다. 주변에 사람이 접근하지 못하도록 거리를 두고 물린 후, 드나드는 입구부터 담벼락까지 지켜 섰다. 무사들이 직접 앉을 의자를 내오고 할아버지부터 할머니, 고모, 나와 아버지가 자리에 앉았다.

곧이어 할아버지의 설빙보주에 손을 댈 수 있는 자들이 속속들이 끌려왔다. 그들은 영문을 모른 채 끌려왔다가 겁에 질려 회백색 석판 바닥에 무릎을 꿇었다.

그 와중에 한편에서는 백리리와 잠에 든 백리명을 깨워 각자 대질을 했다.

대질은 큰아버지가 직접 했다. 큰아버지는 백리명이 누군가의 음모에 당한 것일지 모른다는 사실을 알자마자 눈이 뒤집힌 상태였다. 할아버지께 자신이 직접 범인을 밝히고 싶다고 청했다.

할아버지는 딱히 수락하지 않으셨지만, 큰아버지가 하고 싶은 대로 하도록 두고 계셨다. 큰아버지는 당장에라도 범인을 잡아 찢어 죽이고 싶어 하는 듯 보였다.

큰아버지가 성큼성큼 청당으로 걸어 들어왔다.

"아버지, 연이 말이 모두 맞았습니다."

목이 탄 듯 큰아버지가 의자 옆에 마련된 탁자의 찻잔을 들어 벌컥벌컥 마셨다.

"명이와 리리 모두 같은 말을 하더군요. 게다가 리리의 시비가 그날 빈 자기병을 하나 달라고 했다더군요."

고모가 부루퉁하게 말했다.

"연이가 설빙보주를 바꿔치기한 것일 수도 있……."

아버지가 싸늘한 표정으로 입을 열던 때였다. 쨍그랑. 큰아버지가 바닥에 집어 던진 찻잔이 산산조각 났다. 고모가 깜짝 놀라 큰아버지를 바라봤다.

"말이 되는 소리 좀 해! 연이가 왜 그런 짓을 한단 말이냐!"

재수 없게 사람 좋은 척만 하던 큰아버지가 이렇게 분노를 드러내는 모습은 처음이었다.

"설빙보주가 좌판에 널려 있는 물건도 아니고! 저 아이가 어떻게 구해서 바꿔치기한단 말이냐!"

"……."

"주화입마에 빠지게 만드는 약을 저 아이가 어떻게 구하냔 말이야!"

"거기까지."

할머니가 싸늘하게 말했다.

"의묵, 진정하지 못하겠느냐? 이게 무슨 추태더냐? 이곳에 너만 있느냐?"

입술을 꽉 깨문 큰아버지가 콧김을 뿜으며 몸을 휙 돌렸다. 늘 효성스럽던 큰아버지의 모습은 온데간데없었다. 큰아버지가 무사를 향해 물었다.

"이 사람들이 모두 다인가?"

"예, 장원에 있는 이들은 모두 끌고 왔습니다."

고개를 끄덕인 큰아버지가 바닥에 꿇어앉은 이들 앞에 섰다.

"왜 끌려왔는지 아느냐?"

모두 겁에 질린 눈을 굴릴 뿐이었다.

"죄가 없다면 아무 문제 없을 터다. 하나 협조치 않을 땐……."

섬뜩하게 말하던 큰아버지가 갑자기 말을 멈췄다.

"한 사람이 보이지 않는군. 곽씨 어멈은 어디 갔는가?"

"그렇지 않아도 말씀드리려 했습니다. 곽씨 어멈이 있을 만한 곳을 모두 살펴봤으나, 없었습니다."

고모는 자신의 소매를 찢어 버릴 것처럼 꽉 쥐었다. 어떻게든 표정을 관리하고 있었으나, 자꾸만 일그러지기 일쑤였다.

"제대로 찾아본 것 맞아?"

"그것이…… 알아보니 일주일 전부터 보이지 않았다고 합니다."

"일주일 전이라고……?"

일주일 전이라면 공교롭게도 백리명이 주화입마에 빠진 날이었다. 큰아버지의 목소리가 심각해졌다.

"출입 명부는?"

"일단 내문 명부는 확인했습니다. 하지만 나간 기록이 없습니다."

"당장…… 당장 출입을 관리한 이들을 모두 끌고 오너라!"

무사가 곤혹스러운 표정을 지었다.

"하지만 그럼 출입 관리에 공백이……."

"걸어 잠가! 아무도 못 나가게 하면 될 것 아니냐! 지금 언제 도망 쳤는지도 모르는데 문을 열어 놓을 판이더냐!"

무사가 할아버지를 바라보았다.

백리 세가는 오가는 사람들이 늘 북적였다. 문을 걸어 잠그는 건 큰아버지의 권한으로는 부족했다. 그때까지 눈을 감고 있던 할아버지가 큰아버지에게 물었다.

"곽씨 어멈은 의란의 종복이거늘 여기서 왜 나오느냐?"

큰아버지가 답했다.

"설빙보주를 가져온 이가 곽씨 어멈이었습니다!"

태사의 팔걸이를 부여잡은 할아버지의 손등에 핏줄이 바짝 섰다. 할아버지가 무릎 꿇은 이들을 싸늘하게 내려다보았다.

"일단 이들을 먼저 데려가도록."

무사들이 달려와 한 명씩 양쪽 팔을 잡고 일으켜 세웠다. 곳곳에서 신음과 겁에 질린 울음소리가 들렸다. 무슨 일인지도 제대로 모르는 이들이 끌려가고, 낮게 가라앉은 목소리가 고모를 향했다.

"백리의란."

할아버지가 성까지 붙여 부르는 것이 무시무시한 느낌이 들었다.

"곽씨 어멈은 널 따라가지 않았더냐? 그런데 왜 여기 있었던 게지?"

심지어 할아버지에게서 위협적인 기백이 흘러나오고 있었다. 고모가 깜짝 놀라 부들부들 떨었다.

"저는 그러니까…… 그러니까…… 저도 잘 모릅니다."

"……모른다?"

고모가 황급히 고개를 끄덕였다.

"그, 제가 시가에 가는 김에 오랫동안 제 옆에서 일했으니, 가족들도 만나고 좀 쉬라고 휴가를 보내 주었을 뿐입니다! 정말입니다!"

휴가라…….

나는 고개를 숙인 채 조소했다. 내가 제갈화무와 야밤의 강에서 보았던 배에는 고모와 곽씨 어멈이 함께 타고 있었다. 배에 타고 있던 몇몇 알아볼 수 있는 인물 중 하나였다.

고모가 결백하다는 듯 외쳤다.

"저도…… 저도 집에 돌아오고 나서 본 적이 없습니다!"

그때, 내내 조용히 있던 할머니가 입을 열었다.

"의란의 말이 맞습니다."

"부인, 잘 설명해야 할 것이오."

집안일, 하인들의 관리는 할머니의 권한이었다.

"곽씨 어멈은 휴가를 받고 집에 돌아가기 전에 잠시 백리가에 왔을 뿐입니다."

"그런데 왜 여기서 일을 하고 있단 말이오? 휴가를 받아 놓고는 일을 하다니. 곽씨 어멈, 정말 대단한 사람이구려."

할아버지의 다그침에도 할머니는 태연하게 답했다.

"명이와 리리의 유모 딸이 크게 아프다더군요. 이를 안 곽씨 어멈이 자신이 대신 일을 맡아 줄 테니 딸을 보고 오라고 하였다 알고 있습니다."

과거에도 리리의 유모가 상을 치르러 갔을 때 곽씨 어멈이 대신 일을 할 정도로 돈독한 사이였다. 그러니 아무도 이상하다 여기지 않았다.

"의란이 아니라 오히려 제가 관리를 못 한 탓이지요."

"……어머니."

역시 자신의 편은 어머니뿐이라는 듯 고모가 할머니를 바라보며 다소 울 것 같은 낯을 했다. 하지만 고모와 눈이 마주친 할머니는 싸늘한 낮이었다.

"대체 아랫것 관리를 어떻게 하는 게야?"

"어머니, 죄송해요……. 저는, 저는……."

고모가 울먹이며 사죄했다. 할머니가 큰아버지를 향해 씁쓸한 낯으로 말했다.

"다 내 탓이니라."

효자이자 평소 우애가 좋았던 큰아버지는 이 모습에 화가 다소 누그러진 듯했다.

"그리고 의묵아, 아직 곽씨 어멈이 범인인지 확실하지는 않다. 그러니 너도 진정하거라."

"저도…… 저도 의심하고 싶지 않습니다. 하지만 그럼 왜 갑자기 사라졌단 말입니까!"

"이제부터 찾아봐야지."

큰아버지가 할아버지를 돌아보았다.

"아버지, 부탁드립니다!"

할아버지가 눈을 가늘게 뜨고 바라보다 무사에게 손짓했다.

"정문만 열어 두고 다른 문은 모두 닫는다. 출입 관리를 한 이들을 모두 데려오고, 마지막으로 목격자도 다시 한번 확인해 보거라."

그때 내가 나서며 말했다.

"아뇨, 할아버지. 그럴 필요 없어요. 제가 이미 붙잡아 왔으니까요."

"뭐라고?"

그때 청당 입구로 장 부관이 들어섰다.

"장 부관? 자네가 여긴……."

큰아버지가 인상을 찌푸리며 입을 열었다가 뒤에 무사에게 양팔을 잡힌 채 질질 끌려오는 중년의 여인을 보며 눈을 부릅떴다.

곽씨 어멈은 무척 수척해진 낯이었다. 문을 막고 내게 고래고래 소리치던 모습을 찾아볼 수 없을 정도였다.

"정말…… 어멈?"

고모가 저도 모르게 중얼거렸다. 그 목소리에 비틀비틀 끌려오던 곽씨 어멈이 푹 숙이고 있던 고개를 들었다. 곽씨 어멈의 얼굴에 화색이 돌았다. 갑자기 기운이 솟아난 듯 몸을 바로 세우며 소리쳤다.

"아가씨!"

그대로 고모에게 다가가려는 것을 양팔을 잡고 있던 무사들이 막았다. 나는 무사들이 곽씨 어멈을 바닥 위에 꿇어앉히길 기다렸다가 입을 열었다.

"어멈, 어멈이 왜 여기 왔는지 아는가?"

나를 본 곽씨 어멈의 얼굴이 일그러졌다.

"제가, 제가 아기씨 앞을 막았다고 지금 이런 취급을 하시는 겁니까? 저는 억울합니다! 그저 도련님의 명예를 위해 막았을 뿐입니다!"

나는 소리 높여 웃었다. 내 모습에 곽씨 어멈이 미치광이를 보듯 바라보았다. 나는 몸을 숙여 말했다.

"어멈이 가져다준 설빙보주에서 주화입마에 빠트리는 약이 나왔다."

곽씨 어멈이 눈을 부릅떴다. 이내 실수했다는 듯이 고개를 재빨리 고개를 숙이고 말했다.

"예? 그, 그게 도대체 무슨 말씀이신지……."

나는 고개를 갸웃하고 말했다.

"어멈, 신기하게 얌전하네? 나한테 핏줄도 알 수 없는 천것이라고 고래고래 소리 지를 땐 언제고."

곽씨 어멈이 숨을 헉, 들이켜며 저도 모르게 고개를 들었다.

"그, 그건……."

"왜, 여기서도 천것이 하는 말을 어찌 믿느냐고 소리쳐야지."

등 뒤에서 무시무시한 기세가 느껴졌다. 곽씨 어멈의 낯빛이 목이 졸린 듯이 창백해지다 곧이어 숨이 막힌 듯 꺽꺽대기 시작했다.

나는 일어나 말했다.

"할아버지, 아버지, 그만해요. 이러다 죽어 버리겠어요."

그제야 무시무시한 기세가 거둬지고 곽씨 어멈이 숨을 헉헉 들이쉬었다.

나는 큰아버지를 돌아보고 한 발 뒤로 물러났다. 내 뜻을 읽은 큰아버지가 음산하게 말했다.

"곽씨 어멈, 어멈이 설빙보주에 마지막으로 손댔지. 그리고 설빙보주에서 주화입마에 빠트리는 약이 나왔다네. 이 어찌 된 일인가?"

큰아버지가 주먹을 꽉 쥐며 재촉했다.

"곽씨 어멈."

겁에 질린 곽씨 어멈이 고개를 저으며 소리쳤다.

"저는, 저는 정말 억울합니다! 대부인! 아가씨! 말씀 좀 해 주십시오!"

곽씨 어멈이 도와 달라는 듯 소리쳤다.

그때 할머니가 갑자기 일어나 곽씨 어멈을 향해 천천히 다가왔다.

"어멈, 이미 다 밝혀졌네. 자네밖에 설빙보주에 손을 쓸 수 있는 사람은 없어."

"예? 대, 대부인?"

"누가 시킨 겐가? 어멈 혼자서 벌인 일은 아닐 터. 사실대로 말하게."

"사실대로…… 요?"

곽씨 어멈이 대부인을 당황한 낯으로 바라보았다.

"그게 무슨 말씀…… 이십니까……?"

뒤쪽의 고모에게도 흔들리는 시선이 닿았다.

"어머니, 길게 말할 필요 없습니다!"

큰아버지가 끼어들어 소리쳤다.

"자네가 과연 감옥에서도 그리 말할 수 있는지 보지!"

감옥에 가만히 가둬 두기만 할 리가 없었다. 들어가자마자 고신할 터. 곽씨 어멈의 낯빛이 하얗게 질렸다.

"끌고 가!"

무사들이 곽씨 어멈의 양팔을 잡아 일으켜 세웠다. 곽씨 어멈은 발버둥을 치며 소리쳤다.

"사, 살려 주십시오! 아가씨! 아가씨!"

고모가 어쩔 줄 몰라 입술을 짓씹었다. 하지만 나서진 못했다. 아직 머리 굴릴 여유는 있는지, 여기서 자신이 곽씨 어멈의 편을 들면 이상해 보인다는 것은 아는 듯했다.

그때였다.

"기다리게."

할머니가 큰아버지를 막아섰다.

"어머니? 지금 뭐 하시는 겁니까?"

큰아버지의 목소리에 의심이 서렸다.

"설마 곽씨 어멈을 보호하시려는 건 아니시죠?"

할머니가 오히려 혀를 차며 큰아버지를 보았다. 오랫동안 효성스럽던 큰아버지는 할머니의 언짢은 모습에 반사적으로 눈치를 보았다.

"이건 다 내 불찰이니라. 명이와 명이 어미가 그리되고 내 네게 얼굴을 들 낯이 없다. 안주인으로서 집안일을 돌보지 못한 책임이 너무 크다.”

크게 한숨을 내쉰 할머니가 애원하는 어조로 말했다.

“내 어멈과 함께한 세월이 길다. 어멈에 대해선 내가 잘 알지. 일단 내게 설득해 볼 기회를 다오.”

할머니의 부탁에 큰아버지가 난처한 표정을 지었다.

“……알겠습니다. 하지만 곽씨 어멈이 계속 헛소리를 한다면 바로 끌고 갈 것입니다!”

고민하는 듯하던 큰아버지가 한발 물러섰다. 이 상황이 되어서도 큰아버지는 고모와 할머니를 믿고 있었다.

‘하긴 믿지 않으면 어쩌겠어?’

최근 사이가 틀어지긴 했지만 그래도 가족으로 지낸 세월이 얼만데. 고모와 할머니를 믿지 않는다는 것은 그간의 삶을 부인하는 것이나 다름없었다.

그리고 여동생이 자신의 아들에게 이런 악독한 짓을 저질렀을 것이라고 누가 순순히 상상하겠는가?

안도한 곽씨 어멈이 엎드려 흐느꼈다.

“대부인! 역시 저를 믿어 주시는 건 대부인뿐이군요!”

“곽씨 어멈, 일어나게나.”

부드러운 목소리에 몸을 일으키던 곽씨 어멈은 이어진 말에 멍한 표정으로 눈을 깜빡였다.

“자네 딸이 이번에 아이를 가졌고, 손자는 이제 네 살이랬지?”

“대부인……?”

“만약에 계속 부인한다면…… 그 아이들도 평안하진 못할 걸세. 자네도 가족은 지켜야지."

목소리는 부드러웠으나 그 내용은 살벌했다. 큰아버지가 할머니를 감탄하는 눈길로 보았다가 곽씨 어멈을 싸늘하게 바라보았다. 마치 내 가족을 파탄 내고 너는 멀쩡할 수 있을 것 같으냐? 라고 말하는 듯한 시선이었다.

나 또한 감탄했다.

'대단하네, 정말.'

그냥 듣기에는 할머니가 곽씨 어멈의 가족을 두고 사실대로 말하라며 협박을 하는 듯한 모습이었다. 하지만 내가 본 진의는 조금 달랐다. 정확히는⋯⋯.

'가족의 목숨을 살리고 싶다면 혼자 안고 죽어라.'

곽씨 어멈은 백리 세가에서 오랫동안 일한 만큼 남편부터 자식들까지 백리 세가와 관련한 일을 하고 있었다.

'즉, 다 할머니 손에 있다는 뜻이지.'

그리고 오랫동안 할머니 아래에서 일한 곽씨 어멈이 과연 이 뜻을 알아듣지 못했을까?

곽씨 어멈의 몸이 사시나무 떨듯 떨렸다. 하지만 알아듣지 못하는 사람도 있었다.

"어, 어머니, 곽씨 어멈을 어쩌시려고요?"

어느새 다가온 고모가 할머니의 옷자락을 부여잡았다. 더는 참을 수 없었던 모양이다. 할머니가 답답한 듯 소리쳤다.

"입 다물거라. 지금 무엇이 중한지 아직도 모르겠어? 쓸데없는 소리를 할 거면 당장 나가거라!"

답답할 만도 했다. 자꾸 저렇게 행동하면 아무리 가족을 믿고 싶은 큰아버지라도 의심이 가지 않겠는가?

"어머니이……."

할머니가 고모의 손을 뿌리치며 다그쳤다.

"아니면…… 네가 곽씨 어멈에게 시킨 것이냐?"

"예? 예? 어, 어떻게 그런 말을…… 저, 저 어머니 딸입니다!"

고모가 가슴팍 옷자락을 움켜쥐며 겁에 질린 표정을 지었다.

"네가 말하지 않아도 잘 알고 있느니라."

대체 무슨 생각을 하는지 고모의 표정이 점차 일그러졌다.

"어머니, 설마 지금 저를…… 저를 버리시려고……."

할머니가 와락 인상을 찡그리며 무언가 말하려 할 때였다. 곽씨 어멈이 소리쳤다.

"제가! 제가 저지른 것이 맞습니다! 아가씨는 모르십니다. 제가 혼자 꾸민 일입니다."

"어, 어멈?"

잠시 혼란스러운 표정이던 고모도 이내 눈을 빛냈다. 무너진 하늘에서도 살아날 구멍을 찾은 표정이었다. 할머니는 눈치채지 못하게 안도의 숨을 내쉬었다.

고모가 재빨리 곽씨 어멈을 향해 다그쳤다.

"어멈! 어떻게 이런 일을 벌일 수가 있어! 자네를 믿었거늘……!"

곽씨 어멈은 말없이 고개를 푹 숙였다. 큰아버지가 다시 앞으로 나왔다.

"이유가 뭔가?"

주먹을 꽉 쥔 큰아버지가 꾹 눌러 참고 있는 듯한 목소리로 물었다.

"대체 왜 우리 명이에게 해를 끼친 건가?"

곽씨 어멈의 목소리는 너무 작아 잘 들리지 않을 정도였다.

"제가…… 제가 제정신이 아니었습니다……. 명이 도련님이 악 도련님과 표 도련님을 모함하는 것에 화가 나 그만……."

"모함이라니? 무슨 모함을 했다는 말이냐!"

"……."

잠시 생각하던 큰아버지가 말도 안 된다는 듯 물었다.

"설마…… 연이에게 돌을 던진 일을 말하는 것이냐?"

곽씨 어멈은 거의 보이지 않을 정도로 고개를 작게 끄덕였다. 큰아버지가 눈을 꽉 감았다가 갑자기 뛰쳐나갔다.

"고작 그딴 것 때문에……!"

"컥!"

곽씨 어멈이 걷어차여 나동그라졌다. 아버지가 황급히 큰아버지를 붙잡았다. 무공을 익힌 큰아버지가 이성을 잃고 힘을 쓰면 곽씨 어멈은 그대로 죽어 버릴 수도 있었다. 그게 아니더라도 아버지는 말렸겠지만.

"그 망나니 같은 놈들 때문에 명이가 그간 얼마나 곤욕을 치렀는데! 그래도 사촌이라고 돌본 명이한테 뭐라고?"

사람이 눈이 뒤집히면 속에 있는 말이 나오지 않는가? 큰아버지의 적나라한 말에 고모의 얼굴이 일그러졌다. 할머니가 서둘러 말했다.

"어서 곽씨 어멈을 끌고 가서 감옥에 가두거라."

이렇게 될 줄 알았다. 쉽게 인정하지 않을 거란 것을.

나는 입을 열었다.

"잠시만요."

그 순간, 할머니가 나무라듯 소리쳤다.

"의강! 대체 자식 교육을 어찌한 게야? 천치 분간 못 하고 날뛰는 꼴이라니. 내 이 꼴을 언제까지 참아줘야 하느냐! 당장 데리고 나가거라!"

나는 양주먹을 꽉 쥐었다. 나를 욕하는 것은 간지럽지도 않았지만, 내 아버지를 나무라는 것은 용서할 수 없었다. 내가 다시 입을 열려할 때, 내내 조용히 계시던 아버지가 입을 열었다.

"어머니, 설빙보주에 대해서는 연이가 알아왔고, 곽씨 어멈도 연이가 데려왔는데 질문 좀 하는 게 무엇이 문제입니까?"

"너, 네가 감히!"

아버지가 할머니를 무시하며 내게 말했다.

"연아, 말하거라."

나는 놀라 눈을 깜빡였다. 아버지가 어서 말하라는 듯이 다시 한번 눈짓했다. 나는 가슴이 뭉클해지며 무한한 용기가 치솟았고, 그와 동시에 안타까움도 느꼈다. 나는 숨을 들이켠 후 장 부관을 돌아보고 말했다.

"장 부관, 하나만 여쭤볼게요."

"……."

"말씀하십시오."

"곽씨 어멈을 어쩌다 붙잡게 된 건가요?"

고모가 흠칫 놀랐다. 장석량이 말했다.

"명이 도련님께 문제가 생긴 후, 대부인께서 내당 주변의 출입을 엄중히 막으시지 않았습니까?"

"맞아요. 저도 못 들어가게…… 곽씨 어멈이 할머니 명이라고 막았죠."

나는 잠시 할머니를 바라보았다. 장석량이 말을 이었다.

"그런데 한차례 소란이 일더니 연이 아기씨와 리 아기씨가 안으로 들어가셨다고 하더군요."

문짝을 부수고 들어간 이야기였다.

"걱정이 되어 지켜보던 와중에 이틀이 지나고 명이 도련님과 연이 아기씨가 연공실에서 나온 직후, 갑자기 내당에서 곽씨 어멈이 나왔습니다. 그러더니 미리 얘기가 된 듯 출입패도 쓰지 않고 몰래 백리가를 빠져나가더군요."

"몰래요?"

"예."

출입패를 쓰지 않고 몰래 빠져나갔다는 말은 자신이 밖에 나갔다 온 사실을 숨기려 한 것이다.

"밖으로 나온 곽씨 어멈이 마차를 타고 한 골목으로 들어가더니 웬 대갓집 근처에서 멈춰 섰습니다. 행적을 쫓던 이가 일이 다급하게 돌아간다 여기고 곽씨 어멈이 대갓집에 들어가기 전에 붙잡았습니다."

장석량이 전달받은 대로 말을 마쳤다.

그렇다. 정확히 말해 곽씨 어멈을 붙잡은 건 제갈화무였다. 그리고 나는 '어쩌다' 붙잡게 된 건지 물었지 '누가' 붙잡았냐고 묻진 않았다.

큰아버지가 끼어들었다.

"그걸 왜 이제야 말하는 것이야!"

장석량이 헛기침을 하고 답했다.

"그 뒤로 여러 일 때문에 정신이 없어서…… 곽씨 어멈에 대해서는 잊어버리고 있었습니다."

"아무리 그렇다고 해도……! 아니, 되었소. 나중에 따지기로 하고……."

큰아버지가 의심스럽게 물었다.

"그래서 곽씨 어멈이 들어가려던 집이 어디던가?"

"우 부인 댁이었습니다."

할머니는 눈을 꽉 감았다.

"우 부인? 우 부인 댁이라면……."

큰아버지가 천천히 고모를 향해 고개를 돌렸다.

"의란, 네가 방문했던 곳이 아니더냐?"

고모가 백리명의 사고를 듣고 백리 세가에 돌아오기 전에 만났던 사람이 우 부인이었다.

"……."

고모가 새파랗게 질린 얼굴로 침묵했다. 큰아버지가 의심스러운 어조로 물었다.

"백리의란, 곽씨 어멈이 왜 그 시점에 몰래 널 찾아갔더냐?"

"그, 그건……."

고모가 나를 노려보았다. 왜 그런 질문을 했느냐는 눈빛이었다. 나는 왜 그러냐는 듯 고개를 갸웃 기울였다. 입술을 깨문 고모가 곽씨 어멈을 향해 다그쳤다.

"저도 모르죠! 곽씨 어멈, 뭐라고 말 좀 해!"

"……."

곽씨 어멈이 다소 억울한 듯 고모를 보았다가 이를 악물고 답했다.

"휴가를 받기 전에 아가씨께서 우 부인 댁에 가 계신다는 이야기를 들었던 것이 기억나 찾아뵌 것입니다."

"마, 맞아요! 아! 제가 곽씨 어멈에게 휴가를 주기 전에 말한 적이 있습니다. 우 부인에게 갈 거라고. 그러니 집안에 생긴 우환에 놀라서 절 찾아온 게 아닐⋯⋯."

나도 모르게 순간 픽 웃음이 새어 나와 황급히 표정을 관리했다. 큰아버지가 고모의 말을 자르며 소리쳤다.

"날 바보로 아느냐!"

"오, 오라버니."

"네가 우 부인 댁에 머무는 걸 알았다면, 진즉에 널 찾아갔어야지!"

큰아버지가 곽씨 어멈을 손가락질했다.

"명이가 죽어 갈 때는 널 찾아가지 않다가, 명이가 살아날 방도가 생기자 널 찾아간 걸 내가 어찌 이해해야 한단 말이냐!"

나는 배신감으로 낯빛이 일그러지는 모습을 보다 고개를 돌렸다. 입을 꾹 다문 아버지의 낯빛은 창백하니 괴로워 보였다. 역시나 아버지도 고모가 이렇게까지 할 거라고는 전혀 생각지 않았던 모양이었다.

이어서 할아버지를 보았다. 그 순간 눈이 마주쳤다. 할아버지는 고모와 할머니, 큰아버지가 아니라 나를 바라보고 계셨다.

언제부터 바라보고 계셨던 것일까?

할아버지는 평소와 똑같은 안색에 변함없는 표정이었다. 이 상황과 어울리지 않을 정도로. 하지만 왠지 모르게 나를 바라보는 눈빛이 무척이나 슬퍼 보였다.

나는 다시 시선을 내리깔았다.

비틀거리던 큰아버지가 고모의 앞섶을 쥐었다.

"네가 어떻게⋯⋯ 네가⋯⋯!"

더듬거리던 큰아버지가 포효하듯 소리쳤다.

"명이는 네 조카다. 어떻게 명이한테 그럴 수가 있어!"

"이거…… 놔요!"

고모가 큰아버지의 손목을 뿌리쳤다. 주화입마에 빠질 뻔하고, 몸 고생 마음고생을 한 큰아버지의 몸이 제 상태일 리 없었다. 큰아버지가 쉽게 밀려나고 고모가 소리쳤다.

"아니라고 했잖아요!"

큰아버지가 기가 찬 듯 고모를 보았다.

"상황이 이 지경인데도 부인해?"

"이 상황이 뭔데요? 제가 했다는 증거 있어요?"

고모가 짜증스럽게 옷섶을 정돈했다.

"저는 그저 곽씨 어멈을 우 부인 댁에서 만나기로 했던 것뿐이라고요. 어멈이 이런 일을 벌였을 줄 제가 어찌 알았겠어요?"

"뭐, 뭣?"

뻔뻔한 답에 말을 잃은 큰아버지를 향해 할머니가 말했다.

"의묵, 정신 차려라. 의란이 했다는 증거는 없다."

"……어머니? 이 상황에 어머니까지 지금 무슨 말씀을 하시는 겁니까!"

"정황이 그리 느껴질 뿐이다. 의란이 그랬을 리가 없지 않으냐?"

"어머니……. 지금…… 지금…… 설마……?"

믿기지 않는 듯 할머니를 바라보던 큰아버지가 실성한 것처럼 웃음을 터트렸다.

"하, 하하. 하하하! 어머니, 처음부터…… 처음부터 알고 계셨군요? 그러니까 지금껏 의란의 편을 들으셨던 거군요!"

"무슨 소리를 하는지 모르겠구나."

할머니는 큰아버지를 걱정스럽다는 듯이 바라보았다.

"충격이 너무 큰 것이 아니냐? 여긴 내 알아서 할 테니 너는 가서 쉬거라."

아주 자애로운 모습 그 자체였다.

"정말 가관이군."

담담한 목소리가 울려 퍼졌다. 할아버지가 고모를 보았다.

"백리의란, 모든 정황이 명백히 널 가리킨다. 그런데 변명은 그게 다인 것이냐?"

고모가 입술을 꾹 다물고 고개를 숙였다가 갑자기 치켜들며 소리쳤다.

"아버지는 원래 저를 싫어하셨죠. 제가 뭐라고 말하든 어차피 절 의심하실 거잖아요! 아무리 아버지시더라도 어머니가 있는 한 증거도 없이 저를 어쩌시진 못하실 겁니다! 저는 절대 인정 안 해요!"

일이 이 지경이 되자 겁도 사라졌는지 할아버지를 보는 고모의 눈동자에 새파랗게 날이 서 있었다.

할아버지가 사납게 웃으며 할머니를 보았다.

"대체 뭘 믿고 이런 짓을 벌였나 했더니 바로 부인 때문이었구려?"

"무슨 소린지 모르겠군요."

할머니가 태연하게 답했다.

"내내 궁금한 게 있었소. 부인이 이 일에 함께했는지, 혹은 의란 혼자 저지른 짓인지. 하지만 그게 중요한 게 아니구려."

"상공, 무슨 소리를 하시는 겁니까? 증거도 없이 사람을 의심하듯 말하는 것은 그만두시지요."

할아버지가 고모와 할머니를 바라보곤 큰아버지를 향해 말했다.

"의묵, 어쩔 게냐?"

"예?"

"어떻게 할 거냐 물었다. 네 아들을 그리 만든 흉수를 찾지 않아도 된단 말이냐? 내 네게 가문을 맡기고 떠났던 것인데, 언제까지 그러고 있을 게야!"

그제야 큰아버지가 조금 정신을 차린 듯 인상을 썼다.

"제가…… 제가 뭘 어찌해야 합니까? 저는, 저는…… 아버지, 도와주십시오……."

마지막에는 거의 흐느끼는 목소리였다. 할아버지가 혀를 차며 말했다.

"내가 나서길 바라느냐?"

"당연히…… 당연히 나서셔야죠! 명이는 아버지의 손자이기도 합니다! 아버지가 아니면 누가…… 제발 억울함을 밝혀 주십시오."

할아버지가 크게 한숨을 내쉬었다.

"알겠다."

조금 안색이 밝아진 큰아버지에게 할아버지가 말했다.

"하지만 이 일을 해결할 수 있는 건 내가 아니다."

"예?"

"멍청한 것! 처음부터 이 일을 명명백백히 밝힐 수 있는 건 한 명뿐이었다! 그걸 아직도 모르겠느냐!"

"무슨 말씀이신지……?"

"네가 도와 달라 해야 할 사람은 내가 아니라, 연이였다!"

할아버지가 나를 보았다. 깊게 가라앉은 눈동자가 형형하게 빛나는 듯했다.

"백리연! 네가 일을 이렇게 이끌었지. 그렇다면 증좌도 모두 가지고 있을 터!"

할아버지가 숨을 크게 내쉬었다.

"어디 네가 원하는 대로 해 보아라. 내가 책임질 테니."

"……"

역시 할아버지시라고 해야 할까? 처음부터 내가 모든 사실을 알고 있던 걸 아신 모양이었다. 고모와 할머니, 큰아버지가 저렇게 소란을 피우는 동안 왜 가만히 계시나 싶었는데…….

"네가 어떻게…… 뭘 알고 있기에……?"

"형님, 그냥 지켜보십시오."

나는 아버지를 물끄러미 바라보다 살짝 고개 숙였다. 고모가 코웃음을 치며 중얼거렸다.

"아버지도 이제 쉬실 때가 되신 모양이군요. 저 애한테 뭘 맡기신다는 건가요?"

나는 무시하고 곽씨 어멈에게 걸어갔다.

"고모의 몸종이 어멈 하나뿐은 아니고, 어멈 혼자서 모든 일을 처리할 수는 없었겠지?"

곽씨 어멈은 날 바라보지도 않았다. 나는 아랑곳하지 않고 말을 이었다.

"가령…… 관송이라는 약제사를 만나러 갔던 일이라든가."

곽씨 어멈이 눈을 부릅떴다. 뒤쪽에서 숨을 들이켜는 소리가 들렸다.

"두 달쯤 전에 고모의 몸종 하나가 관송이라는 무척 유명한 약제사 한 명을 찾아갔지. 관송은 능력은 뛰어났지만 몇 가지 범죄를 저질러서 보통 사람들은 찾지 않는 약제사야. 그런데 명문 정파 백리가 사람인 고모의 몸종이 그런 약제사를 왜 찾아갔는지…… 어멈은 아나?"

"……."

"고모의 몸종은 어떠한 약을 하나 만들어 달라고 했습니다. 먹는 이를 주화입마에 빠트릴 수 있는 약이었죠."

나는 큰아버지와 고모를 바라보았다.

"처음에 관송은 거절했죠. 거절당한 고모의 몸종은 말을 바꿨습니다. 알 수 없는 약을 하나 내밀며 똑같은 약을 만들어 달라고 부탁했지요."

유명 약문의 약제사들 혹은 이름 있는 의원들은 이런 사악한 약 제조에 발을 들이려 할 리가 없었다. 딱 봐도 복잡한 사정. 잘못 걸리면 괜히 경 칠 테니까.

그렇다고 어중이떠중이들에게 의뢰할 수는 없었다. 고르고 고른 사람이 관송이란 자였고…….

"처음 보는 약에 흥미를 느낀 관송은 같은 약을 만들어 달라는 의뢰를 받아들였죠. 하지만 이내 실패했어요."

나는 소매에서 종이와 조그맣게 포장된 것을 꺼내 들었다.

"여기 관송의 진술서예요. 그리고 관송도 장 부관이 데리고 있으니 언제든지 확인해 볼 수 있어요."

이어서 나는 조그맣게 포장된 것을 내밀었다.

"이건 고모가 의뢰했던 약 일부입니다. 약이 매우 신기하다 여긴 관송이 고모에게 모두 돌려주지 않고 일부를 빼돌렸더군요. 남은 설빙보주와 비교하면 같은 약인지 알 수 있겠죠."

나는 조롱하며 말했다.

"고모, 범죄를 저지른 약제사를 믿으면 어떡해요?"

고모의 표정이 점차 일그러졌다.

의뢰한 약을 빼돌리다니. 보통은 상상도 못 할 일이었다. 실력이 좋으면서도 왜 도망 다니며 숨어 지내는지 알 만했다.

심지어 나는 관송을 납치하거나 협박하지도 않았다. 그는 약을 만들다 실패한 것뿐이었다며 아주 당당했고, 돈을 많이 주자 알아서 모두 술술 불었다. 의뢰인의 비밀 보장, 그런 것 따위는 없었다.

나는 할아버지께 진술서를 건네드렸다. 쭉 읽어 내린 할아버지가 눈을 꽉 감았다. 눈치를 보던 큰아버지가 할아버지에게서 황급히 진술서를 건네받았다. 할아버지가 전음을 하는지 목젖 부근이 살짝 떨렸다. 곧 무사 한 명이 소리 없이 청당을 빠져나갔다. 어느새 다 읽어 내린 큰아버지가 진술서를 휘두르며 소리쳤다.

"이 악독한…… 어찌 이리 악독한…… 왜 말이 없느냐! 어디 계속 네가 한 짓이 아니라고 변명해 보지 그러느냐!"

고모가 다급하게 할머니를 바라보았다. 큰아버지가 코웃음을 쳤다.

"어머니를 봐서 뭘 어찌하려고? 이렇게 증거가 명명백백한데 어머니가 널 지킬 수 있을 것 같으냐!"

큰아버지가 할머니께 진술서를 내밀었다.

"어머니도 한번 읽어 보시지요!"

"……."

그 모습을 지켜보고 다시 곽씨 어멈을 바라보았다.

"어멈, 다시 물어보지. 정말 어멈 혼자 저지른 짓이 맞아?"

곽씨 어멈의 입술이 바들바들 떨렸다. 나는 천천히 말했다.

"생각을 아주 잘하고 대답해야 할 거야. 가족을 지키고 싶다면 말이야."

곽씨 어멈만큼 머리가 굴러가는 자라면 알 것이다. 과연 고모도 지키지 못할 할머니가 곽씨 어멈의 가족을 지킬 수 있을까?

나는 무사들을 바라보며 말했다.

"끌고 가요."

이제 곽씨 어멈은 더는 필요 없었다. 양팔을 잡힌 곽씨 어멈은 더는 발버둥 칠 힘도 없는 듯했다. 곽씨 어멈이 조용히 끌려갔다.

"백리의란, 할 말이 있느냐?"

"……."

할아버지가 말했다.

"백리의란도 끌고 가 가두도록."

"흡!"

깜짝 놀란 고모가 숨을 들이켜고, 순식간에 다가온 무사들이 고모의 양팔을 잡았다. 고모가 깜짝 놀라며 몸부림쳤다.

"이거 놓지 못해? 너희가 뭔데 감히 내 몸에 손을 대!"

할머니가 기겁해 소리쳤다.

"무슨 짓이냐!"

"어머니, 살려 주세요! 어머니! 어머니!"

할머니가 할아버지를 향해 소리쳤다.

"의란을 끌고 가 어쩌시려는 겁니까!"

"당장 어찌하진 않을 것이오."

큰아버지가 황급히 되물었다.

"아버지, 당장은이라니요?"

할아버지가 고모의 편을 들까 봐 걱정을 하는 모양새였다. 할아버지가 큰아버지를 한심하게 바라보았다.

"하지만 의란이 친족 상해를 저지른 것이 확실하다면……."

큰아버지가 꿀꺽 침을 삼켰다.

"백리의란은 호적에서 파내고 내공 또한 폐할 것이다."

"상공!"

"안 돼!"

비명 같은 외침이 울려 퍼졌다. 숨을 들이켰던 큰아버지가 떨리는 목소리로 말했다.

"아, 아버지…… 내…… 내공을 없앤다고요?"

할아버지가 매섭게 되물었다.

"그럼?"

"아…… 그…… 예."

벌을 받기를 원하긴 했으나 또 그건 잔혹한 처사라 여겨지는 모양이었다.

"이, 이거 놔! 어머니! 어머니!"

그때였다. 갑자기 아버지가 손을 들어 무사들을 멈추게 했다.

"잠시 놓게."

모두 의아하게 아버지를 바라보았다.

"의…… 의강아."

반대로 고모는 희망에 찬 눈으로 아버지를 바라봤다.

"역시 네가 도와줄 줄 알았……."

"누님, 하나만 묻죠."

"뭘 말이냐?"

"이미 약을 가지고 계시면서도 왜 하나 더 만들어 달라고 의뢰한 겁니까?"

"……."

아버지의 질문에 큰아버지가 갑자기 그건 무슨 소리냐는 듯 의아한 표정을 지었다. 그러다 이내 깨달은 듯이 나를 바라보았다. 아버지가 싸늘하게 말했다.

"하나 더 만들어 무얼 하려 했던 겁니까?"

"……그, 그건…… 그러니까……."

고모가 입술을 잘근잘근 씹었다.

"설마…… 연이에게도 약을 쓰려고 한 것입니까?"

"그, 그럴 리가!"

고모는 아니라고 부인했지만…… 이 자리의 누구도 고모의 말을 믿지 않았을 것이다. 아버지는 점차 화가 치미는 듯 보였다.

"마지막으로 묻겠습니다."

아버지는 바로 말을 잇지 않고 꽤 오래 침묵했다.

"연이가 백리 세가에 들어오자마자 겪은 주화입마…… 그것도 누님과 관련이 있습니까?"

그때 할머니가 버럭 소리쳤다.

"의강! 이번 일이 벌어졌다고 오래전 일까지 의란에게 뒤집어씌우다니!"

"아니라면 다행이지요."

아버지가 할머니를 냉랭한 눈빛으로 보았다.

"그저 조금 의심이 들었을 뿐입니다."

나는 그런 아버지의 주먹을 덮듯이 감쌌다. 그리고 아버지를 바라보았다. 아버지가 상처받지 않았으면 좋겠는데……. 아마도 불가능하겠지.

나는 주변을 향해 말했다.

"제가 관송에 대해 조사하면서 의문을 가졌던 점이 있어요."

할머니가 나를 핏발 선 눈으로 노려보았다. 당장 내 입을 틀어막고 싶으나 그러지 못해 원통해 보였다.

"이상하지 않아요? 고모가 가진 약이요."

할머니가 호통쳤다.

"하고 싶은 말이 무엇이냐!"

"고모가 관송에게 똑같은 약을 만들어 달라고 할 게 아니라, 처음부터 하나 더 구했으면 되지 않나요?"

큰아버지가 그제야 이상한 것을 깨달은 듯이 고개를 주억거렸다.

"확실히 이상하군."

"다른 약제사에게 의뢰할 수밖에 없던 이유…… 간단하게 설명할 방법이 있어요."

"그게 무엇이냐?"

큰아버지는 이제 완전히 내 말에 몰입한 듯 보였다.

"처음 약을 얻은 곳에서 더 얻을 수 없었던 것이겠죠."

나는 고모를 돌아보았다.

"고모가 약제사를 찾아가기 전에 동쪽 산의 스님을 찾아뵈었더라고요? 얼마 뒤 그 스님은 갑자기 절에서 사라졌고요. 고모는 사람을 동원해 그 스님을 쫓았죠. 고모, 그 스님은 왜 쫓은 거죠?"

고모의 안색이 파랗게 질렸다가 하얗게 되기를 반복했다.

"내가 그걸 왜 말해야 하느냐? 이 일과 무슨 상관이 있다고!"

"왜 상관이 없어요? 고모, 고모가 가지고 있던 약, 그거 스님에게 얻은 거잖아요. 오 년 전, 제가 백리 세가에 들어오고 난 이후에."

"……."

"그때 두 첩을 얻어 냈죠. 그런데 하나는 어디 가고 하나만 남아 있었을까요?"

내 손이 떨리는지 내가 붙잡고 있는 아버지의 손이 떨리는지 알 수가 없었다. 하나 확실한 것은 내가 이 말을 하기 위해 아주 오랫동안…… 오랫동안 기다렸다는 것이다.

나는 울분을 토하듯 소리쳤다.

"하나는 내게 쓴 거야. 백리 세가에 들어온 지 얼마 되지 않은, 처음으로 영약을 먹는 여섯 살짜리 어린애에게!"

툭.

붓에서 떨어진 먹물이 종이에 퍼져 나갔다. 나는 한숨을 내쉬고 붓을 벼루에 내려놓았다.

오랫동안 고대하던 진실을 밝힌 날, 아버지는 나를 안고 눈물을 흘리셨다. 나는 오히려 담담했기에 아버지를 안고 위로했다.

당연히 고모가 다시 나를 노릴 줄 알았다. 그래서 일부러 영약의 종류부터 영약을 먹는다는 사실까지 흘려 놓았는데. 갑자기 총구를 바꿔 백리명을 노릴 줄이야.

영약이 남아 있지 않았다면 살짝 곤란할 뻔하긴 했다. 약제사와 그

약을 건네준 스님이 있으니 어쨌든 밝히는 건 가능했겠지만.

열어 놓은 창문으로 열기가 담긴 바람에 흐느끼는 소리가 실려 왔다. 할머니가 큰아버지를 향해 애걸복걸하는 소리였다.

"……숨겨야 한다고 여겼다. 보아라. 저렇게 피도 눈물도 없는 법도를 들이밀 것을 아는데 내 어찌 처음부터 모든 걸 말한단 말이냐! 의묵아."

"어머니, 제가 내린 처벌이 아닙니다."

"네가 아버지께 부탁 좀 해 보거라. 네가 용서하면 되지 않느냐!"

"……."

"벌은 받아야지. 하지만 내공을 폐한 채 가문에서 쫓겨나다니! 의란에게 죽으란 말이나 다름없지 않느냐! 그래도 너와 피를 이은 동생이다! 어찌 목숨으로 갚으라고 해!"

그간 처소에 갇혀 있었다고 하더니 오늘 풀려난 모양이었다.

지금 내가 있는 곳은 할아버지의 처소인 수백당이었다. 아주 오래전 내가 아팠을 때 잠시 머물렀던 방이었다.

그날 청당의 심문 자리가 파한 뒤 할아버지께서 나에게 이곳에 머무르라고 하셨다. 할아버지는 그 뒤로 진실을 하나씩 밝혀내고 가문을 정리하고 있었다.

석 태의는 약제사가 가지고 있던 약이 설빙보주에 탄 약과 같은 것임을 금세 밝혀냈다.

한번 꼬리를 잡자 줄줄이 터져 나왔다. 약제사를 만나러 간 시비의 증언, 그 시비를 데리고 간 마부, 호위 무사 등. 고모가 저지른 짓인 것은 이제 명명백백한 사실이 되었다.

고모의 범죄에 소가장이 가담한 것도 밝혀졌다. 소가장이 이런 명청한 행위에 가담한 이유는 깊게 생각할 필요도 없었다. 그들은 백리명을 처리하면 백리표가 백리 세가의 후계자가 될 수 있으리라 여겼다. 허황된 생각을 대가로 소가장은 지금 거의 망하기 직전이었다.

창문을 닫고 몸을 돌렸을 때였다. 문 앞에 의외의 손님이 서 있었다.

"장 부관, 들어오세요."

문을 열고 들어온 장석량 옆에는 답지 않게 단정한 차림새의 제갈화무가 있었다.

'쟤가 여긴 어떻게 온 거지?'

가문이 뒤숭숭해서 외부인은 거의 들어오지 못하는 상태였는데, 수백당까지 들어오다니.

제갈화무는 옅은 미소를 지은 채 태연하게 문턱을 넘어 부채를 흔들며 방 안을 거닐었다. 오랜만에 만나서일까? 어쩐지 그 모습에서 시선을 떼기 힘들었다.

그때 장 부관이 가볍게 기침을 하며 말했다.

"가주님께서 오늘 제갈 세가주님을 불러 이야기를 나누셨습니다. 돌아가는 길에 제갈 세가주님이 아기씨를 만나 뵈어야겠다고 하여……."

의문이 풀렸다.

장석량이 조심스럽게 말을 이었다.

"그리고 아기씨, 제갈 세가주의 도움을 받은 사실을 가주님께서 모두 아셨습니다."

"그래요."

적당한 시기에 할아버지께 사실을 밝혀도 좋다고 하였다. 장석량이 내 부탁을 받은 것이라고 모두 말한 모양이었다.

장석량이 곤혹스러운 듯 눈치를 조금 보더니 말했다.

"그러니까…… 제가 진실을 말씀드리기 전에 이미 알고 계셨습니다."

"네? 그게 무슨 말이에요?"

"장 부관이 곽씨 어멈을 데리고 있던 것이 아니라는 걸 처음부터 알고 계셨다는 거야."

제갈화무가 끼어들어서 답했다. 그러곤 장석량을 돌아보며 말했다.

"이만 가 보세요."

나는 인상을 찡그리고 제갈화무를 보았다.

'자기 가문 사람도 아닌데 되게 당연하게 명령하네.'

장석량이 살짝 고개 숙이고 물러나려는 모습을 보다가 한 가지 사실이 떠올라 흠칫 놀랐다.

'잠깐, 장 부관이 나가면 제갈화무랑 단둘이 되는 거잖아?'

갑자기 격렬하게 방에서 나가고 싶어졌다. 그런 내 심정을 안다는 듯 제갈화무가 활짝 웃었다. 나는 서둘러 시선을 돌렸다.

장석량이 나가고 시비가 다과와 찻주전자를 들고 올 때까지 방 안에 침묵이 맴돌았다. 딱히 언급하지 않았는데, 시비가 가져온 것은 도화차였다.

'하긴 쟤가 우리 집에서 매번 도화차를 먹었으니…… 딱히 비밀도 아니겠네.'

향긋한 향이 풍기고 눈치를 보던 내가 입을 열었다.

"기분은……."

"고마……."

하필이면 둘 다 동시에 입을 열었다. 나와 제갈화무 둘 다 둘 웃는 듯 우는 듯한 표정을 지으며 바라봤다.

"먼저 말……."

"너부터……."

제갈화무가 부채로 먼저 말하라는 듯 나를 가리켜 내가 고개를 저었다.

"아냐, 너부터 말해."

제갈화무가 알겠다는 듯 고개를 까딱이고 말했다.

"기분은 좀 어때?"

"……."

나는 묘한 표정으로 제갈화무를 보았다.

"왜?"

"말버릇이야?"

제갈화무가 고개를 갸웃 기울였다.

"너는 만날 때마다 기분을 물어봐."

제갈화무가 상대의 생각을 파악하는 방법 중 하난가? 하지만 내 말에 제갈화무는 미간을 살짝 모았다.

"내가 매번 그런 말을 했다고?"

"응."

나는 찻잔을 들며 고개를 주억거렸다. 곰곰이 생각하는 듯하던 제갈화무도 고개를 주억거렸다.

"생각해 보니 정말 그러네."

그러고는 나를 응시하며 부드럽게 웃었다.

"네가 웃었으면 해서 그런가 봐."

순간 찻물을 흘릴 뻔했다. 나는 바들바들 떨리는 손으로 찻잔을 내려놓았다. 제갈화무가 웃음기 어린 목소리로 말했다.

"표정 좀 봐."

얼굴에 터질 것처럼 열이 오른 것이 느껴졌다.

'정말 미친 거 아냐? 으아아아!'

나는 속으로 비명을 지르며 팔에 오소소 돋은 소름을 문질렀다.

"너, 너는 어떻게 그런 말을 아무렇지도 않게 해? 창피함도 없어?"

애랑 단둘이 남은 게 옳은 선택이었을까?

"어차피 이미 눈치챘는데 뭐 하러 속이고 있어?"

"……."

제갈화무가 고개를 살짝 기울였다. 나른해 보이는 모습이었다.

"어떻게 됐는지 연락도 없고 말이야."

"네 비선을 이용하면 되잖아."

제갈화무의 입가에는 미소가 어려 있었다. 그러나 그는 표정과는 다르게 다소 침울한 기색으로 말했다.

"정말 서운해. 그래도 나는 너에게 직접 듣고 싶었는데."

"……."

"내가 어색해?"

"……."

그럼 안 어색하겠니!

마치 그날의 고백을 나만 기억하는 것 같았다.

제갈화무는 오히려 신기하다는 듯 나를 살폈다. 그리고 기쁘다는 듯 웃었다.

"회귀 전엔 구애받은 적이 없었나 봐? 내가 처음?"

"아니거든!"

"으응. 그래. 맞아. 아니라고."

"저기, 입 좀 다물어 줄래?"

입을 꾹 다문 제갈화무가 눈을 휘며 웃었다. 어금니를 꽉 깨문 내가 서둘러 말을 돌렸다.

"이번 일 도와줘서 고마워. 네가 아니었으면 어려웠을 거야."

"말로만 고맙다고 하고 넘어가는 거야?"

"……."

도움을 많이 받긴 했다.

생각해 보면 제갈화무가 장석량에게 부하처럼 명령을 내린 것보다 내가 제갈화무를 부하처럼 부려 먹은 게 더 많을 터였다.

'아주 당연하게 써먹었지…….'

하지만 나는 억울했다. 내가 알아서 하려는 걸 자꾸 제갈화무가 옆에서 건드리고 도와주겠다고 꼬시고 온갖 말로 나를 설득했다! 내가 자신의 목숨을 살려 줬으니 돕는 게 당연하다고…….

'이래서 구두 계약을 믿지 말라는 거구나.'

나는 살짝 떨떠름하게 말했다.

"음…… 알겠어. 혹시 원하는 거라도 있어?"

제갈화무가 기다렸다는 듯 답했다.

"응. 하나 있어."

"……."

왜 이렇게 걱정되지?

"……뭔데?"

"화내지 않기."

"뭐?"

"내 말을 듣고 화내지 않기."

제갈화무는 빙글 웃었다.

"으으으음, 알겠어."

나는 제갈화무를 살짝 노려보았다.

"대체 무슨 말을 하려고 이러는 거야?"

제갈화무는 웃기만 하다 말했다.

"아까 내 질문엔 왜 대답 안 해 줘?"

"무슨 질문? 아, 기분이 어떠냐고?"

제갈화무가 고개를 끄덕였다.

'너 때문에 지금 매우 떫어.'라고 말할 수는 없었다. 잠시 머뭇거리자 제갈화무가 다시 말했다.

"오랫동안 계획하던 일을 이룬 거잖아? 생각보다 기뻐 보이지 않네?"

아니라고, 좋다고 말하려다가 한숨을 내쉬고 말했다.

"……다른 피해자가 있으니까."

제갈화무가 혀를 차며 고개를 저었다. 나는 입을 비죽였다.

백리명을 언제까지 계속 재워 둘 수만은 없는 일이었다.

결국, 그는 내공을 잃었다는 사실을 깨달았다. 당연히 한바탕 소란이 일었다. 처음에는 그럴 리 없다고 부정하다가 나중에는 성치도 않은 몸으로 방 안의 모든 걸 부수며 울부짖다 쓰러졌다고 한다.

그나마 다행인 점은…… 아직 자신을 그렇게 만든 게 고모란 건 알지 못했다. 하지만 머지않아 알게 될 것이다.

제갈화무가 한숨을 내쉬며 입을 열었다.

"역시 말해야겠네."

"뭘?"

"사실은 내가 백리명에게 약을 쓰도록 한 거야."

나는 인상을 찌푸리며 제갈화무를 보았다.

"그게 무슨 말이야?"

"내가 네 고모가 백리명을 노리도록 했어."

"……."

나는 당혹해서 제갈화무를 보았다. 고모가 백리명을 표적으로 삼은 게 제갈화무의 짓이라고?

"어떻게?"

"네 고모 지인의 친우들에게 말을 흘렸어. 백리명이 백리표보다 나은 점이 하나도 없다고."

"……."

어찌 된 일인지 이해했다.

백리명이 백리표보다 나은 점 하나 없다. 누구나 할 만한 얘기였다. 제갈 세가주의 말이라는 점이 무게를 좀 더 주는 정도. 하지만 그게 고모의 귀에 들어간다면 달랐다.

고모의 주변에는 고만고만한 수준에 고모에게 아첨하는 사람들뿐이었다. 그들은 고모를 기쁘게 하려고 제갈 세가주가 흘리듯 한 칭찬을 열심히 옮겨 댔을 것이다.

그리고 고모는 평생 아버지에게 열등감을 가지고 살아온 사람이었다. 제갈화무의 말은 고모에게 다디달게 들렸을 것이다.

때마침 백리명과 쌍둥이들 사이가 틀어졌다. 고모는 자신이 모욕을 당한 것처럼 여겼고, 백리명이 내 편을 들어 준 것이 그녀의 열등감을 건드렸을 것이다.

그때 아마 이런 생각을 했을 것이다. 백리명만 없다면 내 아들이 백리세가의 후계가 될 수 있지 않나?

제갈화무가 한 일은 별것 아니었다. 다만 고모의 성격을 파악해 자극할 만한 말을 던졌을 뿐.

제갈화무가 웃으며 말했다.

"하지만 이게 아니었다면 널 노렸을 테니까. 무슨 약인지도 정확히 알 수 없는 걸 네가 먹게 둘 수는 없잖아?"

자신이 한 짓이니 내 탓이라고 여길 필요 없다. 제갈화무가 전하고 싶은 뜻은 이것이었다.

"미안."

전혀 미안하지 않은 얼굴이었다.

"……."

정말, 무슨 말을 해야 할지 알 수 없었다. 나를 걱정해서 한 일이었다. 하지만…… 조금만 잘못돼서 백리명이 죽어 버리고, 증거를 하나도 잡지 못했다면?

"그리고 하나 더 알려 줄 게 있어."

"어떤 거?"

"그 스님 말이야."

"고모가 쫓던 스님?"

먼 거리에 있었기에 일단 고모에게 약을 내주었다는 진술만 먼저 받아 낸 후에 데려오고 있었다. 아직 알아낼 것이 많은 상태였다. 대체 어떻게 그 약을 만들었는지, 왜 고모에게 주었는지, 왜 도망쳤는지 등등.

제갈화무가 이번에는 정말 미안한 낯을 했다.

"죽었어."

"뭐라고? 갑자기 왜!"

제갈화무가 청회색 눈동자가 진지한 빛을 띠었다.

"몸에서 혈고가 나왔어."

나는 눈을 크게 떴다. 혈고. 핏빛의 벌레로 사람 몸속에 자리 잡는 기생충이었다. 특별한 약을 주기적으로 먹지 않으면 기생한 사람에게 끔찍한 고통을 주다가 죽게 만든다.

딱 봐도 어디선가 쓰기 좋아 보이지 않는가?

그렇다. 마교에서 사람을 조종하기 위해 썼다. 가장 흔하게 쓰이는 대상은 첩자. 혈고가 몸속에 있는 마교의 첩자들은 자신의 목숨이 인질로 잡혔기에 절대 배신할 수 없었다. 그리고 만약 잡히더라도 문제없었다. 정보를 빼내기도 전에 이렇게 금방 죽어 버리니.

"내 실책이야. 혈고가 있는 줄 알았다면 일을 빨리 처리했을 텐데."

제갈화무에게 잡힌 순간부터 약 공급은 끊겼을 것이다.

"……아니야. 네가 아니었다면 혈고로 죽은 줄도 몰랐겠지."

몸을 해부해 보지 않는 이상 혈고로 죽었는지 알아볼 수도 없었다. 갑자기 여기서 마교라니.

나는 탁자를 짚으며 일어났다.

"고모에게 가 봐야겠어."

고모가 갇혀 있는 곳은 북쪽 끝의 전각이었다. 관리하는 이 없이 먼지만 쌓인 채 방치되어 있던 이곳은 백리 성을 지닌 사람이 죄를 지었을 때 가두는 곳이었다.

멀리서도 음침한 느낌이 물씬 풍겼으나 곽씨 어멈이나 고모의 다른 시비들이 갇힌 감옥에 비하면 천국이나 다름없는 곳이었다. 하지만 고생 한번 안 해 보고 사치스럽게 살아온 고모는 버티기 힘들 것이다.

높은 담벼락 너머론 전각 지붕도 보이지 않았다. 유일한 입구 앞은 두 명의 무사가 지키고 있었다. 백검단원으로 오며 가며 자주 얼굴을 본 익숙한 낯이었다. 그들은 나를 보고 놀랐다가 뒤쪽의 백발 청년을 보고는 더 놀랐다.

"아기씨, 제갈 세가주님."

인사를 올린 무사가 조심스럽게 말했다.

"여긴 어쩐 일이십니까?"

"고모님을 좀 뵈려고요."

"가주님께 출입 허가를 받으셨습니까?"

"……아뇨."

백검단원이 곤혹스러운 표정으로 고개를 숙였다.

"죄송합니다. 가주님께서 아무도 들여보내지 말라 하셨습니다."

나는 눈을 내리깔았다.

'어쩔까?'

사안이 사안이라 엄선했는지 둘 모두 실력이 좋은 정예였다.

촥.

제갈화무가 펼친 부채를 살랑거렸다.

"어쩌지? 안 된다는데. 다시 가주님을 뵙고 와야 하려나?"

"……."

"응? 연아, 왜 대답이 없어?"

"……."

내 침묵에 서로 얼굴을 바라본 백검단원이 초조해하며 나를 달래려 들었다.

"아기씨, 정말 죄송합니다. 아기씨를 무시하는 것이 아닙니다. 가주님의 명을 지켜야 하므로 부디 불충을 저지르게…… 어…… 어라?"

"으음?"

백검단원이 갑자기 비틀거리고 부축하려던 이도 함께 비틀거렸다. 그때 번개처럼 뻗어 온 손이 두 사람의 혈을 짚었다.

풀썩, 풀썩.

눈을 부릅뜬 두 명의 백검단원이 버티지 못하고 그대로 쓰러졌다. 나는 머리부터 쓰러지는 한 명을 붙잡아 다치지 않게 내려놓고는 손을 확 내저었다.

내 의지에 따른 자연지기로 거센 바람이 확 불어닥쳤다. 제갈화무의 백발이 날개처럼 펼쳐졌다가 천천히 가라앉았다.

나는 멈췄던 숨을 들이켰다.

"푸하. 미리 말을 해 줘야지! 나도 들이마실 뻔했잖아!"

"널 믿었지."

휘어진 제갈화무의 청회색 눈동자는 즐거움으로 반짝였다. 숨을 가다듬고 쓰러진 백검단원들을 내려다보았다.

"……몸에 나쁜 건 아니지?"

"그럼. 좋은 꿈을 꾸고 있을 거야."

그렇게 말하니 마약 같잖아.

제갈화무가 칠이 벗겨진 문으로 다가갔다. 소음을 내며 열린 문 앞에서 제갈화무가 왜 안 오냐는 듯이 나를 바라보았다. 나는 발을 떼며 말했다.

"아, 그냥 왠지 익숙한 느낌이라."

"익숙하다고?"

"응. 저번에 백리명에게 향할 때도 이렇게 막아선 사람들이 있었거든. 그때 류청이랑 야율이 이런 식으로 도와줘서."

내 앞길이 막힐 때마다 도와주는 사람이 있다는 것에 왠지 모르게 감흥이 일었다.

제갈화무가 말간 얼굴로 말했다.

"다들 널 좋아하니까."

"……."

'얘랑 말 안 할래.'

문을 넘자 갑자기 시야가 뒤틀리는 기분이 들었다. 금안이 아니라면 알아채지 못했을 테다.

"조심. 여기서부터는 손을 잡자."

조심스럽게 잡아 오는 손길이 있었다. 제갈화무가 가볍게 말했다.

"진법 때문에. 길을 잃고 계속 헤매게 만드는 용도야."

담벼락이 높고 실력이 좋다고 하나 고작 두 사람이 지키고 서 있을 수 있었던 이유다.

"이 정도 진법은 금안으로 뚫을 수 있어."

"으응. 그렇지. 내가 헤맬까 봐."

"……."

거짓말. 이깟 하급 진법에 제갈 세가주가 헤맨다니. 나는 눈을 흘겼다. 하지만 그의 손을 놓지는 않았다.

빗장을 풀자 소름 끼치는 소리와 함께 문이 열렸다.

가구 하나 없이 텅 빈 공간. 금 간 석조 바닥에 잔뜩 쌓인 먼지와 어떻게 굴러들어 왔는지 모를 낙엽들이 구석에 쌓여 있었다.

'변함없네.'

오래전 나도 이곳에 갇혀 본 적 있었다. 쌍둥이들이 나를 괴롭히기 위해 이곳에 집어넣었다. 그때의 난 진법에서 빠져나오지 못하고 밤새 전각 안에서 떨었다. 이틀 후, 아버지가 나를 찾아낼 때까지.

결국 크게 고뿔에 걸렸고, 앓다가 정신을 차렸을 때는 내가 정신머리 없이 돌아다니다 혼자 그곳에 들어간 것으로 되어 있었다.

아버지는 내게 저 말이 진실이냐고 물어봤지만…….

나는 입을 다무는 것으로 긍정했다. 진실을 말해 봤자 소용없을 걸 알았다. 이미 시비나 하인들을 다 매수했을 테니까. 괜히 아버지만 또 목소리 높여 싸우게 되고 모두 내가 문제라는 눈으로 볼 테니까.

고모와 쌍둥이들이 사고를 치면 할머니가 흔적을 처리한다. 그들의 가족애란 그런 거였다.

자그락.

안으로 들어서자 깨진 자기 조각이 밟혔다. 그 옆에는 치우지 않은 음식이 썩어 가고 있었다. 그리고 한쪽 구석에 더러운 모포를 두른 고모가 다리를 감싼 채 쭈그려 앉아 있었다. 내가 들어온 줄도 모르는 모양이었다.

"고모."

고모가 번뜩 고개를 들었다. 엉망인 머리카락에 수척해진 낯빛. 나는 환하게 웃었다.

"오랜만이에요."

"……."

"추레한 꼴이 고모랑 딱 알맞네요."

믿기지 않는 듯한 얼굴로 나를 바라보던 고모가 탁한 목소리로 말했다.

"네가 감히 나를 비웃으러 와?"

당장에라도 나를 찢어 죽일 것만 같은 눈빛에 기분이 매우 좋아졌다.

"좋은 소식이 있어요. 이제 곧 나가실 수 있을 거예요."

"……뭐?"

눈빛에 희망이 차오르는 걸 보며 말했다.

"비록 단전이 부서지고 사지 근맥이 잘리겠지만 여기 계속 갇혀 있는 것보단 낫잖아요?"

"뭐라고?"

"곽씨 어멈이 모두 자백했어요. 곧 처분이 내려올 거예요."

"아니야. 아니야! 그럴 리가…… 그럴 리가 없어……. 어머니가…… 어머니가 가만히 계실 리가 없다고!"

"믿기 싫으면 믿지 마세요. 하여튼 그래서 곧 고모를 볼 수 없을 테니, 마지막으로 허심탄회하게 대화 좀 해 보고 싶어서 찾아왔죠."

"하! 허심탄회? 내가 네 말을 믿을 것 같으냐? 누군가 엿듣고……."

나는 손을 휘둘러 기막을 펼쳤다.

"……!"

"어때요? 이 정도면 믿으시려나?"

나는 부채로 반대쪽 손바닥을 두드리며 느릿하게 걸어갔다.

"고모는 지금 내공이 봉인되어 있으니 못 느낄까 봐 일부러 볼 수 있도록 만들어 봤어요. 하긴 뭐, 내공이 있어도 고모는 기막을 펼칠 수 없으니 못 알아봤겠네요."

"너……."

"어떻게 그 나이가 되도록…… 휴. 됐어요. 고모가 재능 없는 거 세상 모두가 아는데."

어느새 고모의 코앞이었다. 고모의 낯이 악귀처럼 일그러지고, 내게 덤벼들었다.

"악!"

그러나 오히려 고모가 뒤로 나자빠졌다.

"아, 실수. 갑자기 달려드셔서 저도 모르게."

나는 바닥에서 버러지처럼 꿈틀거리는 고모를 바라보며 부채를 흔들었다. 제갈화무가 빌려준 부채였는데, 기물이라더니 정말 대단했다. 내공을 불어넣는 순간 소리도 없이 바늘이 날아갔다.

나는 고통에 신음하는 고모를 보며 상냥히 설명했다.

"움직이지 않는 게 좋을걸요."

"미친…… 네가 미쳤구나! 내 여기서 나가기만 하면 널 가만두지 않을 거다!"

나는 부채를 펼친 후 팔랑거렸다. 흠, 이러면 제갈화무랑 좀 비슷하려나?

"휴, 실수라니까요. 고작 바늘 하나 가지고 그만 꽥꽥거려요."

씨근덕거리며 상처를 살펴보려던 고모가 덜컥 겁을 집어먹은 표정을 지었다. 손끝만이 덜덜 떨리며 더는 움직이지 못하고 있었다.

"나한테…… 나한테 무슨 짓을 한 게야?"

"음. 저도 잘……? 이건 제갈 세가주 물건이거든요. 고모랑 단둘이 얘기한다니까 걱정이 큰지 꼭 가지고 가 달라고 해서."

"뭐?"

"그래도 뭐 치명적인 독은 아닐 거예요."

눈을 부릅뜬 모습에 작게 웃었다.

그때 갑자기 기막이 흔들리는 느낌에 깜짝 놀라 돌아보았다.

'결이? 어떻게 들어온 거지?'

기막을 펼치면 대화가 새어 나갈 염려가 없어서 좋지만 웬만하면 펼치려 들지 않는다. 펼치고 있는 상태가 피곤하기도 하거니와 이런 식으로 기막 바깥 기척도 느끼기 힘들어지기 때문이다.

결은 태연하게 한쪽에 자리를 잡고 앉았다.

'혹시나 무슨 일이 생길까 봐?'

부채까지 줘 놓고는…….

충격을 받았던 고모가 다시 정신을 차렸는지 소리쳤다.

"제갈 세가주의 물건이라고? 하! 제갈 세가주부터 남궁 소가주까지, 그전부터 알았지만 아주 가문을 팔아먹을 녀석이로구나!"

"도움을 받을 수 있다면 받는 거죠. 참고로 고모에게 약을 넘긴 스님도 화무가 잡은 거랍니다."

나는 고모와 눈을 마주쳤다.

"그리고 드디어 도착해서, 오늘 가문에 데려왔죠."

나조차도 스님이 죽은 사실을 좀 전에 알았는데, 바깥과 두절된 고모는 전혀 모를 것이다. 나는 고모의 표정을 하나도 놓치지 않고 샅샅

이 살폈다.

"잘났구나! 그래서? 그 땡중이나 심문할 것이지 나는 왜 찾아온 것이야!"

역시 전혀 모르네.

고모는 스님이 마교와 연결되어 있는 줄 전혀 모르고 있었다.

고모가 스님이 마교의 끄나풀인 걸 알았다면? 스님 이야기가 나온 순간부터 겁을 잔뜩 집어먹었을 터였다. 연기한다고 해 봤자, 고모의 수준이라면 바로 티가 났을 것이다.

'혹시나 아는 게 있을까 찾아와 본 건데 역시 괜한 짓이었나.'

나는 잠시 눈을 내리깔았다가 고모를 보았다.

"스님의 말로는 고모가 그 약을 먼저 달라고 했다던데."

고모가 코웃음을 쳤다.

"하! 내가 이곳에 갇혀 있다고 땡중조차 거짓말을 지껄이는구나."

"거짓말이라고요?"

나는 일부러 한심한 눈빛을 보내며 자극했다.

"여기까지 와서 그런 웃기지도 않는 거짓말을 하고 싶어요?"

역시나 발끈한 고모가 핏발 선 눈으로 나를 노려보았다.

"병신이 되는 약을 원하긴 했지!"

"주화입마로 만드는 약이 아니고요?"

"하, 주화입마? 그런 약이 있는 줄 나도 그때 처음 알았다!"

역시 고모는 그냥 이용당한 것이었다. 하지만 대체 왜? 마교가 굳이 나를 노릴 이유를 알 수 없었다.

'내가 회귀할 거라는 사실을 미리…… 알고 있기라도 했던 건가?'

그리고 정말 마교에서 고모를 이용한 거라면…….

'다른 약 하나는 대체 누굴 먹이려고 한 거지?'

백리명은 고모가 멋대로 바꿔 버린 목표였다. 그리고 혹시나 백리명을 처음부터 노렸던 거라면 육 년을 기다릴 필요도 없었다.

'아니면…… 할아버진가?'

아니다. 할아버지 정도 되는 고수는 영약을 잘 먹지 않는다. 이제 내공으로 성취를 얻을 경지가 아니기 때문이다. 할아버지 정도의 고수라면 벽을 넘는 데 집중한다. 영약은 그다지 도움이 되지 않는 것이다. 오히려 영약을 흡수하느라 벽을 넘는 수련에 방해되기만 할 뿐.

고모가 저 약을 처음 얻은 육 년 전이라도 다를 바 없을 터였다. 그 뒤로 할아버지가 폐관 수련은 가끔 들어가셨어도, 영약을 드셨다는 소리는 한 번도 들어 본 적 없었다.

고모가 노릴 만한 사람.

뭘 고민하나 싶었다.

"남은 약 하나는 내 아버지를 노린 거였어. 그렇지?"

나는 부채를 부서트릴 듯 꽉 쥐었다.

"그래! 처음에는 네 아비를 노렸지!"

고모가 웃음을 터트렸다. 반쯤 미친 것 같았다.

"그런데 무슨 바람이 불었는지 영약을 먹질 않더군! 육 년간 단 한 번도!"

아버지는 그동안 영약을 먹지 못했다. 내공에 문제가 생겼기 때문에.

살얼음 낀 호수에 몸을 담근 것처럼 정수리가 쭈뼛 섰다. 온몸의 피가 싸늘해지는 기분이었다.

"그래서 다시 너를 노리려고 했는데, 하, 백리명 그 자식이 워낙 나

대야지. 장손인 것 말곤 쥐뿔도 없는 게 감히 내 아들을 무시해? 그 놈만 잘 처리했어도 내 아들이 백리 세가주가 될 수 있었을 텐데……!"

나는 고모의 말을 자르며 끼어들었다.

"그럼 나도 한 가지 알려 줄게."

원래는 말할 필요가 없는 일이었지만…….

"고모가 내 영약에 손을 써서 날 주화입마에 빠트린 사실은 진즉에 알고 있었어."

고모가 순간 눈을 부릅떴다. 나는 고모에게 바짝 다가서며 말을 이었다.

"그런데 할머니가 어찌나 철저하게 증거를 인멸하셨는지 꼬리를 잡을 수가 없더라고."

회귀 후 눈을 떴을 때 난 고작 여섯 살이었고, 증거를 잡겠다고 하기에는 가진 패가 아무것도 없었다.

"그래서 고모가 똑같은 짓을 한 번 더 벌이게 한 거야."

고모가 무슨 헛소리냐는 듯 나를 보았다.

"쌍둥이들이 고계암으로 쫓겨난 일 기억나? 남궁 소가주 앞에서 모란을 밟아서 쫓겨났잖아. 그때 사실 나, 남궁 소가주 계신 거 알고 있었다? 그래서 모란도 그냥 준 거야."

"……."

"쌍둥이들이 내게 진흙을 던졌을 때도, 그 안에 돌이 있는 것도 알고 있었다? 그래서 일부러 잡아서 되던진 거야."

조금만 생각해 본다면 내가 이걸 알고 있다는 사실이 말이 안 되는 걸 알 터였다. 하지만 피해망상에 시달리는 고모에게는 다르게 들리겠지.

고모의 얼굴이 점차 일그러졌다.

"쌍둥이들을 괴롭히면 고모가 분명 내 영약에 또 약을 탈 거라고 여겼거든. 심지어 이미 한 번 성공했던 적이 있잖아? 분명 또 시도할 거라고 믿었어."

사람은 쉽게 변하지 않으니까.

"그래서 일부로 소녹을 통해서 고모한테 내가 영약을 먹는다는 사실도 꼬박꼬박 흘린 거야."

"네가…… 네가 다 꾸민 거라고?"

나는 고개를 끄덕였다.

"고모가 영약에 약 안 탈까 봐 얼마나 걱정했는지. 그런데 백리명에게 약을 탈 줄이야!"

나는 화사하게 웃었다.

"고마워, 고모. 백리명도 저리됐으니, 이제 내가 유일한 백리 세가의 후계자야!"

긴 백발을 느슨하게 묶은 소년이 담벼락에 기댄 채 눈을 감고 있었다.

"하, 주화입마? 그런 약이 있는 줄 나도 그때 처음 알았다!"

'역시.'

백리의란은 버리는 패조차 되지 못했다. 그저 자격지심과 질투에 눈이 먼 흔해 빠진 사람.

저런 사람은 수도 없이 많았다. 별 이유도 없이 남이 잘난 걸 인정하지 못해서 고꾸라트리려고 발악하는 인간들. 이런 식의 어처구니없는 짓들을 벌인 이유를 따져 보면 별거 없었다.

질투. 시기. 그리고 멍청함.

늘 일을 저지르고 이렇게 될 줄 몰랐다고 후회한다. 정말로 이해가 가지 않는 멍청한 모습들. 수도 없이 많이 본 모습이었다.

'아, 이건 내 기억이 아니군.'

잠시 혼란스럽던 기억을 다잡았다. 제갈화무로 살아온 시간보다 역대 제갈 세가주에게 물려받은 기억이 더 많았다.

자아의 상실. 기억이 섞이며 자신이 누군지 흐릿해지는 것이다. 그래서 기억을 물려받았음에도 일부러 열어 보지 않았다.

제갈화무는 재빨리 다른 기억을 떠올렸다. 뿌리치지 못하고 가만히 있던 손의 온기를.

"하여간…… 착하다니까. 이런, 화가 많이 났네."

그때 멀리서 빠르게 다가오는 기척이 느껴졌다.

"벌써 쫓아오다니 빠른데. 음? 아니네."

백리연을 데리러 온 가문 사람인가 했더니만, 전혀 다른 인물이었다. 살짝 곱슬거리는 앞머리 사이로 붉은 기 도는 눈동자가 보였다. 왼쪽 눈 아래 눈물점도 선명했다.

놀잇배 앞에서 마주친 이후로 처음이었다. 제갈화무가 관자놀이 부근을 꾹 누르며 말했다.

"생각보다 늦었네."

"……."

저 녀석이 아니라 내게 부탁했다면, 백리 세가주와 백리의강에게 연락이 좀 더 빨리 닿을 수 있었을 텐데. 내게 연락 수단이 있는 걸 알면서도 왜 저 녀석에게 부탁했는지. 차마 물어보지 못한 의문이었다.

속이 뒤틀렸다. 제갈화무가 입꼬리를 올리며 선선히 말했다.

"연이는 안에 있어."

그는 들어가라는 듯 낡은 문 앞에서 살짝 비켜 줬다. 야율은 제갈화무를 빤히 응시하며 들어가지 않았다. 제갈화무가 입가를 매만졌다.

"아쉽네."

야율은 대놓고 그를 무시했다. 제갈화무가 다시 입을 열었다.

"벽야율. 마공은 제대로 없앴나?"

순간 야율의 눈빛이 날카로워졌다. 제갈화무가 대놓고 한숨을 내쉬었다.

"못 없앴군."

"닥쳐."

"벽가에서도 네 과거를 캐고 있는 거 알고 있나?"

"알아."

"그런데 여기 붙어 있다니. 양심도 없어라. 연이 곁에서 멀어지는 게 어때? 언제까지 숨길 수 있을 것 같아?"

"……."

"천산염제가 살아 있을 때야 널 못 건드리겠지만…… 얼마 안 남았잖아?"

야율이 표정에 변화 하나 없이 말했다.

"그게 너랑 무슨 상관이야? 어차피 그땐 너도 죽고 없을 텐데."

잠시 멈칫한 제갈화무가 "큽." 소리와 함께 웃음을 터트렸다. 몇 번 기침까지 내뱉은 그가 겨우 웃음을 멈추며 고개를 들었다.

"이런 애를 착하다고…… 하아, 연아. 정말……."

그때까지 침묵하던 야율이 입을 열었다.

"연이가 너한테 내 얘기를 한 적 있어?"

제갈화무가 혀를 내둘렀다.

"이건 뭐……. 개보다 더 맹목적이네."

그때 낡은 문이 소음과 함께 열리고 고양이와 백리연이 함께 나왔다. 열린 문 안에서 불분명한 비명 같은 악다구니가 들렸다.

제갈화무는 나긋하게 물었다.

"다 끝났어?"

"응. 여기 부채. 잘 썼어."

저도 모르게 지친 목소리가 나왔다. 나는 딱딱하게 굳어 있던 낯을 억지로 문질러 펴다 깜짝 놀랐다. 누군가 내게 달려들었기 때문이다. 나는 반사적으로 공격하려던 것을 가까스로 멈췄다.

"……야율? 언제 온 거야?"

야율이 고개를 살짝 들어 나를 보았다. 흐트러진 앞머리 사이로 의아한 눈빛을 읽을 수 있었다. 야율은 내 금안에 대해 알고 있었다. 그리고 의아하다는 듯 물었다.

"내가 온 줄 몰랐어?"

나는 설명하듯 말했다.

"안에 진법이 펼쳐져 있어서 밖이 잘 안 보였어."

"진법?"

"응. 길을 헤매게 만드는 용이야."

"……헤맨다고?"

"응."

침묵하던 야율이 제갈 세가주를 보며 말했다.

"저 녀석이 네가 안에 있다고 나보고 들어가라고 했어."

"으응?"

제갈화무가 가볍게 긍정했다.

"여기서 고자질할 줄이야."

나는 어이가 없어 제갈화무를 돌아보려 했으나 야율이 돌아보지 못하게 나를 꽉 안고 있었기에 불가능했다.

나는 애처럼 구는 야율의 머리를 달래듯 토닥였다. 손에 닿는 감촉이 뭔가 오랜만이었다. 잠시 그러고 있던 내가 야율의 어깨를 잡고 밀어냈다. 얼굴과 몸을 살폈다. 고초를 꽤나 겪은 몰골이었다.

"얼굴이 이게 뭐야! 몸은 괜찮아?"

사흘 내내 잠도 안 자고 말을 바꿔 가며 달리다가 말도 나가떨어지고 마지막엔 내공을 써서 직접 달렸다고 들었다.

"내공을 있는 대로 다 써서 내상까지 입었다던데. 최소한으로는 남겨 놨어야지! 잘못하면……."

"콜록. 콜록."

그때 갑작스러운 기침 소리가 들렸다.

"화무?"

고개를 틀고 한숨을 내쉰 제갈화무의 낯이 하얗게 질려 있었다. 들어가기 전보다 더 안 좋아진 모습이었다. 심지어 살짝 비틀거리기도 했다. 나는 깜짝 놀라 야율을 밀어내고 휘청거리는 제갈화무의 몸을 받쳤다.

"괜찮아?"

좀 전에 닿은 손끝은 시릴 정도로 차가웠지만 스치는 숨결은 뜨거웠다. 이렇게 상태가 나빴다고? 나도 모르게 타박이 절로 나왔다.

"그러게 그냥 돌아가서 쉬어도 된다고 했잖아. 왜 지키고 서서!"

"하하, 누가 갑자기 올 수도 있잖아?"

야율은 막지도 않고 뻔뻔하게 들어가라고 했으면서……!

나는 야율을 억지로 돌려보내고 제갈화무를 부축하여 빈방으로 향했다.

제갈화무를 눕힌 후, 그를 살피던 나는 고개를 갸웃거리다가 눈썹을 치켜들었다. 이내 입을 열었다가 크게 숨을 내쉬고 일어났다. 몸을 돌릴 때 손목을 붙잡아 오는 손길이 있었다.

나는 이마를 문지르며 말했다.

"너 아픈 거 아니지?"

"그럴 리가. 아픈 건 맞아."

노려보자 제갈화무가 설핏 웃었다.

"늘 아프지. 뭐, 쓰러질 정도는 아니었지만."

"……"

제갈화무가 몸을 일으켰다.

"조금 무리를 한 건 사실이야. 결이 말이야. 진법에 네가 펼친 기막까지 뚫으려 들다 보니."

나는 눈을 가늘게 뜨고 노려보았다. 한숨을 내쉬고 머리를 쓸어 넘겼다.

"그건 그렇다 치고. 넌 왜 자꾸 야율만 보면 심술이야?"

"그럴 리가?"

"심술부린 게 아니라고?"

"나는 거의 모든 사람에게 심술부리는데. 너 빼고."

"……."

창으로 들어오는 볕을 받으며 제갈화무가 옅게 웃었다. 병약해 보인다는 것만 빼면 아름다운 낯이었다. 아니, 병약해 보이는 모습이 더 시선을 사로잡는다고도 볼 수 있었다.

'역시 지금 확실히 해 두자.'

언제까지 이렇게 지지부진하게 지낼 수는 없었다. 나는 마음을 정하고도 쉽사리 입을 열지 못했다. 꽤 길게 침묵한 후에 말했다.

"화무, 나는 네 마음에 대답 못 해 줘."

제갈화무가 고개를 살짝 기울였다. 그의 움직임에 따라 이제 거의 풀려 버린 백발이 흘러내렸다.

"만약 내 마음을 얻고 싶어서 도와주는 거라면…… 이제 여기서 끝내자."

제갈화무가 눈을 깜빡였다. 왠지 나를 약간…… 한심하게 보는 눈빛이었다.

"난 또. 심각한 표정을 하길래 무슨 말을 하려나 했더니만."

제갈화무가 턱을 괴며 말했다.

"정말 그래도 되겠어?"

"……."

"마교가 너를 노린 사실까지 밝혀졌는데, 앞으로 내 도움이 없어도 자신 있어? 정말로?"

"……어쩔 수 없지."

"아니면 이제 백리 세가 후계자가 될 테니까 내 도움 따위는 필요 없게 된 건가?"

"그건…… 그냥 고모를 자극하려고 한 말이야."

"하지만 진실이기도 하잖아?"

백리명의 회복에는 시일이 오래 걸릴 테고, 쌍둥이들은 고모의 자식이었다. 남은 건 백리리와 나뿐이니. 이미 벌써 가문 사람들이 모두 수군거리고 있는 얘기였다.

제갈화무가 내 얼굴을 향해 손을 뻗다가 머리칼을 쥐었다.

"나는 그저 네가 어떤 길을 갈지 궁금할 뿐이야. 그리고……."

탁.

등 뒤로 문을 닫고 한숨을 내쉬었다.

"날 불쌍하게 여기기만 해도 돼."

또다시 한숨을 내쉴 때였다.

"여기 있었구나."

살짝 숨이 찬 듯한 목소리가 들렸다.

"아버지?"

아버지를 뵙는 건 며칠 만이었다.

아버지는 그간 바쁘게 돌아다녔다. 고모가 날 주화입마에 빠트렸다는 다른 증인이나 증거를 찾기 위해서였다. 미리 조사해 본 나로서는 쓸데없는 짓임을 알았지만, 막지 않았다. 직접 조사해 봐야 더 확실히 아실 테니까.

아버지가 무척 걱정스러운 낯빛으로 나를 바라보고 있었다.

"왜 이 방에서 나오는 게냐?"

"아, 화무의 상태가 안 좋아져서. 쉬라고 들여보내는 김에 얘기 좀 하고 있었어요."

"……."

"왜요?"

"방에 제갈 세가주와 단둘이 있었느냐?"

"음…… 네."

아버지의 낯이 더 심각해졌다.

"너는…… 아직…… 어리니 상관없다만…… 제갈 세가주는 나이가 있으니 말이다."

나는 무슨 말을 하는 거냐는 듯 고개를 기울였다. 아버지가 어쩔 수 없다는 듯 말했다.

"앞으로 방에 단둘이 있는 상황은 피해라."

나는 약간 어이가 없어서 아버지를 멍하니 바라봤다. 그 모습에 아버지가 왠지 내 눈치를 보는 듯이 말했다.

"그…… 안 된다는 건 아니다. 그저 내가 걱정되어서니까. 그러니까 음, 시비를 꼭, 꼭 대동하거라."

나는 눈을 동그랗게 떴다가 웃었다.

하긴 아직 내가 어려서 상관없지만, 좀 더 크면 이상한 소문이 나기 딱 좋긴 했다. 하지만 좀 전에도 그렇고 제갈화무랑은 특히 시비가 들어서는 안 되는 말을 너무 자주 했다. 앞으로도 아닐 거라고 장담하긴 힘들었기에 나는 답하지 않고 말을 돌렸다.

"저는 왜 찾으신 거예요?"

"아, 네가 북쪽 전각에 갔다고 들었다."

"으음, 네."

왜, 회귀 전에도 내가 북쪽 전각에 갔던 적이 있다고 하지 않았는가? 그때도 아버지는 이렇게 물어보셨다. 그리고 내가 고개를 푹 숙인 채 "네."라고 대답했고, 그다음 아버지는 분명…….

"그래. 알겠다."

"그래. 알겠다."

기억과 똑같은 말이었다.

"……."

"……."

그게 끝이었다.

나는 아버지를 물끄러미 바라봤다. 아버지는 변한 듯 보이면서도 또 전혀 변하지 않았다. 하지만 그때와 완전히 변한 것도 있었다.

"아버지, 드릴 말씀이 있어요."

아버지와 내 관계. 그건 분명 전과는 달랐다.

무림맹 본단이 자리한 무한.

남궁완은 짜증을 애써 억누르고 있었다.

"그럼, 다들 동의한 것으로 알고 이렇게 결정하도록 하겠습니다."

"좋소."

"알겠소."

찬성하는 이들이 대다수였으나, 몇몇은 침묵한 채 아무 말도 하지 않았다. 떨떠름한 표정을 대놓고 내보이지 않는 게 그들의 최선이었다.

얼굴에 기름기가 줄줄 흐르는 두툼한 삼중 턱의 사내가 일어나 웃으며 두 손을 모았다.

"역시 맹주님, 현명하신 판단입니다."

제대로 바람 잡는 모습에 남궁완이 코웃음을 쳤다. 작은 비웃음일 뿐이었지만 기감이 예민한 자들이 많은 곳이었다. 호탕하게 웃던 무림맹주 위지백이 낯빛을 바꾸며 남궁완을 보았다.

"남궁 소가주. 할 말이 있으면 그리 비웃지 말고 말씀하시지."

남궁완이 손도 대지 않아 가득 차 있는 찻잔을 바라보다 입을 열었다.

"……글쎄요. 제가 무슨 말을 하든 변하는 건 없을 것 같습니다만."

"커흠."

"큼."

몇 사람이 헛기침을 토했다. 위지백이 다시 말했다.

"남궁 소가주, 불만이 있다면 제대로 말하게. 누가 보면 내가 말하지 못하게 막은 줄 알겠군."

남궁완은 굳은 낯으로 위지백을 바라보았다. 서로의 시선이 한 치의 양보도 없이 맞부딪쳤다.

"……."

"……."

점차 대회의실의 기운이 앉은 이들의 어깨를 짓눌렀다. 결국, 무림맹의 군사인 공손방이 웃으며 중재했다.

이윽고 회의가 끝나고 이어진 주연 자리. 그 자리에서도 상황은 비슷하게 반복되었다.

남궁완은 굳은 얼굴로 배정된 전각에 들어왔다. 그리고 잔뜩 성질난 얼굴로 짙은 자색 장포를 벗어 던졌다. 그 뒤를 황급히 뒤따라온 부관이 조심스럽게 말했다.

"식사를 준비하라 하겠습니다."

"안 먹는다."

"주연에서 술만 드시지 않았습니까. 이대로면 속이 상하실 겁니다."

"너도 굶으라 하진 않을 테니 가서 먹고 와!"

남궁완이 쫓아내듯 손을 내저었다.

"하하, 아닙니다. 저도 배고프지 않습니다."

성질 더러운 주인을 모시는 부관은 속으로 눈물을 삼켰다. 남궁완은 부관이 올리는 차를 받아 마시고 말했다.

"내일 바로 돌아가도록 하지."

"내일요? 그래도…… 예정보다 보름이나 먼저 떠나는 것은 불만의 모습으로 비치지 않을까요?"

남궁완이 조소했다.

"내가 떠나면 위 맹주는 오히려 박수를 칠 게다."

위지백은 맹회 내내 사사건건 남궁완을 견제하고, 무시하길 반복했다.

"재수가 없으려니. 아주 제 세상이야."

"호랑이 없는 곳에 여우가 왕 노릇 하는 거지요. 특히 이번 맹회는 명문 정파에서 온 장로급이 없었으니 더 눈치 보지도 않았겠지요."

그나마 참석한 이들도 남궁 세가를 견제해야 한다 여기는 쪽이었다. 남궁완이 다소 가라앉은 목소리로 말했다.

"어차피 백리 세가주도 못 오신다는데. 더 있을 필요 없지."

이내 다시 성질난 듯 손바닥으로 탁자를 내리쳤다.

"아니, 대체 출발까지 했는데 갑자기 왜 다시 돌아갔단 말이야?"

남궁완이 눈을 부라렸다.

"설마 백리 세가주의 마음이 갑자기 변한 건 아니겠지?"

부관이 말도 안 된다는 듯 단호하게 답했다.

"그럴 리 있겠습니까? 도련님만큼 괜찮으신 분이 어디 있다고요?"

자랑스러움이 잔뜩 묻어나는 목소리로 말을 이었다.

"백리 세가에서 이런 좋은 기회를 거절할 리가 없지요."

"……."

하지만 남궁완은 자랑스러워하기보단 되레 기분 나쁜 기색이었다.

"거절할 수도 있지 왜?"

"예?"

"연이가 내 아들에 비하면 훨씬 아깝거늘."

"아…… 예에."

부관은 고개를 푹 숙이고 대체 어쩌라고? 하는 표정을 지었다. 속으로 남궁류청을 따라간 심 부관을 부르는 것도 잊지 않았다.

남궁완이 의심스러운 목소리로 말했다.

"정말 백리 세가에 아무 일도 없는 게 맞아?"

백리 세가에서는 현재 가문 내에서 벌어진 일에 대한 소문을 철저하게 막고 있었다.

가문의 직계 여식이 후계자이던 장손에게 약을 먹여 주화입마에 빠트렸다니. 소문나는 순간, 체면 구기는 정도가 아니라 백리 세가를 시기하는 이들이 사방에서 물어뜯어 댈 것이었다.

백리패혁 대에서 갑작스레 불린 가세만큼 백리 세가를 견제하는 가문도 많았다. 백리 세가가 십 대 세가로 불리면서 그 자리에서 쫓겨난 가문이라든가.

부관이 말했다.

"백리명 공자께서 위중하다지 않습니까?"

백리 세가에서 소문을 철저히 막고 있다지만, 백리명의 상태가 위중하다는 말까지는 막을 수 없었다.

"그렇다지만…… 굳이 의강까지 돌아갔어야 하나? 백리 세가주가 오시지 못하게 되었다면 적어도 대리인은 보냈어야지."

남궁완이 생각에 잠긴 낯으로 말했다.

"왠지 불길해."

"예?"

하지만 정확히 무엇이 불길한지는 꼽을 수는 없었다. 무어라 정의하기 힘든 미묘한 기분이었다. 뭔가가 계속 그의 신경을 거슬리게 만들고 있었다.

"중요한 걸 신경 쓰지 못한 기분이랄까."

부관이 달래듯 말했다.

"정말 큰일이 있다면 백리 대협께서 따로 알리셨겠죠. 거기다 백리 세가에는 도련님도 머물고 계시지 않습니까?"

남궁완이 한숨을 내쉬었다.

"그래. 류청 그 녀석이 거기 머물고 있으니까……. 뭔가 일이 있었다면 서신을 보냈겠지."

물론 남궁류청은 비밀로 해 달라는 백리연의 말을 열심히 지키고 있었다…….

그때 바깥에서 다가오는 기척이 느껴졌다.

"남궁 소가주님, 계십니까? 잠시 드릴 말씀이 있어 찾아왔습니다."

목소리를 들은 남궁완과 부관 모두 의아한 기색을 했다.

"……들어오게."

단단한 체격의 사내가 양손을 모으고 인사를 올렸다. 백리의강이 단주로 있는 백호단의 부단주인 황순이었다.

백리의강은 백리연이 주화입마에 빠지고 난 후, 몇 번 백호단주 자리를 그만두려 했다. 하지만 무림맹주가 그를 계속 붙잡았다.

백리의강은 무림맹주의 지도력을 자랑하기에 아주 좋은 인재였다. 거기다가 백리의강이 그만두겠다고 한 시기가 무림맹주가 바뀐 시기와 맞물렸다.

만약 백리의강이 그만두게 된다면 몇몇은 무림맹주의 지도력에 의문을 제기할 것이고, 백리 세가와 불화설이 돌 터였다. 아무리 개인적인 사정이라지만…… 사람들은 자극적인 소문을 좋아하니까.

부관이 자리를 마련해 차를 권하자 감사를 표한 황순은 자리에 앉은 채 침묵했다. 기다리던 남궁완이 먼저 입을 열었다.

"무슨 일로 날 찾아왔는가?"

황순은 남궁완과 안면은 있었으나, 가까운 사이는 아니었다. 잠시 머뭇거리던 황순이 입을 열었다.

"부탁드릴 일이 있어 찾아왔습니다."

"자네가?"

"예, 원래는 단주님이 오시면 말씀드리려 한 일입니다만……."

남궁완이 의아한 낯을 했다.

"예전에 단주님께서 만약 의논할 일이 있다면 남궁 소가주님을 찾아가라고 말씀하신 적이 있으십니다."

황순이 차를 마시며 말을 잠시 멈췄다 이었다.

"믿음직스러운 친우라고요."

"흐음…… 그래?"

남궁완의 입꼬리가 눈에 띄게 씰룩거렸다. 부관이 재빨리 끼어들었다.

"모든 일에는 절차가 있는 법이지요. 무림맹 부단주로 자리하신 분이라면 잘 아시지 않습니까? 단주의 부재 시 부단주의 판단으로 결정할 수 없는 일의 경우 다른 대리 지휘자가 정해져 있을 텐데요? 심지어 따로 임무를 나가신 것도 아니고 여긴 무림맹 안입니다."

얼마든지 다른 상관을 찾아가 의논할 수 있을 텐데 왜 남궁완을 찾아왔느냐는 뜻이었다. 또한 남궁완에게 하는 조언이기도 했다. 맹회가 열리는 중에 남궁 소가주가 백호단 일에 끼어들었다가는 괜한 트집을 잡힐 수 있다는 뜻이었다.

"거기다 소가주님께서는 내일 떠나기로 하셨습니다."

"아……."

약간 놀란 듯한 모습을 보인 황순이 초조한 기색으로 말했다.

"사실 그래서 소가주님을 찾아온 겁니다만, 외부의…… 보다 믿음 직한 분이 필요했습니다."

한숨을 내쉰 황순이 돌아가려는 듯 말했다.

"역시 곤란하시겠지요. 죄송합니다, 괜한 짐을 얹어 드렸군요. 신경 쓰지 마십시오."

자리에서 일어나 인사하는 황순을 바라보던 남궁완이 입을 열었다.

"아닐세. 말하게."

"예?"

"소가주님……!"

놀란 황순과 당황한 부관이 동시에 말했다. 남궁완이 팔짱을 끼며 눈썹을 추켜세웠다.

"흥, 내가 내일 떠나도 위 맹주는 무엇으로든 트집을 잡을 거 아닌 가? 그렇다면 내가 그 속을 뒤집어 주고 가야지."

부관은 그럴 줄 알았다는 듯 머리를 짚고, 황순의 낯빛은 밝아졌다.

"감사합니다! 그럼 바쁘신 것 같으니, 일단 가면서 말씀드리겠습 니다."

"이동까지 해야 하나?"

"예? 아, 예."

황순이 어쩔 줄 모르며 눈치를 보았다. 혀를 찬 남궁완이 고갯짓 했다.

"안내하게."

전각 밖으로 나오자 아직도 연회가 한창인 듯 악공의 연주 소리가 들려왔다. 새카만 하늘 아래 연회장을 밝힌 빛에 남궁완의 시선이 잠 시 닿았다. 입매를 비튼 남궁완이 황순의 뒤를 따랐다.

가면서 설명하겠다던 황순이 입을 연 것은 이각 정도 지나서였다.

"예전에 단주님께서 따님과 함께 남궁 세가를 방문했다가 돌아가는 길에 흑시 한 곳을 부수며 고아들을 구했지요."

"그런데?"

"그중 갈 곳 없는 아이들 몇은 백리 세가에서 거두고 남은 아이들은 무림맹에서 거뒀습니다."

남궁완이 혀를 찼다.

"그런데 최근 그 아이 중 몇 명이…… 갑자기 사라져 버렸습니다."

"맹에서 거뒀다면 맹에서 일하고 있던 것 아닌가?"

"맞습니다. 주변에서는 먼 곳에서 친지가 찾아와 고향으로 돌아가겠다며 떠났다고 알고 있습니다. 하지만 분명 저희가 알기로는 그 아이들은 친지가 전혀 없었습니다."

남궁완의 표정이 싸늘해졌다. 갑자기 사라진 행적. 맹 내의 정보를 빼돌리기 위해 온 첩자일 수도 있었다. 뒤따르던 부관도 갑자기 달라진 남궁완의 분위기에 진땀을 흘렸다.

"예, 그래서 조심스레 조사했습니다. 그런데 이어진 흔적이 기이하게도 맹의 고위직과 연관이 있었습니다……."

"그래서 날 찾아온 것이냐?"

"예. 거기다 제가 조사하는 걸 알자 위에서 이 조사를 방해하는 압박이 들어와……."

그때였다. 남궁완이 손을 뻗어 황순의 앞을 가로막았다. 움찔 놀란 황순이 남궁완을 바라보았다. 하지만 남궁완은 황순을 보지 않고 심각한 낯으로 주변을 살피고 있었다. 그를 따라 주변을 훑던 황순도 표정을 굳혔다.

어느새 주변에 안개가 잔뜩 껴 있었다. 평소 이렇게 안개가 짙은 곳이 아니었다. 기이한 일에 슬며시 검집과 검 손잡이를 쥐었다.

"소가주님, 이건……?"

그때 안개를 헤치며 다가오는 기척이 느껴졌다. 이내 안개 속에서 살짝 겁에 질린 표정의 무인이 나타났다. 무림맹의 경비를 서는 무인으로 익숙한 낯이었다.

안도한 황순이 입을 열려는 순간, 남궁완이 검을 휘둘렀다.

"소가주님!"

거의 비명 같은 외침이었다.

하지만 예상했던 일은 일어나지 않았다. 기습이나 다름없을 남궁완의 검격을 고작 경비를 서는 무인이 피한 것이다.

황순이 뒤늦게 검을 뽑아 들었다.

"누구냐!"

"흐흐흐, 잡것은 닥쳐라."

외견과 어울리지 않을 정도로 탁하고 나이 든 목소리가 흘러나왔다. 남궁완이 가라앉은 목소리로 말했다.

"천귀조."

황순과 부관이 숨을 들이켰다. 무림맹 한복판. 무림 공적인 천귀조가 제정신이라면 절대 올 곳이 아니다. 남궁완의 표정이 굳었다. 그때.

쾅! 쾅! 쾅!

지축을 뒤흔드는 소리가 연달아 울렸다.

부관이 중얼거렸다.

"이게 무슨 소리……!"

안개 때문에 위치를 정확히 가늠할 수는 없었지만, 파공성의 근원은 무림맹 중앙이었다. 그곳은 지금 주연이 한창이었다.

그러나 더는 그쪽에 신경을 쓸 수 없었다. 천귀조의 뒤쪽에서 스멀스멀 다가오는 기척이 느껴졌다. 이 상황에서 아군일 리가 없었다.

남궁완이 입매를 비틀었다.

"마교와 손을 잡다니."

"마교인 게 뭐? 나는 널 찢어 죽일 기회가 있다면 뭐든."

천귀조가 남궁완에게 깊은 검상을 입었던 옆구리를 문질렀다. 이 짙은 안개 속에서도 연회장 방향에 밝은 빛처럼 불길이 이는 게 보였다.

뎅– 뎅–!

습격을 알리는 종소리. 하지만 두 번도 채 울리지 못하고 사라졌다. 천귀조가 입을 찢어 웃었다.

"쳐라."

곧이어 안개 속에 누구의 것인지 알 수 없는 짙은 혈향이 퍼지기 시작했다.

◆◆◆

스님이 죽음으로써 나를 주화입마에 빠트린 범인이 고모라는 것은 증명하지 못하겠거니 싶었다. 이 정도만 밝히게 되었더라도 크게 상관은 없었다. 어차피 모두 범인은 고모라고 생각할 테고, 백리명의 일은 형벌을 피할 수 없을 테니까.

'아쉽지 않은 건 아니지만⋯⋯.'

원하던 목표는 이뤘다고 생각할 때였다. 생각지도 못한 곳에서 증인이 나타났다. 큰어머니였다.

큰어머니는 유산할 때 피를 너무 많이 흘렸다. 그 까닭에 한동안 운신할 수조차 없었다. 거기다 상심이 컸는지 큰아버지가 아무리 괜찮으니 몸부터 회복하라 달래도 누워서 눈물만 줄줄 흘린다고 했다.

그랬던 그녀가 몸을 움직일 수 있게 되자마자 가장 먼저 한 일이 내 주화입마 사건에 대해 증언하기 위해 할아버지를 찾아뵌 것이었다. 큰어머니는 내가 주화입마에 빠졌을 때 우연히 고모와 할머니의 대화를 엿듣게 되었다고 한다.

큰어머니뿐만이 아니라 몇 년 전 먼 곳으로 시집간 큰어머니의 시비도 데려와 증언했다. 당시에는 아무에게도 알리지 못했다고 한다. 할머니가 너무 두려웠기 때문에.

뭐, 두려워할 만하긴 했다. 내가 증인을 찾을 수 없다고 하지 않았는가? 그 이유는 할머니가 그 약과 관련한 인물들을 모두 살해했기 때문이다.

'이것 참……'

처음 백리명의 주화입마 소식을 듣고 큰어머니가 쓰러졌을 때, 큰어머니는 원래부터 나약한 기질을 지녔으니 별달리 의심하지 않았다. 있을 법한 일이었기 때문이었다.

하지만 이렇게 밝혀지니 알 수 있었다. 큰어머니는 백리명이 주화입마에 빠지자마자 고모의 짓인 것을 알고 충격을 받은 것이다.

'그때 입을 다문 결과가 저렇게 돌아갔으니.'

그때 밝혔더라면 이런 일을 겪지 않았으리라.

누구 탓을 할까. 누구보다도 큰어머니가 가장 괴로워했으리란 걸 알 수 있었다. 그리고 이 모든 소식은 굳이 내가 알아볼 필요도 없이 가만히 앉아 있으면 여러 경로를 통해 내 귀에 들어왔다.

소녹이 손목을 주무르다가 다시 붓을 들었다.

[요새 사람들이 자꾸 제게 뭘 줘요.]

"응?"

소녹이 소매에서 주머니를 꺼내 풀었다. 동전이 제일 많았고, 은 조각에 심지어 팔찌 같은 패물도 있었다.

[잘 봐 달라고 하는 기색이길래, 평소에 저한테 잘해 준 사람들이 준 것만 받았어요.]

"……그래, 잘했어."

왜들 이러는지 속내가 아주 훤했다. 줄을 새로 서려는 것이다. 거기에 평소 내게 소원했던 이들이 마음이 급해 소녹에게 잘 봐 달라고 바치는 것이고.

그때 다가오는 기척이 느껴졌다.

"아기씨, 가주님께서 부르십니다. 석 태의께서 찾아오셨답니다."

"알겠어요."

바로 채비해 할아버지께 향했다.

하인은 수백당이 아닌 다른 곳으로 안내했다. 걸어가며 마주친 이들 중 내게 공손하지 않은 이가 없었다. 예전과는 확연히 다른 반응이었다.

도착한 곳엔 할아버지와 아버지, 석 태의가 함께 계셨다.

"어서 오너라."

아버지가 내 머리를 살짝 쓰다듬고는 옆자리에 앉혔다. 석 태의와 그간의 안부를 간단히 나누곤 바로 본론을 꺼냈다.

"더는 알아봐도 소용없을 것 같아 가져왔습니다."

석 태의가 탁자에 작은 약병과 접혀 있는 포장지를 올려놓았다. 그동안 나는 석 태의에게 약에 대해 자세히 알아봐 달라고 부탁드려 놓았다.

"더 알아봐야 소용없다니요?"

"일단 두 가지 문제가 있습니다."

석 태의가 수염을 쓰다듬으며 잠시 뜸을 들였다가 마저 말했다.

"이를 연구하려면 실험 대상이 필요합니다. 내공에 관련한 실험이다 보니……."

인체 실험을 하는 게 아닌 이상은 더는 알아내기 힘들다는 뜻이었다. 다들 무슨 말인지 눈치채곤 낯빛이 어두워졌다. 석 태의가 씁쓸하게 말했다.

"아무래도 어렵겠지요."

명문 정파라고 모두 공명정대하지는 않았다. 사람을 대상으로 실험을 자행하는 가문도 분명 있긴 했다. 유명한 곳으로는 사천 당가, 진주 언가가 있었다.

물론 저 둘은 범죄자들을 이용했으며 당사자의 동의를 받고 연구했다고 주장했다. 그렇지만 백도 정파인들 사이에서도 저 두 가문에 대해서 논란이 많았다.

게다가 독공과 강시술이 비기인 두 가문과 달리 백리 세가는 검을 쓰는 가문이었다. 사람을 데려다가 실험 대상으로 쓴다는 것에 거부감을 가질 수밖에 없는 것이다.

침묵하는 이들 사이에서 석 태의가 입을 열었다.

"그리고 두 번째는 제가 건네받은 양이 연구를 진행하기엔 부족하다는 것입니다. 그래서 그, 이 약을 주었다던 스님을 붙잡았다지 않았습니까?"

아버지와 할아버지가 눈을 마주쳤다. 아버지가 입을 열었다.

"그렇지 않아도 그자에 대해 태의께 말씀드릴 것이 있습니다."

"말씀하시지요."

"……그 스님은 죽었습니다."

"허어, 그렇군요."

하지만 별로 놀라는 기색은 없었다. 왠지 그럴 줄 알았다는 듯한 모습이었다.

"그런데 그 스님이 마교의 첩자인 듯합니다."

"역시 그럴 줄…… 예?"

이건 전혀 예상 못 한 듯 경악했다.

"어허, 이거 참…… 마교라니."

아버지가 사죄하듯 살짝 고개를 숙였다.

"앞으로 태의의 안전은 백리 세가에서 전적으로 맡겠습니다."

수염을 쓰다듬으며 당황한 듯하던 석 태의가 훨씬 심각해진 낯빛으로 말했다.

"그건 일단 천천히 얘기하도록 하지요. 그보다 확실해지면 말씀드리려고 했습니다만 일이 이렇게 되었으니……."

석 태의가 아버지를 응시하며 말했다.

"그 주화입마 약 말입니다. 그 약이…… 사공자님의 내공 문제와 관련이 있는 것 같습니다."

"……!"

나는 주먹을 꽉 말아 쥐었다.

"확실하진 않습니다. 말씀드렸다시피 실험을 더 해 봐야 했으나 불가능하니까요. 하지만 마교와 관련되었다니 일단 말씀드리는 겁니다."

잠시 탁자를 바라보던 나도 조심스럽게 입을 열었다.

"석 태의의 가설이 맞는 것 같아요."

의아한 시선이 날 향했다.

"저도 하나 의심스러운 부분이 있었어요."

"무엇이 말이냐?"

"명 오라버니가 주화입마에 빠졌을 때요. 왠지…… 아버지의 증상과 비슷한 느낌이 들긴 했어요."

석 태의가 눈을 빛내며 관심을 기울였다.

"좀 더 자세히 설명해 보거라."

나는 석 태의에게 백리명의 폭주하는 내공을 대신 진정시키며 느꼈던 감각을 최대한 자세하게 설명했다.

"그렇군. 그렇단 말이지."

고개를 주억거리며 홀로 뭔가를 생각하는 듯하던 석 태의가 질문했다.

"사공자께서는 영약을 먹고 문제가 생긴 게 아니랬지요?"

"예."

"역시 원래는 내공의 흐름을 막는 약인 듯하군요. 이를 영약과 함께 섭취했을 때 주화입마가 일어나는 듯합니다.”

아버지가 살짝 눈을 내리깔고 자신의 손을 보았다.

“확실히…… 만약 영약을 먹었을 때 문제가 일어났다면 주화입마에 빠질 수밖에 없을 겁니다.”

주화입마에 빠진 사람은 대부분 죽거나 폐인이 되어 버린다. 영약이 잘못된 것 같다고 주장할 사람이 없는 것이다.

거기다 주화입마를 바라보는 시선도 문제였다. 왜, 현대에서도 정신병은 개인의 의지 문제라고 여기는 사람들이 많지 않은가? 여기서 주화입마를 바라보는 시선이 그랬다.

개인의 의지, 능력이 부족해서 생긴 문제라고 여겼다.

능력도 안 되는 자가 영약에 욕심을 부리다 벌을 받은 것처럼 취급했으니…… 살아남은 사람이 감히 영약에 문제가 있는 것 같다고 말해 봤자 조롱이나 당했을 것이다.

‘나도 고모가 영약에 손을 썼다는 사실을 알기 전까지 내 잘못인 줄 알았지.’

석 태의가 탄식했다.

“이거 참 아주 교묘한…… 무림인들만 노린 극약이나 다름없군요.”

아버지가 가라앉은 목소리로 말했다.

“이런 약을 마교가 지니고 있다니. 어서 이 일을 맹에 알려야겠습니다. 다른 가문에 알려 경계해야 할 필요가 있습니다.”

“그래. 이런 일이 우리 가문에만 있을 리가 없으니.”

당장 일어날 것 같은 아버지를 할아버지의 목소리가 붙잡았다.

“하지만 이 사실을 알리려면 명이와 의란의 일을 밝혀야 하겠지.”

멈칫한 아버지가 믿기지 않는다는 듯 되물었다.

"아버지, 무슨 뜻으로 말씀하시는 겁니까?"

"이 일이 바깥에 알려지면 우리 가문의 명예는 땅에 추락할 것이다."

"설마 이 상황에서 체면을 신경 쓰시는 겁니까?"

나는 두 분의 목소리가 더 높아지기 전에 끼어들었다.

"아버지, 할아버지, 진정하세요."

아버지의 옷자락을 잡으며 말을 이었다.

"그리고 제 생각에도 맹에 알리는 건 시기상조라고 봐요."

아버지가 큰 충격에 빠진 낯을 했다. 거의 울 것 같았다. 반면에 할아버지는 만족스러운 미소를 지으며 나무랐다.

"이것 보아라. 연이도 반대하지 않느냐! 네 생각이 얼마나 말도 안 되면 이 아이도 반대해?"

"할아버지, 아버지 자극하지 마세요!"

나는 한숨을 내쉬고 아버지를 돌아보았다.

"아버지, 울지 마시고요. 잠시만 제 설명을 들어 보세요."

살짝 발끈한 목소리가 되돌아왔다.

"……울지 않았느니라."

나는 살짝 미소 짓고 말했다.

"맹에도 첩자가 있을 거예요."

"그러니 한시라도 빨리 알려야지."

"아뇨, 약을 쓸 거였다면 진작 썼을 거라는 거죠. 제가 주화입마에 빠진 게 벌써 몇 년 전 일이잖아요?"

"……."

그사이 손을 써도 몇 번은 쓸 수 있었다. 하지만 맹은 아직 조용했다.

'지금은 한창 맹회 중이겠네.'

내 기억상으로 맹은 몇 년간은 별문제 없이 굴러갔다.

아버지가 다소 침착해진 어조로 말했다.

"네 뜻은 그러니까 마교가 지금껏 손을 쓰지 않은 이유가 있을 거라는 거냐?"

"네! 맞아요."

"그래, 그래! 내가 하고 싶었던 말이 저것이다!"

나는 입을 비죽이며 할아버지를 보았다.

"그럼 그것부터 말씀하셔야지 왜 아버지랑 싸우고 계세요?"

"말하려 했는데, 아니, 저놈이 눈이 뒤집혀서 먼저 내게 대들었느니라!"

"……."

내 눈초리에 할아버지가 헛기침했다. 아버지는 아직 납득하지 못한 듯 보였다.

"마교가 손을 쓰지 않은 이유가 대체 무엇이란 말이냐?"

"그걸 지금부터 알아봐야죠."

이 약의 존재는 후반부까지 밝혀지지 않는다.

'쉽게 쓸 수 있는 약이었다면 아버지 선에서 끝내는 게 아니라 남궁류청에게 손을 쓰면 됐는데, 그러지 않았지.'

분명 이유가 있는 것이다.

거기다가 아버지는 이미 이 약으로 내공에 문제가 있는 상태인데 왜 고모를 이용해서 아버지까지 주화입마에 빠트리려 한단 말인가?

'가능성은 적지만…… 마교에서 아버지가 이 약에 중독된 줄 모르는 것일 수도 있고.'

정보가 너무 없었다. 무림맹은 여러모로 귀찮은 조직이었다. 없어져서는 안 되지만 그렇다고 믿을 수도 없는. 오히려 마교는 한결같이 나쁜 놈이기라도 하지 무림맹은 도와주는 척하면서 뒤통수를 쳐서 더더욱 질이 안 좋았다.

'거기다 무림맹주 위지백도 요주의 인물이고.'

무림맹주 위지백은 위선적인 인물이었다. 남궁류청보다 나이를 두 배는 더 먹었으면서 남궁류청의 명성이 높아지자 견제하기 바쁘던.

'소설에서는 같은 편인 척 굴다가 뒤통수를 치는 악역이었지.'

지금 아버지와 사이가 괜찮은 이유도 아버지가 위지백의 위선적인 면을 아직 모르고, 아버지가 무림맹의 백호단 단주로 있는 게 그의 집권에 도움이 되기 때문이었다.

그런 그가 백리 세가에서 벌어진 일들을 알게 된다? 도움은커녕 오히려 백리 세가를 어떻게 이용할 방법이 없을지 고민할 사람이었다.

"거기다가 할아버지랑 아버지는 지금껏 아버지와 증상이 비슷한 사람과 치료법을 오랫동안 찾았잖아요? 그런데 지금까지 아무 소득이 없었죠. 만약에 마교가 이 약을 여럿에게 썼다면 저희 귀에 뭐라도 들어오지 않았을까요?"

"……."

"연이 말이 옳다. 너와 비슷한 증상을 가지고 있는 이가 있다면 우리의 귀에도 들어왔어야 한다. 하지만 없지 않았더냐? 백리 세가의 정보력을 믿지 못하는 게냐?"

"백리 세가만 조사한 게 아니라 남궁 세가와 제갈 세가에서도 도와줬잖아요."

아버지가 손을 들어 말을 막았다.

"그만, 그만하시죠. 아버지와 연이의 생각이 아주 똑같은 건 잘 알겠습니다."

할아버지가 코웃음을 치며 말했다.

"흥, 질투 나느냐?"

"할아버지, 무슨 소리세요? 아버지가 이런 걸로 질투할 리가 없잖아요."

"크하학, 그렇지. 맞지. 그럼, 그럼!"

석 태의마저도 입을 꾹 다문 채 웃음을 참는 듯한 모습이었다. 나는 입을 삐죽이고 다시 감정을 잡았다.

"아버지. 전 너무 걱정돼요. 거기다가 마교만이 아니라 다른 많은 나쁜 놈들이 아버지를 노리고 있잖아요. 그들은 아버지가 약해졌다는 사실을 알면 분명…… 아버지를 노릴 텐데……."

나는 고개를 숙이고 손을 꼼지락거렸다.

"만약 아버지께 무슨 일이라도 생기시면 저는…… 저는……."

이럴 때 눈물 뚝 흘리면 완벽할 것 같은데, 오늘 울 일이 있을 줄 몰랐어서 양파즙 손수건을 준비하지 못했다. 나는 고개를 푹 숙인 채 허벅지를 눈물이 찡할 정도로 꼬집었다. 고통에 눈물이 살짝 고이는 게 느껴졌다.

"……연아."

나는 눈물을 매단 채, 석 태의를 바라보았다.

"태의, 해독하거나 치료할 방법은 알아내지 못하신 거죠?"

웃는 눈이던 석 태의가 재빨리 표정을 관리하며 씁쓸한 어조로 말했다.

"내 능력 밖이었단다."

아버지는 입을 살짝 열었다가 엷게 숨을 내쉬고 닫았다.

아버지는 석 태의를 배웅하러 가셨다. 나도 함께 따라가려 할 때였다. 할아버지가 말했다.

"연이 너는 잠시 나와 얘기하자꾸나."

나는 할아버지의 뒤를 따라 걸었다. 정원을 얼마나 걸었을까, 할아버지가 입을 열었다.

"애비를 설득하느라 네가 고생이 많구나."

"할아버지랑 같이 설득한 건데요."

할아버지가 나를 흘끔 보고 다시 걸었다.

"네가 말했으니 듣는 게다. 내가 말했으면 들었을 것 같으냐?"

"네. 들으셨을 거예요."

할아버지가 걸음을 멈춘 채 고개를 획 돌려 나를 바라보았다.

"……그래."

입가에 희미한 미소가 맺혔다가 순식간에 사라졌다. 웃는 표정을 보면 할아버지는 아버지와 정말 닮아 있었다. 할아버지가 다시 몸을 돌리고 천천히 걷기 시작했다.

"앞으로 어찌할 계획이냐?"

"계획이요?"

"그래. 맹에 알리는 것을 막지 않았느냐?"

당연히 다음 계획이 있으리라 여기는 말투였다. 나는 얼굴을 살짝 붉적였다.

"일단…… 사천 당가에 연락을 해 볼까 해요."

"당가? 약에 대한 지식은 당가를 따를 곳이 없겠다만, 당가는 폐쇄적이다. 쉽게 도움을 얻기는 힘들 게야."

"예전에 당 소저를 아버지께서 구해 주신 적 있어요. 그때 은혜를 꺼내 보려고요."

"당 소저라면 당소용을 말하는 게냐?"

"네."

천귀조를 마주쳤을 때 아버지가 없었다면 죽었을 거라며 언제든 도움이 필요한 일이 있다면 자신을 찾으라 했다.

잠시 눈치를 보던 나는 용기를 내어 물었다.

"할아버지는요?"

할아버지가 나를 잠시 보았다가 다시 걷기 시작했다.

"의란의 처벌은 내일 진행할 것이다."

나는 놀라서 할아버지를 바라보았다. 느긋해 보이는 모습이었기에 할아버지께서 이 주제를 꺼내실 줄 전혀 예상하지 못했다.

할아버지는 멈추지 않고 말을 이었다.

"백리 세가의 호적에서 제한 후, 단전을 폐하고 가문 소유의 시골 마을로 보낼 것이다. 그리고 그곳 사당에서 죽을 때까지 지내게 할 거다."

"……."

"부인은 후원의 조용한 방으로 보낼 것이다. 앞으로 밖에 나오기 힘들 테니, 가문 일에 관여할 수 없을 것이다. 어찌 되었든 반평생을 백리 세가의 가모로 지낸 이니 죽더라도 가문 안에서 죽을 수 있게는 해 줘야지."

"……."

"그럼 이제 아이들이 남았구나."

뒷짐을 진 할아버지가 허공을 보며 깊은 한숨을 내쉬었다.

"연이 넌 소우악과 백리표, 그 쌍둥이들을 어찌했으면 좋겠느냐?"

나는 그동안 쌍둥이들에 대해선 굳이 떠올리려 들지 않았다. 소가
장은 현재 망한 것이나 다름없었다. 가까스로 가문끼리 전쟁을 치르
진 않았지만 대신 갚아야 할 배상금이 천문학적이라 했다.

그렇게 아버지의 가문이 망하고, 어머니가 폐인이 돼서 쫓겨나게 되
고, 그들의 뒷배가 되던 할머니까지 잃었으니 앞으로 더는 위세 부리
지 못할 터였다.

나는 담담하게 말했다.

"할아버지 뜻대로 하세요."

"……그래."

할아버지는 마치 기다렸다는 듯이 말을 이었다.

"소우악은 백리가의 호적에서 지운 후 소가장으로 보내고, 백리표
는 백담사라는 절이 있다. 그곳으로 출가시키마."

나는 놀라서 눈을 깜빡였다.

'그 정도까지……?'

둘 다 말은 다르지만 결국 가문에서 쫓아낸다는 뜻이나 다름없었
다. 소림 같은 유명한 곳도 아니고 백담사라니. 거긴 세속에 관심 없
는 승려들이 정말 조용하게 불도를 닦으며 지내는 곳이었다.

"백담사에 우리 가문이 매해 상당히 시주하였으니 표가 그곳에서
지내기 어렵진 않을 것이다."

내 표정을 보고 어떻게 해석했는지 할아버지가 물었다.

"그 아이들이 반성할 것 같으냐?"

"⋯⋯아니요."

백번 고민해 봐도 답은 아니오였다.

"그래. 부모의 잘못을 인정하지 않고 널 원망이나 하며 칼을 갈겠지. 내부에 언제 공격할지 모르는 칼을 품고 있을 수는 없느니라."

할아버지가 눈을 꽉 감았다 뜨며 말했다.

"이리하는 게 옳아. 한 번 정리할 때 깔끔하게 끝내야 하느니라."

"⋯⋯."

따지자면 쌍둥이들은 이번 일에서는 결백했다. 청천벽력처럼 부모를 잃고 가문에서 쫓겨나게 된 것이나 다름없었다.

어떻게 보면 과하다고 느낄 일이었다. 할아버지가 이렇게까지 하는 이유는⋯⋯.

"너도 이제 열두 살이구나."

"아, 그렇죠."

그사이 생일이 어영부영 지나 버렸다. 할아버지가 내 머리에 살짝 손을 올렸다.

"너는 참 일찍 철이 들어 있었다."

"하하⋯⋯."

나는 어색하게 웃었다.

따지자면 세 번째나 다름없는 삶이니 일찍 철이 들었다고 보긴 어려웠다. 이를 모를 할아버지가 말을 이었다.

"그걸 기특하게 여겼지."

"그, 그런가요?"

"이제는 알겠구나. 너는 자신을 지키기 위해 철이 든 거였단 걸."

"……."

"네게 미안하다."

할아버지는 사과에 아무 변명도 덧붙이지 않았다. 수풀이 조용히
바람에 흔들리는 소리만 들었다. 할아버지가 다시 입을 열었다.

"너를 소가주로 올릴 생각이다."

"네?"

이건 또 무슨 소리야?

할아버지는 내뱉은 말은 지키시는 분이었다. 이튿날 새벽, 고모는
단전이 폐해진 채 조용히 끌려 나갔다. 쌍둥이들도 마찬가지였다.

금쇄가 조심스럽게 눈치를 보며 말했다.

"사공자님께서 직접 단전을 폐하셨다고 해요."

"아버지가?"

"네."

나는 어두운 얼굴로 바닥을 바라보았다.

아버지는 고모의 단전을 폐하고, 고모가 머물게 될 백리 세가의 시
골 장원으로 호송하는 길을 함께 떠났다고 한다. 고모는 남은 인생을
가문 사당에서 제 잘못을 빌며 살아가게 될 것이다.

생각에 잠긴 채 걷다 보니 어느새 연못가였다. 어릴 적 이곳에서 아
버지와 함께 붕어 밥을 주곤 했다.

'그러다가 담벼락 너머 쌍둥이들을 보고 더는 오지 않게 되었지.'

그리고 이제 그 담벼락 너머는 아주 고요했다.

왠지 발길이 그곳으로 향했다. 왁자지껄하던 곳은 텅 비어 있었다. 기분 탓인지 을씨년스러운 느낌마저 들었다.

대련할 때 쓰던 목검 여러 개가 일렬로 늘어서 있었다. 그중 적당한 길이를 찾아 손에 쥐었다.

'요새 수련을 조금 소홀히 하긴 했지.'

나는 검을 휘두르기 시작했다. 역시 잡념을 없애는 데는 검만큼 좋은 게 없었다.

얼마나 그러고 있었을까? 어느 순간 가까운 곳에서 기척이 느껴졌다. 나는 숨을 몰아쉬며 검을 멈췄다.

"나랑 대련할래?"

담벼락에서 그림자가 걸어 나왔다. 야율이었다. 야율과 저번에 제갈화무 앞에서 그렇게 헤어지고 나서 다시 만나 사과를 하고 회포를 풀었다. 하지만 길게 대화를 나눌 수는 없었다.

"아니."

"방해할 생각은 아니었어."

"방해해도 괜찮아."

나는 검을 원래 있던 곳에 내려 두었다. 그리고 몸을 멈추기가 무섭게 또다시 상념이 밀려들어 왔다. 이번엔 다른 주제였다.

'대체 왜 마교가 가만히 있는 걸까?'

오래전부터 고모를 이용할 계획을 꾸민 녀석들이다. 고모의 이번 이상 행동을 진즉에 눈치챘을 터다. 그런데 아무런 조치도 취하지 않고 내버려 뒀다.

'대체 왜?'

이 일보다 더 신경 써야 할 다른 일이 있는 건가? 새롭게 드러난 진실이 자꾸만 불안하게 만들었다.

"후우……."

자꾸만 한숨이 나왔다. 그때 야율의 목소리가 상념을 뚫고 들어왔다.

"무슨 생각 해?"

아, 사람을 앞에다 두고 너무 딴생각만 하고 있었다.

"아니…… 아무것도 아냐."

나를 응시하던 야율이 고개를 살짝 기울였다.

"사공자님 일 때문에 그래?"

"응?"

"사공자께서 가주가 될 거라던데."

나는 한숨을 내쉬고 웃음 섞인 목소리로 반문했다.

"네 귀에도 들어갔어?"

"네 일에는 늘 관심을 기울이고 있어."

나는 비스듬히 바닥을 바라보았다. 어디든지 털어놓으면 이 불안하고 답답한 기분이 조금은 나아지려나?

곧이어 입을 열었다.

"할아버지가 날 소가주로 임명하시겠대."

"그렇구나."

뭐야, 대답은 이게 끝이야? 내가 더 할 말 없냐는 듯 바라보자 야율이 잠시 눈을 굴렸다가 덧붙였다.

"축하해. 너라면 잘할 거야."

"그래…… 아주 고맙다."

털어놓은 대상이 잘못된 듯한 기분이었다. 그때 야율이 물었다.

"네가 가주가 될 거면, 백리 세가에 계속 있어야겠네?"

"아직 소가주도 아니거든. 큰일 날 소리를."

"어쨌든 여기 계속 머물러야 하는 거지? 다른 데 안 가고?"

"내가 다른 데를 왜 가?"

"그렇지. 그래. 정말 잘됐네."

그렇게 중얼거리더니 갑자기 눈을 접으며 환하게 웃었다. 그러더니 쪼르르 다가와 물었다.

"나중에 네가 가주가 되고 나면 나 여기서 지낼래."

"백리가의 객원 무사를 하겠다는 거야?"

백리 세가의 사람은 아니나 머물면서 손이 필요할 경우 돕는 이들을 그렇게 말했다.

"응."

"뭐…… 너 하나 정도 지낼 자리는 마련할 수 있겠지."

"그럼 약속해."

"저기, 나 아직 아무것도 아니거든……."

"그래도."

그런 쓸데없는 대화를 나누며 처소 앞에 도착했을 때였다. 처소를 감싼 담벼락 문 앞에 서 있던 하인 한 명이 우리를 보자마자 황급히 안으로 뛰어들어 갔다. 이어서 또 이상한 점을 느꼈다.

"쟤네가 왜 여기 있지?"

"누구?"

"류청이랑 하령이 내 처소에 있는데?"

"그래?"

야율이 고개를 살짝 기울인 후 채근하듯 말했다.

"들어가자."

뭐지……?

나는 야율을 의심스럽게 보았다. 평소라면 쟤네가 있는 걸 알자마자 다른 데로 가자고 할 사람이었다.

야율은 다른 사람이랑 함께 있는 걸 무척 불편해했다. 딱히 저 아이들뿐만이 아니었다. 야율은 그냥 사람과 있는 것 자체를 못 견디는 느낌이었다. 배정된 방에 하인도 다가오지 말라고 했을 정도였다.

나는 그게 아마도 천귀조에게 잡혔을 때의 기억 때문이 아닐까 여겼다. 그나마 나 때문에 저 아이들과 어울리는 거라고 볼 수 있었다.

'아니, 그런데 쟤네는 주인도 없는 처소에서 뭘 하는 거야?'

아버지도 자리를 비웠고 나도 수백당에 있는데…….

심지어 남궁류청과 서하령뿐만이 아니라 진진에, 나와 어울리던 백검단 아이들도 몇 명 보였다.

나는 빨리 확인해 봐야겠다는 마음으로 처소로 통하는 문을 넘어가서 마당에 펼쳐진 광경을 보고 눈을 크게 떴다.

"이게 뭐야?"

넓은 마당에 탁자가 입 구(口)자 모양으로 마련되어 하인들이 분주하게 음식을 나르고 있었다.

"연아!"

"언니!"

서하령과 진진이 쪼르르 달려와 내 양팔을 붙잡고 마치 연행하듯 끌고 갔다.

"이쪽, 이쪽이야."

"왜들 이래? 뭐 하는 건데? 이게 대체 뭐야?"

나는 중앙으로 보이는 자리에 앉혀졌다.

"네 생일 축하연!"

"응?"

"며칠 전에 생일이었잖아! 바쁜 것 같아서 제대로 축하도 못 하고…… 그래서 우리끼리 가볍게 축하하자고 마련했어!"

"아니…… 이런 걸 언제……?"

나는 멍하니 주변을 둘러보았다.

남궁류청이 미간을 살짝 찡그린 채 내 시선을 피했다. 굳은 표정은 화가 났다기보단 뭔가 어색하고 쑥스러워 보였다. 다른 백검단원들은 짓궂은 낯으로 눈을 빛내고 있었다.

다른 한쪽에 서 있던 금쇄가 밝은 표정으로 말했다.

"걱정하지 마세요, 아기씨, 사공자님께 허락받고 한 일이에요!"

"아버지께 허락을 받았다고?"

"네!"

나는 입술을 꽉 깨물었다. 왠지 가슴 한가운데에서 무언가 울컥 치솟는 기분이었다.

"그…… 소녹은?"

이 자리에 없는 게 이상해 물었다. 서하령과 백검단 아이 한 명이 전음을 교환하는 게 보였다.

곧이어 소녹이 나타났다. 소녹은 큰 접시를 들고 있었는데, 이를 본 나는 어이가 없어서 입을 틀어막았다.

'아니, 저건 대체……?'

삼단으로 쌓은 찐빵에 굵은 초가 꽂혀 있었다. 그 괴상망측한 모습에 찡하게 치솟던 감동이 순식간에 휘발했다.

"네가 내 생일 때 저러고 축하해 줬잖아. 분명 그때 네가 너희 지역 사람들은 이러고 축하한다며? 내가 말하니까 여기 사람들 아무도 모르던데?"

"……."

"자기네들이 언제 이런 식으로 축하했냐고 그러더라구."

당연히 모르겠지……!

내가 남궁 세가에 머물 때 서하령의 생일이 있었다. 당시 난 하령이에게 줄 선물도 딱히 없어서 그냥 저렇게 간단하게 축하해 줬다. 그때 대충 우리 지역에서는 이렇게 한다며 둘러댔는데…….

"내가 진짜 창피해서! 정월도 아닌데 폭죽은 왜 찾느냐고 다들 이상하게 봤다고!"

남궁류청이 한심하다는 듯 말했다.

"내가 진작 말했잖아. 네가 속은 거라고."

"……."

나는 입술을 꽉 깨물었다가 참지 못하고 웃음을 터트렸다.

"푸핫! 아하하하학!"

의자에 앉은 게 아니라면 배를 잡고 뒹굴었을지도 몰랐다. 나는 탁자를 두드리며 웃다가 겨우 웃음을 멈추고 고개를 들었다.

"포, 폭죽은…… 폭죽은 어딨어? 빨리 터트려 줘."

서하령이 성난 낯으로 소리쳤다.

"안 가져왔어!"

"왜에- 해 줘-!"

그렇게 치근덕거리고 있을 때, 부드러운 목소리가 들렸다.

"벌써 시작한 거야?"

서하령이 고개를 홱 돌렸다.

"음, 좀 늦었네."

"아니, 왜 이제 와요? 원래 연이는 제갈 세가주께서 데려오기로 했잖아요! 하도 안 와서 야율이 갔다고요!"

"사과할게."

제갈화무가 순순히 사과하자 서하령이 더는 뭐라고 하지 못하고 입을 다물었다. 나는 싱글싱글 웃으며 말했다.

"뭐야. 날 데려오는 임무가 원래는 네 거였어?"

"들은 바대로."

"네가 거짓말을 잘할 것 같았나 본데."

제갈화무가 울상을 지었다.

"억울한걸. 너한테는 늘 진실했던 것 같은데."

나는 제갈화무가 쓸데없는 얘기를 하기 전에 재빨리 말을 돌렸다.

"다들 너무 고마워."

싱숭생숭하던 기분이 순식간에 날아갔다. 나는 웃으며 모인 이들을 바라보았다.

이렇게 많은 이에게 한자리에서 축하받는 건 처음이었다. 왠지 모르게 코끝이 찡해지며 울컥한 느낌도 들었다. 이번 생에 내가 노력하긴 했구나. 주변의 관계를 바꾸긴 하였구나.

서하령이 눈을 동그랗게 뜨고 물었다.

"연아, 울어?"

진진이 웃으며 타박했다.

"하령 언니, 우는 사람한테 우냐고 묻는 거 아니에요."

"실망시켜 미안하지만 울진 않았거든……."

"자자, 됐고. 불어 불어!"

나는 눈을 감고 소원을 빈 다음 웃기게 생긴 삼단 찐빵의 초를 불었다.

"생일 축하해, 연아!"

"아가씨, 생신 축하해요!"

그 뒤로 한 명씩 내게 선물을 건넸다.

서하령, 백검단의 또래 아이들. 진진이 가져온, 일하느라 이 자리에 오지 못한 다른 친우들의 선물도 함께 받은 후, 마침내 남궁류청의 차례가 되었다.

나는 주변의 호기심 어린 눈들을 보고 말했다.

"네가 무슨 선물을 준비했을지 다들 기대하나 본데?"

"기대할 것도 많군."

남궁류청이 내게 고급스러워 보이는 나무함을 건넸다. 안에 뭐가 들었는지 전혀 예상이 가지 않았다.

'이러니 다들 궁금해하지.'

내가 나무함의 잠금쇠를 풀 때였다.

"도련님! 도련님!"

누군가 다급하게 외치며 마당으로 뛰어들어 왔다. 달려온 자는 남궁류청의 하인으로 남궁 세가에서부터 함께 온 이였다. 한참을 뛰었는지 거세게 숨을 몰아쉬는 하인의 안색이 새파랗게 질려 있었다. 마치 귀신에게 쫓기기라도 한 듯싶었다.

인상을 찌푸린 남궁류청이 무어라 말하려는 순간, 숨을 몰아쉰 하인이 다시 외쳤다.

"무림맹 무한 본단이 마교의 습격을 받았답니다!"

"……."

모두 말하는 것조차 잊은 채 눈을 부릅뜨고 하인을 보았다.

가장 먼저 정신을 차린 것은 남궁류청이었다.

"아버지는? 아버지는 어찌 되셨느냐?"

"소가주님도 본단에 함께 계셨는데…… 본단은 지금 거의…… 거의 전멸 상태라고 합니다."

그 순간 나도 모르게 제갈화무를 보았다.

아니라고 말해 주길 바랐다. 하지만 눈이 마주친 제갈화무는 한숨을 내쉬며 고개를 살짝 끄덕였다. 힘이 빠진 손에서 미끄러진 나무함이 바닥을 나뒹굴었다.

과거에도 무림맹은 한차례 마교의 습격을 받았다. 하지만 그건 아버지께서 돌아가신 이후의 일이었다. 그러니까 아직…… 몇 년이나 남은 일이었다!

심지어 그때 나는 이미 백리 세가에서 떠나 몸을 숨기고 있었다. 그래서 먼 곳에서 풍문으로 무림맹이 습격을 당했다더라, 하고 들은 정도였다.

제갈화무가 마교의 교주 또한 회귀했을 거라 하였지만, 그간 마교는 만신의를 잡기 위해 팔괘촌을 몰살시켰던 일 이외에 돌발 행동은 하지 않았다.

'너무 안일했어.'

마교 교주 또한 나처럼 회귀한 기억을 지니고 있다면, 과거와 똑같은 수법을 쓸 이유는 없었다. 그렇다면 왜 갑자기 이 시점을 노려 습격하였는가? 무언가 달라진 점이 있으니 이 시점을 노린 게 아니겠는가?

그리고 한 가지 이유를 알 수 있었다. 과거와 달라진 점.

'할아버지.'

할아버지께서 맹회에 참석하지 않았다. 못 했다. 천하 십일강인 할아버지가 맹회에 있었다면 이런 일이 벌어졌을까? 아무리 마교라도 쉽지 않았을 것이다.

'마교가 고모를 내버려 둔 이유.'

처음부터 이럴 계획이었던 것이다.

부서진 나무함 사이로 홍옥이 반짝였다.

대회의가 열렸다.

소식이 퍼지고 근방의 모든 백도 무림 문파와 가문이 모조리 백리세가에 모여들었다. 두문불출하던 큰아버지도 참석했다. 속속들이 도착한 가문 원로들은 나도 자리에 있는 것을 보고 살짝 놀란 표정을 지었다.

외부인들, 다른 가문과 문파 사람들은 더 큰 반응을 보였다. 하지만 사안이 급하여 금세 내게 관심을 끄고 심각한 낯으로 안건에 집중했다.

제갈화무 뒤쪽에 서 있던 그의 부관이 말했다.

"맹주님의 생존은 확인되었습니다. 북서쪽으로 이동하시며 생존자들과 함께 쫓기는 중인 듯합니다."

생존자의 소식에 몇 사람이 안도의 숨을 내쉬었다.

"생존자가 얼마나 된답니까?"

"거기까지는 확인치 못했다고 합니다. 하지만 그들 말고도 무림맹 본단 근방에서 산발적 교전이 벌어졌다는 이야기로 보아 생존자들이 꽤 될 듯합니다."

"북서쪽이라면 가장 가까운 구파가 무당이지요?"

"그렇지요. 조금만 더 가면 금방 지원을 받을 수 있을 겁니다."

"거리는 더 멀지만, 북쪽에 소림과 종남, 화산이 있으니 그쪽에서도 지원이 갈 겁니다."

"그들로 될까요?"

백리 세가는 무림맹 본단의 아래 지역이었다.

'북서쪽으로 도망치고 있다면, 여기에선 오히려 멀어지고 있는 상태야.'

심지어 남궁 세가 방향에서는 정반대였다. 아무리 빨리 지원을 이끌고 간대도 시간이 걸릴 수밖에 없었다. 소식이 전달되는 데도 시일이 필요하였을 테니까.

나는 아버지와 남궁류청을 확인했다. 굳은 낯의 아버지는 겉으로는 큰 감정이 느껴지지 않았고, 남궁류청은…… 탁자 아래 부서질 듯 꽉 쥔 주먹이 보였다.

입술을 깨문 나는 찻잔을 들어 입가를 가렸다. 차를 마시는 척하며 제갈화무를 향해 전음했다.

[남궁완 아저씨 소식은…… 없었어?]

[……안타깝게도.]

"일단 병력 자체는 소규모일 겁니다. 그렇지 않고서야 지금껏 움직임을 알아채지 못했다는 건 말이 되지 않습니다."

대규모 병력을 움직였다면 무림맹을 중심으로 여타 대문파와 세가들이 눈치채지 못했을 리 없었다. 은밀한 만큼 병력도 소규모일 것이다.

"불타 무너진 연회장에 폭약 냄새가 남아 있다고 합니다. 거기다 밤새 몇 번이나 연달아 터지는 듯한 거대한 소음이 있었다고 하더군요. 개조한 벽력탄을 사용한 것 같습니다."

"마교가 드디어 미친 건가? 벽력탄 개조라니."

벽력탄, 그러니까 폭약의 경우 황실에서 철저하게 관리하는 물건이었다. 개조도 당연히 허용되지 않았으며, 이를 어길 시 반역죄로 다스렸다.

"현 황실에서 이를 살필 겨를이 어디 있겠습니까? 신경 쓰지 못할 걸 알기에 벌인 일이겠지요."

황제는 오늘내일하고 있으며, 황태자는 책봉되지 않았다. 황실은 하루에도 몇 번씩 피비린내 나는 후계 다툼 중이었다.

하지만 황제는 질기게도 목숨을 이어 앞으로 몇 년은 더 살 것이며, 죽고 난 후에는 오히려 더 혼란스러워질 터다.

"아무리 벽력탄이라지만, 고작 소규모 병력에 무림맹 본단이 뚫렸다는 건 믿기지 않습니다."

무림맹 본단은 오랫동안 백도 무림 정파의 중심지로 자리 잡은 탓에 그 규모가 소도시에 버금갔다. 처음 자리를 잡을 때부터 마교의 습격에 대비한 온갖 보호 진법에 함정들로 수성(守城)이 쉽게 지은 건물들.

심지어 당시는 맹회 중이었다. 맹회에 참석하러 온 무인들, 그리고 그들을 호위하기 위해 온 병력들. 소규모 병력으로는 도시에 버금가는 무림맹 본단을 습격해서 성공할 수 있을 리 없었다. 그들이 힘을 합쳐서 맞서 싸웠다면 말이다…….

하지만 짙은 안개 속 혼란이 이어지는 와중에 맹회에 참석한 이들은 태반이 제 목숨을 살리고자 도망치기에 급급했다고 한다.

강호 무림은 오랫동안 평화로웠고 타성에 젖어 있었다.

거기다 위지백이 맹주가 되고 나서는 원 무림맹의 중심 권력자라고 볼 수 있는 구파 및 기존 세력의 영향력을 줄이려고 꾸준하게 노력해 왔다. 표면적으로는 오랫동안 정체된 무림맹에 새로운 피를 수혈하고 개혁해야 한다는 명목이었다.

'솔직히 그간 구파와 몇몇 세가끼리 다 해 먹었던 게 맞는 말이기도 하고.'

하지만 그런 위지백의 태도를 구파와 세가들이 좋아할 리 없었다. 계속해서 맹주와 충돌했고, 위지백이 맹주가 된 지 몇 년이나 흐른 지금.

'구파와 세가들에서는 불만이 꽤 쌓였지.'

맹회에 자신들의 후계자나 인재가 아닌 자리 채우기용 허수아비들을 보냈다. 맹회의 힘을 약하게 만들기 위해서였다. 그러니 더욱, 혼란을 진정시키고 중심을 잡아 줄 이들이 부족했을 것이다.

"대체 맹주는 뭘 했단 말인가!"

백리 세가의 원로 한 명이 쇳소리를 질렀다. 원로가 가장 아끼는 딸이 현재 무림맹에 있었다. 살아 있는지도 알 수 없었다. 원로 말고도 자식과 친지를 무림맹에 보내 놓은 이들은 많았다. 그들이 불만을 마구 성토했다.

"좀 더 확인해 봐야 할 것 같습니다만, 생존자들의 증언에 따르면 마교의 좌사가 나타났다고 합니다."

놀라 숨을 들이켜는 소리와 탄식, 그리고 이어진 침묵이 회의실을 눌렀다.

좌사, 우사.

천마를 보좌하는 최측근으로 각기 천마의 왼팔, 오른팔이라고 볼 수 있었다. 그리고 강자지존인 마교답게 둘 다 절대 강자로 천하 십일강에 이름만 올리지 않았을 뿐, 실력은 비등할 거라고 예상하곤 했다. 강호를 돌아다니며 가끔 모습을 드러내던 우사와 달리 좌사는 쉽사리 움직이지 않았다.

누군가 침묵 속에서 의문을 제기했다.

"잠깐, 맹주가 생존하여 쫓기고 있다 하지 않았소? 설마 맹주가 좌사 앞에서 도망쳤다는 말을 한 것이오?"

"……그, 그럴 리가, 도망친 거겠소?"

"하지만 맹주가 좌사를 베었다면 쫓길 이유가 없지 않소!"

좌사가 죽거나 크게 다쳤다면 마교도들이 물러가지 않았을 리가 없었다.

"맹주가 도망친 거라면…… 그럼 다른 맹원들은?"

"……."

그 자리에서 좌사 정도의 실력자를 막을 수 있는 사람은 위지백뿐이었다.

누군가 중얼거렸다.

"빌어먹을 위지백……."

좀 전에 위지백이 구파와 기존 세가를 밀어내려 했다 하였는데, 위지백 혼자서 가능할 리 없었다. 그런 일이 가능했던 이유는 일반 맹도들의 열렬한 지지를 받아서였다.

가령 기린회는 가문과 문파뿐만이 아니라 성품과 실력, 심지어 외견까지 따져 증명된 자들만이 들어갈 수 있는 모임이라 수준이 높았다. 그 벽성률도 일단은 형산파의 제자인 데다가 겉으로 보이는 모습만큼은 나무랄 곳 없었다. 어쨌든 무림맹에 보낸 구파와 세가의 혈족 모두가 기린회에 들어갈 수 있는 게 아니란 뜻이었다.

그리고 기린회에 들어갈 수준이 되지 못하는 어쭙잖은 실력의 세가 자제들과 문하생들, 그러니까 가령…… 쌍둥이나 백리명 같은 사람들. 그런 녀석들이 명문 정파의 일원이라고 낙하산으로 맹원이 되어 기존 맹원들보다 훨씬 좋은 대우를 받았다.

'거기다 어찌나 거들먹거리던지.'

내가 무림맹에 아버지 덕에 잠시 머물렀을 때도 정말……. 하물며 그 꼴을 매일같이 지켜만 봐야 했던 일반 맹원들이 그간 쌓인 울화가 얼마나 많았겠는가? 나도 내공 폐인이라고 시시때때로 무시당하는 처지였기에 그들의 마음이 아주 잘 이해가 갔다.

그래서 명문 정파 출신이 아니면서 천하 십일강에 올라 무림맹주가 된 위지백은 특히 일반 맹원들에게 우상이었다. 기존의 불합리한 질서를 깨트릴 투사이자 자신도 저렇게 될 수 있다는 희망의 등불 같은 사람이었다.

'그런데 위험해질 것 같으니 앞장서서 도망치다니……!'

그리고 위지백의 권세에 편승해 이득을 얻던 자들, 아직도 현실을 부정하고 위지백을 믿는 추종자들도 이곳에 있었다.

"빌어먹을이라니, 맹주께 말이 너무한 것 아니오?"

"뭐? 너무하다? 내 자식이 지금 무림맹에서 살았는지 죽었는지도 모르는데……!"

"습격이 맹주 탓도 아니거늘, 거기다 아직 확실한 것도 아니지 않소!"

쾅!

거대한 탁자가 지진 난 것처럼 흔들렸다. 할아버지의 매서운 눈길에, 목청을 높이던 이들이 언제 그랬냐는 듯 입을 꾹 다물었다.

"다들 조용히 하시오. 지금 그런 일을 따질 계제가 아니니. 맹주의 처신은 지원을 가고 나서 따져도 늦지 않소. 우리 가문에서는 의강과 백검단 일부를 보내겠소."

할아버지의 시선을 받은 아버지가 당연하다는 듯 고개를 끄덕였다.

"우리 문파도 지원하지요."

"저희 가문도 함께하겠습니다."

여러 가문에서도 협조를 약속하니 이야기가 빠르게 진행되었다. 마음이 급한 몇 명은 소식을 전하기 위해 벌써 자리에서 일어났고, 경로와 출발 시각 등의 조율을 끝내 갈 때였다.

갑자기 문이 열리고 거지꼴의 사람이 헐레벌떡 뛰어들어 왔다. 거지꼴이 아니라 진짜 거지였다. 그는 거지들의 방파인 개방 방도 표식을 허리에 차고 있었다. 개방은 그 수를 모두 헤아리기 어려운 거지들이 모인 방파로 정보 수집만큼은 타의 추종을 불허했다.

누군가 말했다.

"자네는 삼개 아닌가?"

삼개는 개방 악양 분타주의 제자였다.

청당을 쭉 훑어보는 삼개의 시선이 내게 잠깐 머물렀다가 떠났다. 이 자리에 어울리지 않는 연배의 소녀를 보고 잠시 멈칫한 듯했다. 크게 신경 쓸 만한 행동은 아니었다.

"무슨 일인가?"

"분타주님께서 급하게 알리는 소식입니다."

침을 꿀꺽 삼킨 삼개가 떨리는 목소리로 입을 열었다.

"……무당이 습격을 받았습니다."

"뭐, 뭣?"

좀 전에 무림맹의 남은 생존자들이 무당파로 향하고 있을 거라는 이야기를 나눴던 차였다.

"마교와 혈선녀의 습격을 받았다고 합니다."

"헉. 혈선녀라니……!"

혈선녀는 천하 십일강 중 한 명으로, 이름만 보아도 마두이자 손꼽히는 악인이었다. 그녀는 특히 도사들을 죽이는 것을 즐겼는데, 당연히 무당과의 사이는 최악이었다.

"무당은 무림맹 지원을 위해 상당 병력을 산 아래로 내려보낸 상태라 아마, 아마도……."

"무당파가 당했을 거란 말인가?"

"처음부터 양동 작전이었던 모양입니다."

"구파 중 일익 아니오? 무당파가 당했을 리가. 확실하지 않소."

"하나……."

그리고 이내 처음 무당파의 습격 소식을 들었을 때부터 걱정하던 일이 터졌다.

"일이 이렇게 된 이상 무림맹에 지원 병력을 보내는 일은 다시 생각해 봐야겠소."

"제 문주……!"

"무림맹이 겪은 일은 안타깝지만, 우리 문파는 병력을 나눌 만큼의 여유가 없소."

"우리도……."

누군가 먼저 나서기만을 기다렸다는 듯 동의하는 목소리가 여럿 나왔다. 나는 목소리를 높이는 이들을 쭉 둘러보고 마지막에 개방도인 삼개에게 시선을 고정했다.

그리고 많은 이들이 모여 있어 일부러 억누르고 있던 금안의 안력을 키웠다.

'저게 대체 뭐지?'

곧이어 삼개를 처음 보았을 때부터 거슬리던 부분이 자세하게 보였다. 삼개의 몸 안에 꿈틀거리는 또 다른 기운. 마치 기생하는 것만 같은…….

'……!'

[할아버지, 저자, 마교의 첩자예요.]

할아버지의 시선이 내게 닿았다.

[확실해요. 몸 안에 혈고가 있어요.]

눈을 한 번 깜빡이는 사이 할아버지는 이미 삼개 앞이었다.

"컥!"

턱을 붙잡힌 채 대롱대롱 매달린 삼개가 할아버지의 팔을 붙들고 몸부림쳤다.

"배, 백리 세가주!"

"이게 무슨 짓이오!"

몇 사람이 벌떡 일어나 검을 살짝 쥐었다. 그 앞을 아버지가 막아섰다. 할아버지가 내공을 불어 넣자 삼개 내부에 자리 잡고 있던 핏빛 기운이 폭주하듯 발작했다.

"아, 안, 안…… 아아, 크아악!"

턱을 붙잡혔을 때 몸부림치던 것과는 달랐다. 턱의 고통 따위는 아무렇지도 않은 듯 온몸을 비틀며 고통스러운 비명을 질렀다. 이내 끄르륵 끄르륵거리다 피를 한 움큼 울컥 토해 냈다.

삼개가 바닥에 나동그라지는 것과 동시에 모두 깜짝 놀랐다. 몇몇은 자리에서 벌떡 일어나 물러나기도 했다. 삼개가 토해 낸 핏덩어리 속에서 무언가 꿈틀거렸다. 사람에게 본능적으로 혐오감을 주는 생김새였다. 나는 재빨리 삼개의 혈도 몇 곳을 찔렀다. 혈고가 강제로 튀겨 나가며 일어난 내부 출혈을 멈추기 위함이었다. 제갈화무가 웃으며 말했다.

"역시 백리 세가주, 천하 십일강이라는 위명답군요. 보통이라면 둘 중 하나는 무조건 죽었을 텐데, 혈고와 숙주를 둘 다 살려서 떼어 내다니."

"혀, 혈고라니?"

"이런 끔찍한……! 어찌 이런…… 개방 분타주의 제자가 마교의 세작이라니! 대체 개방은 뭘 한 것이오!"

"마교의 세작을 예까지 들여보내다니!"

언제 다가갔는지 모를 제갈화무가 아무렇지도 않게 그 꿈틀거리는 것을 집어 들었다.

"일단 살리셨지만, 그래도 오래는 못 살 겁니다. 반나절에서 하루 정도? 그사이 알아낼 수 있는 것부터 알아내죠."

이제 몇 명은 숫제 토악질할 것 같은 낯빛이 되었다. 나도 혈고에 대해 듣기만 해 봤을 뿐 이렇게 살아 있는 걸 보는 건 처음이었다.

제갈화무가 내 시선을 느꼈는지 내게 물었다.

"살펴볼래?"

"응. 아니, 네."

할아버지가 회의실의 사람들을 훑어보며 조소했다.

"다들 애만도 못하군. 끌고 가."

간헐적으로 꿈틀거리는 삼개를 무사들이 일으켜 세웠다. 제갈화무가 가볍게 말했다.

"심문은 제가 맡도록 하죠. 조심히 다루게나."

저 삼개라는 마교의 세작은 지원 전력이 어찌 되는지 염탐을 하러온 것이었다. 그 자리에 내가 없었다면 삼개가 세작인 줄 아무도 몰랐으리라.

삼개는 개방 분타주의 제자일 만큼 재능도 있고, 어렸을 적부터 개방에서 자란 이였다. 그런 자가 첩자라니 상상도 못 한 일이었다.

심지어 삼개는 내 눈에 띄어서는 안 된다는 사실도 알고 있었다. 다만, 내가 회의에 함께 있을 줄은 예상치 못한 것이다.

그리고 세작의 거짓말이길 바랐지만, 안타깝게도 무당파가 기습을받았다는 소식은 진실이었다. 그나마 다행인 건, 삼개의 일로 무림맹지원에서 발을 빼겠다 소란 피우던 자들이 입을 다문 것이다.

'마교의 세작이 개방에도 숨어든 마당에 누구에게 붙어 있어야 목숨을 보전하기 쉬운지 저울질 한 결과기도 했겠지만.'

물론 규모가 처음과 비교하면 훨씬 줄어드는 건 어쩔 수 없었다. 백리 세가조차 마교의 기습에 대비하여 병력을 보존해야 할 필요가 있었으니까.

심문이 끝난 듯 제갈화무가 피로한 낯으로 건물 밖으로 나왔다.

"좋은 소식과 나쁜 소식이 있어."

"좋은 소식부터."

제갈화무가 남궁류청을 바라보았다.

"남궁 소가주가 살아 계신 듯해."

"정말?"

제갈화무가 고개를 끄떡였다.

"지원 규모를 알아보면서 남궁 소가주의 소식도 들어온 것이 있는지 알아보라는 명이 있었어."

만약 남궁완 아저씨가 돌아가셨다면 소식을 알아보라는 명령을 세작에게 내리지는 않았을 터였다.

"무림맹 본대와는 떨어져서 아래로 몸을 빼신 듯싶어."

"아래면…… 이쪽?"

"응. 호남성 방향."

그리고 호남성은 백리 세가가 있는 곳이었다.

"남궁 소가주가 선택했을 곳으로 추측되는 길은 세 방향 정도."

세 방향이라니. 수색 범위가 확 줄었다. 거기다 백리 세가의 영향력 안이라면 찾기 어렵지 않을 터였다. 하지만 제갈화무의 표정은 밝지 않았다.

"글쎄, 되레 일이 복잡해졌어."

"왜?"

"백리 대협이 직접 수색에 시간을 낼 수 없을 테니까. 대협께서는 백호단의 단주시잖아. 남궁 소가주의 수색에 집중할 것이 아니라 무림맹, 맹주가 있는 본대 방향으로 지원을 가셔야지."

"하지만 호남성이라며? 그럼 우리 가문 영향력이 닿는 지역이니 아버지가 안 계시더라도……."

나는 말을 멈추고 눈을 가늘게 떴다.

"설마, 네가 말한 세 방향에 악양이 포함된 거야?"

악양은 백리 세가 위쪽 지방으로 커다란 호수, 동정호가 있는 지역이었다. 그리고 그곳의 가장 큰 세력은 동호방이라는 이름의 수적들이었다.

'……백리 세가의 영향력이 미치지 못해.'

사파 세력권이라는 소리였다. 그리고 남궁완 아저씨도 아버지만큼 원한을 꽤 쌓아 오셨다.

평소에는 남궁 세가의 후광에 감히 건드릴 생각을 못 하고 있었다. 하지만 악양에서는 달랐다. 그곳에서는 마음에 안 드는 정파인은 쓱싹하고 동정호에 담그면 그대로 증거 인멸이었다.

게다가 남궁완 아저씨는 마교에게 며칠간 계속 쫓겼을 테니 부상과 피로가 극심할 터였다. 얼마나 좋은 먹잇감이겠는가?

"……이게 나쁜 소식이구나."

"아니."

여기서 더 나쁜 소식이 있다고?

"남궁 소가주를 습격한 것이 천귀조래. 예전에 네가 말한 적 있잖아? 악연이 있다고. 그래서 꽤…… 집요하게 쫓는 모양이야."

천귀조와 악양이라는 이름을 듣는 순간 소름이 끼쳤다.

'이게 운명이란 건가?'

줄거리에서 벗어날 수 없는 걸까?

'그러니까 소설 속에서 천귀조가 남궁류청을 습격했다고 하지 않았나?'

그리고 천귀조가 남궁류청과 그의 동료를 습격한 곳이…… 악양이었다.

'물론 시기상 훨씬 뒤의 일이었지만…….'

나는 천귀조와 악양의 이름을 듣는 순간 남궁완 아저씨가 그곳에 계시리란 생각이 들었다. 하지만 제갈화무라면 모를까, 남궁류청과 아버지께 남궁완 아저씨가 악양에 계실 것 같다는 이유를 설명할 수가 없었다.

그냥 멍청하게 감이라고 할 수밖에 없었으나…… 아버지와 남궁류청은 악양에 수색을 집중하자는 내 의견을 받아들여 주었다. 그리고 야율도 천귀조의 이름을 듣는 순간 함께하겠다고 나섰다. 야율의 실력은 믿을 만했기에 함께한다면 다행이었지만, 천귀조와의 악연이 걱정되었다.

"괜찮겠어?"

"뭐가?"

"천귀조를 만날 수도 있어."

야율은 되레 의아하게 물었다. 마치 그게 자신과 무슨 상관이냐는 듯한 표정이었다.

"그런데?"

"……."

잠시 말을 잃었다.

"아, 내가 천귀조한테 복수하고 싶은 줄 알았어?"

"어, 음…… 뭐…… 그렇지?"

당연히 그리 생각하게 되지 않나?

나를 물끄러미 바라보던 야율이 입꼬리를 당겨 올렸다.

"난, 네가 가서 가는 거야."

"……."

나는 잠시 침묵하다 말했다.

"나 때문에 가는 거라고?"

"응."

야율이 앞머리를 살짝 털며 말을 이었다.

"천귀조를 죽일 수 있으면 죽이고 싶긴 하지."

성의 없는 표정이 전혀 진심으로 느껴지지 않았다. 그러고는 살짝 투정 부리듯 말했다.

"그 인간 얘기가 왜 계속 나오는 거야? 천귀조한테 관심 있어? 아, 혹시 네가 죽이고 싶은 거야?"

"……."

야율의 태연한 모습에 오히려 내가 더 혼란스러웠다. 야율이 진지하게 말했다.

"그건 조금 어렵지 않을까? 네가 직접 나서는 건 위험하니까. 천귀조를 산 채로 잡아 와야 할 텐데 천귀조는 신출귀몰한 경공으로 유명하잖아. 거기에 동정호는 너무 넓어서……."

애는 무슨 헛소리를 이렇게 진지하게 하는 거야? 나는 손을 내저으며 야율의 말을 막았다.

"아니, 아냐! 내가 아니라 너 말이야, 너!"

"나?"

"응. 너. 정말 천귀조한테 별 감정 없는 거야?"

"응."

……그럴 리가?

천귀조에게 아무 감정이 없다고? 그럼 소설 속에서 남궁류청은 왜 그렇게 괴롭혔던 거야? 남궁완 아저씨가 무림맹으로 끌고 간 일로 복수했던 게 아니었나?

게다가 무림맹을 가지고 놀듯 괴롭혔던 것 또한, 증오를 기반으로 한 행동이 아니었단 말인가?

'너무 이상한데…….'

제게 트라우마까지 남긴 사람에게 별 감정이 없다고? 야율이?

나는 조심스럽게 운을 뗐다.

"너 다른 사람이랑 밀폐된 공간에 있는 거 엄청나게 싫어하잖아."

"아…… 티 났어? 맞아."

야율이 어색하게 눈웃음을 지었다.

야율은 다른 이들과 붙어 있는 걸 질색했다. 밀폐된 공간, 가령 방에 누군가와 같이 있기라도 해야 하는 일이 생긴다면 온 창문과 문을 열어 놓았다. 그로도 모자라 꼭 열어 놓은 창가나 문 쪽에 붙어 있었다.

"나는 그게 모두 천귀조에게 붙잡혀 갇혀 있던 일이 트라우마가 된 게 아닌가 싶었거든."

"트라우마?"

"음…… 정신적 외상이라고 보면 돼."

"아."

"그래서…… 네가 천귀조를 증오하고 있을 거라고 생각했어. 네 삶을 망…… 아니, 네 삶에 상처를 남긴 사람이니까."

망가트렸다, 라고 할 뻔한 것을 가까스로 상처로 바꿀 수 있었다.

이렇게 말하고 싶진 않지만, 야율은 평소 사람을 대하는 손속이 잔인했다. 대련할 때 아무렇지도 않게 살초를 펼치기도 했고 바깥에서 떠도는 얘기 또한 살벌했다. 물론 흑도를 상대로 손속에 자비를 둘 필요는 없는 일이었지만.

'남궁 세가에 있을 때도 화가 난다고 길에서 마공으로 사람을 죽이려고도 했지.'

소설 속 악역으로 하던 행동에, 내 목을 쳤던 과거까지. 이런 일들이 쌓여서일까? 나는 야율이 힘을 가지면 당연히 천귀조에게 복수하려, 원한을 갚으려 들 거라고 생각했다.

"……."

나는 생각에 잠긴 듯한 야율을 살폈다. 처음 만났을 때 삐쩍 말라 죽은 눈빛을 한 시체 같던 아이의 모습은 전혀 남아 있지 않았다. 눈아래의 점 때문일까? 지금은 고상하면서도 우수에 찬 듯한 분위기의 귀공자가 있을 뿐이었다.

'……그래, 그냥 내 편견이었을지도.'

게다가 내가 천귀조와 야율의 대면을 우려했던 것은 야율이 천귀조에게 복수하겠다고 덤빌까 봐서였으니 별 감정이 없다면 그냥 넘어가도 상관없었다.

"이 얘기는 이제 그만하고, 그보다 류청은 어디 있어?"

"몰라."

"같이 준비하던 거 아니었어?"

"그랬는데 나갔어."

내가 몸을 돌려 전각을 나가려 하자 야율이 붙잡았다.

"사실은 알아."

"뭐? 거짓말한 거야?"

눈을 가늘게 뜬 나를 향해 웃음으로 답을 때운 야율이 앞장섰다. 나는 그 뒤를 따르다 불쑥 물었다.

"너 남궁 세가에서 지낼 때 꽤 힘들었겠네?"

당시 난 예민한 눈 때문에 창이란 창은 모두 닫은 채 짙은 비단 가리개를 걸어 놓았다. 그런 어두컴컴한 방 안에서 야율은 시중을 든다고 계속 내 곁에 붙어 있었다. 밀폐된 공간을 싫어하는 야율에겐 무척 힘든 시간이었을 텐데, 당시엔 전혀 몰랐다.

"전혀."

야율이 가볍게 답했다.

"너는 괜찮아."

"……."

순간 나도 모르게 발을 멈췄다. 야율이 바로 뒤를 돌아보았다. 내 표정을 본 야율이 변명하듯 말했다.

"왜? 진짜야. 이번엔 거짓말 아니야."

"……."

"음, 내가 뭘 잘못 말했어?"

계속 말이 없자 초조한 기색마저 보였다. 그 모습에 그간 묻어 두었던 생각이 떠올랐다.

'대체 얘는 내가 뭐라고 이렇게 따르는 걸까?'

내 어떤 점이 저 아이를 이렇게 맹목적으로 만들었을까?

야율에게 내가 무척 특별하다는 건 알았다. 처음에는 약간 떨떠름하면서도 반대로 가슴이 간질거리는 기묘한 만족감을 주기도 했다. 그러니까 내 존재에 목을 매는, 내 말 하나에 좌지우지되는 아이가 있다는 것이 신기했달까.

하지만 그것도 오래가지 않을 거라 여겼다. 어릴 적 일 아닌가? 게다가 천산염제를 따라 멀리 떨어지게 되었으니, 나에 대한 기억은 좀 희미해지지 않을까? 그렇게 생각했다.

'정말 쓸데없는 생각이었지만……'

다시 만난 야율은 전혀 변하지 않았다. 지금도 모든 게 나를 중심으로 돌고 있었다. 나 때문에 천귀조를 만나러 따라가고, 나 때문에 천귀조를 죽이는 게 좋겠다고 말하며.

내가 지금 무슨 표정일지 전혀 모르겠다. 거울이라도 있었으면 좋겠다는 생각을 하며 말했다.

"나를 너무 좋아하는 거 아니야?"

"그게 왜?"

맹목적이라는 건 다르게 보자면 집착한다는 뜻이기도 했다. 한 사람에게 이렇게 집착한다는 게 과연 좋은 일일까? 지금이야 야율이 내게 바라는 게 별로 없지만…….

"고마워."

그때 갑자기 내가 서 있는 건물 뒤쪽에서 목소리가 들려왔다. 정신이 퍼뜩 들었다. 내가 찾던 남궁류청의 목소리였다.

야율이 제대로 데려오긴 한 듯했다. 야율에게 정신이 팔려서 이렇게 가까워질 때까지 전혀 눈치채지 못했다.

움직이는 듯 옷자락이 스치는 소리가 들렸다.

다시 남궁류청이 말했다.

"마교 간자를 심문한 것이 너라고 들었어. 네가 아니었다면 이렇게 빨리 알아내기 힘들었겠지."

보통 간자에게는 혈고뿐만이 아니라 발설을 막는 술법도 걸려 있곤 했다. 삼개의 경우에도 이와 같았다. 운 좋게 간자를 잡더라도 술법을 깨는 동안 혈고가 발작해 아무것도 알아내지 못하는 경우가 대부분이었다. 하지만 여기엔 제갈화무가 있었다. 마교의 술법에 관해선 제갈가 사람만큼 잘 아는 이가 없었다.

남궁류청이 말을 이었다.

"이 은혜는 후일 꼭 갚도록 하지."

"후일이라……."

제갈화무의 목소리였다. 조소가 설핏 어렸을 낯이 곧장 떠올랐다. 제갈화무는 미래에 관한 얘기만 하면 늘 그랬으니까. 게다가.

'화무 저 녀석, 지금 분명 심사 뒤틀렸다.'

괜한 시비가 붙기 전에 말릴 생각으로 다시 발을 뗐다. 하지만 내 기척을 느끼지 못했는지 혹은 무시하는지, 제갈화무가 말을 이었다.

"후일까지는 필요 없고, 지금 들어줄 수 있는 부탁이 있는데."

"지금?"

"그래. 간단한 거야. 표정이 왜 그래? 혹시 마음이 바뀐 건가?"

살짝 비웃는 듯한 어조가 느껴졌다. 명백한 도발이었다. 그리고 남궁류청은 당연하게 걸려들었다.

"……그럴 리가. 말해."

"너랑 연이랑 혼담이 오고 간 걸로 아는데."

"뭐? 그걸 네가 어떻게…… 아니, 지금 그 이야기는 왜 나오는 거지?"

내 심정이 딱 그 심정이었다!

'지금 그 이야기가 왜 나와?'

나도 모르게 발을 멈추고 야율을 돌아보았다. 하지만 야율은 태연한 낯이었다.

'뭐야, 얘도 알고 있었나?'

그리고 제갈화무의 말이 이어졌다.

"그건 중요한 게 아니고."

"……."

"너랑 연이 혼담, 네가 거절해."

"뭐?"

"보은은 그걸로 했으면 하는데. 어때?"

"……."

'아니…… 지금 무슨 헛소리를 하는 거야!'

지금 이런 상황에 저런 말이 하고 싶어?

아니, 되려 제갈화무가 아니라면 누구도 이딴 말을 꺼낼 생각은 못 할 터였다.

대체 평소에 무슨 생각을 하면서 사는지 제갈화무의 머릿속을 들여다보고 싶을 정도였다. 게다가 너무 치졸해서 내가 다 부끄러웠다. 진심으로 부끄러워 얼굴에 열이 올랐다. 그리고 더 웃긴 것은…….

나는 마른침을 꿀꺽 삼켰다.

남궁류청이 무슨 대답을 할지 궁금하다는 것이었다!

어느새 나는 엿듣는 청중의 자세로 바뀌어 있었다. 꽤 긴 침묵이 이어졌다.

"……."

"하하, 보은한다더니, 말이 없네?"

"……."

"흐음, 네가 말한 보은은 고작 이 정도였나?"

"……."

"생각보다 남궁 소가주의 목숨이 중요치 않나 봐?"

거기까지 들은 순간 나는 엿듣는 걸 멈추고 뛰쳐나갔다.

"화무! 지금 뭐 하는 거야?"

남궁류청이 깜짝 놀라 나를 돌아보았다. 제갈화무는 이미 내가 있는 걸 알고 있었던 듯 천연스럽게 인사했다. 나는 곧장 쏘아붙였다.

"궤변 늘어놓지 마. 네가 큰 도움을 준 건 맞지만 남궁완 아저씨의 목숨을 저울에 올려놓을 정도는 아니야. 누가 보면 벌써 구해 온 줄 알겠어."

남궁류청이 그제야 정신을 차린 듯 제갈화무를 노려보았다. 제갈화무가 부채를 느릿하게 흔들었다.

"하아…… 한창 재미있었는데. 시시해."

"안 그래도 부친 때문에 속이 엉망일 애한테 왜 들쑤셔?"

제갈화무는 어깨를 으쓱였다. 눈을 내리깐 채 침묵하던 남궁류청이 가라앉은 눈빛으로 나를 보았다.

"혼담 얘기…… 너도 알고 있었어?"

"……응."

남궁류청의 턱에 힘이 바짝 들어갔다. 그러더니 야율과 제갈화무를 한 번씩 보고 소맷자락을 털며 자리를 떴다.

나는 차마 쫓아가지 못했다. 남궁류청이 멀어지는 모습을 지켜보다 제갈화무를 돌아봤다.

"이게 무슨 짓이야?"

제갈화무가 고개를 기울였다.

"네가 원하던 거 아니야?"

"내가 언제……!"

아니, 생각해 보면 내가 원한 게 맞았다. 남궁류청이 거절해 주기를. 분명 그랬는데.

잠시 말려들 뻔한 나는 정신을 차리고 말했다.

"그렇다 해도 네가 무슨 자격으로 끼어드는데!"

내 말에 제갈화무가 전혀 다른 얘기를 했다.

"나 이제 가문에 돌아가려고."

"……돌아간다고?"

이렇게 갑자기?

제갈화무가 희미하게 웃었다.

"아쉬워?"

"……."

"나는 너무 아쉬운데."

"다시 볼 텐데 뭐."

"그래서 마지막으로 심술 좀 부려 봤어."

"……."

하여간 이녀석은 사람의 말문을 막는 데 천부적인 재능이 있었다.

그리고 나중에서야 깨달았다. 다시 볼 거라는 말에 제갈화무가 끝내 답하지 않았다는 것을.

第三章

　장강에 동정호를 끼고 있는 악양은 물류의 중심지였다. 수적에 불과했던 동호방이 악양을 주름잡는 대방파가 될 수 있었던 이유가 이것이었다.

　그들은 장강과 동정호를 통해 오가는 선박들에서 통행세를 받으며 세를 불렸고, 물에서만큼은 그들을 이길 세력을 찾기 힘들었다.

　수많은 배가 정박해 짐을 싣고 내리며 이를 사고팔기 위한 장사꾼들이 연 시장. 그런 상인을 붙잡기 위한 객잔의 호객 행위. 짐꾼과 호위 무사들로 바글바글한 거리의 음식점들. 악양의 진풍경이었다.

　그렇게 바쁜 낮이 지나고, 북적북적하던 선착장과 시장이 조용해지면 이제 또 다른 진풍경의 시작이었다. 호수를 바라볼 수 있는 곳이라면 어디든 서 있는 주루와 음식점에서 새어 나오는 빛. 낮이 부럽지 않을 정도로 밝은 호숫가는 동정호의 구경거리 중 하나였다.

　그리고 밤거리가 밝은 만큼 그 거리를 차지하기 위한 싸움도 치열했다. 일부는 동호방의 세력이었으나, 그들은 물 위를 관리하는 것만으로 바빴기에 뭍에서는 매일같이 흑도 방파들의 각축전이 벌어졌다.

　며칠에 한 번 꼴로 뒷골목에서 시체가 실려 나가기 일쑤. 시신의 사인에 관심을 가지는 자는 아무도 없었다.

이제 막 해가 지고 있는 시각임에도 우중충한 분위기의 골목길. 오늘 낮에도 시체 몇 구가 실려 나간 이 거리에선 사람의 얼굴을 바라보지 않는 것이 불문율이었다. 빤히 바라보면 바로 주먹이 날아오는 곳이었으니까.

하지만 세상살이 고단함을 짊어진 낮의 사람, 험상궂은 외견의 사내들 모두 너 나 할 것 없이 백의를 입은 사내에게서 시선을 떼지 못했다.

백의를 입은 사람 옆에는 엉거주춤한 자세의 사람도 있었다. 일행으로 보기에 두 사람은 전혀 어울리지 않았다.

그 두 사람은 한참을 굽이굽이 꺾어 들어가 웬 허름한 삼 층 전각 앞에 멈춰 섰다.

쾅쾅!

엉거주춤한 자세의 사내가 거칠게 문을 두드렸다.

"문 열어!"

안에서 움직이는 기척이 들리더니 문이 벌컥 열렸다. 배를 벅벅 긁으며 문을 연 대머리 사내가 멍하니 보다 뒤늦게 사나운 표정을 지었다.

"뭐야, 주팔? 웬 기생오라비를 끼고 왔어?"

문을 두드린 사내, 주팔이 떨리는 목소리로 소리쳤다.

"가, 가서 두목이나 불러와!"

문을 연 대머리 사내는 주팔의 떨리는 음성을 아직 알아채지 못했다. 그는 자신이 기생오라비라 칭한 사내를 쭉 훑어보기 바빴다. 눈빛에 점차 탐욕이 서렸다.

주팔이 버럭 소리쳤다.

"뭐 해! 빨리 두목 데려오라니까!"

"너 미쳤어? 두목을 오라 가라 하게? 할 말 있으면 네가 직접 말해."

"야 이 자식아, 잔말 말고……."

그때 지금껏 침묵하던 백의 사내가 입을 열었다.

"말씀 좀 묻겠소. 여기가 흑룡방이 맞소?"

대머리가 삐딱하게 서서 답했다.

"맞으면?"

"흑룡방에서 오늘 시신 몇 구를 치웠다 들었는데, 잠시 확인해 볼수 있겠소?"

"……시신?"

대머리와 주팔이 서로 시선을 교환했다. 주팔은 사실대로 말해야한다는 경고의 눈짓을 보냈으나, 대머리는 이를 어떻게 알아들었는지문을 활짝 열며 말했다.

"잘 모르겠는데…… 흠, 일단 들어와 보슈."

"……야, 이 머저……."

주팔이 욕설을 지껄이려는 순간 백의 사내와 눈이 마주쳤다. 그대로 바짝 굳은 주팔이 질질 끌려가듯 문 안으로 들어갔다.

백의 사내도 그 뒤를 따라 건물 안으로 들어왔을 때, 갑자기 문이닫혔다. 거기에 걸어 잠그는 소리도 들렸다. 동시에 이 층과 삼 층 난간, 식당으로 쓰는 듯한 너른 대청 옆의 복도에서 우르르 사내들이 뛰어나왔다. 마치 지켜보고 있다가 나온 듯한 모습이었다.

그 모습에 겁을 집어먹을 만했으나 백의 사내는 태연했다. 우르르이 층에서 내려오는 사내 중 가장 앞에 선 불콰한 낯의 덩치 큰 중년이 고개를 갸웃했다.

"뭐야, 이 새끼 정신을 놓은 건가?"

"두, 두목!"

주팔이 말리듯 외치는 말을 뒤로하고 백의 사내가 말했다.

"그쪽이 흑룡방주요?"

"허허, 흑룡방주요오? 이 새끼, 상황 파악이 안 되는 건가? 웬 놈인가 싶었더니 주팔 이 자식이 미치광이를 데려왔네. 그래. 내가 흑룡방주다."

조롱하는 태도에도 백의 사내는 여전히 차분했다.

"어젯밤 흑룡방의 거리에서 싸움이 일어나 죽은 시신을 치웠다고 들었는데, 확인해 볼 수 있겠소?"

흑룡방주가 귀를 후비며 주변을 향해 물었다.

"야, 다들 들었냐? 시신 찾는단다."

흑룡방주의 말에 부하들이 실실 웃으며 말했다.

"시신, 그런 게 있었나?"

"글쎄. 나는 처음 듣는 소린데?"

"뒈진 놈을 왜 여기서 찾는대?"

주거니 받거니 대화하는 모습이 누가 봐도 시신에 대해서 알고 있는 듯한 모습이었다.

"시신 찾으려면 동정호나 뒤져 보소. 이미 물고기 밥 된 지 오래겠지만."

백의 사내가 인상을 살짝 찡그렸다.

"어이쿠, 왜, 아는 사람이라도 되나 보지?"

"슬퍼 마쇼. 죽어서 물고기들 배를 불려 주었으니, 죽어서 나름 세상에 도움을 준 거지."

킥킥 터져 나오는 웃음소리의 주인들은 어느새 백의 사내를 포위하듯 둘러싸고 있었다.

"……."

백의 사내가 무표정하게 흑룡방주를 바라보았다. 그저 시선일 뿐이었다. 그런데도 왠지 어깨가 짓눌리는 느낌이었다. 흑룡방주가 뭔가 이상함을 느끼고 마른침을 삼켰다.

백의 사내 뒤쪽 주팔이 겁에 질린 목소리로 말했다.

"두, 두목, 그만하시죠."

눈을 굴린 흑룡방주가 헛기침을 하고 입을 열려 할 때였다. 문 앞을 막고 서 있던 대머리 사내가 짜증스럽게 말했다.

"뭐야 주팔, 아까부터 왜 지랄이야? 네가 같이 한탕 하자고 데려온 거 아냐?"

"야, 이 새끼야, 제발 닥쳐."

대머리가 거들먹거리며 백의 사내의 어깨를 향해 손을 뻗었다.

"으휴, 등신 새끼. 야, 가지고 있는 거 다 놓고 꺼져. 그럼 목숨은 살려 주…… 아악!"

무슨 일이 벌어졌는지 대부분 제대로 보지도 못했다. 정신을 차리고 보니 대머리가 기이하게 꺾인 손목을 쥔 채 비명을 지르고 있었다.

흑룡방주가 놀라 소리쳤다.

"쳐!"

"우아아-!"

둘러싸고 있던 흑룡방도가 한 번에 덤벼들었다.

"시발! 다들 멈춰!"

주팔의 목소리는 방도들의 외침에 허망하게 묻혔다.

소리도 없이 흑룡방도 세 사람이 뒤로 쓰러졌다. 앞을 치운 백의 사내가 곧장 계단 위의 흑룡방주를 향했다. 스무 걸음도 넘는 거리가 눈 깜짝할 새였다.

흑룡방주도 방주 자리는 허투루 얻은 게 아닌 듯 그사이 무기인 삼절곤을 꺼내 휘둘렀다. 세 개의 철봉이 경로를 예측하기 힘들게 백의 사내를 향해 꺾어 들어갔다. 절대 피할 수 없을 것 같던 각도였다.

하지만 삼절곤은 백의 사내를 건드리지도 못한 채 미끄러지듯 스쳐 지나갔다. 그리고 삼절곤보다 더 예측할 수 없는 움직임을 보이며 파고든 백의 사내의 손이 흑룡방주가 쥔 삼절곤 바로 앞부분을 쥐고, 당겼다.

"흡!"

눈을 부릅뜬 흑룡방주가 그대로 딸려 와…….

뻐억.

백의 사내의 무릎에 얼굴을 박았다.

고개가 뒤로 꺾인 흑룡방주가 흑룡방도들이 모인 곳으로 날아갔다.

"바, 방주님!"

"두목!"

한 번에 무기까지 뺏기고 얻어맞은 흑룡방주는 쌍코피를 질질 흘리며 쉽사리 정신을 차리지 못했다. 심지어 상대는 무기를 뽑아 들지도 않은 상태였다.

초고수.

여기 모두가 덤벼들어도 소용없을 거라는 절대적인 격차.

백의 사내의 무공 실력에 흑룡방도 모두가 굳은 채 눈만 굴렸다. 주팔이 거의 울먹이듯 말했다.

"그러니까 내가 하지 말랬잖아⋯⋯."

할 말이 많은 눈으로 주팔을 노려보던, 얼굴에 칼자국 있는 사내가 조심스레 물었다.

"귀하는 누구요?"

"이름을 묻는 것이라면, 백리의강이오."

"허업!"

"뭣!"

흑룡방도들 사이에서 동시에 탄식이 터져 나왔다. 천하 십일강인 백리 세가주의 넷째 아들이자, 무림맹 백호단주의 이름을 모르는 흑도인은 없었다.

칼자국 사내가 당황하여 외쳤다.

"아니, 미친, 백리 공자가 여긴 왜⋯⋯!"

"이미 말하지 않았소?"

"다, 당신 여기가 어딘 줄 알아?"

"악양."

"⋯⋯."

태연한 답에 칼자국 사내의 말문이 오히려 막혔다.

"네, 네가, 아니, 자네가 이렇게 행동하면 동호방에서 가만히 있을⋯⋯!"

"상관없네."

"⋯⋯."

그때 백리의강이 갑자기 들고 있던 삼절곤을 뒤로 휘둘렀다.

빡!

몰래 뒤쪽에서 덤벼들던 사내 한 명이 숨을 들이켜는 소리도 내지 못한 채 그대로 쓰러졌다. 쿠당탕. 정신을 잃은 사내가 그대로 계단 위를 뒹굴었다.

일부러 주의를 끌던 칼자국 사내가 마른침을 꿀꺽 삼켰다.

"다시 한번 묻지. 시신을 수습한 자가 누구요?"

흑룡방도의 시선이 한곳으로 향했다. 자신을 팔아 치우는 눈빛을 본 흑룡방도 한 명이 슬그머니 나섰다.

"저, 접니다."

병력은 두 개로 구성되었다.

무림맹을 지원하기 위해 가는 지원대와 남궁완 아저씨의 행방을 찾기 위한 추적대. 남궁완 아저씨를 찾기 위한 추적대는 온전히 백리 세가의 병력이었다.

가문의 장로들 몇 명이 불만을 제기했다. 왜 백리 세가에서 남궁 소가주 한 사람을 수색하기 위해 병력을 나눠야 하냐고. 심지어 무당파가 무림맹을 지원하다 피습을 당한 일도 있었다. 장로들이 불안해하는 건 당연한 일이었다.

다행히 할아버지가 이 불만을 모두 묵살해 주셨다. 대신 할아버지는 확실히 가문에 발이 묶였다. 백리 세가를 지킬 의무를 할아버지 홀로 짊어지게 된 상황이나 다름없었다.

그렇게 무림맹 지원대는 악양을 피해서 가고, 추적대는 악양으로 향했다.

아버지는 원래라면 지원대와 함께 무림맹 본대가 피한 곳으로 향해야 했다. 그러나 아버지는 추적대와 함께 악양으로 향했다가 한 박자 늦게 지원대에 합류하는 식으로 움직이겠다고 했다.

둘 다 북쪽으로 향하는 것이기 때문에 가능한 방법이었다. 하지만 그렇다고 한들 아버지가 악양에 머물 수 있는 시간은 고작 사흘뿐이었다.

그렇게 아버지가 도착한 이튿날 정오가 조금 지나서, 나와 남궁류청이 함께 있는 수색 본대가 악양에 도착했다.

아버지만큼은 아니더라도, 이동을 재촉하느라 도착했을 때는 다들 녹초가 되어 있었다. 심지어 점차 무더워지는 날씨에 체력 소모가 엄청났다.

다행히 먼저 악양에 도착한 일행이 객잔을 통째로 빌려 놓은 상태였다. 삼 층짜리 평범한 사합원 형태의 객잔이었다. 우리를 맞이하기 위해 남아 있던 인력을 제외하고, 아버지를 비롯한 다른 분들은 수색으로 자리를 비운 상태였다.

우리는 모두 돌아오실 때까지 잠시 쉬기로 했다.

위층에 짐을 풀고 내려오자 열린 문으로 넓은 중앙 정원이 보였다.

"음?"

그곳을 가로질러 오는 남궁류청이 보였다.

'저쪽은 밖인데?'

남궁류청도 나를 보고는 멈칫했다. 굳어 있는 얼굴에 한낮의 열기를 머금은 볕이 내리쬐었다.

"어디 갔다 오는 거야?"

"잠깐 객잔의 주변 거리를 좀 살펴봤어. 별문제는 없어 보이더군."

"아, 응. 수고했어."

그 말을 끝으로 우리는 침묵했다.

"……."

"……."

뭔가 엄청나게 어색한 느낌이었다.

'그러고 보니 이렇게 둘이서만 대화를 나누는 게 그날 이후로 처음 이지?'

바쁘기도 바빴고, 이동하는 동안은 늘 다른 사람과 섞여서 대화를 나누었다. 그때 이후로 계속 신경 쓰였으나, 마땅히 말할 기회가 없어 담아 두었던 말을 했다.

"그날 화무의 말은 내가 대신 사과할게. 미안해."

남궁류청이 인상을 찡그렸다.

제갈화무는 가문으로 돌아갔다. 그리고 출발 직전, 비보가 하나 도 착했다. 마교가 제갈 세가를 습격하였다는 소식이었다. 제갈 세가의 오래된 보물이 가득한 창고와 서고가 모두 불타고, 그 화재에 휩쓸려 제갈화무의 친모도 크게 다쳤다고 했다.

인상을 쓴 남궁류청이 말했다.

"됐어. 당장 떠나도 모자랄 상황에, 내 친부를 위해서 그 정도로 신 경 써 준 것만으로도, 흥, 감사히 여겨야지."

아니, 정말 괜찮은 거 맞아?

내 속마음이 표정에 드러났는지 남궁류청이 다시 단호하게 말했다.

"정말 괜찮아. 어차피 날 위한 게 아니고 널 위한 것이었으니까."

"……."

"그래도 도움을 받았다는 사실이 변하는 건 아니라서."

남궁류청이 팔짱을 끼고 입매를 비틀었다.

"기분 더럽군."

이를 털어 내듯 남궁류청이 고개를 흔들었다.

"됐어. 어차피 얼마 안 남은 시한부라며. 억울하겠지."

"시한부…… 맞긴 한데…… 억울이라니?"

"미래를 꿈꿀 수 없다는 게."

"……."

제갈화무는 나를 좋아한다 말하고서는 그 정도 선으로 충분하다는 듯이 굴었다. 그때는 당황해 그나마 다행이라고 생각하고 넘어갔지만 이건 확실히 이상한 일이었다.

사람을 좋아하는데 거기에 대한 대가를 바라지 않을 수가 있나?

좋아한다면 서로 교류하길 바라지 않을까?

'뭐, 내가 무슨 TV 속에서만 볼 수 있는 연예인도 아니고.'

제갈화무가 나를 지켜보는 것만으로도 행복한 성인군자는 더더욱 아닐 테고.

왜 그런 식으로 구는지 깊게 고민할 필요도 없었다. 자신은 오래 살지 못할 테니까, 내게 답을 원하지 않는다고 말한 것이다.

"본인이 얽매이지 않는 수밖에 없지."

"오……."

"그 반응은 뭐야?"

"아니, 웬일로 좀 맞는 말을 해서."

아픈 사람을 위한 자비도 답지 않게 발휘하고.

'아픈 사람한테 검 뽑으라고 윽박지르며 싸울 것 같은 싸움꾼 이미지였는데.'

회귀 후 첫 만남에서 폭언을 퍼붓던 그때에 비하면 확실히 성숙해진 대처였다.

"정말 많이 컸네."

"뭐?"

남궁류청이 어이가 없다는 듯 헛웃음을 지었다.

"예전부터 이상하게 여겼는데, 너, 왜 날 애 취급하는 거지? 나이를 따진다면 내가 너보다 연상이야. 오라버니라고……."

"헉, 잠깐만!"

"왜, 무슨 일이야?"

남궁류청이 낯을 굳히며 경계하듯 검집에 손을 올렸다.

"나 오라버니라는 단어에 알레르기 있어."

"알, 뭐?"

남궁류청이 또 헛소리 시작이냐는 듯 얼굴을 일그러뜨렸다.

"대체 또 무슨 말을 하려고? 장난치지 마."

"아니야. 자, 들어 봐. 나한테 오라버니라고 하면 백리명이랑 백리표, 소우악이란 말야."

"그게 뭐?"

"그래서 오라버니라고 부르면 그 사람한테 왠지 정이 떨어져."

"……."

남궁류청은 긴가민가한 의심스러운 낯이었다. 무작정 헛소리 말라고 다그치기에는 그도 백리 세가에 머물면서 못 볼 꼴을 꽤 본 상태였다.

나는 엄숙한 표정을 지으며 말했다.

"진짜야."

"너……."

"뭐, 굳이 네가 오라버니라고 불러 주길 바란다면 불러 줄 수는 있지만, 기억해 두라는 거. 내게 오라버니라는 단어는……."

"알았어. 부르라고 안 해. 안 한다고."

남궁류청이 성내며 고개를 돌렸다.

휴우.

다행이었다. 회귀 전에도 오라버니라고 부른 적 없이 공자, 공자 불러 댔는데 이제 와서 오라버니라니?

으, 그건 좀. 소름.

'정신 연령으로 따지면 내가 누나라고!'

게다가…….

'소설에서 백리연이 속도 없이 남궁류청에게 오라버니, 오라버니 하면서 졸졸 따라다녔다고……!'

고개를 내젓다가 남궁류청과 눈이 마주쳤다. 서로 얼굴을 마주 본 우리는 언제 어색했냐는 듯 웃음을 터트렸다.

"후우, 정말 너랑 얘기하고 있으면……."

"있으면?"

"……."

"있으면? 왜 말을 하다 말아?"

"말려드는 기분이라고."

어쩔 수 없다는 듯 남궁류청의 입가에 설핏 미소가 맺혔다. 정말 오랜만에 보는 남궁류청의 웃는 모습이었다. 원래도 잘 웃는 성격은 아니었지만, 근래는 정말 굳은 표정만 봐서 웃는 모습이 새롭게 느꺼졌다.

하지만 그 미소도 아주 잠깐이었다. 금세 웃음기가 사라진 굳은 낯은 우울한 분위기로 바뀌었다. 어른스럽게 굴며 이 상황을 버티고 있지만, 그래도 괴로운 건 어쩔 수 없을 터였다.

"괜찮아."

허공을 향했던 남궁류청의 시선이 다시 나를 보았다.

"아저씨는 살아 계실 거야. 여기서 돌아가실 분이 아니야."

"……당연한 소릴."

턱을 꼿꼿이 세우며 답한 남궁류청이 다시 발을 뗐다. 나를 향해 다가오던 남궁류청이 문득 떠올랐다는 듯 말했다.

"맞아. 제갈 세가주의 일을 왜 네가 대신 사과하는데?"

"그 얘기 끝난 거 아니었어? 집착남도 별로 좋지 않아."

"집착남은 또 뭐야? 네가 좋아하는 게 있긴 한가?"

"그럼! 내 아버지."

"하아."

"말 돌리지 말고."

대충 넘어가려던 나는 얼굴을 긁적였다. 남궁류청이 단호하게 말을 이었다.

"네가 제갈 세가주 대신 사과해야 할 관계도 아니잖아?"

나는 어깨를 으쓱였다.

"대신 할 수도 있지. 우리 집에서 벌어진 일이기도 하고…… 친구니까."

"대신 사과할 정도의 관계는 친구라고 보기엔 너무 가까운 거 아닌가?"

"음……."

생각해 보면 남궁류청의 말이 틀린 것도 아니었다. 내가 대신 사과할 필요까진 없는 일이었으니까. 하지만…… 제갈화무가 한 말이 내가 한 생각과 일치하는 것도 맞았다.

그래. 나는 제갈화무를 핑계로 남궁류청에게 대신 사과하고 싶었던 것이다.

내 침묵에 남궁류청이 입을 열었다.

"넌……."

하지만 말을 완성하지 못하고, 한숨을 내쉬고 고갯짓했다. 남궁류청의 고갯짓을 따라 본 방향에는 언제 왔는지 모를 야율이 있었다. 야율이 내게 다가와 접시 위의 잔을 건넸다.

"여기 시원한 물."

"아, 고마워."

객잔에 들어오기 전에 마시고 싶다고 했던 걸 기억해 둔 모양이었다. 잔을 집어 마시려던 나는 남궁류청의 시선을 느끼고 바라봤다.

"왜? 너도 마실래?"

남궁류청이 한숨을 내쉬며 말했다.

"됐어. 쉬고 있어, 백리 대협께서 오시면 사람을 보낼 테니까."

나는 몸을 돌려 휙 자리를 뜨는 남궁류청의 뒷모습을 바라보다 야율을 돌아보았다. 그리고 멈칫했다. 멀어지는 남궁류청을 바라보는 야율의 시선이 싸늘하다 못해 서릿발 같았기 때문이다.

원래도 남궁류청과 야율의 사이가 좋다고 말할 수 없다는 건 나도 알았다. 하지만 거의 소 닭 보듯 한 무심함을 기반으로 거슬려 하는 정도였었다.

"……야율?"

내 부름에 돌아보는 야율은 언제 그렇게 남궁류청을 보았냐는 듯 평온한 표정이었다. 그 모습에 살짝 당혹스러웠다.

'내가 잘못 본 건가?'

아니, 그럴 리가 없었다.

둘의 관계만 생각하면 머리가 지끈거렸다. 아버지와 남궁완 아저씨 같은 절친한 사이가 될 수 있지 않을까 하는 상상을 잠깐 한 적 있었다. 두 분도 처음에는 사이가 무척 안 좋았다고 들었으니까.

하지만 그 소망은 포기한 지 오래. 이제는 사이가 좋아지길 바라지 않았다. 그저 원수만 되지 않은 것만으로 충분하다고 여겼다.

'그런데 조금 전의 눈빛은……'

천귀조를 언급했을 때도 그런 얼굴을 보이진 않았다.

내가 부르기만 하고 말이 없자 야율이 고개를 살짝 기울였다.

"연아?"

나는 잠시 머뭇거리다 물었다.

"너 혹시 류청이랑 무슨 일 있었어?"

"응?"

야율이 고개를 기울이고 되물었다.

"무슨 일?"

"싸웠나 해서."

"아……."

야율이 마치 실수했다는 듯한 표정으로 눈꼬리를 살짝 매만졌다.

"알잖아. 나랑 쟤 사이 안 좋은 게 하루 이틀도 아닌걸."

"사이 안 좋은 건 알아. 그래도 이 정도는 아니었잖아?"

나를 바라보는 야율의 낯에서 점차 표정이 사라졌다.

"왜, 너도 내가 남궁류청에게 무슨 짓이라도 저지를까 봐 걱정돼?"

"뭐?"

"그래서 물어본 거 아냐?"

갑작스러운 말에 나는 놀라 아무 말도 못 한 채 눈만 깜빡였다. 예상치 못하게 급소를 찔린 느낌이었다. 이를 보던 야율의 입가에 살짝 비웃음이 어렸다.

야율이 눈을 내리깔고 말했다.

"알아. 다들 날 불안하게 바라보는 거."

"……."

"너는 더 믿기 힘들겠지. 내가 과거에 저지른 짓이 있으니. 이해해."

순간 나도 모르게 한 발 앞으로 나갔다.

"무슨 소리를 하는 거야? 아니야. 오히려 반대지."

"……반대라고?"

"그래. 네가 이유 없이 남궁류청을 그렇게 노려볼 리 없으니까 싸웠냐고 물어본 거거든!"

솔직히 야율을 믿느냐고 묻는다면…… 아니었다. 하지만 아이를 바르게 자라게 만들 수 있는 것. 바로 믿음, 소망, 사랑 아니겠는가? 그러니 믿는다고 말해 주는 것이다.

나는 야율이 불우한 과거에도 불구하고 바른길로 향할 수 있기를 바랐다. 또한 왠지 본능적으로 느껴졌다. 여기서 그를 믿는 모습을 보이는 것이 중요할 거라고.

야율의 눈동자가 옅게 흔들렸다.

"나를 믿는다고……?"

"응. 믿어. 그게 아니면 왜 너랑 같이 다니겠어?"

"그거야, 내가 따라다니니까 어쩔 수 없이 받아 주는……."

"내가 나 따라다니겠다고 하면 아무하고나 같이 다닐 것 같아?"

"……."

나는 눈을 가늘게 뜨고 야율을 바라봤다.

"너야말로 내 말을 못 믿는 거야? 왜 그런 표정이야?"

나는 최대한 믿음직스럽게 보이도록 눈에 힘을 주며 말했다.

"만약에 남궁류청이 널 괴롭히면 나한테 말해."

"……어쩌려고?"

"내가 혼내 줄게."

야율이 웃는 듯 마는 듯 모호한 표정을 지었다.

"왜? 나 그런 거 잘해."

야율이 입술을 꽉 깨물고 고개를 틀었다. 표정을 내게 보이지 않으려는 것 같았지만 미약하게 들썩이는 어깨에서 웃음을 참고 있는 걸 알 수 있었다.

크게 숨을 내쉬고 다시 고개를 든 야율이 진지하게 말했다.

"그럼 있잖아……."

"뭔데? 말만 해."

"걔 네 앞에서 영원히 꺼져 달라고 할 수 있어?"

"어? 그건 좀……."

"혼내는 거 잘한다며?"

"그건 어떤 잘못을 했느냐에 따라서 다르지. 그리고 영원히는 좀…… 어?"

내가 갑자기 말을 멈추자 야율이 고개를 기울였다.

"왜 그래?"

"아, 아아. 마저 올라가면서 얘기하자."

나는 야율과 함께 여관 안쪽 계단으로 향했다. 그때 계단에서 내려오던 열셋에서 열다섯 살 정도로 보이는 소녀가 야율을 찾고 있었다는 듯 말했다.

"여기 계셨군요. 부탁하신 목욕물 준비 다 됐습니다."

나는 고개를 갸웃하며 물었다.

"여기 점원이야?"

"예."

"아까 객잔에 들어올 때는 못 본 것 같은데."

"아, 그땐 방 정리 중이었을 거예요."

"목욕물은 무슨 소리야?"

답은 옆에서 들렸다.

"내가 시켰어."

점원은 친절한 낯으로 고개를 숙였다.

"그럼 저는 일 층에 있을 테니, 필요하신 게 있으시면 일 층으로 오시면 됩니다."

우리를 지나쳐 가던 점원을 물끄러미 바라보던 내가 말했다.

"잠깐만."

멈춰 선 점원이 우리를 돌아보았다.

"시키실 일이 남았나요?"

"응, 객잔 좀 안내해 줘."

"예?"

"원래 구경하려고 내려갔던 거거든."

점원이 당황하여 말했다.

"목욕물이 식을 텐데요?"

"다시 데우면 되잖아?"

"아……."

여기는 수도꼭지 틀면 보일러에서 데운 물이 콸콸 나오는 곳과는 전혀 달랐다.

목욕 한 번 하려면 아궁이에 장작 넣고 때서 솥에 물을 끓인 다음, 그 뜨거운 물을 차가운 물과 적당히 섞어 방으로 몇 번씩 들고 날라오는 방식이었다. 무척이나 번거롭고 귀찮은 일이었다.

점원이 당황한 어조로 말했다.

"객잔이 구경할 게 있나요? 다 비슷하죠. 목욕하고 오시면 안내해 드릴게요."

"움직이면 땀나잖아. 씻고 움직이기 싫어."

입술을 깨문 점원은 살짝 억울한 표정으로 뭔가 말하고 싶은 듯했으나, 결국 고개를 숙이며 승낙했다.

"예, 알겠습니다. 따라오세요."

나를 물끄러미 바라보던 야율이 조용히 내 뒤를 따랐다.

확실히 그저 별것 없는 그저 평범한 객잔이었다. 다른 점이라고는 우리가 전세를 내서 꽤 큰 규모임에도 불구하고 손님이 없어 텅 비어 있다는 점?

텅 빈 일 층을 지나, 객잔의 부엌으로 향했다. 살짝 열린 문 너머로도 분주함이 느껴지는 부엌은 식사 준비로 정신없었다. 주방장인 숙수와 그의 조수, 들어올 때 본 점원 셋이 함께 식자재를 다듬고 있었고, 객잔 주인은 한쪽 구석에서 식자재와 장부를 대조하고 있었다.

숙수와 조수만 처음 보는 얼굴이었다. 숙수는 내가 부엌 구경을 하러 왔다니까 살짝 귀찮은 표정을 지었다. 반면에 내가 처음 객잔에 도착했을 때 백리 세가 사람인 것을 들었던 객잔 주인은 매우 친절했다.

"객잔을 구경 중이라고? 맘껏 둘러보거라. 궁금한 게 있으면 물어보고."

나는 기다렸다는 듯 질문했다.

"객잔에서 일하는 사람은 여기 있는 이들이 다인가요?"

"그래, 맞다."

"객잔이 넓은데 다섯 명으로 운영이 돼요?"

"조금 바쁘다 싶으면 부인도 나와서 돕지. 그러면 할 만하단다. 게다가 요요가 생각보다 일을 잘해 줘서."

"생각보다라니요? 원래 여기서 일하던 사람이 아닌가요?"

우리를 안내하던 아이의 이름이 요요였던 모양이다. 요요는 살짝 당황스럽다는 듯이 말했다.

"그렇게 어려운 일도 아닌데요."

"요요는 오늘 처음 일하는 거란다. 원래 여기서 일하던 점원의 조카지."

"조카요? 오늘 처음 일한다고요?"

"그래. 점원이 어젯밤에 다리를 삐어서 말이다. 잠깐 쉬어야 한다고 하더구나. 그동안 조카가 대신 일해 주기로 한 거지."

"아……."

"걱정했는데 생각보다 너무 잘해 줘서 말이다. 그래도 혹시 모르니 실수하는 일이 있어도 너무 신경 쓰지 말거라. 너도 손님들 잘 모시고."

우리의 시선을 받은 요요가 부끄러운 듯 뺨을 붉힌 채 고개를 숙였다.

"그, 그럼 저는 일하러 가 볼게요."

나는 부엌을 나가려는 요요를 붙잡았다.

"잠깐만."

그렇게 말한 순간, 요요가 나를 향해 와락 손을 휘둘렀다. 살의조차 느껴지지 않는 정교한 기습이었다. 보통은 무슨 일이 벌어진 것인지 알았을 땐 이미 늦었을 터. 하지만 내게는 요요의 모든 움직임이 순간적으로 느리게 보였다. 금안의 능력이었다.

나는 요요의 공격을 피하지 않고, 양손을 마주쳤다.

짝!

합장하는 듯한 자세. 내 손바닥 사이로는 언제 꺼냈는지 모를 뾰족한 송곳 같은 것이 잡혀 있었다. 요요는 언제 부끄러운 표정을 지었냐는 듯 차가운 얼굴이었다.

"요요? 손님? 지금 뭐 하는 거……."

객잔 주인의 멍청한 목소리와 함께, 송곳을 놓은 요요가 몸을 뒤로 빼며 품속으로 손을 집어넣었다.

'암기?'

반사적으로 방어 자세를 취했다. 하지만 요요는 품에서 꺼낸 것을 내가 아닌 바닥을 향해 던졌다.

펑-! 터지는 소리와 함께 회색빛 뿌연 연기가 부엌을 가득 채웠다. 나는 눈을 감고 숨을 멈췄다. 집중만 한다면 금안은 눈을 감고도 상대의 움직임을 훤히 알 수 있었다.

"이게 무…… 켁켁!"

"푸핫!"

나는 호신기를 몸에 두른 채 그대로 요요를 쫓으려다 멈칫했다.

'젠장, 여기 다른 사람들도 있었지.'

창문이 열려 있다고 하나, 건물 안. 이런 공격이 효과를 제대로 발휘하기 좋은 환경이었다. 나나 야율은 무공을 익혔으니 괜찮지만, 이 연기가 평범한 사람들에게 어떤 영향을 끼칠지 알 수 없었다.

갈등은 짧았다. 나는 뒤쫓으려던 자세를 풀고 몸을 바로 세웠다. 그리고 집중해 부엌 안의 자연지기를 끌어당겼다. 자연지기, 말 그대로 자연의 기운이었다.

남궁류청 앞에서 잎사귀를 움직였듯이 이번에는 부엌 안의 공기를 이끌었다.

열린 창문을 통해 들어오던, 미약한 바람이라고 부르기도 어려운 움직임이 전부였던 부엌에 곧 내 중심으로 흐름이 생기더니 점차 강해져 이내 산들바람 같은 움직임이 되었다.

뿌옇기만 하던 연기가 태풍처럼 나선 모양으로 압축되듯 짙어지고 연기가 한곳에 모이는 만큼 다른 곳의 시야는 점차 맑아졌다. 뒤쪽의 정신없던 기침 소리가 점차 잦아들었다.

연기가 돌아 압축되고, 또 돌고 다시 압축되기를 반복하며 점차 작아지다 어느 순간 내 손 위에서 어른 머리만 한 구체가 되었다. 끊임없이 회전하는 구체는 마치 작은 행성 같았다. 잠시 이를 보던 나는 크기를 줄일 수 있을 만큼 줄인 후 품속에서 손수건을 꺼내 그 위에 올려놓았다.

내 손에서 멀어진 순간 구체가 형체를 잃고 가루가 되어 스르륵 흩어져 내렸다. 그제야 크게 숨을 내쉴 수 있었다.

이마, 목덜미, 등허리 할 것 없이 식은땀이 잔뜩 배어나 있었다. 나는 찬찬히 앞을 바라보았다. 요요가 딱딱하게 굳은 채, 야율에게 뒷덜미를 잡힌 자세로 서 있었다. 부릅뜬 시선이 내 손수건에 담긴 가루를 보고 있었다.

"어떻게…… 이런, 말도 안 되는……."

나는 가루가 날아가지 않도록 손수건을 접었다. 호신강기를 두르고 있었음에도 가루를 모았던 쪽의 손바닥과 손가락이 화끈거리는 느낌이 들었다. 보통 사람이라면 확실히 버틸 수 없었을 것이다.

나는 붉어진 손바닥을 가리며 말했다.

"어떻게 알았어?"

"그건 되레 내가 묻고 싶은데."

요요가 차가운 표정으로 말했다. 평범하게 다양한 표정을 짓던 소녀는 없었다. 나는 하, 탄식하고 말했다.

"너한테 물어본 거 아니거든!"

나는 아직도 요요의 뒷덜미를 붙잡고 있는 야율을 보았다. 요요가 도망치지 못한 이유는 간단했다. 연기를 터트리고 도주하려는 순간 야율이 그녀를 점혈했기 때문이다.

'무슨 일이 있었는지 반응하기도 힘들 찰나에 점혈을 하다니.'

야율이 목덜미를 붙잡은 손에 팍 힘을 줬다. 요요가 신음하며 머리를 숙였다.

"너, 시끄러워."

그러고는 나를 보고 살짝 웃었다.

"그냥, 느낌이 그랬어."

혹시나 요요가 내가 정체를 알아챈 것을 눈치챌까 야율에게 전음도 못 했다. 그리고 구경시켜 달라고 떼를 쓰며 부러 객잔의 모든 사람을 살펴본 것이었다.

다행히 숙수와 조수에게서는 아무 문제도 찾을 수 없었다. 거의 바닥에 엎드려 있던 객잔 주인이 천천히 몸을 일으켰다.

"지, 지금 이게, 콜록! 켁, 크흠, 아니 방금 무슨 일이 벌어진……?"

간간이 기침하며 아직도 이게 무슨 상황인지 이해하지 못한 듯 보였다. 나는 혼란스러워 보이는 객잔 주인과 점원, 숙수와 조수를 쓱 둘러보고 말했다.

"다들 봤잖아요? 요요가 저를 공격하고 갑자기 이상한 연기를 터트린 거. 그 안에 계속 있었으면 죽었을 거예요."

"히익."

과장을 섞은 내 위협에 객잔 주인이 잔뜩 겁에 질려 뒤로 물러났다.

'죽여도 좋고, 아마도 나랑 야율이 연기 속에서 객잔 사람들을 구하는 사이에 도망치려 했겠지.'

나는 요요를 향해 다가갔다.

"이건 대체 어떻게 한 거지?"

내가 요요를 보자마자 이상한 것을 알아본 건 얼굴 때문이었다. 그러니까 얼굴이 둘로 보인다고 해야 할까? 상이 둘로 맺히는 느낌이었다. 이상함에 자세히 들여다보자, 심지어 무공을 수련한 흔적도 발견할 수 있었다.

정말 깜짝 놀랐다. 자세히 집중해서 훑어보지 않았다면 그저 평범한 양민으로 여겼을 터였다. 보통 쓱 훑어보는 것만으로도 무공을 익혔는지 알 수 있었는데, 어떤 방법으로 이 눈을 속였는지 알 수 없었다.

요요의 얼굴을 집중해 자세하게 살피자 대충 어떻게 된 건지 감이 잡혔다.

'진법을 얼굴에 적용한 것에 가깝네. 거의 술법에 가까운데? 마교에 얼굴을 바꾸는 백면환술이 있다고 듣긴 했는데, 설마 그건가?'

진법이든 술법이든 둘 다 비슷한 점은 변화의 흐름을 담당하는 중심축이 있다는 것이다. 진법도 축을 무너트리면 부서지듯, 이 얼굴에 적용한 술법도 비슷했다.

내가 손가락으로 얼굴 몇 군데를 찔러 진기를 흘려 넣자, 요요의 얼굴을 뒤덮은 술법의 흐름이 흐트러졌다. 내내 차가운 표정을 짓던 요요가 갑자기 고통스러운 것처럼 얼굴을 일그러트렸다. 미약하게 우두둑거리는 소리와 함께 요요의 얼굴이 변하기 시작했다.

"헉······!"

뒤에서 놀라 숨을 들이켜는 소리가 들렸다.

"이게 본래 얼굴이군?"

소녀 정도로 보이던 낯이 이십 대 초반의 얼굴로 바뀌었다.

"어, 얼굴이······!"

나는 경악하는 객잔 주인을 돌아보았다.

"아는 사람이에요?"

객잔 주인이 다급하게 고개를 저었다.

"처음, 처음 보는 사람입니다."

뭐야, 왜 갑자기 존대해?

옮겨 간 내 시선에 점원과 숙수, 조수도 모두 처음 보는 사람이라고 답했다. 나는 눈을 가늘게 떴다.

"거짓말은 아니겠죠?"

"진짜, 진짜 모르는 사람이에요!"

객잔 주인이 펄쩍 뛰며 필사적으로 결백을 주장했다.

"원래 일하던 점원이 다리를 다친 이후 본 적 있나요?"

"아, 아니. 그, 요요를 통해서 아프다고 들어서……."

"요요와는 원래 알던 사인가요?"

"아, 며, 몇 년 전에 본 적이 있었다네, 요."

"요요를 보고 이상하다 느끼진 않았나요?"

"어…… 조금 달라진 점도 있었지만, 별생각 없었네. 내가 요요를 본 건 어릴 적이었으니 자라면서 변한 거라고……. 또 완전히 다른 얼굴은 아니라서 전혀, 전혀 의심하지 못했네."

"비슷하게 생기긴 했다는 거네요."

"마, 맞네."

요요라는 사람이 어떻게 생겼는지는 알 수 없지만, 요요와 비슷한 외모로 바꾸고 진법으로 아는 사람이라고 믿게 만드는 것 같았다.

"그럼……."

쾅! 순간 부엌문이 거칠게 열렸다. 열린 문 너머로 남궁류청과 백검 단원이 보였다. 소란을 느끼고 달려온 듯했다. 검을 쥐고 있던 남궁류청이 부엌의 상황을 보고 인상을 굳혔다.

백검단원이 의아한 목소리로 물었다.

"아가씨? 무슨 일입니까? 공자가 붙잡은 여인은 누구죠?"

"이제부터 물어봐야지."

저잣거리 구석진 골목의 약방.

매대에 늘어놓은 약재들로부터 짙은 약 냄새가 거리로 풍겨 나왔다. 그리고 그 앞에 멈춰 선 길쭉한 봇짐을 멘 일꾼 차림의 사내가 주변을 쓱 둘러보곤 안으로 들어섰다.

말린 약재를 작두로 썰고 있던 청년이 기척에 고개를 들었다.

"찾으시는 거 있소?"

"약을 짓는 데 얼마나 걸립니까?"

청년이 손님을 의아한 눈길로 바라보다가 손을 탁탁 털며 일어나 소리쳤다.

"할아버지! 손님 왔어요!"

약방 안쪽에서 눈꺼풀이 축 처진 노인이 문을 열고 나왔다.

"뉘시오? 처음 보는 낯인 것이 악양 사람은 아닌 듯싶소만."

"할아버지, 뭐 그런 걸 물어봐요? 손님이 약 짓는 데 얼마나 걸리냐는데요."

"그야 무슨 약이냐에 따라 다르지. 어떤 약을 원하오?"

"환부의 괴사를 막는 약이오."

"뭐요?"

노인이 눈을 가늘게 떴다.

"괴사? 뭐 뱀에게 물리기라도 했소?"

사내는 딱딱한 음성으로 되물었다.

"지을 수 있소, 없소?"

"거참, 성질머리하고는. 지을 수야 있지. 하지만 직접 환부를 확인하는 게 처방하기 좋지. 괴사라면 침과 뜸도 필요하고. 혹시 환자가 움직이기 힘든 상황이면 들것과 내 손주를 데려가……."

사내가 의원의 말을 자르며 말했다.

"괜찮소. 약만 지어 주시오."

"뭐…… 그렇다면야 알겠소. 급한 일이오?"

"……."

"아, 알겠소. 알겠소."

노인이 손을 내저으며 손주와 함께 약방으로 들어갔다.

드르륵. 덜컥. 탕탕탕.

서랍을 여닫고 약을 빻는 커다란 소리 사이로 노의원의 대화 소리가 들렸다. 목소리를 낮춘 데다 다른 소음까지 섞여 보통 사람이라면 문 너머에서 들리는 대화를 들을 수는 없었을 것이다.

"괴사라니, 환자를 한번 보는 게 좋을 것 같은데. 오늘 무슨 날인가? 특이한 손님들이 연달아 오네요."

"그러니까 말이다. 웬 처음 보는 사람들이 들어온 부상자가 있냐고 찾아오질 않나."

"그러니까요. 그쪽은 딱 봐도 강호인 같던데. 강호인이 여기까진 무슨 일일까요? 이쪽은 강호인들이 올 일이 없는데……."

대화를 엿듣던 사내가 얼굴을 딱딱하게 굳히고 중얼거렸다.

"그놈들이 이런 곳까지……."

사내는 내려놓은 봇짐 사이로 당장 뭔가 꺼낼 것처럼 손을 집어넣고 말했다.

"노인장."

달그락거리는 소리가 들리더니 노의원이 대답했다.

"나 불렀소?"

"부상자를 찾는 강호인이 온 적 있었다고 하였소?"

노인이 깜짝 놀랐다가 떨떠름한 표정을 지었다.

"아니, 그걸 들었소? 귀도 밝구려."

"그자들이 언제 왔소?"

"좀 됐지. 어디 보자, 한 시진 좀 더 된 것 같구려."

"후우."

사내가 안도의 숨을 내쉬더니 다시 안쪽 방으로 들어가려는 노인에게 질문했다.

"그들이 뭘 원하는 것 같았소?"

노인이 인상을 찡그리며 성냈다.

"그쪽은 아무것도 말 안 하면서 뭐 그리 다른 사람 일에 궁금한 게 많소? 약이나 받아 가시오."

사내가 품속에서 주머니를 꺼내 노인에게 건넸다. 퉁한 표정으로 주머니를 열어 본 노인이 눈을 부릅떴다.

"약값이오."

"아이고, 오늘 돈 좀 들어오는 날인가? 아, 맞아. 그자들도 사람을 찾는 것 같았소만. 그런데 보다시피 우리 약방은 작아서 그런 간호가 필요한 중환자는 못 받소. 부상자를 치료한 적도 들어온 적도 없다고 하니, 실례했다며 돈을 주고 떠났소."

말하던 노인이 방금 깨달았다는 듯 말했다.

"설마 그쪽도 강호인이오? 오, 맞나 보군. 이거 참 별일이구먼."

사내의 표정이 순간 굳었다. 노인은 눈치채지 못한 듯 제가 맞혔다는 사실에 취해 중얼거렸다.

"그럼 그쪽도 알겠구먼, 오늘 찾아온 이들은 아…… 씁, 뭐였지? 분명 들어 본 가문이었는데 말이야."

"잠깐. 노인장, 가문이라고 하셨소?"

"그렇소. 어디라고 했는데…… 아, 기억이…… 애야, 오늘 찾아온 사람들이 어느 가문 사람이랬지?"

노인이 안쪽 방을 향해 외치자 안에서 청년이 답했다.

"백리 세가요. 할아버지, 또 손님 붙잡고 쓸데없는 말 그만하고 오세요!"

노인은 손자의 말을 무시하고 말을 이었다.

"아, 그래. 백리 세가, 맞아. 거기였소. 거기 꽤 큰 가문 아니오? 내 신기해서 알아보니 그 가문 사람들이 악양의 약방이란 약방과 의원을 싹 다 돌아다니고 있다던데."

사내가 흥분한 기색으로 노인의 양어깨를 짚었다.

"노인장, 혹시 그 가문 사람들이 어디 머무는지 아십니까?"

"어…… 잠깐 어디라고 듣긴 했는데…….'

객잔 일 층.

나는 터벅터벅 일부러 기척을 내며 다가오는 걸 알고도 돌아보지 않았다.

"조심히 앉아."

"그냥 잠깐 온 거야."

"그래."

침묵하던 남궁류청이 말했다.

"손 좀 보여 줘."

"손? 왜?"

남궁류청이 대답 없이 재촉하듯 고개만 까딱였다. 식탁 위에 올라와 있는 왼손을 보여 주자 다른 쪽도 보여 달라는 듯 또 고갯짓했다. 오른손도 보여 주자 남궁류청이 고개를 기울였다.

"뭐야, 멀쩡하네?"

"응?"

"야율이 네 손 괜찮은지 확인하고 오라고 해서."

"뭐? 아, 부엌에서 있었던 일 때문인가?"

바로 숨겼는데 또 그걸 어떻게 본 건지. 그때 잠깐 따끔따끔했지만, 그 정도는 자연지기를 이용해 금방 진정시킬 수 있었다.

"근데 그걸 야율이 너한테 부탁했다고?"

지금 야율은 잡은 간자를 감시하고 있었다.

'하, 야율, 이 자식 귀엽네.'

내가 남궁류청과 사이를 걱정하는 것 같으니까 일부러 남궁류청한테 부탁하는 식으로 정말 싸우지 않았다고 증명하는 것이었다.

"왜 웃어?"

"으응, 아냐."

그때 아래서 성난 소리가 들렸다.

"캭!"

나는 빨리 다시 손을 내려 다리 위의 고양이를 쓰다듬었다.

"뭐야, 걔도 있었어? 어쩐지."

남궁류청이 결을 보곤 콧등을 찡그리고 내게서 좀 더 멀어졌다.

여전히 남궁류청은 결만 보면 거부 반응을 보였다. 어릴 적처럼 보기만 해도 재채기를 계속할 정도로 심하진 않았지만.

"왜 피해? 얘 아니었으면 못 찾아냈다고."

"아, 간자한테 찾아낸 게 있다더니. 그거야?"

남궁류청이 내가 계속 바라보고 있는 가루를 보았다.

"응. 소매 끝단 사이에 숨겨 놨더라고. 어찌나 교묘하게 숨겼는지."

그렇게 간자가 숨기고 있던 약을 찾아낸 결은 제가 일을 했으니 보상을 받아야겠다는 것처럼 자리를 잡고 쓰다듬는 손을 멈추기라도 하면 성질을 냈다.

"약이 뭔지는 못 알아냈다며?"

"입이 무겁더라고. 근데 상관없어. 뭔지 아니까."

"뭔데?"

"산공독."

남궁류청이 인상을 팍 찡그렸다.

"……확실해?"

"응. 내가 몸이 안 좋아서 약을 공부했거든."

"그럼…… 설마 이걸 우리에게 쓰려고 한 건가?"

"아마도. 요요, 아니, 간자가 입을 다물어서 확실히 알 수는 없지만."

그렇게 말하곤 입술을 꽉 깨물었다.

"……똑같은 수법을 쓰려고 하다니."

소설 속에서 천귀조가 남궁류청을 습격한 적 있다고 하지 않았는가?

천귀조가 아버지의 제자에게 복수하려고 남궁류청을 습격했을 때. 그때도 일행에게 산공독을 먼저 써서 무력하게 만들고 남궁류청을 습격했다.

'이게…… 말이 되나?'

분명 바뀌긴 바뀌었다. 벌어진 시기, 상황 등은. 하지만 천귀조가 손을 쓰려는 방향은 기이할 정도로 소설과 비슷하게 흘러갔다.

'상황이 달라졌더라도 음모를 꾸민 사람이 같으니 그냥 비슷하게 맞아떨어진 걸까?'

그게 아니라면…… 이야기에서 벗어나지 못하도록 누군가 조종하고 있는 걸까? 마치 보이지 않는 거대한 그물에 얽매인 것만 같았다.

그때 남궁류청의 목소리가 내 상념을 깨트렸다.

"아버지께 들은 적 있어. 천귀조와 싸우기 전에 기린회 선배님들과 함께 산공독에 당했다고."

"맞아."

나는 그때의 일을 떠올리고 말한 건 아니었지만, 남궁류청에게는 말할 수 없는 이야기였다.

"그때 네가 아니었다면 당했을지도 모른다고 하셨는데."

"내가 아니라 아버지 덕이지."

남궁류청은 내 말을 깔끔하게 무시하며 말했다.

"이번에도 신세를 졌네."

남궁류청이 나를 바라보는 시선이 어딘가…… 이상했다. 뭔가 무척 열망하는 듯한 눈빛? 그냥 고마워서 바라보는 것과는 전혀 다른 느낌이었다.

왠지 모르게 뺨이 달아올랐다. 왜 그렇게 보냐고 물어보려는 찰나 갑자기 객잔 정문 앞에서 소란스러운 기척이 느껴졌다.

"무슨 일이지?"

곧 문이 열리고 두 대의 짐마차가 객잔 안뜰로 들어왔다. 마차 옆에는 거지 차림새의 사람들이 몇 달라붙어 있었다. 그리고 거지 중 대장으로 보이는 이가 두리번거리다 안뜰로 나온 우리를 발견하곤 다가왔다.

"남궁 공자 맞소? 옆에는 백리 소저이시고? 개방 악양 분타 소속의 막개라 하오."

"이게 무슨 일이죠?"

객잔을 지키던 자들이 문제없이 문을 열어 주었으니 허락을 받고 들어온 것일 터.

나는 그들과 함께 들어온 짐마차를 살폈다. 허름한 짐마차 천막 아래로 크고 길쭉한 나무함 여럿을 볼 수 있었다.

'관!'

이를 알아본 남궁류청의 낯이 하얗게 질렸다. 내가 나서서 물었다.

"이것들이 다 뭐죠?"

"아, 뭘 걱정하는지 알겠군. 걱정 마시오. 저 시신이 남궁 소가주는 아니니."

나도 남궁류청도 순간 안도의 숨을 내쉬었다. 잠깐 사이에 손에 땀이 잔뜩 났다. 내가 손바닥을 옷자락에 닦는 사이 막개가 말을 이었다.

"어찌 된 사정인지 설명을 하자면, 며칠 전에 악양에서 멀지 않은 곳에서 한 무리의 시신들이 발견되었소. 시신을 살피다 신원을 알아냈는데, 백호단과 남궁 세가 호위단이었다오. 싸움이 벌어졌을 때부터 계속 비가 내려서 추적은 불가능했지. 전서구를 보내고 우리는 일단 시신을 수습한 참에 백리 대협과 남궁 공자가 악양에 왔다는 소식을 듣고 여기로 온 거라오."

고향이 있다면 고향으로, 혹은 사문과 가족의 품으로 시신이나마 돌려보내기 위해 이리 온 것이었다.

"대협은 자리를 비우셨다고?"

"네. 돌아오시라고 연통을 넣어 두긴 했는데, 언제 오실지는 몰라요."

"그럼 여기서 좀 기다리겠소."

"그러세요. 그런데 차도 못 내드려요."

"음?"

"지금 점원이 없거든요."

막개가 여기서 기다린다는 말을 하자마자 일 층 식당으로 신나게 달려가던 거지들이 눈을 부릅뜨고 날 돌아봤다.

"말도 안 돼! 백리 세가에서 여기를 통째로 빌렸다 들었거늘!"

무슨 밥 얻어먹으러 온 거야? 살짝 어이가 없었지만, 저들의 본질은 거지였다. 막개가 눈을 끔뻑이다 말했다.

"하하, 그, 백리 소저. 백리 세가에서 있었던 일은 우리의 실수였소."

그리고 목소리를 확 낮췄다.

"변명처럼 들리겠지만, 우리도 그자가 마교의 첩자인 줄 정말 몰랐소."

"……."

나는 얼굴을 긁적였다.

지금 부엌이 엉망이고, 객잔 주인부터 점원까지 모조리 붙잡아 둔 상태라 정말로 차 내줄 사람이 없는 것이었다. 하지만 도둑이 제 발 저린 듯 막개는 우리가 개방에 불만이 있어 대접이 이런 걸로 생각하는 듯했다.

"사정이 있어서 진짜 없어요."

"……그래요."

"안 돼! 밥은 배불리 먹을 수 있을 줄 알았는데. 이게 무슨!"

몇몇 다른 거지들이 구시렁거리는 걸 저지하며 막개가 말했다.

"손이 부족할 텐데 우리 도움이 필요한 일이 있다면 편하게 말씀하시오."

"네."

"별로 믿는 기색이 아니구려. 이건 정말이오. 개인적으로 나도 대협은 돕고 싶으니."

개인적?

나는 고개를 기울이며 물었다.

"아버지랑 아는 사이예요?"

"그건 아니오."

"그럼 왜요?"

"대협이 우리 거지들 사이에선 아주 큰손이니까."

"큰손이요?"

"우리 거지들만 보면 꼭 적선하시거든."

"……."

"백리 대협만 지나가면, 근방 거지들은 아주 배 터지게 고기와 술판을 벌일 수 있지."

막개가 호탕한 웃음을 터트렸다. 반면에 나는 말문을 잃었다.

'아니, 아버지 대체 뭘 하고 돌아다니신 거예요?'

그리고 아버지가 왜 그러고 다니시는지 알 것 같았다. 내가…… 백리 세가에 오기 전 거지로 떠돌았던 일 때문이었다.

'나도 거의 잊어버리고 있었는데…….'

붉어진 얼굴을 쓸어내린 나는 막개에게 말했다.

"말 편하게 하세요."

"그럴까?"

반색한 막개가 이게 익숙하다는 듯 편한 말투로 말을 이었다.

"그러니 당연히 악양에 오자마자 개방으로 협조를 요청하러 오실 줄 알았는데 말이야. 오시자마자 바로 뒷골목을 들쑤시고 다니실 이야. 동호방 앞마당에서 이렇게 대범하게 굴 줄 누가 예상이나 했겠나? 아마 마교 놈들도 지금쯤 깜짝 놀랐을 걸세."

"동호방의 반응은 어떤가요?"

"아직 상황 파악 중이지. 백리 대협이 대체 무슨 생각으로 저렇게 휘젓고 다니는지, 뒷배라도 있는 게 아닌지 통박 굴리느라 바쁘다고 하더군."

"할아버지가 오시기로 한 것일까 봐 눈치 보고 있단 뜻이로군요."

그가 살짝 놀란 눈으로 나를 바라보았다.

"동호방은 사람과 돈이 많은 곳이지 이름난 고수가 있는 곳은 아니니까요. 지금 열심히 고수를 모으고 있겠네요."

"소저 말이 맞아. 백리 대협의 딸이 백리가에서 가장 똑똑하다더니 정말이었군."

"칭찬 감사해요."

그런데 이 정도는 정세에 관심이 많다면 금방 파악할 수 있는 것들이었다. 몇 마디 칭찬을 더 한 막개가 이게 본론이라는 듯 물었다.

"그래서 말인데 소저, 혹시 첩자를 알아보는 특별한 방법이 있는 건가?"

"……"

아직은 알려지지 않았지만, 내가 또 객잔의 첩자를 잡았다는 사실을 안다면 이젠 빼도 박도 못할 것이다.

'계속 숨길 순 없을 거야.'

앞으로도 첩자를 발견할 확률이 높았다.

'게다가 이상해.'

제갈화무의 말로는 내 눈의 능력은 교주와 연관이 있다고 했다. 그렇다면 내가 첩자를 알아볼 수 있는 걸 교주도 알 터였다.

백리 세가 회의에 들어온 첩자가 들켰던 것은 우연이었다. 하지만 이번 요는 아니었다. 누군가 명확한 목표를 가지고 이 객잔에 첩자를 밀어 넣었다.

의문을 뒤로하고 다시 막개를 보았다.

"그냥 제가 눈이 좀 좋아요."

"눈? 백리 세가에 그런 안법이 있었나? 처음 듣는 얘기……."

내가 물끄러미 바라보자 막개가 입을 다물었다.

"음, 그래. 알겠다."

그때였다. 우리가 대화하는 내내 침묵하고 있던 남궁류청이 입을 열었다.

"시신을 좀 봐야겠습니다."

막개가 놀라며 만류했다.

"도사를 불러 시신이 부패하지 않도록 조치를 하긴 했지만, 보기 좋은 광경은 아닐 텐데. 우리 방도 두셋은 입맛을 잃어서 밥도 못 넘……."

"……."

남궁류청이 막개의 말을 무시하며 관이 있는 방향으로 향했다. 막개가 어쩔 수 없다는 듯 함께 따라갔다.

"정말 괜찮겠나? 냄새가 장난 아닐……."

남궁류청이 맨 위에 놓인 관 뚜껑을 잡았다. 잠깐의 머뭇거림도 없이 확 밀었다.

덜컹.

세 발 정도 뒤에 있던 나에게조차 확 풍기는 냄새에 절로 주춤 물러났다. 부패를 막는 조치를 했다더니 확실히 시체 썩는 냄새는 아니었다. 그건 아니지만…….

'아니, 이게 대체 무슨 냄새야? 약품 냄새인가?'

그에 준할 정도로 고약한 냄새였다.

"윽."

막개는 관이 열리는 순간 황급히 소매로 틀어막고 신음했다. 우리가 가는 걸 보고 쫄래쫄래 따라오던 다른 거지들은 마치 바퀴벌레 흩어지듯 샤샤샥 멀어진 참이었다.

"아니, 우웩, 밥 한 끼 먹으러 왔다가. 퉤, 퉤퉤."

"끄윽. 우욱."

나는 숨을 멈춘 채 자연지기를 조종했다. 주변의 공기를 확 밀어낸 다음 신선한 공기로 주변을 감쌌다. 그러고 나서야 숨을 크게 내쉬었다. 아직도 냄새의 충격이 비강에 남은 느낌이었다.

'오늘따라 능력 쓰는 일이 잦네. 류청도 도와줘야지.'

속으로 혀를 내두르며 남궁류청 옆으로 다가갈 때였다. 막개의 부릅뜬 눈과 마주쳤다.

'……설마 느꼈나?'

아버지 정도 되는 고수라면 내가 방금 공기의 흐름을 바꾼 사실을 눈치챌 수 있었다.

'그 정도 실력자로는 안 보이는데?'

막개가 물었다.

"소, 소저? 괜찮나?"

"뭐가요?"

"혹시 후각에 문제가……?"

"……아니거든요."

"허어……."

대단히 감탄하는 눈빛이었다. 나는 다소 안도했다.

막개가 저런 눈을 할 만했다. 성인조차 줄행랑쳐 버릴 정도로 고약한 냄새였으니까. 그걸 나 같은 아이가 태연하게 버티는 모습으로 보일 터.

굳이 그의 착각을 고쳐 주지 않고 남궁류청도 내가 만든 신선한 공기의 영역으로 들였다.

남궁류청이 하얗게 질린 낯으로 나를 돌아보았다. 그에게는 갑자기 냄새가 사라진 기이한 상황일 터. 하지만 남궁류청은 말없이 다시 시선을 내렸다. 나도 함께 시신을 보곤 입술을 깨물었다. 몇 번 남궁완 아저씨 곁에서 뵌 적 있던 분이었다.

"성 무사님이……."

남궁류청이 다시 나를 휙 돌아보았다.

"네가 어떻게 알아?"

"예전에 만신의를 찾으러 갈 때 함께하셨던 분이셔."

"……."

대답이 없던 남궁류청이 잠시 후 중얼거리듯 말했다.

"난 한 번도 얘기해 본 적 없어."

"……뭐?"

"이름도 몰라."

남궁류청이 자조 어린 웃음을 지었다.

"정말로…… 무능하군."

이번에 벌어진 일은 그의 능력을 벗어난 부분이었다. 그렇다고 한들 저는 하는 일 없이 도움을 받기만 하는 상황은 그에게 처음일 터였다. 그의 꽉 쥔 양손을 내 손으로 덮었다.

"성 무사님부터 살펴보자. 얻어 낼 수 있는 정보가 있을 수 있어. 성무사님도 그걸 원하실 거야."

"……그래."

성 무사는 피가 모조리 빠져나간 것 같은 안색만 뺀다면 평온하게 잠들어 있는 것 같은 모습이었다. 하지만 찢어진 옷자락과 자상 등, 치열한 전투의 흔적이 그대로 남아 있었다. 그리고 성 무사를 죽음에 이르게 한 상처는 가슴팍에 있었다.

'뭔가 이상한데.'

다른 곳에도 상처가 많았지만 모두 그냥 스친 정도였다. 그 말은 전투에서 딱히 밀리지 않았다는 뜻이었다.

그때였다.

"……!"

나는 고개를 숙이며 머리를 짚었다. 갑자기 눈앞에 어떤 장면이 스쳐 지나가기 시작했다.

'빗소리.'

추적추적 내리는 비 사이로 날붙이들 부딪치는 소리가 계속해 울렸다. 전투 중인 사람들이었다. 양쪽 다 이렇다 할 특징 없는 옷차림이었다.

'이게 지금 무슨 상황이지?'

의문을 가지는 순간 쿠르릉, 마치 천둥 치는 듯한 소리가 들렸다. 그 소리의 진원지에 남궁완 아저씨가 있었다. 한 번도 본 적 없는 초췌한 모습에서 그간의 고초가 엿보였다.

'……다치신 건가?'

검을 휘두르는 모습에서 부상의 흔적을 읽을 수 있었다.

'큰 부상은 아닌 것 같지만……'

심지어 남궁완 아저씨는 두 사람의 합공을 막아 내고 있었는데, 그 중 한 사람은 정체를 금방 알 수 있었다.

'천귀조.'

다들 지친 기색이 역력했으나, 피해는 크지 않았다. 꽤 잘 버티고 있는 느낌이랄까?

'남궁완 아저씨를 밀어붙이는 저 두 사람만 아니어도……'

그때였다.

'아이?'

평범한 양민 아이처럼 보였다. 그리고 내가 아이의 존재를 알아챔과 동시에 천귀조도 아이를 보았다. 천귀조가 아이를 향해 파리 잡듯 손을 휘둘렀다.

그리고……

"소가주님!"

"대협!"

'아저씨……!'

남궁완 아저씨가 그 공격을 아슬아슬하게 막아 냈다. 하지만 무리한 움직임에 틈이 생겼고, 합공하던 자는 그 틈을 놓치지 않았다.

"소가주님을 보호해!"

그 뒤로도 눈앞의 환상은 좀 더 이어지다가 성 무사의 가슴을 꿰뚫는 검과 함께 끝났다.

정수리가 쪼개지고 눈이 타오르는 것처럼 아팠다.

'방금 그건 대체 뭐지?'

백일몽을 꾼 기분이었다.

'금안의 능력인 건가? 이런 것까지 가능했다고?'

그리고 무리하기라도 한 것처럼 갑자기 금안의 시야가 확 줄어들었다. 머리와 눈도 화상을 입은 것처럼 화끈거렸다. 간신히 다시 눈을 떴을 때는 여전히 앞이 어두웠다.

나는 깜짝 놀랐다가 금세 상황을 눈치챌 수 있었다. 남궁류청의 품에 내가 얼굴을 파묻고 있었다.

'뭐야?'

나는 좀 전보다 더 놀라 고개를 들려 했다. 그러나 남궁류청이 이를 막듯 되레 꽉 끌어안았다.

얘가 미쳤나?

"류청, 이거……."

그때 머리에 울리듯 전음이 들렸다.

[너 눈에서 이상한 빛이 났어.]

그걸 가려 주기 위해 껴안은 모양이었다.

[……이제 괜찮을 거야.]

고개를 숙여 살짝 확인한 남궁류청이 손에서 힘을 천천히 풀었다.

"소저, 괜찮나?"

옆에서 깜짝 놀란 막개의 목소리도 들렸다.

"괜찮아요. 제가 어떻게 된 거죠?"

"머리를 짚더니 갑자기 시신 위로 고꾸라지려던 걸 공자가 붙잡았다네."

"고마워."

남궁류청이 나를 천천히 붙잡고 일으켜 주었다. 막개가 그런 우리를 눈을 빛내며 바라보았다.

"둘 사이가…… 음음. 그래. 그렇군. 백리 세가와 남궁 세가라……."

막개가 헛기침을 하더니 슬금슬금 물러났다. 무척 신경 쓰일 만한 일이었으나, 지금은 중요하지 않았다. 앞서 본 그 장면. 그 장면이 정말로 있었던 일이라면…….

'아저씨를 한시라도 빨리 찾아야 해.'

시간이 없었다. 바꾸지 못할 미래란 없었다. 그래야만 했다.

아래로 향하는 좁고 어두운 계단.

어깨에 큰 짐을 멘 사내가 한 치 앞도 보이지 않는 깊은 어둠 속을 빠르게 걸어 내려갔다. 금세 계단 끝자락에 도달한 사내는 두꺼운 철문을 열고 안으로 들어갔다. 불을 켜 놓은 지 오래된 듯 끝부분만 남은 초가 어렴풋이 방 안을 밝히고 있었다.

잔뜩 쌓아 놓은 상자들로 창고처럼 보였으나, 촛대가 놓인 탁자 근처의 의자를 비롯한 간단한 가구들은 생활감이 있었다. 사내가 터벅터벅 방 안쪽으로 걸어 들어갔다. 그때 촛불이 밝히지 못한 어둠 속에서 목소리가 들렸다.

"어딜 돌아다니다 온 것이지, 천귀조?"

사내, 천귀조가 어깨의 짐을 내려놓다 멈칫했다. 천귀조는 그림자 속을 빤히 들여다보며 말했다.

"……기척이라도 낼 것이지."

털썩. 둔탁한 소리와 함께 마저 짐을 던지듯 내려놓았다. 어둠 속 목소리가 말했다.

"그것은 무엇인가?"

"백호단 부단주."

어둠 속 짐 덩어리처럼 보였던 것은 사람이었다. 그는 바닥에 거칠게 던져졌음에도 정신을 차리지 못했다. 천귀조가 아주 흡족한 어조로 말했다.

"저잣거리 약방에 나타난 걸 잡았다. 제아무리 숨어 있으려 해도 남궁완이 그 상처를 입고 계속 버틸 수는 없겠지."

어둠 속에서 흐릿한 윤곽을 보이는 사내는 이와 정반대로 냉랭한 목소리였다.

"누가 그런 짓을 하라 그랬지?"

천귀조가 표정을 와락 굳히며 어둠 속을 노려보았다.

"뭐야? 내가 네 수하인 줄 알아?"

"내 분명 백리 세가의 병력이 악양에 왔다고 말하지 않았나? 그런데 멋대로 움직이다니."

"그러니 한시라도 더 빨리 붙잡아야 하는 거 아니야? 내가 네놈들 일을 대신 해 줬으니 감사하다고 여기진 못할망정, 왜 지랄이야?"

점차 높아지는 천귀조의 언성과 달리 어둠 속 목소리는 고저의 변화가 전혀 없었다.

"나를 사칭해 우리 교도를 객잔에 잠입시킨 것도 내 일을 대신 한 것인가?"

"……"

순간 움찔 떤 천귀조가 귀찮게 되었다는 표정을 지었다. 천귀조가 목덜미를 긁적이며 뻔뻔하게 말했다.

"네놈들이 꾸물대니 내가 먼저 손을 좀 썼지. 아, 걱정 마. 제대로 잠입했네. 앞으로 그놈들이 무엇을 계획 중인지 알아내기 편하고, 손을 쓰기도 쉽지 않겠나?"

"손을 쓰기 쉽다?"

"그래. 객잔에 잠입시킨 녀석으로부터 벌써 괜찮은 정보가 들어왔어."

"괜찮은 정보라면?"

"오늘 남궁완 그 자식의 아들에, 백리의강의 딸이 올 거라더군. 심지어 그 녀석까지. 이게 몇 년 만인지……."

천귀조의 입가에 잔혹한 미소가 맴돌았다. 이에 찬물을 뿌리듯 어둠 속 사내가 말했다.

"쓸모없는 정보로군. 그건 이미 알고 있었네."

천귀조가 고개를 휙 돌려 어둠 속을 바라봤다.

"뭐야? 알고 있었다고? 그런데 왜 나한텐……!"

"교의 모든 정보를 공유해야 할 이유가 있나?"

천귀조가 인상을 와락 찡그렸다. 그러나 이내 상관없다는 듯 갑자기 다시 실실 웃는 표정으로 변했다. 전혀 종잡을 수 없는 감정 변화였다.

"뭐, 그래. 그래도 이건 모를걸. 천산염제의 제자라고 같이 온 그 녀석에 대해 아나?"

"야율을 말하는 건가?"

"그래. 그놈은 내게서 마공을 배웠어."

천귀조가 흐흐흐 웃음을 흘렸다.

"내 제자라고도 볼 수 있지. 하, 천산염제의 제자라니 웃기지도 않는 소리! 흐흐, 그놈 어떻게 자랐는지 참 궁금하더군."

"……."

"백리의강 그 자식이 그놈을 살린 건 정말 의외였지. 야율 그놈이 마공으로 다른 아이들을 죽였다는 걸 눈치챘을 텐데. 누구보다 맹의 계율을 중시하던 놈이었으니까."

천귀조가 허공에 의미 없는 손짓을 하며 계속 혼자 떠들어 댔다.

"남궁 놈도 마교라면 치를 떨었던 걸로 아는데 말이야. 그놈이 동의했을 리가 없는데. 뭐, 이제 곧 알게 되겠지."

"……."

"그러고 보면 백리의강 그 자식도 아주 웃기는 놈이야. 이 상황에 맹에 지원을 가는 게 아니라 제 친구를 찾겠다고 악양에 오다니."

그렇게 계속 혼잣말처럼 중얼거리던 천귀조가 다시 어둠 속 사내를 획 돌아보았다.

"이봐, 이런 기회 흔치 않아. 겁쟁이처럼 굴지 말게. 내게 계획이 있네."

"계획?"

"그래. 그 간자도 내가 계획이 있어 집어넣은 걸세. 아무 생각 없이 집어넣었겠나?"

사내가 계속 말해 보라는 듯 팔짱을 꼈다.

"이번 기회에 백리의강도 함께 처리하는 게야."

천귀조가 자신의 얼굴을 손으로 덮었다. 죽은 거죽을 만지는 듯한 이질적인 느낌.

천귀조는 반대쪽 손을 쫙 폈다가 갈고리처럼 굽히기를 반복했다. 인피면구 아래, 백리의강에게 베였던 상처는 이미 다 나은 지 오래였다. 하지만 아직도 시시때때로 욱신거리기 일쑤였다. 그 통증은 그에게 그날의 패배를 떠올리게 했다.

"어차피 백리의강이 온 암흑가를 뒤집고 다니는 이상, 남궁완 귀에 들어가는 건 시간문제지. 이놈도 약방에 잠시 들른 것만으로도 알아냈을 정도니."

천귀조가 바닥에 쓰러진 백호단 부단주의 얼굴을 발로 툭툭 밀었다.

"그렇다면 이를 반대로 이용하면 되지 않겠나?"

천귀조가 번뜩이는 눈을 이리저리 굴렸다.

"백리의강이 왔다는 걸 백호단과 남궁 세가에서 안다면 곧장 그와 합류하려 하겠지. 그들이 합류하도록 두는 걸세."

"합류하게 둔다고?"

"그래. 내가 객잔의 간자에게 산공독을 주었네. 남궁 세가 놈들도 백호단 녀석들도 백리 세가와 합류하면 안심하겠지. 그때를 노리는 게야. 그들이 가장 안심했을 때를!"

천귀조가 상상만으로도 즐겁다는 듯 음침한 웃음을 흘렸다.

"모두 중독시킬 필요도 없어. 백리의강을 비롯한 몇 명만 손쓰면 돼. 쫓기던 놈들은 이미 대부분 부상을 당했으니."

천귀조가 점차 격양된 어조로 말을 이어갔다.

"굳이 남궁 세가 놈들을 찾겠다고 고생할 필요도 없고, 백리 세가 놈들을 피해 다닐 필요도 없지! 어떤가? 한 번에 백리의강과 남궁완 두 놈을 처리할 수 있게 되는 거야!"

그러나 흥분한 천귀조와 달리 되돌아오는 반응은 미적지근했다.

"그렇군. 이야기 잘 들었네."

천귀조가 와락 얼굴을 찌푸렸다.

"지금 그건 무슨 뜻이지?"

"백리 세가와 충돌하는 건 계획에 없던 일이네."

"그쪽도 무림맹 별동대 단주를 처리하면 좋은 일 아닌가?"

"교주님께 명 받은 바 없네."

"허."

천귀조가 기가 찬 듯이 숨을 들이켰다.

"아니, 하, 이봐. 잘 생각해 보게. 이번 기회에 저 두 놈을 함께 처리하면 너희들에게도 좋은 일 아닌가? 어차피 남궁완은 처리하려 들었고, 백리의강도 네놈들의 주적이잖아?"

"명받은 바 없다고 말했네."

쾅.

천귀조가 탁자를 내리치자 길이가 얼마 남지도 않았던 촛불이 확 꺼지며 방 안이 어둠에 잠겼다.

"그 잘난 머리는 장식이야? 머리를 좀 굴려 보라고! 어? 이번에 한

번에 처리하면 너희들도 좋을 거라니까!"

"우리는 명받은 일을 수행할 뿐. 백리의강을 처리할지는 교주님의 판단이 필요한 일이네."

"천 리 밖에 있는 너희 교주가 지금 상황을 알겠어? 백리의강이 여기에 올 줄 어떻게 예상했겠냐고? 명령을 언제 기다리고 있어? 융통성 있게 생각해. 여기서 한 번에 처리하면 너도 공을 세우는…….."

"교주님은 천리(天理)의 지배자. 모든 일을 알고 계신다. 우리가 해야 하는 일이었다면 교주님께서 처음부터 명하셨을 터."

"이 미친 광신도들이……."

지금껏 똑같은 어조로 말하던 어둠 속의 인영이 혀까지 차며 한심하다는 어조로 말을 이었다.

"그쪽이야말로 복수에 정신 줄을 놓았다더니 정말 말 그대로군. 그따위 허무맹랑한 망상에 본교의 교도를 함부로 이용하다니."

"뭐야? 하, 네놈들도 날 계획에 이용하였는데, 나는 그럼 안 된다는 이유 있어?"

"어디서 잡기 같은 마공이나 겨우 익힌 불신자 주제에 본교의 대업에 한 발 얹을 기회를 얻은 것을 은혜로 받아들이진 못할망정, 제 사감을 밀어 넣다니. 이래서 근본도 없는 자는 멀리해야 하거늘."

천귀조의 얼굴에 황당함과 분노가 떠올랐다. 사내는 그러든지 말든지 말을 이어 갔다.

"우리의 목표는 무림맹과 남궁 세가 소가주뿐. 목적을 이뤘으니 더 무리할 필요 없네."

"……목적을 이뤘다고?"

"……."

사내는 대답하지 않았다. 잠시 침묵하던 천귀조가 이를 갈며 말했다.

"처음부터 죽이는 게 목적이 아니었군?"

그림자 속 사내가 혀를 차고 말했다.

"이렇게 되었으니 알려 주지. 지금 백리 세가에 손쓸 필요는 없네. 현 무림맹주인 위지백은 이 상황을 수습할 능력이 없는 졸장. 그는 절대 무림맹주의 자리를 포기하지 않을 것이네."

"그게 지금 일이랑 무슨 상관……."

"그리고 상황을 타개하기 위해 책임을 전가할 희생자를 만들겠지."

"희생자?"

"그 희생자는 맹회에 참석하겠다고 했다가 직전에 참석 취소를 통보한 백리 세가주 백리패혁과 백호단주인 백리의강이 될 테고."

"이제 와 그 얘기를 하는 이유는 설마……?"

"그래. 본교는 이만 손을 떼고 철수하겠네."

천귀조가 음산하게 중얼거렸다.

"지금 이 상황에서 돌아가겠다고?"

"그렇네."

"나랑 장난하자는 거야?"

어둠 속 목소리는 태연하게 말했다.

"지금껏 수고했네."

천귀조가 이를 아득 물었다.

"입교하라고 매달릴 때는 언제고 이 개 같은……."

그렇게 통보한 사내가 그림자 속에서 벗어나 밖으로 나가는 문고리를 잡았을 때였다.

"잠깐."

"뭔가?"

천귀조가 분노를 애써 누르는 말투로 말했다.

"그럼 이 자식은 네놈이 데려가."

천귀조가 부단주를 발로 툭 밀었다. 사내가 부단주를 흘끔 보고 무심하게 말했다.

"알아서 처리하게."

"네가 해. 어디서 명령질이야?"

잠시 멈춰 있던 사내가 혀를 차고는 바닥의 부단주를 향해 다가갔다. 여전히 부단주는 정신을 차리지 못하고 있었다. 사내가 잠시 부단주에게 한눈을 판 순간이었다.

"컥……."

손이 사내의 몸을 꿰뚫었다.

"오, 그래도 꼴에 간부라고 즉사는 피했군."

천귀조가 이죽거리며 말했다.

"그래 봤자 고통만 길어지겠지만."

"……."

몸을 꿰뚫었던 손이 빠져나가자, 후두둑 피 떨어지는 소리가 들렸다. 사내가 비틀거리다 바닥에 털썩 주저앉았다. 믿기지 않는 눈으로 천귀조를 바라보았다.

"왜? 이렇게 될 줄 몰랐어?"

"……본교에서…… 가만……."

"후, 입교하면 되지. 너 같은 잡놈 하나 죽였다고 뭐라 하지 않을 것 같은데? 너희가 매번 하는 말이 약육강식 아니던가?"

"······."

천귀조가 피에 젖은 손으로 사내의 뺨을 툭툭 쳤다.

"내가 말했잖아. 입교하라고 매달린다고. 내 끈이 너 하나뿐일 리 없잖나. 잡놈들이 모이면 개뼈다귀 가지고 다투는 꼴이 꼭 벌어진다니까."

쌕쌕 숨만 간신히 내쉬던 사내가 흐릿한 눈으로 중얼거렸다.

"마도······ 천세가 오리······."

"쯧, 이 광신도 새끼들. 내 이래서 입교는 안 하고 싶었는데 말이야."

천귀조의 손이 사내의 목을 움켜쥐었다.

우드득.

짙은 어둠 속에 소름끼치는 소리가 울려 퍼졌다.

그 시각 백리 세가가 머물던 객잔.

남궁류청은 내게 쉬는 게 좋지 않겠냐고 말했으나, 나는 다른 관도 마저 살폈다. 하지만 같은 일이 벌어지진 않았다. 머릿속이 화끈거리던 느낌도 이젠 거의 사라졌다.

'뭔가 더 얻어 낼 수 있으면 좋을 텐데.'

그때 갑자기 내 어깨를 짚는 손길이 느껴졌다. 남궁류청이었다.

"너 정말 괜찮은 거 맞아?"

"응?"

"입술 좀 내버려 둬."

"어?"

그제야 내가 계속 입술을 잘근거리고 있다는 사실을 깨달았다. 나는 뒤늦게 표정을 관리했지만, 이미 늦었다는 걸 알 수 있었다.

"너 알아낸 거 있지?"

하여간 눈치는 빠른 녀석이었다. 나를 뚫어지게 바라보던 남궁류청이 말했다.

"말해. 혼자서 감당하지 말고."

그런데 왠지 말하는 어투가 추궁하기보단 나를 걱정하는 듯했다. 그때 분위기를 깨듯 막개가 중얼거렸다.

"대협이 좀 늦으시는데 소저, 뭐 들은 거 없나?"

"그러게요. 좀 늦으시네요."

악양이 넓다고 한들 비상 연락을 했으니 아버지가 돌아오겠다 마음먹기만 한다면 금방 오실 터였다.

말을 꺼내기가 무섭게, 라고 해야 할까? 거지 한 명이 요란스럽게 객잔으로 들어왔다. 막개의 표정이 살짝 굳었으나 금방 아무렇지 않게 변했다.

"네가 여긴 어쩐 일이야? 무슨 일이라도 벌어졌나?"

숨을 다급하게 몰아쉰 거지가 나와 남궁류청을 보고 멈칫했다.

"이쪽은 남궁 공자고 이쪽은 백리 소저네."

남궁류청이 앞으로 나섰다.

"아버지와 관련한 일이라면 저 또한 들을 자격이 있습니다."

거지가 머뭇거리자 막개가 괜찮다는 듯 고개를 살짝 끄덕였다.

"서쪽 저잣거리에서 마교 놈들이 나타났습니다."

막개가 상상도 못 한 것처럼 화들짝 놀랐다.

"그놈들이 모습을 드러냈다고? 아니, 왜? 무슨 일로!"

"양민 차림새를 한 무림인과 싸움을 벌였는데, 양민 차림새의 무인이 지고 그놈들에게 잡혀갔다고 합니다."

"잡혀간 사람은……?"

"모르겠습니다. 목격한 녀석 말로는 남궁 세가 사람은 아닌 것 같다고 했습니다. 아마 백호단원이 아닐까요?"

"하, 대낮에 모습을 드러내다니. 드디어 미친 건가? 아니지, 여긴 악양이었지. 아니, 아무리 그래도! 백리 세가가 온 걸 알 텐데, 대체 뭐가 그리 급했던 거지?"

막개가 심각한 낯으로 혼자 중얼거리다가 물었다.

"그래서 그놈들은 쫓았겠지? 어디로 갔나? 드디어 근거지를 잡겠군."

"그게……."

거지가 갑자기 시선을 피하며 말을 우물거렸다. 눈을 끔뻑이던 막개가 설마 하는 표정을 지었다.

거지가 말했다.

"놓쳤습니다."

"뭐! 악양에 깔린 방도가 몇인데 그놈들을 놓쳤다고!"

거지가 애써 시선을 피했다.

"아이고, 이 식충이 놈들 대체 뭘 한 거야?"

"혹시 나타난 마교도가 맨손을 썼다던가요?"

"어, 맞아. 어떻게 알았나?"

나는 입술을 깨물었다.

"천귀조예요."

"천귀조라고?"

"네. 상대가 천귀조니 놓치는 것도 당연하겠죠."

"아니, 잠깐. 천귀조가 여기서 왜 나와?"

막개의 눈이 커지고, 막개에게 한 소리 듣던 거지도 놀란 얼굴로 나를 보았다.

우리야 첩자의 정보로 천귀조가 합류한 것을 알고 있지만, 이들은 처음 듣는 소리일 터였다. 그들이 수습한 시신들에도 천귀조와 전투한 흔적은 없었다. 그는 오로지 남궁완 아저씨만 노린 모양이었다.

환상처럼 보인 기억 속에서 천귀조는 인피면구를 하고 있었다. 무공을 자세히 살펴보는 게 아니라면 멀리서 본 것만으로 그의 정체를 알아차리기는 어려울 터였다.

거지가 말도 안 된다는 듯 말했다.

"에이, 뭘 잘못 안 게 아니냐? 천귀조가 악랄한 마두긴 했지만 마교와는……."

그때 남궁류청이 짜증스러운 어조로 말했다.

"그럼 이 상황에서 연이가 거짓말이라도 한단 말입니까?"

"그…… 그럴 리는 없겠지."

"알면서 이런 소모적인 논쟁을 하는 이유가 뭡니까? 시간이 넘치시나 봅니다?"

"……."

음, 오랜만이었다. 저 성질머리. 나야 굳이 설득할 필요 없어서 편했다.

그렇게 거지의 입을 막은 남궁류청이 막개를 보았다. 너도 쓸데없는 소리 하면 가만 안 둔다는 눈빛이었다. 막개가 고개를 주억이며 중얼거렸다.

"……그래. 천귀조라면…… 우리를 따돌릴 만하지."

천귀조가 기린회 습격 사건 때 무림맹의 추적을 따돌린 일은 아주 유명했다.

당시 무림맹의 요청으로 개방뿐만 아니라 근방의 백도 정파들과 제혈족이 피해를 본 사천 당가, 산동 악가도 사람을 보내 천귀조를 추적했다. 하지만 남궁완 아저씨께 부상을 입은 몸으로도 천귀조는 추적을 따돌렸다. 백도 무림이 제대로 자존심을 구긴 일이었다.

'하지만 천귀조가 아무리 자신만만하다고 해도 지금 모습을 드러낸 건 이상해.'

"그래서 천귀조가 나타난 곳이 어딥니까?"

"어, 어? 가, 가 보게?"

남궁류청이 안내하라는 듯 고갯짓했다. 거지가 당황하여 막개를 바라보았다. 나도 그런 남궁류청을 붙잡았다.

"잠깐만."

"넌 따라오지 마. 여길 지켜야지."

그러고는 첩자가 있는 방향을 흘끔 보았다.

"아니, 잠깐 기다려 봐. 혹시 지금 이 사실을 아버지도 아시나요?"

거지가 고개를 끄덕였다.

"내가 이리 올 때, 우리 방도가 그쪽으로도 향했으니 소식이 들어갔을 걸세."

"그럼 백리 대협도 그쪽으로 가셨겠군요."

"아마도 그렇겠지."

"어쩐지 늦어지신다 했더니만."

그렇게 중얼거린 나는 하늘을 바라보았다. 어느새 주홍빛으로 물든 하늘에 석양이 내려앉고 있었다. 정면에 와 닿는 빛에 눈이 부셨다. 머릿속에는 정반대로 추적추적 비가 내리던 흐린 날이 떠올랐다.

아버지의 죽음을 기점으로 마교와의 전쟁이 촉발되어 사방에서 사람들이 죽어 나가지 않았던가? 남궁완 아저씨도 이를 피해 갈 수는 없었다.

남궁완 아저씨가 아버지처럼 돌아가셨던 건 아니었다. 다만 오른팔이 잘려, 다시는 검을 들 수 없게 되었을 뿐.

소설에서 남궁류청이 같은 편이어야 할 무림맹주에게 어처구니없는 견제와 핍박을 받았던 이유이기도 했다. 지위상 무림맹주를 견제할 수 있는 보호자가 실각한 것이나 다름없었으니까.

남궁 세가주께서 계신다고 하지만 그분이 사소한 일까지 매번 나설 수는 없었다. 남궁류청이 그런 걸 의논하는 성격도 아니었고.

'그런데 이번에도 오른팔에 부상이라니.'

잘리지는 않았다. 하지만 검이 들어간 깊이를 보아선 분명 쉽게 넘어갈 수 있는 부상은 아니었다.

'그냥 우연이라고 치부하기에는……'

나는 막개를 보았다.

"마교의 은신처, 알아내셨죠?"

막개와 남궁류청과 얘기하고 있던 거지 모두 깜짝 놀라 나를 보았다. 막개가 한숨을 내쉬며 고개를 저었다.

"그렇다면야 얼마나 좋겠느냐? 휴우."

"객잔에 마교의 첩자가 잠입해 있었어요."

"……"

나는 다시 물었다.

"은신처 알아내셨죠?"

눈을 끔뻑이던 막개가 마른 입술을 훑었다. 잠시 고민하는 듯하던 막개가 거지를 향해 눈짓했다. 거지가 멀어지면서 주변을 경계하듯 살폈다. 남궁류청이 조금만 잘못 말하면 당장 검을 뽑을 것처럼 날카로운 기운을 풍겼다. 압박감마저 느껴질 정도였다.

"알면서 지금껏 조용히 있었던 겁니까?"

막개가 마른침을 꿀꺽 삼키고 서둘러 손을 내저었다.

"아니, 아니. 잠깐. 진정하게. 백리 대협이 오시면 말씀드리려고 했네! 그리고 확실하게 찾은 건 아니라네."

"좀 더 자세히 설명해 주시지요."

막개가 고개를 절레절레 내젓고 설명을 시작했다.

"일단 마교 녀석들이 있을 법한 곳으로 추린 건 네 곳일세. 오늘 일로 알아낼 수 있었으면 좋겠지만 하필 천귀조라니."

막개가 한숨을 내쉬고 말을 이었다.

"어쨌든 그 네 곳 중 두 곳은 가짜로 만든 곳일 걸세. 그리고 한 곳을 건드리면 다른 곳에도 곧장 알려지도록 만들어 놨지. 만약 가짜인 곳을 건드리면 진짜 은신처에 숨어 있던 놈들이 바로 도망치겠지. 그래서 우리도 더 알아보지 못했던 게야. 어차피 마교 놈들이 중요한 것도 아니지 않은가? 지금 중요한 건 남궁 소가주를 중심으로 한 생존자들이니까."

그리고 막개가 말하지 않았지만, 가장 중요한 건 개방은 마교와 직접 전투를 벌일 의향이 없다는 것이었다.

개방도의 수는 그 어떤 방파도 따라올 수 없다고 하지만 대부분 정말 삼류. 마교에 대해서 정보를 수집하긴 했으나 개방이 직접 전투를 벌이는 건 위험할 터였다.

그렇다고 가만히 있을 수는 없었을 것이다. 이번 무림맹의 습격으로 개방도도 상당수가 죽었으며 개방도 무림맹의 일원이었으니까.

그러니 자신들은 정보를 수집해 우리에게 넘기고 대신 싸우게 만드는, 말하자면 투견 역할을 시킬 생각이었을 터다.

막개가 혀를 내두르며 말했다.

"대체 소저는 어떻게 눈치챈 거야?"

"아버지를 도우려고 오셨다고 말씀하셨잖아요."

막개가 황당하단 얼굴을 했다.

"고작 그걸로?"

"시신 수습을 하는 동안 마교가 숨어 있는 근거지도 추려 내지 못했으면 강호 제일의 정보 방파라는 이름을 떼야죠."

"으음……."

막개가 침음하다 다시 입을 열었다.

"그도 그렇군. 그래서 소저, 객잔에 잠입한 첩자라니? 심지어 잡았다니?"

"점원으로 위장해서 들어와 있었어요."

"점원으로? 대체 언제……? 첩자였다는 건 역시 소저가 알아낸 거고?"

나는 고개를 끄덕였다.

"그렇군. 아주 잘됐어. 알아낼 수 있는 게 꽤 되겠군. 그 전에 일단 한번 볼 수 있겠나?"

"그건 안 돼요."

막개가 눈살을 찌푸렸다.

"소저, 이제 와서 무슨 소리를 하는 건가?"

"그 첩자는 우리가 실수로 놓칠 거니까요."

"……뭐라고?"

막개와 남궁류청이 그게 지금 무슨 미친 소리냐는 듯이 나를 보았다. 인상을 잔뜩 찌푸린 남궁류청이 팔짱을 끼고 나를 보았다.

"설명이 필요해 보이는데."

막개가 뭐라 말해야 할지 모르는 얼굴로 한참을 벙긋거리다가 한숨을 푹 내쉬었다.

"아니, 소저. 좀 말이 되는 소리를 하게나. 좀 전에 첩자를 잡았다고 하더니 이젠 놓아주겠다고? 아, 혹시 벌써 혈고가 발작을 시작했나? 소저가 혈고를 찾아낼 수 있다고 들었네."

나는 막개를 응시했다. 개방의 직위 체계는 잘 모르지만, 아버지와 마교에 대해 의논하러 오고, 심지어 마교의 근거지에 대한 정보도 파악하고 있는 것을 보면 막개는 개방에서도 상당한 직위를 지닌 게 확실했다.

나는 천천히 고개를 저었다.

"아뇨. 혈고는 없어요."

"뭣? 없었다고?"

막개가 흥분한 기색으로 말했다.

"혈고를 가지고 있는 놈들은 보통 말단 중 말단이네. 그들은 정말 아무것도 몰라서 마교에서도 언제든지 잘라 내도 될 정도지."

실제로 삼개를 심문한 제갈화무가 알아낸 것은 남궁완 아저씨와 천귀조에 대한 것 정도. 그나마 남궁완 아저씨에 대한 걸 아는 것도 삼개가 정보를 다루는 개방도, 심지어 분타주의 제자였기 때문이었다.

"혹시 역용을 했었나?"

"네."

"백면환술은 마교 본단에서 훈련받은 자들만 쓰는 역용술일세. 진짜배기 마교도란 거지. 그렇다면 아는 게 상당할 걸세. 이번 습격부터 그놈들에 대해 알아내야 할 것들이 많아."

"음, 일단 그건 나중으로 미뤄야 하겠네요."

막개가 이해가 안 된다는 듯 말했다.

"아니, 첩자를 힘들게 잡아 놓고는 그게 무슨……!"

"별로 힘들진 않았어요."

막개가 머리를 벅벅 긁고는 애써 참는 기색으로 말했다.

"잘났네. 아주 잘났어. 그래, 쉽게 잡았다 치고 놓아주기는 왜 놓아준다…… 설마?"

막개가 말하다가 스스로 깨달은 것처럼 눈을 크게 뜨고 바라보았다.

"첩자가 빠져나가면 어디로 가겠어요?"

"본인들의 은신처로 향하겠지. 일부러 풀어 주고 첩자의 뒤를 밟자는 건가?"

"네."

막개가 인상을 찌푸렸다.

"나쁘진 않은 생각이긴 하다만, 너무 위험한 방법일세. 확실히 제 본대가 숨은 곳으로 향할 거라고 어떻게 믿나? 훈련받은 첩자일세. 쉽게 속을 리 없어. 우리에게 꿍꿍이가 있다고 생각해 도리어 우리를 함정에 빠트릴 수도 있어."

"그럴 수도 있죠."

나는 고개를 주억거렸다.

내가 선선히 수긍하자 막개가 수상하다는 듯이 나를 보았다. 나는 손을 뻗어 객잔을 가리켰다.

"지금까지 이 객잔에 누가 있었죠?"

"……소저와 공자?"

"그래요. 저희뿐이었죠."

백검단원도 몇 분 남아 있지만, 그들을 부리는 사람이 아직 어린 우리인 것이다.

"얕보기 딱 좋지 않겠어요? 만약에 그쪽이라면 제가 일부러 놓아 준 거라고 믿으시겠어요?"

"……."

"물론 아버지가 계셨다면 통하지 않았겠죠."

막개가 턱을 긁으며 생각에 잠긴 듯한 모습을 보였다. 나는 마저 말을 이어 갔다.

"게다가 첩자의 몸에서 숨겨 둔 산공독을 발견했어요. 여럿 중독시키고도 남을 양이었죠. 점원으로 위장하고 들어와 있었으니 어려운 일도 아니었을 테고요."

"설마 마교 놈들이 여길 습격하려고 했다는 말인가?"

"아마도 그렇겠죠. 그게 아니라면 굳이 산공독이라는 구하기 힘든 귀한 독을 잔뜩 가지고 있을 리가 있겠어요?"

"마교 놈들이 정말 작정을 했군."

하지만 다르게 보면 우리를 치기 위한 준비가 내가 첩자를 잡아냄으로써 제대로 어긋난 것이나 다름없었다. 새 계획을 짜야 할 테고 그말은 병력을 새로 움직여야 할 거란 뜻이었다. 그리고 병력의 움직임은 천귀조 한 명과 달리 숨기기 어려웠다.

막개 또한 당연히 그 사실을 눈치채고 중얼거렸다.

"확실히 이번에 움직임을 보이면 우리도 마교 놈들이 숨어 있는 본 진을 알아낼 수 있긴 하겠군."

"거길 우리가 먼저 치도록 해요."

막개가 눈을 부릅떴다. 남궁류청도 살짝 놀란 얼굴로 물었다.

"우리가 먼저 공격하자고?"

나는 고개를 끄덕였다. 아버지에게 원한을 가지고 있는 천귀조는 쉽게 포기하지 않을 것이다. 소설에서도 아버지가 돌아가시자 아버지 의 제자인 남궁류청에게 복수하려 들지 않았던가? 계획이 틀어졌다 고 쉽게 물러갈 것 같지 않았다.

마교와 손도 잡은 마당에 남궁완 아저씨의 큰 부상. 게다가 상태가 엉망인 무림맹의 조력도 기대하기 힘든 상황. 그에게 이보다 더 좋은 기회는 없을 것이다.

게다가 아버지의 내공 문제도 있었다.

'지금은 괜찮으시지만…… 언제 어떻게 나빠지실지 몰라.'

그러니 차라리 아버지가 괜찮으실 때 움직이는 게 좋았다.

우리가 먼저 공격을 준비하다 아버지 몸에 문제가 생기면 천귀조를 놓치더라도 몸을 뺄 수 있지만, 대비하지 못한 채 습격을 당하면 그 게 더 위험했다.

'어차피 아버지는 언제 발작이 일어날지 모르니 가문에 계시라고 해 도 들으실 분이 아니시고.'

자신이 할 수 있는 한 최선을 다하는 사람이 바로 아버지셨다.

그때 막개가 말도 안 된다는 듯 소리쳤다.

"아니, 소저. 그런 얘기 쉽게 꺼내는 거 아닐세. 사람의 목숨이 달린 일이야!"

거의 제자리에서 펄쩍 뛸 기세였다.

"어? 아무리 대협과 백리 세가의 백검단이 함께 왔다고 한들, 마교 병력이 얼마나 되는 줄 알고……."

"그렇게 많지는 않아요."

"……뭐? 그건 또 어떻게 확인한 건가? 첩자에게서 얻어낸 정보인가? 아니, 소저 말이 맞는다 치더라도 어차피 소저와 공자의 목적은 남궁 소가주와 백호단원들을 찾는 것이지 않나? 이대로 기다리면 숨어 있는 남궁 소가주에게 백리 대협이 자신을 찾으러 왔다는 소식이 들어갈 테고, 그럼 소가주가 이곳을 찾아올 텐데. 남궁 소가주를 찾기 전에 뭐 하러 마교와 충돌해?"

"시간이 없어요."

"아니, 소저……."

막개가 말하려는 걸 막으며 남궁류청이 말했다.

"백호단원이 잡혀갔지 않습니까."

"……아."

막개는 완전히 그 사실을 잊어버렸다가 떠올린 듯한 모습이었다.

"당연히 구출하러 가야 하는 거 아닙니까?"

남궁류청이 눈썹을 치켜들며 살짝 조롱하는 어조로 말했다.

"아니면, 개방에서는 개방도가 잡혀가도 그냥 손을 놓는가 봅니다?"

막개가 입을 벙긋거리다가 얼굴을 일그러트렸다.

"그…… 조금 의논할 시간을 주게나."

"누구랑요? 책임자로 오셨잖아요. 설마 이제 와서 아니라고는 하지 않겠죠?"

"……."

"아, 걱정 마세요. 아버지라면 제 계획에 찬성하셨을 거예요. 최대한 빨리 구해야 잡혀간 분도 살아 있을 확률이 높을 테니까요."

잠시 후, 막개가 두 손 두 발을 들고 개방도를 불러 모았다.

잠시나마 소란스러웠던 객잔은 찾아왔던 개방도들이 빠져나간 후, 다시 쥐 죽은 듯이 조용해졌다.

더군다나 개방도가 나갈 때 남궁류청도 함께 나갔다. 아버지에게 소식도 전하고, 천귀조와 백호단원이 싸운 곳에 대해 더 알아보기 위해서였다. 당연히 남궁류청을 호위할 무사들도 함께 따라갔다. 객잔의 사람이 더 줄어들었단 소리였다.

석양이 내렸던 하늘은 점차 검푸른 색으로 변해 갔다. 나는 객잔을 돌아다니며 불을 밝히고 초를 든 채 내 방으로 올라갔다.

어두운 방 중앙에 놓인 나무 욕조. 치울 사람이 없으니 그대로 방치되어 있었다. 그 안의 물은 차갑게 식은 지 오래였다.

나는 욕조의 물로 대충 손을 씻고 침상에 앉았다. 그러고는 품에서 작은 나무함을 꺼냈다.

'귀찮아도 챙겨 다니길 잘했네.'

장식 하나 없는 평범해 보이는 나무함이었다. 관리는 잘되어 있지만 오래된 느낌이 남아 있었다.

그리고 얼마 지나지 않았을 때. 야율이 첩자를 가둬 놓은 방으로 들어갔다가 다시 점혈하고 나왔다. 그리고 문 앞을 지키고 서 있다가 자리를 비웠다.

이는 모두 금안을 통해 벽 너머로 본 것이었다. 나는 살짝 지끈거리는 관자놀이를 눌렀다.

'뭐지? 이 정도로 피곤할 리 없는데.'

그 환상을 본 이후로 금안을 쓰는 게 피곤해졌다. 초창기에 만신의에게 전해 받고 익숙해지면서 피로는 점차 사라졌었는데.

'역시 환상이랑 금안이 관련이 있는 건가?'

검흔을 통해 무공을 알아볼 수 있는 이 금안은 상황을 파악하기에 뛰어난 능력을 지니긴 했다.

'하지만 만신의의 서적에는 이런 얘기는 없었는데.'

나는 기억을 더듬었다. 내가 그 자리에 함께 있는 느낌은 아니었고…… 성 무사님의 시점을 따라간 느낌이었다.

'성 무사님의 기억을 읽어 낸 건가?'

나도 모르게 중얼거렸다.

"이럴 때 화무가 있었으면……."

결이 왜 부르냐는 듯이 내게 폴짝 뛰어 다가왔다. 제갈화무는 결을 통해 내 상황을 알 수 있어도 내가 제갈화무에게서 직접 답을 받을 수는 없었다.

'나도 한번 배워 볼까?'

그런데 피와 살점을 먹여야 한댔지? 으음, 그건 좀…….

그때 객잔 문을 두드리는 소리가 들렸다.

"들어와."

야율이었다.

"잘했어?"

"응."

첩자를 잡은 후, 내공을 쓰지 못하게 점혈을 해 놓고 있었다. 그리고 야율은 이번에 다시 점혈할 때 일부러 살짝 실수했다. 조금만 노력하면 금방 풀 수 있을 정도로.

내공만 쓸 수 있다면 묶여 있는 걸 풀어내는 건 어렵지 않을 터.

"그 사람은?"

"아직 있어. 눈치 보고 있나 봐."

그리고 잠시 후, 조심스레 움직이는 게 보였다.

"움직였어."

깨알 같은 글자가 작은 종이를 채워 갔다. 누군가 본다면 그 섬세한 붓놀림에 감탄할 정도였다. 그리고 그 글을 쓴 자의 행색에 고개를 갸우뚱하게 될 터였고.

거지 차림의 사내가 작은 글을 가득 채운 종이를 작게 접어 돌돌 말았다. 그러곤 한쪽 새장의 전서구를 꺼내 발에 묶었다.

한 마리가 날아가기 무섭게 다른 새가 날아들어 왔다. 전서구의 발에서 종이를 풀어낸 거지가 말했다.

"소저에게서 신호가 왔답니다. 지금 감시 중이고 첩자는 객잔을 나가서 북쪽으로 가고 있답니다."

"그래. 절대 놓치지 말라 해. 은신처 담당하는 녀석들에게도 눈 똑바로 뜨고 있으라고 하고."

"알겠습니다."

백리 소저 앞에서는 펄쩍 뛰며 반대했지만, 확실히 괜찮은 작전이었다. 오자마자 하루 만에 본거지를 알아내 습격을 한다? 누구도 상상도 못 할 터였다. 그러니 마교도 전혀 대비하고 있지 않을 것이었다.

막개 옆에 있던 다른 거지가 부루퉁하게 말했다.

"그놈들만 우릴 습격하란 법 있나?"

"맞습니다. 그 새끼들도 저희의 심정을 알아야죠."

무림맹의 습격은 백도 무림 모두에게 큰 충격이었지만 가장 큰 타격을 받은 것은 개방이었다. 그들이 눈에 띄는 피해를 본 건 아니었다. 무림맹에서 일하던 방도들이 꽤 죽었으나, 이는 다른 문파나 가문들도 다 똑같았다.

하지만 그들이 가장 큰 타격을 받았다고 하는 이유. 그것은 개방이 전혀 마교의 습격을 예상하지 못했다는 점이었다.

정보 싸움에서 마교가 개방을 압도했다는 뜻이었다. 다르게 말하면 개방의 정보 체계가 무너졌다는 말이 되기도 했다. 강호 제일의 정보 단체라는 신뢰가 산산조각 난 것이나 다름없었다.

"그런데 정말 괜찮을까요? 기습으로 우위를 가져갈 수는 있겠지만……."

"백리 세가에서 나서서 마교와 싸우겠다는데 우리야 환영이지."

개방도들조차 불안해하며 의문을 표하거늘, 신기한 점은 백검단원들이 백리연의 계획을 불만 없이 따른다는 점이었다.

'백리 대협의 영향력인가?'

이내 고개를 저었다.

'그렇다기엔 뒤늦게 합류한 대협도 소저의 의견을 바로 받아들였어.

소저의 의견을 그만큼 믿는다는 거겠지.'

그러고 보면 남공 공자도 그랬다. 그의 재능과 실력만큼 유명한 건 성격이었다. 도통 곁을 내주지 않고 제멋대로인 태도로 유명했는데, 실제로 본 그는 생각보다 얌전했다.

또한 삼개의 혈고를 찾아냈던 일. 백리 세가주가 조금의 머뭇거림 이나 의문도 없이 손녀의 말만 듣고 단번에 판단을 내렸다. 그만큼 손 녀의 능력을 확신한다는 뜻이었다.

'백리연…… 불우한 과거 빼고는 눈에 띄는 부분이 없었는데. 요주 의 인물이야.'

감이라고도 할 수 있었다. 오랫동안 사람을 살피며 정보를 다뤘던 경험이 말하고 있었다. 이번 일로 빚을 지울 수 있으면 이득이었다.

막개가 말했다.

"우리가 도와줄 수 있는 일은 최대한 도와주고 안 될 것 같으면 그 때 몸을 빼면 된다. 동호방은?"

"별 움직임 없습니다."

"그래. 혹시 모르니까 계속 지켜보고 있고."

문을 두드리는 소리가 들렸다. 곧 거지 한 명이 바람이 숭숭 들어 오는 문을 열고 들어왔다. 그는 별다른 인사말 없이 바로 보고를 올 렸다.

"마교도와 싸운 백호단원의 행적입니다. 약방이 목적이었던 모양입 니다. 여기 의원에게 받아 간 처방전입니다."

처방전을 건네받은 막개가 인상을 찌푸렸다.

"그리고 이건 의원의 묘사에 따라 화공이 그린 백호단원의 얼굴입 니다."

막개가 인물화를 받아 들고는 눈을 크게 떴다.

"이건……!"

"아시는 분입니까?"

"알다마다! 백호단 부단주잖아?"

"부단주요?"

"그래. 무림맹 본성의 습격에서 그대로 실종되어 사망한 줄 알았는데…… 남궁 소가주와 함께 있었다니."

무림맹 본성에서의 전투 상황도 조금씩 밝혀지고 있었다. 남궁완의 상황도 마찬가지였다.

맹회가 끝나고 한창 연회가 진행될 때 벌어진 습격. 잠시 맞서 싸우던 무림맹주는 상황이 불리한 듯싶자 도주했다.

그리고 연회 초반에 자리를 떴던 남궁완은 맹주와 달리 남서쪽 외각에서 끝까지 교전하다가 양민들이 모두 빠져나간 것을 보고 겨우 피신하였다고 한다.

'맹주와 정말 비교되는군. 이게 고수의 품격이지.'

한 시진 뒤.

주점들도 대부분 불을 끄고 영업을 종료할 시간.

"찾았습니다. 만통표국입니다."

"역시 거기였나!"

제일 의심스러운 곳으로 손꼽은 곳이었다.

"가자."

"막개 선배님도 가시게요?"

"그럼? 전투가 어떻게 될지 직접 봐야 보고를 올리지. 뭐 해?"

"예?"

"너도 따라와."

"저, 저도요?"

기겁한 거지를 보고 막개가 혀를 끌끌 찼다.

"너보고 싸우는 데 가라고 안 할 테니 걱정하지 마라. 넌 백리 소저 옆에 붙어 있어. 뭘 하는지 꼼꼼하게 다 기록해."

거지가 안도의 숨을 내쉬었다.

달도 뜨지 않은 밤. 모두가 잠든 시각. 짐을 싣고 내릴 때 쓰는 넓은 안마당에 띄엄띄엄 놓인 횃불만이 유일한 빛이었다.

그런 정문 옆에서 길게 하품을 하며 빈둥거리듯 경계를 서는 무사들.

"아우, 아직도 한 시진이나 남았구면. 일 끝나면 뭐 할 건가? 가서 한잔하겠는가?"

"글쎄. 연 곳이 있으려나?"

쓸데없는 우스갯소리들로 잠을 몰아내는 모습이 겉으로 보기에는 정말로 평범한 표국 그 자체였다. 그리고 횃불이 닿지 않는 어둠을 틈타 은밀한 그림자들이 숨어들어 갔다.

잠시 후 경계를 서던 표국의 무사들이 쓰러지고, 그렇게 쓰러진 무사들이 채 열 명도 되지 않았을 때였다.

"습격이다!"

댕– 댕– 댕–!

종소리와 함께 표국 안이 밝아지며 사람들이 뛰어나왔다. 어차피 처음부터 잠입을 전문적으로 훈련받은 이들이 아니었다. 그저 병력을 최대한 줄이기 위해 몇 사람만 잠입한 것이었다.

발각되자마자 곧장 대기하고 있던 자들이 담을 넘어 들어왔다. 표국 무사들에게 호위를 받으며 누군가 걸어 나왔다. 호위를 받는 사내는 기름 흐르는 낯에 뚱뚱한 체구로 표국의 고위직으로 보였다.

"다, 당신들 대체 누구요! 우린 만통표……!"

채 말을 끝까지 맺지도 못한 채 누군가의 검에 베여 쓰러졌다. 쓰러진 사내의 부릅뜬 두 눈은 제 죽음을 전혀 예상치도 못한 낯이었다. 분명 호위들 사이에 둘러싸여 있었는데, 어떻게 공격받았는지 알 수 없었다.

표사들 중 누군가 외쳤다.

"너는…… 백리의강!"

백리의강이라는 말을 들은 순간이었다. 분명 뚱뚱한 사내가 죽자 겁에 질리고 충격받은 표정이었던 표국의 무사들이 순식간에 무표정한 얼굴로 변했다. 표정이 없는 이들이 일사불란하게 검을 겨누는 모습은 꽤 섬찟한 광경이었다.

사내를 베어 낸 자가 담담하게 말했다.

"류청, 여긴 네가 맡거라."

대답을 듣기도 전에 백리의강이 무사들을 뛰어넘으며 안으로 들어갔다.

"막아!"

쾅!

벼락이 치는 듯한 굉음이 들렸다. 그리고 그 시각, 천귀조 또한 습격을 전해 들었다.

"뭐라고? 습격?"

"예. 백리 세가 사람들입니다. 제대로 준비한 듯싶습니다. 백리의강이 직접 왔습니다."

"대체 어떻게 알고……!"

한차례 욕설을 내뱉은 천귀조가 말했다.

"막아. 어떻게든 막아. 알겠어?"

"병력이 분산되어 있습니다. 백리 세가의 병력이 보고와 같다면 막기 힘듭니다."

"네놈들 목숨을 바쳐서라도 막으라고!"

가서 죽으라는 소리나 다름없는 말을 듣고도 상대의 표정은 달라지지 않았다.

"계획이 있으신 겁니까?"

천귀조가 잠시 인상을 찡그렸다. 그러곤 지하 방향을 바라보았다.

"백호단 부단주, 그놈의 내공을 흡수할 거다. 그럼 상대할 만하겠지."

"흡성마공을 말씀하시는 겁니까?"

"그래. 운기조식할 시간을 벌란 말이다. 알겠어?"

"알겠습니다."

천귀조는 서둘러 방을 나왔다. 그사이 건물 안까지 들이닥쳤는지, 코앞이나 다름없는 곳에서 칼 부딪치는 소리가 들렸다.

전투 소리가 들리는 곳을 피해 서재의 벽을 눌렀다. 책장이 소리 없이 움직이며 몸을 숙여야 들어갈 만한 작은 문이 열렸다. 비밀 통로였다.

지하로 내려가는 길은 빛 한 점 없이 어두컴컴했다. 등 뒤로 문이 닫히고 다시 책장이 돌아가는 소리가 들렸다.

한참 지하로 내려가던 천귀조가 백검단 부단주를 가둬 둔 곳이 아닌 다른 방향으로 몸을 틀었다. 만통표국을 빠져나가는 통로였다. 이통로는 오늘 그가 죽인 녀석만이 알고 있던 곳이었다.

하지만 천귀조가 신출귀몰하게 추격을 피할 수 있는 이유. 그건 어디를 가든 늘 탈출구부터 마련하는 자이기 때문이었다. 숨겨진 통로를 알아내는 건 그에게 별로 어렵지 않은 일이었다.

'흡성마공은 무슨 흡성마공? 머저리들 같으니. 적어도 하루는 걸릴텐데.'

천귀조는 늘 자신이 우위를 지닐 수 있는 상황에서만 싸웠다. 누군가는 비열하다고 말할 수도 있겠지만, 천귀조에는 그게 당연한 일이었다.

"빌어먹을. 그 계집애는 대체 첩자를 어떻게 알아낸 거지? 벌써 그계집한테 두 번이나 당하다니. 그것만 아니었어도……."

길고 좁게 이어지던 통로가 갑자기 막혔다. 허술해 보이는 사다리와 함께 위로 길이 뚫려 있었다. 천귀조는 사다리를 밟지 않고 단숨에 뛰어 올라갔다.

묵직한 문을 밀어내며 밖으로 나오자 허름한 창고가 천귀조의 시야에 들어왔다. 마지막으로 확인했을 때와 전혀 변한 것 없는 모습이었다.

천귀조는 기감을 높여 주변의 기척을 살폈다. 아무 문제도 없는 걸확인한 천귀조가 창고 바닥을 돌아보았다. 그가 열고 나온 문 옆에 커다란 나무함이 밀려난 모습으로 있었다.

나무함을 열자 안에는 갈아입을 옷과 얼굴을 가릴 삿갓 등이 놓여있었다. 그걸 집으려는 순간이었다.

우드득. 쾅!

천장이 부서지며 천귀조가 방금까지 서 있던 자리에 검을 든 사내가 추락했다. 상황을 제대로 인지할 틈도 없었다. 천귀조는 본능적으로 내공을 끌어 올리며 양손을 교차했다.

퍽!

천귀조의 양손이 새파란 검을 겨우 막아 내고, 상대를 확인한 천귀조가 믿기지 않은 듯이 눈을 부릅떴다.

"백⋯⋯ 리의강!"

하지만 검기의 파동마저 모두 막을 수는 없었는지 뺨이 따끔한 느낌과 함께 인피면구 안으로 피가 번지는 느낌이 들었다. 검을 막아 낸 천귀조의 양손이 부들부들 떨리며 조금씩 밀렸다.

천귀조가 이를 갈며 말했다.

"어째서? 네가 여길 어떻게 알고!"

"너의 방식은 늘 뻔하다고 하더군."

"뭐?"

곧이어 창고를 둘러싼 기척이 느껴졌다.

밤새 벌어진 소란에도 다음 날 악양의 아침은 평화롭기 그지없었다. 아침 일찍 일하기 위해 거리에 나온 양민들의 모습은 전날과 다른 점을 찾아보기 힘들 정도였다.

그나마 몇 사람이 웅성거리며 전날 소란에 관심을 가졌으나 무슨 일이 벌어졌는지 정확히 아는 자는 없었다.

"어젯밤에 만통표국이 망했다던데."

"만통표국이면 거기 범이 아범이 일하던 데 아닌가? 어쩌다가?"

"그건 나도 모르지. 내가 들은 바로는 어디 큰 가문에게 밉보였다는데?"

"큰 가문? 여기에 큰 가문이 어디 있나? 동호방을 말하는 게야?"

"동호방이면 동호방이 했다고 했겠지. 게다가 만통표국이면 동호방이랑 사이도 좋았을 텐데. 이상하잖나?"

"거슬리는 짓을 했나 보지."

늘 있던 소란 중 조금 큰 규모로 취급되는 정도였다. 관군도 왔다가 무림인들의 일인 것을 알고 너무 소란 피우지 말라며 물러갔다.

그리고 우리는 마교를 모두 처리한 만통표국 장원 지하에서 백호단 부단주를 발견할 수 있었다.

다행히 생명에 지장이 있을 정도의 부상은 아니었다. 하지만 혼혈, 정신을 잃게 만드는 혈 자리를 너무 오래 짚어 놓아 다시 정신이 드는 데 시간이 좀 걸렸다.

부단주가 깨어난 후, 곧바로 남궁완 아저씨를 비롯한 다른 이들이 숨어 계신 곳까지 찾을 수 있었다. 남궁 세가와 백호단 일행은 동정호에 있었다.

호수에 있었다니? 의문이 들 수밖에 없었다. 정확히는 동정호에 떠 있던 큰 배 안에 숨어 계셨다.

동정호에는 수많은 배가 떠 있다. 그중에는 배 안에서 연회를 열어 몇 날 며칠 음주가무를 즐기거나, 낚시 등을 한다며 정박하지 않는 배들이 많았다. 그런 배인 척하고 숨어 있었던 것이었다.

정말 상상도 못 한 곳이었다.

'만약에 아버지가 뒷골목에서 소란 피우지 않고 조용히 찾아다녔다면…… 이거 평생 못 찾을 수도 있었겠는데?'

원래는 그 배를 타고 조용히 악양을 빠져나갈 계획이었다고 한다. 그러나 문제가 있었다. 배를 띄우는 것까진 괜찮았지만, 악양을 빠져나가기 위해선 동호방을 거치지 않을 수 없었다고 했다.

동호방은 흑도. 무림맹 단체인 백호단, 그리고 남궁 세가에 좋은 감정이 있을 리 없었다. 들키면 되레 전보다 더 곤란한 상황이 될 수 있었다.

결국, 육지로 나오지도 악양을 빠져나가지도 못하고 있었다 했다.

어쨌든 그렇게 백호단과 남궁 세가 사람들을 구해 낼 수 있었다. 분명 기뻐해야 할 상황이었다. 하지만 되레 분위기는 무겁기 그지없었다. 남궁완 아저씨 때문이었다.

아저씨는 숨어 있던 배에서 잠깐 대화를 한 걸 끝으로 정신을 잃었다. 그리고 객잔으로 옮기는 내내 정신을 차리지 못했다. 그만큼 상태가 좋지 않은 것이다.

방의 분위기는 숨 쉬는 것조차 조심스러웠다. 나는 둥근 걸상에 앉아 병풍이 가린 방향을 바라보았다. 꼿꼿하게 서 계신 아버지의 굳은 표정이 병풍 위로 살짝 보였다.

병풍 너머는 금안으로 확인할 수 있었다. 남궁류청이 바닥에 한쪽 무릎을 꿇고 앉아 있고, 남궁완 아저씨가 누워 의원의 진찰을 받고 계셨다. 나도 병풍 안으로 들어가서 상처를 직접 보고 싶은데, 외간 사내의 맨몸이라 안 된다고 병풍 밖으로 쫓겨난 상태였다.

"의원 어르신, 언제까지 진찰만 하실 겁니까? 아버지께서 왜 정신을 차리지 못하고 계신 겁니까?"

살짝 다그치는 듯한 목소리였다. 아버지가 말리듯 이름을 불렀다.

"류청아."

의원이 괜찮다는 듯한 몸짓을 하고 말했다.

"상태가 좋지 않습니다."

잠시 한숨을 내쉰 의원이 말을 이었다.

"오른팔을 잘라 내야 합니다."

나도 모르게 벌떡 일어났다. 그러곤 황급히 병풍 안으로 뛰어들어 갔다. 안에 있는 사람들은 나를 신경 쓸 겨를이 없었다.

남궁류청이 되물었다.

"지금…… 뭐라 하셨습니까?"

짧게 침묵한 아버지가 낮게 가라앉은 목소리로 말했다.

"오른팔은 검사의 생명이나 다름없소. 정말 그 수밖에 없소?"

"이건 화타가 살아 돌아온다 해도 못 고칩니다."

의원이 한숨을 내쉬며 고개를 저었다.

"상처가 너무 깊습니다. 혈관과 근육 신경까지 모두 상했습니다."

남궁류청이 나직이 중얼거렸다.

"……그럴 리가 없어."

의원이 담담하게 말을 이었다.

"솔직히 지금까지 버티고 계신 것도 무공을 익히신 분이라서죠. 아 니었다면 진즉 상처가 썩어 들어갔을 겁니다. 안타깝지만 방도가 없 습니다."

"……."

"……."

나는 남궁완 아저씨를 바라보았다. 남궁류청을 매우 닮은, 다소 사납게 생겼지만 잘생겼다고 감탄하던 얼굴은 초췌하니 이미 식은땀으로 가득했다. 환부는 이미 흰 천으로 덮어 두어 확인할 수 없었다. 하지만 알았다. 모를 수가 없었다. 오는 내내 부인하고 부인했으니까.

아저씨의 오른팔은 진기의 흐름이 이미 끊어져 있었다. 마치 벌써 사람 몸에서 잘려 나간 것처럼.

그때 남궁류청의 입에서 고함이 터져 나왔다.

"이 돌팔이 같으니. 헛소리 말고 여기서 썩 꺼져!"

나는 머리를 짚으며 방에서 나왔다.

심정적으로는 이해가 갔다. 팔을 잘라야 한다는 말은 무인으로서 사망 선고나 다름없었다.

"아이고…… 남궁 소가주까지 이럴 수가……."

밖으로 나오자 막개가 문 근처에서 서성이고 있었다. 딱히 사람을 물리거나 목소리를 죽이며 대화하지 않았으니 이미 안에서의 일을 모두 다 들었을 터. 게다가 의원을 불러 온 사람이 막개였다.

아버지는 가타부타 설명치 않고 곧장 말했다.

"다른 의원을 찾아봐 줄 수 있겠소? 구해 온 의원의 실력을 의심하는 것이 아니오. 다만……."

"아, 무슨 뜻인지 압니다. 알죠. 쉽게 결정할 일이 아니니까요. 다른 실력 좋은 의원으로 데려오겠습니다."

두 분의 대화를 지켜보고 있을 때, 계단 아래에서 야율의 모습이

빼꼼 보였다. 야율이 입 모양으로 물어봤다.

"끝났어?"

나는 고개를 살래살래 저었다.

"언제 끝나?"

나는 모른다며 또 살래살래 내저었다. 야율이 살짝 낙심한 표정을 짓고는 다시 아래로 내려갔다.

나는 아버지와 막개를 돌아보았다.

"……해서 남궁가에 서둘러 소식을 전해야 할 것 같소."

"남궁 세가 사람들도 이동 중이라 전서구가 제대로 도착할지는 모르겠습니다."

"그래도 최대한 닿을 수 있게 부탁하오. 후…… 계속 이렇게 부탁만 하게 되는구려."

"아이고, 뭘요. 다 이렇게 돕고 사는 거죠. 맡겨만 주십쇼. 또 다른 부탁 있으시면 말씀하시고요."

막개가 아버지를 대하는 태도는 무척 극진해 의아할 정도였다. 정말로 은인 대하는 듯한 태도랄까? 나는 막개를 의심스럽게 보다가 좀 전에 의문이 들었던 것을 물었다.

"그런데 남궁 소가주까지라는 건 무슨 뜻이에요?"

"아, 이번 무림맹이 습격받으며 꽤 많은 고수들이 당해서 말이네."

막개가 깊은 한숨을 내쉬었다.

"특히 백도 무림의 차세대를 담당할 이들이 많이 당해서…… 그래서 남궁 소가주까지라고 한 걸세. 후…… 지금이야 마교가 물러갔다지만 앞으로 어찌해야 할지. 아, 대협, 천귀조는 어찌하실 겁니까?"

천귀조도 이번에는 도망치지 못했다.

처음부터 도주를 예상했기에 쫓는 건 별로 어렵지 않았다. 조금만 불리해지면 분명 어떤 방식으로든 도망치려 들 거라고 생각했다.

'그게 아버지와 검도 한 번 부딪치지 않고 튀는 것일 줄은 몰랐지만…….'

그리고 만통표국 근방에서 싸움을 지켜보던 나는 천귀조가 지하 통로로 빠져나가는 걸 보고 아버지께 바로 알렸다. 그 뒤로 지상에서 쭉 쫓다가 백 장 정도 지나서 주점 창고로 탈출하는 것을 붙잡은 것이었다.

늦은 시각에 모두 잠들어 길이 막힐 일도 없으니, 혼자 지하를 통해 움직이는 천귀조를 추적하는 건 무척 쉬웠다. 몇몇 건물 지붕을 밟으며 조금 넘나들긴 했지만…….

막개가 나를 흘끔 보았다. 막개도 나와 함께 다닌 거지를 통해 내가 아버지와 함께 천귀조를 거침없이 쫓은 일을 전해 들었을 것이다. 천귀조를 떠올리자 내게 무척 묻고 싶은 게 많은 듯했다. 나는 모르는 척 시선을 돌렸다.

아버지가 말했다.

"이송용 감옥은 언제쯤 도착하겠소?"

"음…… 악양에는 무림맹 지부가 없으니 말입니다."

손을 꼽던 막개가 걱정스럽다는 듯 말했다.

"대략 나흘 정도 걸리리라 봅니다. 대협, 정말 천귀조를 무림맹 본단까지 데리고 가시게요?"

아버지가 굳은 낯으로 고개를 끄덕였다. 나 또한 표정을 굳혔다.

"으음, 이것 참. 위험하지 않겠습니까? 천귀조의 단전은 부수긴 했습니다만…… 마교에서 구출하려고 들면……. 후, 그렇다고 알아내야 할 정보가 있으니 그냥 여기서 처형할 수도 없고……."

아버지가 막개의 말을 막으며 말했다.

"내가 제대로 끝내지 못해 생긴 일이니, 내가 마무리하고 싶을 뿐이오."

"알겠습니다. 상부에서도 대협께 최대한 지원을 아끼지 말라 하였으니까요. 필요하신 일 있으면 편히 말씀하시지요."

고개를 끄덕인 아버지가 굳은 표정으로 나를 돌아보았다.

"연이 너는 잠시 아비 좀 보자꾸나."

"저, 저요?"

아버지가 따라오라는 듯 앞서갔다. 심장이 덜컥 떨어지는 기분이었다.

'나 뭐 잘못한 게 있던가? 내가 뭘 잘못했지?'

아니 물론, 나도 막개와의 대화가 끝나면 아버지께 잠시 얘기하자고 할 생각이었다.

'분명 그랬는데……'

반대로 아버지가 나 좀 보자 하시니 왜 이렇게 무서운지 알 수가 없었다. 나는 오들오들 떨면서 아버지를 따라갔다.

객잔에 빈방은 많았다. 적당한 방에 들어간 아버지가 문을 닫았다.

"앉아라."

가리킨 곳에 앉자 아버지가 뭘 찾는 것처럼 주변을 두리번거렸다.

"뭐 찾으세요?"

"찻주전자가 없구나."

나는 의아해서 고개를 기울였다.

"아버지, 지금 객잔 직원이 없잖아요."

"아, 내 정신이……."

아버지가 머리를 살짝 짚었다.

별문제를 찾을 수 없던 객잔 주인과 점원들은 어제 만통표국을 습격하기 전에 풀어 주었다. 하지만 이미 겁을 집어먹을 대로 먹어 버린 점원은 그만두겠다고 줄행랑쳐 버렸다. 하루아침에 점원 둘이 사라지게 된 객잔 주인은 새 점원을 구하겠다고는 했지만, 아직 하루도 지나지 않았다.

"제가 가져올게요."

"아니, 아니다."

나는 의자에서 내려와 문을 벌컥 열었다. 그리고 황급히 계단 아래로 몸을 숨기는 사람을 볼 수 있었다. 딱 봐도 엿들으려다가 걸린 모습이었다.

기척 하나는 정말 제대로 숨기고 있었다. 몸놀림이 그를 못 따라가서 그렇지.

"저기요. 다 봤어요."

"하하하…… 그, 그냥 지나가던 길이라네."

"소개라고 하셨던가요?"

"아하하. 이름도 기억하다니."

소개.

막개 아래에서 주로 일하는 거지가 셋 있었는데, 이름이 소개, 중개, 대개였다. 처음에 듣고 어찌나 어이없던지 잊어버릴 수가 없었다.

"일 없으신 것 같은데, 차 좀 가져다주세요."

"뭐?"

"일 없으신 거 아니에요? 그럼 왜 여기 계셨던 거예요?"

"아, 아하하. 가져다주마. 주면 될 거 아냐."

소개가 투덜거리며 계단을 내려갔다.

"이제 됐어요."

"……."

아버지가 말을 잃은 표정으로 나를 바라보았다. 나는 고개를 갸웃
기울였다.

"……아니다."

아버지가 살짝 허탈하게 웃으며 고개를 내저었다. 나는 그런 아버
지를 바라보다 쪼르르 다가가 폭 안겼다.

"……."

침묵하던 아버지가 손을 내 등에 살짝 얹었다. 무게감은 전혀 느껴
지지 않았다.

"걱정했느냐?"

나는 말없이 고개만 끄덕였다.

"전혀 그래 보이지 않았거늘."

"제가 마교를 치자고 제안해 놓고 불안해하면 다른 사람들이 더 불
안할 거 아니에요?"

게다가…… 남궁완 아저씨의 저런 모습을 보니 왠지 모르게 갑자기
무서워졌다고 할까. 만약 아버지의 발작이 이번에 터졌다면…… 저렇
게 누워 계신 게 남궁완 아저씨뿐만 아닐 수도 있었다는 가능성이 현

실감 있게 느껴졌다.

"정말로 다행이에요."

아버지가 머리를 쓰다듬었다.

"그렇게 시도 때도 없이 발작이 일어나거나 그러진 않는다. 그랬으면 이렇게 나서지 않았을 테다."

"……."

글쎄요. 전혀 몸 사리지 않다가 돌아가시기까지 하신 분의 말씀은 신용이 전혀 없었다.

그렇게 안겨 있던 나는 아버지 품에서 쿵쿵거리기 시작했다. 아버지가 당혹스러운 듯한 목소리를 냈다.

"……연아?"

뭐지, 어디서 피 냄새가 나는데?

곧이어 어깨에서 찢어진 옷자락과 말라붙은 핏자국을 발견했다. 나는 눈을 부릅떴다.

"다치셨잖아요!"

"아, 그냥 좀 스친 거다. 별거 아니니라."

아버지가 나를 조심스럽게 밀어내며 장포를 여몄다.

"갑자기 무슨…… 놀라지 않았느냐."

"놀란 건 저거든요!"

"……."

"빨리, 빨리, 상처 좀 봐요!"

약간의 실랑이가 있었으나 내가 이겼다. 나는 어깻죽지부터 팔까지 난 상처를 보고 말을 잃었다.

야밤에 눈에 띄지 않게 활동해야 해서 짙은 색의 옷을 입고 있던

터라 지금껏 전혀 눈치 못 챘다. 물론 자세히 살펴봤으면 알았겠으
나…… 아무래도 부단주를 찾고 그러다 보니 신경 쓸 겨를이 없었다.

"……"

"이게 별거 아니라고요?"

"그래. 그다지 큰 상처는 아니다."

"알겠어요."

내가 선선히 수긍하지 잠깐 멈칫한 아버지가 나를 돌아보았다. 뭔
가 의심스럽다는 낯빛이었다. 나는 태연하게 품속에서 금창약을 꺼
냈다.

"금창약 가지고 다니길 잘했네요. 일단 지금은 제가 약 바르고 나
중에 의원님께 보여 드려야 할 것 같아요. 꿰매야 할 수도 있을 것 같
아서요."

"알겠다."

"……"

"좀 이상하구나."

"뭐가요?"

눈을 몇 번 깜빡이던 아버지가 말했다.

"네가 별말 없이 넘어가는 게 이상하다는 말이다."

"아버지도 정신없으셨을 테니까요. 그리고 확실히 별거 아닌 것 같
아서요."

"……?"

아버지가 더더욱 의심스러운 눈빛으로 나를 바라봤다. 나는 환하
게 웃으며 말을 이었다.

"저도 다음에 이 정도의 상처는 조용히 넘어가려고요!"

"······미안하구나."

그렇게 아버지와 투닥이며 상처에 조심스레 금창약을 발랐다. 상처의 회복을 돕도록 자연지기도 불어넣었다.

"연아, 네가 보기에 완의 팔은 어떻더냐?"

나는 몇 번 입을 열었다 닫길 반복하다 힘없이 말했다.

"이미 기맥의 흐름이 없었어요······. 그렇다는 건 아마도······."

"네 능력으로도 안 되는 게냐?"

"······."

"미안하구나. 내가 괜한 부담을 주었어. 이 정도면 됐다."

아버지가 다시 옷자락을 올려 여몄다.

"일단 다른 의원들의 말을 들어 봐요."

"그래야지."

방 안은 무거운 침묵으로 가득 찼다. 나는 씁쓸하게 웃었다.

"너무 걱정하지 마세요. 방법이 없을 리 없어요. 저도 모두가 불가능하다고 했는데 이렇게 무공도 쓸 수 있게 됐잖아요?"

나를 본 아버지가 희미하게 웃으며 고개를 끄덕였다.

"네 말이 맞구나."

나는 아버지를 잠시 응시하다 물었다.

"아버지, 천귀조는 어찌하실 거예요?"

천귀조는 잡히자마자 단전을 부수고 팔다리의 힘줄도 잘라 놨다. 이미 수도 없이 많은 백도 무림인과 양민들을 죽여 댄 자였다. 당연한 처사였다.

죽이지 않은 것은 그에게서 얻어 내야 할 정보가 많기 때문이었다. 그리고 그 안에는 아버지께 불리한 이야기도 있었다.

"정말 무림맹으로 데려가실 생각이세요? 어차피 지금 무림맹은 제 구실도 못 할 텐데…… 굳이 그렇게 수고하실 필요가 있을까요?"

"무림맹에는 지부가 많다. 네가 걱정할 정도는 아니니라."

"……."

나는 한숨을 내쉬었다.

'아버지인데 돌려 말할 필요 없겠지.'

"천귀조가 야율 이야기를 하면 어떡해요?"

아버지는 정말 아무렇지도 않은 듯이 담담하게 말했다.

"하겠지."

"어떻게…… 괜찮은 거예요?"

흡성마공은 그 이름만으로도 무림인들이 경기를 일으키는 무공이었다. 야율이 흡성마공을 익히고, 이를 아버지가 숨겨 줬다는 사실이 알려진다면 같은 죄인 취급을 받을 수 있었다.

아버지는 변함없이 담담하게 말했다.

"천귀조는 이번 습격의 중요한 증인이다. 붙잡지 못했다면 모를까, 내 사적인 일로 그를 처리할 수는 없느니라."

나는 입술을 꽉 깨물었다.

정론은 정론이었다. 하지만…… 굳이 그럴 필요가 있는 걸까? 그냥 지금 여기서 죽이자는 말이 목 끝까지 올라오는 걸 겨우 억눌렀다.

아버지가 말을 이었다.

"물론 지금처럼 백호단 단주로 지낼 수는 없겠지. 돌아가면 바로 단주도 자리도 내려놓을 생각이다."

나는 눈을 빠르게 깜빡거렸다.

아버지는 백호단에 상당한 애정을 가지고 계셨다. 답답한 가문을 벗어나 인정받던 곳이어서 그럴 거라 생각했다.

애정을 가졌기에 내가 주화입마에 빠진 후 그만두려 했고, 또 애정을 가졌기에 정말로 그만두지 못했다. 미련이 남았던 것이다. 그런데 야율의 일 때문에 결국 내려놓는 것이다.

허탈하면서도 나도 모르게 고개를 주억거리고 있었다.

'그렇지, 아버지는 이런 사람이셨지.'

아버지가 말을 이었다.

"그렇지 않아도 그래서 너를 불렀느니라."

나는 움직이던 손을 멈추고 아버지를 보았다.

"야율이 너무 겁먹지 않게 잘 다독이거라."

"……예?"

잠시 제대로 이해가 되지 않았다. 뒤늦게 되물었다.

"겁이요? 야율이 겁을 먹는다고요?"

"아직 아이지 않느냐."

"아…… 뭐…… 예에…….".

웃지도 울지도 못하는 내 표정을 보았을 텐데도 아버지는 웃음기한 점 없이 진지한 낯으로 말을 이었다.

"그 아이는 네 옆에 있고 싶어 하지 않느냐?"

이건 또 정확했다. 아버지가 야율을 잘 안다고 해야 할지 모른다고해야 할지 혼란스러웠다.

"흡성마공을 익힌 사실이 알려진다면 네 옆에 있기 힘들겠지."

"……."

"천산염제께서 계시니 당장 큰 문제가 생기진 않을 터다."

하지만 천산염제는 곧…….

그러고 보면 남궁 세가로 떠난다고 한 뒤 연락이 없었다.

"게다가……"

갑자기 아버지가 하던 말을 멈췄다. 꽤 긴 침묵이 이어진 후 아버지가 말했다.

"너도 좀 전에 막개에게 들었다시피 현재 백도 무림의 전력은 크게 약화했다. 백도 무림의 큰 전력이 될 수 있는 아이를 쉽게 내치진 않을 테다."

"……"

"일단은 그렇게 주장해 볼 생각이다."

나는 살짝, 아니 꽤 놀라서 아버지를 바라보았다.

'아버지가 그런 생각을 하셨다고?'

저 말뜻은 마교로 인해 궁지에 몰린 무림맹의 상황을 이용하겠다는 것이었다. 음모라고 할 정도도 못 되는 것이었지만…… 아버지가 이런 생각을 했다는 것 자체가 내겐 충격이었다.

"물론 이것만으로 야율이 안심할 수는 없겠지. 그래서 네게 부탁하는 게다."

나는 얼떨떨하게 고개를 주억거렸다.

"나도 그에게 알려 주겠지만, 그래도 네가 괜찮을 거라고 말해 주는 게 제일 믿을 수 있겠지. 그 아이는 널 많이 좋아하니."

대화가 약간 부끄러워지는 내용이었는데, 아버지의 목소리가 뒤로 갈수록 왠지 모르게 언짢은 듯이 들렸다. 잠시 침묵하더니 불만스러운 목소리로 말했다.

"영 마음에 들지 않는구나."

"……절 좋아한다는 게요?"

"널 아끼게 되는 건 당연한 일이지."

"네? 아, 그, 그렇군요."

나는 부끄러움에 속으로 몸부림치다가 말을 돌렸다.

"그러고 보니 대체 차를 가져오는 데 왜 이렇게 오래 걸리죠?"

호랑이도 제 말 하면 온다고, 아버지가 먼저 문을 돌아보셨고 그다음 나도 문 앞에 다가온 기척을 느낄 수 있었다.

"아, 드디어 차를 가지고 왔나 봐요."

"들어오너라."

그리고 문을 열고 들어온 자를 보고 눈을 동그랗게 떴다.

"왜 네가 온 거야?"

"차 심부름을 시켰다고 하길래 내가 간다고 했어."

제 말을 듣고 온 호랑이는 거지가 아니라 야율이었다. 야율이 가볍게 걸어 들어와 탁자에 쟁반을 내려놓았다. 아버지가 말했다.

"고맙구나."

찻주전자를 집어 들려 했으나 아버지의 손이 더 빨랐다. 대신 나는 찻주전자 옆에 뜬금없이 자리한 나무 찜통을 눈짓하며 물었다.

"이건 뭐야?"

"배고플 것 같아서."

야율이 찜통을 열자 나란히 놓인 만두가 보였다.

"응?"

"……."

야율이 살짝 아쉬운 듯 말했다.

"조금 식었네."

나는 당황한 표정을 숨기지 못했다. 아버지는 미묘한 눈길로 야율을 바라보고 계셨다. 그럴 만도 하지. 아니, 이런 상황에 지금 누가 밥 먹을 생각을 하겠는가?

난 찻잔을 매만지며 말했다.

"고마워……. 그런데 지금은 조금 바빠서 나중에 먹을게."

"안 돼."

야율의 단호한 말에 살짝 놀라 바라보자 야율이 말을 이었다.

"네가 그랬잖아. 무슨 일이 있어도 밥은 먹어야 한다고."

"내가…… 그런 소리를 했어?"

"응."

나는 입가를 긁적였다. 워낙 아무 말이나 많이 해서 그런 소리를 했는지 기억이 나질 않았다. 하지만 내가 했을 법한 소리긴 했다. 어릴 적 야율은 또래보다 작고 삐쩍 마른 데다가 밥도 새 모이만큼 먹던 터라……. 훤칠하게 자라난 지금 그런 과거가 있었다고 얘기해도 아무도 믿지 않을 것이다.

야율이 걱정스럽다는 듯 말했다.

"밤새 아무것도 안 먹었잖아."

그때 지켜보던 아버지가 입을 열었다.

"……야율의 말이 옳다. 식사는 거르지 말아야지."

그렇게 젓가락을 집으면서도 당혹스러웠다.

'내가 지금 왜 만두를 먹고 있는 거지……?'

조금 전까지 천귀조가 어떻고 야율은, 흡성마공은 어째야 하는지 심각하게 얘기하던 모든 게 별것 아닌 것처럼 느껴졌다.

그때 야율이 말했다.

"대협 것도 있어요."

아버지가 짧게 침묵하고 물었다.

"······나도?"

"네."

야율이 당연하지 않느냐는 표정을 했다.

"······."

나는 웃음이 터질 뻔한 표정을 관리하고 자애롭게 말했다.

"아버지, 식사는 거르지 마셔야죠."

"······."

침묵하던 아버지가 야율을 향해 말했다.

"그럼 너도 앉거라. 같이 먹자꾸나."

야율이 고개를 저었다.

"저는 이미 먹었어요."

"알겠다."

나는 재빨리 고개를 숙이고 큭큭거리며 웃었다.

'그래. 다 먹고살자고 하는 일인데.'

나는 만두를 하나 집어 들어 입에 물었다.

"음?"

야율이 물었다.

"어때?"

"······맛있어!"

듬뿍 들어 있는 고기에서 나온 육즙이 입 안을 가득 채웠다. 잡내도 하나 없고 만두피도 쫄깃쫄깃했다. 자칫 육즙으로 느끼해지려는 것을 살짝 매콤한 향이 잡아 주었다.

"그래? 다행이네."

몇 개를 연달아 먹자 매운맛이 올라왔다. 나는 입을 손부채질을 하며 찻주전자를 들었다.

야율이 물었다.

"매워?"

"음, 조금? 아버진 어때요?"

"난 괜찮다. 연이 네겐 조금 매울 수 있겠구나."

야율이 약간 실망한 표정이라 손을 내저었다.

"아냐, 나 매운 거 좋아해. 엄청 맛있는데? 이거 어디서 사 온 거야? 그러고 보니 다른 분들도 아직 식사 못 했겠지? 그분들한테도 사서 드시라고 해야겠다."

"사 온 거 아닌데."

차를 마시던 나는 무슨 말이냐는 듯이 야율을 보았다. 야율이 태연하게 말했다.

"내가 만든 거야."

"켁! 콜록, 콜록!"

나는 그대로 사레가 들려 기침을 내뱉었다.

"괜찮아? 미안. 덜 맵게 했는데, 그래도 많이 매웠나 보네……."

그것 때문이겠어?

아버지가 내 등을 두들기며 물었다.

"네가 만든 거라고?"

"네. 좀 전에 객잔 주인이 오고, 식자재가 들어와서요. 백검단 분들과 문제없는지 확인한 후, 만들었어요. 주방장도 왔고 조리를 시작했으니 다른 분들 식사도 준비할 거예요."

자연스럽게 의문도 하나 풀렸다.

'아까 계단 아래서 나한테 끝났냐고 묻던 게 만두 때문이었구나……'

아버지가 고개를 주억거리고 말했다.

"고생했다. 실력이 좋구나."

나도 기침을 겨우 멈추고 입가를 손등으로 닦으며 말했다.

"그러게…… 후우, 처음 만든 솜씨는 아닌데?"

"가끔 생각날 때 만들어 먹었어."

인적이 드문 깊은 산속에서 지냈다고 들었다. 식재료는 쌓아 두면 된다지만 만두를 먹고 싶다면 직접 빚는 수밖에 없었을 터다.

"만두를 좋아하나 봐."

"예전에 너랑 먹은 적 있잖아."

"응? 아, 그 나가서 먹었던 거 말하는 거야?"

야율이 살짝 미소 지었다.

"응. 그때가 가끔 떠올라서."

"……그때 우리 갑자기 시비 걸려서 싸우고 난리도 아니었지 않나?"

"맞아. 그랬지."

그게 좋은 기억으로 남아 있다니…….

내 의문이 야율에게도 느껴진 모양이었다. 야율이 살짝 수줍은 기색으로 말했다.

"그래도 너랑 간 거잖아."

탁.

갑작스러운 소리에 돌아보았다. 아버지가 탁자에 젓가락을 내려놓는 소리였다. 술잔을 내려놓는 것조차 소리 하나 내지 않는 예법의 화신 같은 아버지가 이런 움직임이라니?

'뭐지?'

그리고 왠지 모르게 아버지에게서 못마땅한 기색이 읽혔다. 나와 같이 아버지를 본 야율이 마침 떠올랐다는 듯 말했다.

"아, 대협. 대협께서 제가 천귀조와 만나는 걸 막으라 하셨나요?"

이건 또 무슨 소리야?

아버지가 야율을 물끄러미 바라보다 말했다.

"그래. 내가 너는 만나지 못하게 막으라 일렀다."

"아버지?"

내 의문 섞인 부름에 아버지가 가만히 있으라는 듯 눈짓했다. 아버지가 야율을 향해 물었다. 왠지 아버지의 목소리가 조금 싸늘하다고 느껴졌다.

"만나서 무얼 하려고?"

"그냥요."

"그냥?"

"네. 그냥…… 어떤 모습일지 궁금해서요."

뭐, 궁금해할 수 있는 것이긴 했다. 자신을 괴롭게 한 악인의 몰락이니까. 하지만 의심이 들었다.

'야율이 그런 걸 보고 싶어 한다고?'

아버지가 말했다.

"만나서 뭐 하겠느냐? 좋은 기억도 아닌 것을. 앞으로의 일을 위해서라도 너와는 최대한 접점이 없는 것이 좋다."

"그런가요?"

알겠다는 듯 고개를 끄덕인 야율이 또 질문했다.

"천귀조를 무림맹에 데려가신다고요?"

아버지가 살짝 미간을 찡그렸다.

"벌써 들었느냐?"

"네. 개방도가 호송용 감옥에 대해서 얘기하더라고요. 천귀조 때문이 아닌가요?"

"······맞다."

야율은 아주 태평한 어조로 말했다.

"그럼 언제 떠나실 계획이세요? 원래라면 내일이잖아요."

아버지가 잠시 침묵한 후 말했다.

"호송용 감옥을 마련하는 일도 있고······ 완도 저런 상황이니 당장 떠나긴 어렵다. 며칠이나 머물지는 모르겠구나."

"네."

"물어볼 건 그게 다더냐?"

"네."

아버지가 야율을 물끄러미 응시하다 말했다.

"마교가 무림맹 본성을 습격하고 천귀조가 그 일에 함께한 이상, 무림맹 전체와 관련된 인물을 내 멋대로 처리할 수는 없다."

"네. 대협 뜻대로 하세요."

나와 아버지의 걱정이 무색한 반응이었다.

괜찮냐고 물어보려고 할 때였다. 문 밖에서 목소리가 들렸다.

"대협, 새 의원이 도착했습니다."

아버지가 벌떡 일어났다.

의원 네 명이 다녀갔다. 의원들의 반응은 모두 같았다. 처음의 충격이 가시고 네 번째쯤 되자 담담해졌다. 아니면 이런 일을 예상하고 있어서 더 그런 것일 수도 있었다.

그리고 이번이 다섯 번째 의원이었다. 의원이 침통을 들며 말했다.

"제 능력으로는 불가능합니다."

"정녕 방도가 없겠소?"

"후우. 벌써 의원이 몇이나 다녀가지 않았습니까? 악양 바닥에 소문 다 났습니다. 의원 백 명을 데려온다 한들……."

의원이 혀를 끌끌 찼다.

"하여튼 저는 못 합니다. 악양을 다 뒤져도 가능한 사람은 없을 겁니다. 만신의라면 모를까."

그때였다. 미약한 기침 소리와 함께 잔뜩 갈라진 목소리가 들렸다.

"죽은 사람을 어떻게 데려오나?"

"아버지!"

"아저씨!"

"정신이 들었는가?"

남궁완 아저씨가 우리를 보고 만족스럽다는 듯 웃음 지었다.

"그래. 내가 헛걸 본 건 아니었군."

아저씨가 몸을 일으키려 하자 남궁류청이 황급히 아저씨를 부축했다.

"물 좀."

나는 재빨리 아저씨 입가에 찻잔을 가져다주었다. 아저씨가 멀쩡한 손으로 찻잔을 뺏어 갔다.

"누굴 중병 환자 취급해?"

그렇게 말하는 아저씨의 손이 살짝 떨렸다. 나는 웃지도 울지도 못하고 얼굴을 일그러트렸다. 정말 이런 모습까지 남궁완 아저씨다 웠다.

남궁류청은 하고 싶은 말이 무척 많은 눈빛이었다. 하지만 입을 꾹 다문 채 아무 말도 하지 않았다.

'그럼 그렇지.'

둘의 성격을 보아 서로 생전 다정한 말을 한 적 없을 거다. 결국 내가 대신 나섰다.

"아저씨, 류청이 엄청나게 걱정했어요. 고생도 엄청 했고요."

남궁류청이 왜 그런 말을 하냐는 듯 나를 노려보았다.

"류청이?"

남궁완 아저씨가 뿌듯한 눈빛으로 그렇지 못한 말을 했다.

"고생했다기엔 힘이 펄펄 나던데?"

"네?"

"아픈 사람 머리맡에서 고래고래 소리를 지르는 건 무슨 예의야?"

"소리요?"

되물었다가 깨달았다. 팔을 잘라야 한다고 말한 의원에게 돌팔이라고 노발대발하던 것을 말하는 것이었다.

"그걸 들으셨어요?"

"그래. 정신은 미약하게 계속 깨어 있었다. 대체 저놈 때문에 제대로 쉴 수가 있어야지."

말로는 타박하면서도 아들을 보는 남궁완 아저씨의 눈빛은 애틋한 기색이 역력했다.

그때 남궁류청이 싸늘한 표정으로 찬물을 끼얹었다.

"지금 그런 얘기 할 상황입니까?"

한숨과 함께 방 안이 조용해지고, 어색하게 있던 의원이 조심스레
끼어들었다.

"그럼 저는 이만 가 보겠습니다."

짐을 주섬주섬 싸는 의원에게 남궁완 아저씨가 말했다.

"아니요. 좀 더 계셔 주시지요."

의원이 한숨을 내쉬며 말했다.

"대인, 저는 말씀드렸습니다. 제 능력으로는 불가능하다고요."

"예. 압니다. 팔을 자르겠습니다."

"아버지!"

남궁류청이 버럭 소리쳤다. 남궁완 아저씨는 가라앉은 표정으로 자
신의 팔을 내려다보았다.

"그놈에게 베인 순간 느꼈다. 회복할 수 없을 거라고."

아버지가 조급하게 말했다.

"조금 더 기다려 보게."

의원이 뭔가 하고 싶은 말이 있는 것처럼 입술을 씰룩였다. 남궁완
이 고개를 저었다.

"기다린다고 바뀔 것 없네. 내 몸은 내가 잘 알아."

의원이 슬쩍 끼어들어 말했다.

"다들 마음은 이해하지만 지체하다 염증이 어깨로 퍼지면 그때는
팔을 잘라 내는 수준이 아니라, 대인의 목숨이 위험합니다."

남궁완 아저씨가 다들 들었냐는 듯 우리를 바라보았다.

"아쉬운 건 이해한다. 하지만 내겐 왼팔이 남아 있으니 괜찮다."

"……."

그럴 리가. 절대 괜찮을 리가 없었다. 하지만 속이야 어쨌든 겉모습

만큼은 감탄이 나올 만큼 의연했다. 이미 마음의 정리를 끝낸 모습이었다.

하지만 그럴 필요 없었다. 그걸 막기 위해 내가 온 것이었으니까. 나는 한 발 앞으로 나서며 말했다.

"아뇨. 아직 팔을 살릴 방법이 있어요."

"뭐라고?"

"연아?"

남궁류청이 다급하게 내 팔을 붙잡고 물었다.

"정말이야? 방법이 있다고?"

나는 고개를 끄덕이고 말했다.

"대신 제 방법에 무조건 동의해 주셨으면 해요."

남궁완과 아버지가 서로를 바라보았다. 아버지도 잘 모르는 듯한 모습을 보이자 남궁완 아저씨가 내게 물었다.

"무조건 동의라니…… 팔을 살릴 방법이 있다면 오히려 내가 부탁해야 할 판에."

의원은 기가 찬다는 듯 말했다.

"하, 방법이 있을 리가. 말이 되는 소리를……. 괜히 시간 낭비하게 하지 말거라."

아버지는 내가 말한 방법이 무엇인지 고민하는 기색이었다. 나는 지그시 아버지를 바라보았고 나와 눈이 마주친 아버지는 뭔가 떠오른 듯 눈을 살짝 크게 떴다.

"혹시 천……."

"콜록! 큼큼."

나는 다급하게 기침을 하며 아버지 말을 막았다. 말이 잘리고 침묵하던 아버지가 의원을 향해 정중하게 부탁했다.

"잠시만 자리를 비켜 주시지요."

"뭐요? 고작 저 어린 여자애 말에 휘둘리는 겁니까?"

나를 붙잡고 있던 남궁류청이 의원을 휙 돌아보았다.

"이……!"

"류청아."

곧장 뭐라 소리치려는 기색의 남궁류청을 아버지가 막아섰다. 그러고는 진지한 표정으로 의원에게 몇 마디 말을 건넸다.

이내 의원이 언제 성질냈냐는 듯 고개를 끄덕이면서 혹시 도움이 필요하면 언제든지 다시 말하라며 내게 미안하다고 말하고 방을 나갔다.

"……."

남궁류청이 살짝 감탄하는 눈길로 아버지를 바라보았다. 상대가 어떤 태도이든 아버지는 늘 진지하고 정중하게 대했다. 그리고 그런 모습에 불손했던 상대가 태도를 달리하는 경우가 많았다.

그렇게 의원을 배웅한 아버지가 나를 향해 말했다.

"그, 연아. 정말 내가 생각한 것이 맞느냐? 그 방법을 생각 안 해 본 건 아니었다만……."

나는 고개를 끄덕였다. 남궁완 아저씨가 답답하다는 듯 말했다.

"대체 무슨 방법이길래 그러나? 자네들만 알지 말고 좀 말해 주지?"

아버지가 나를 바라보며 잠시 고민하는 듯하다 고개를 돌렸다.

"완, 동의하겠는가?"

남궁완 아저씨가 의심스러운 듯 아버지를 바라보았다. 하지만 결국 고개를 끄덕였다.

나는 그제야 품에서 작은 목함을 꺼내 들었다. 걱정스러운 아버지의 시선과 의문이 담긴 남궁류청, 남궁완 아저씨의 시선을 받으며 상자를 열었다.

달칵.

향기로운 약향이 순간 확 퍼져 나왔다. 한 번도 맡아 본 적 없는, 말로 표현할 수 없는 고아한 향기. 신선의 향기가 이런 느낌일까? 고작해야 조약돌 크기의 작은 금색 단약. 자그마한 목함에 담겨 있었다고는 믿어지지 않을 정도의 향이었다.

향내를 맡은 순간부터 몸이 편안해지며 마음이 안정되었다. 나뿐만이 아니라 방 안의 모두가 이 신묘한 감각을 느꼈을 것이다.

나는 입을 열었다.

"천명금혼단이에요."

"뭐?"

남궁완 아저씨가 말도 안 된다는 듯 말했다.

"천명금혼단이 있다니? 그건 이미 사용한 것 아니었나?"

남궁류청도 의아한 목소리로 말했다.

"백리 세가의 천명금혼단은 제갈 세가주가 사용했다고 들었는데."

"아니야. 하지만 소문이 틀린 것도 아니야."

둘의 의문이 틀린 건 아니었다. 외부에는 내가 천명금혼단을 제갈화무에게 써서 그의 수명을 늘렸다고 알려져 있었다.

"화무가 일부러 그렇게 소문낸 거거든."

제갈화무는 역대 제갈 세가주 중에 병증이 가장 심해 약관도 넘지 못하고 죽을 거라 알려졌다.

참고로 그 소문은 제갈 세가의 실권을 장악하기 위해 그의 친모가 낸 것이었다. 공청석유로 제갈화무의 병을 완화했으나, 내가 공청석유를 가지고 있었다는 것을 알리고 싶지 않았다.

그리고 제갈화무는 여러 문제가 얽혀 병중에 차도가 있다는 것을 바깥에 알려야 했다. 그래서 대신 소문낸 것이 천명금혼단이었다.

'물론 할아버지께는 천명금혼단을 쓰지 않은 것을 말씀드렸지만.'

나는 그게 중요한 게 아니라는 듯이 말했다.

"어쨌든 진품임은 의심할 필요 없어."

남궁완 아저씨가 착잡해진 눈빛으로 천명금혼단을 보았다.

"네 뜻은 알겠다. 하지만……."

나는 재빨리 말을 잘랐다.

"동의하신다고 했잖아요?"

"……."

내가 이럴까 봐 미리 동의부터 받아 놓았던 것이다.

"설마 내뱉은 말을 바꾸시는 건 아니죠? 약속을 지키시지 않는, 신의 없는 그런 사람은 아니시죠?"

남궁완 아저씨가 어이없다는 듯이 나를 바라봤다. 그러곤 내게 다가오라는 듯 손가락질했다. 내가 바짝 다가간 순간 멀쩡한 왼쪽 손으로 내 이마에 딱밤을 날렸다.

"아!"

"아버지!"

남궁류청이 깜짝 놀라며 나를 제 뒤로 숨겼다.

"류청, 그렇게 노려보면 어쩔 거야? 그리고 백리연. 내 네가 꼬맹이일 적부터 사기꾼 기질이 농후한 걸 알고 있었지. 어?"

"그러니까 원래 백지 계약서에는 도장 찍는 거 아니랬어요."

"천명금혼단이 얼마나 귀한 건지 아느냐?"

"알아요."

이것 때문에 아버지와 할아버지의 의가 상하고 평생 미움받았거늘. 모를 리가.

"그런데 반응을 보니 네 아비도 가져온 줄 몰랐던 듯싶다만."

"맞아요. 아버지는 모르셨어요. 그래도 할아버지께는 말씀드렸어요."

나는 잠시 아버지를 바라보았다.

"아버지께 비밀로 한 이유는 천명금혼단이 있는 걸 아시면 혹시 더 무리하시지 않을까 싶어서였고요."

원래도 제 몸 돌보지 않는 성품이신데, 죽어 가던 사람도 살려 낸다는 약이 있다면 더 조심성 없게 굴까 봐 비밀로 했다.

"제가 천명금혼단을 챙긴 건, 최악의 상황을 생각해서였어요. 그리고 지금이 바로 최악의 상황이죠."

내 말을 받듯이 아버지가 입을 열었다.

"명진 진인이 돌아가셨네."

남궁완 아저씨가 눈을 부릅떴다.

그간 남궁완 아저씨는 도주하느라 무림맹에 대한 소식은 제대로 듣지 못했을 것이다.

명진 진인.

할아버지의 산수연에 왔던 화산지검.

내게 화산파에 오라고 초대한 지 얼마 되지도 않았건만 무림맹 본단에서 사망한 것이 확인되었다. 그 뒤로도 여럿이 언급됐다. 돌아가신 분들, 남궁완 아저씨와 비슷하게 회복할 수 없는 부상을 입고 은퇴한 사람들……

모두 다 들어 본 적 있는 이름이었다. 아버지의 장례식에서 맞이한 적 있는 이들도 많았다. 방 안의 분위기가 순식간에 침중해졌다.

"무당파도 습격을 당해 피해가 크고, 그 외의 다른 몇 곳도 습격을 당했지. 막아 낸 곳도 있지만…… 대부분 피해가 막심하네."

그리고 다시 내가 아버지의 말을 받아 덧붙였다.

"아저씨까지 잘못되신다면 아버지가 얼마나 힘드시겠어요?"

"……."

"제가 이걸 쓰는 이유는 아저씨를 위해서가 아니에요. 아버지를 위해서예요."

무림맹이 이 꼴이 된 이상 남궁완 아저씨는 정말로 중요했다. 무림맹주는 원래도 믿은 적 없었지만, 이번 일로 정말 도움이 되지 않는다는 것만 새삼 확인하게 되었다.

"알겠다."

남궁완 아저씨가 결연한 목소리로 말했다.

"남궁 세가가 네게 큰 빚을 졌어. 이 빚은 무슨 일이 있어도 갚으마."

그러나 나는 아저씨 홀로 비장한 각오를 하도록 둘 생각 없었다. 저런 결연한 각오 뒤에는 꼭 좋지 않은 일만 반복되었다.

"아저씨가 남궁 세가의 전부는 아니지 않아요? 남궁 세가 가주님께서도 아직 건재하시고, 류청도 있잖아요. 아저씨, 너무 걱정하지 마세요. 만약 아저씨가 잘못되더라도 류청이 잘 이끌어 갈 거예요."

비장한 분위기가 파스스 부서져 날아갔다.

"……네 딸은 물에 빠져도 입은 뜰 거다."

"전 수영할 줄 알아요."

"……."

"……."

"……."

나는 말을 잃은 사람들 사이에서 방긋 웃었다.

"그럼 동의하셨으니까 여기요."

나는 남궁완 아저씨께 목함을 건네고 아버지를 보았다.

"아저씨가 깨어날 때까지 아무도 접근 못 하게 해 주세요."

"깨어날 때까지라니?"

"저는 열흘은 잠들어 있었어요. 아저씨는 며칠일지 알 수 없지만, 그 정도 생각하세요."

"뭐라고?"

"열흘이요. 왜요?"

"아니, 그 전에 말이다."

나는 내가 한 말을 되돌아보고 깜짝 놀랐다.

"아, 제가 저는, 이라고 했어요? 실수예요, 실수. 좀 정신이 없어서."

의심스러운 시선이 닿았으나 천명금혼단을 내가 먹었다면 여기 있을 리가 없으니 쉽게 넘어갔다. 대신 의문은 다른 쪽에 생겨났다.

아버지가 물었다.

"열흘이나 잠들다니, 그런 말은 처음 듣는구나."

나는 태연하게 고개를 끄덕였다.

"네. 화무에게서 들었어요."

"그렇구나."

아버지가 이해했다는 듯이 고개를 끄덕였다.

'미안, 화무.'

여기 없는 사람에게 사과의 말을 했다.

하지만 거짓말도 아니긴 했다. 가문에서 출발하기 전에 천명금혼단에 대해서 제갈화무에게도 여러 가지 조언을 받았다.

제갈가에서 천명금혼단을 손에 넣고 먹은 적이 꽤 있어서 기록도 많았다. 팔이 완전하게 잘렸다면 잘려 나간 직후가 아닌 이상 회복할 수 없지만, 이런 상황은 회복할 수 있을 것이다.

'천명금혼단의 영묘한 기운을 이끄는 도움은 필요하겠지만.'

그리고 그건 내가 할 수 있었다.

물론 해 본 건 아니었다. 하지만 그간의 경험으로 할 수 있을 거라는 믿음이 있었다.

"지금 바로 드세요. 아저씨가 드시면 제가 옆에서 도울 거예요."

第四章

"연아, 일어나야지."

나직한 목소리. 듣기 좋은 목소리라도 그게 일어나라고 하는 거라면 별로였다.

"너무 오래 잤단다. 식사는 해야지."

나는 웅얼거리듯 답했다.

"배 안 고파요."

"먹고 자거라."

"먹으면 배불러서 바로 못 자요."

"그럼 움직이면 되지."

으, 잔소리.

나는 못 들은 척 베개에 얼굴을 파묻었다. 그러나 목소리의 주인은 봐줄 생각이 없었다.

"일어나."

양 허리를 붙잡은 손길이 나를 벌떡 일으켜 세웠다.

"후으에허으에어흐응."

"이상한 소리 내지 말고."

내가 칭얼거리는 것을 아버지가 칼같이 잘라 냈다. 이제 아이라고 볼 나이는 지났건만 어떻게 누워 있는 사람을 벌떡 세우냔 말이다.

'보통 그렇게 일으키기 어려울 텐데 무공을 익힌 사람들이란……'

결국 더 자는 것을 포기하고 아버지에게 이끌려 탁자의 대야에 손을 넣었다.

"앗, 차가."

"당연하지. 야율이 물 가지고 깨우러 간다고 한 지가 한참 전이거늘 왜 아직도 자는 게야?"

남궁완 아저씨를 찾아내 치료한 이후 거의 사흘을 잠들어 있었다. 그 뒤로도 나는 계속 졸다가 자기를 반복했다.

그렇게 잠이 들면 계속해서 꿈을 꿨다.

내가 꾸는 꿈들은 대부분 소설 속 장면들이었다. 소설을 읽고 회귀까지 했다지만 내가 모든 걸 기억하는 건 아니었다. 사소한 일은 대부분 잊어버렸고, 심지어 큰 사건들도 군데군데 기억이 흐릿했다.

닥치고 나서야 아, 이런 일이 있었지 하고 떠오르는 경우도 많았다. 그리고 요새 꾸는 꿈들은 그런 내가 잊어버리고 있던 기억들이었다.

당시에는 여러 일이 연속으로 벌어져서 제대로 살피지 못했는데, 모두의 걱정을 사며 사흘을 잠들고 일어나서야 알 수 있었다. 상단전이 엄청나게 넓어져 있었다.

대충 세수를 한 나는 건네받은 수건으로 얼굴을 닦으며 말했다.

"아버지 저 종이 좀……"

"여기 있다."

"먹도……"

"여기 갈아 됐구나."

'음, 야율이 갈아 놓고 갔나 보군.'

붓에 먹물을 대충 묻힌 후 서둘러 자세를 잡았다. 그리고 꿈, 그러니까 이번에 떠올린 기억들을 적어 내려갔다.

"또 꿈을 적는 게냐?"

"네."

아버지가 읽을 수 없는 글로 적기에 보고 계셔도 상관없었다. 이런 내 행동을 어릴 적부터 지켜본 아버지는 꿈을 암호문으로 적는 게 내 독특한 취미려니─ 하고 생각하셨다. 나는 계속 붓을 움직이며 물었다.

"남궁완 아저씨는 어떠세요?"

"아직 잠들어 있다."

남궁완 아저씨가 천명금혼단을 드신 후 이레째였다.

고개를 주억거리던 때 갑자기 하품이 나왔다. 그리고 크게 하품을 한 순간 붓이 삐끗하며 글을 써 놓은 종이를 죽 그었다.

"앗!"

아버지가 고개를 내저으며 새 종이를 꺼내 주셨다.

"많이 자지 않았느냐? 계속 하품을 하는구나. 또 잠들지 말고 꼭 나오너라. 알겠느냐?"

"네에."

아버지가 방을 나가시고 나는 새 종이에 다시 적어 내려가다가 얼굴을 마구 문질렀다.

"짜증 나……."

아버지가 들으실까 봐 소리는 낼 수 없었다. 기분이 너무 더러웠다. 내 혼신의 연기 덕에 다행히도 아버지는 눈치채지 못하신 듯싶었다.

아버지가 나를 깨우기 전까지 꾸던 꿈. 꿈속에서 나를 죽일 듯 노려보던 서하령의 눈빛이 선명했다. 그 옆에 고개를 틀고 머리를 짚고 있던 남궁류청까지.

'아니, 소설 속 장면을 꿈꿨을 뿐인데 이렇게 내가 겪은 것처럼 선명할 필요 있냐고……'

기분이 나쁜 건 나쁜 거였고, 떠올린 것을 쓰는 건 쓰는 것이었다. 너무 오래 기다리게 하면 아버지가 또 오실 수 있으니 대충 적어 놓고 방을 나갔다.

방을 나서면서도 나는 연신 하품을 했다. 이쯤 되면 깰 만도 한데 계속 졸렸다. 확실하진 않지만, 상단전이 갑자기 크게 열린 부작용처럼 느껴졌다.

'시간이 지나면 나아지겠지? 계속 이러면 곤란한데……'

그렇게 복도를 걸어가는 내 귓가에 목소리가 들렸다. 일 층 식당에서 나누는 대화 같았다.

"잠드신 지 벌써 이레째입니다. 의원도 들여보내지 않고, 정말 괜찮은 것 맞을까요? 혹시 잘못된 것 아닙니까?"

상단전이 열리며 기감이 훨씬 더 예민해졌다. 자연스레 자연지기를 제어할 수 있는 능력도 더 좋아진 상태였다.

"에잇, 무슨 말을 그렇게 하나? 재수 없게시리. 쓸데없는 말 할 거면 입 다물게."

"그저 걱정되어서 그럽니다."

"하아. 백리 대협이 괜찮다고 하셨으니 믿을 수밖에. 도련님이 옆에서 밤낮으로 간호하시는데, 설마 소가주님이 잘못되셨겠는가? 후, 그저 가문 무사들이나 빨리 왔으면 좋겠군. 하필 악양이라서……"

"그나마 백리 대협께서 소가주님이 깨어나실 때까지 머물러 주신다니 다행입니다."

원래라면 집중해야 들렸을 대화들이었다. 나는 대화를 뒤로한 채 계속 걸었다. 곧 방문 앞을 지키는 사람과 인사를 한 후 안으로 들어갔다.

아버지가 남궁완 아저씨 손목을 붙잡고 기를 불어 넣고 계셨다. 일주천을 대신 해 준다든가 그런 것은 아니고, 내공으로 원기를 북돋기 위해 저러고 계신 것이었다. 그런데 그 옆에 늘 붙어 있던 남궁류청이 없었다.

"류청은요?"

"잠시 자리를 비운다더구나."

"오, 웬일이래요?"

잠도 여기서 자고 밥도 여기서 먹던 녀석이 자리를 비우다니. 아버지가 조용히 말했다.

"그 아이도 가끔은 쉬어야지."

그럴 리가? 남궁류청이 쉰다고 비웠을 리가 없었다.

'화장실이라도 갔나?'

남궁완 아저씨는 우리가 대화를 나누는 와중에도 전혀 깨어날 기색 없이 평온하게 잠들어 있었다. 덥수룩하게 자란 수염만이 시간의 흐름을 알려 주고 있었다.

"전 수염은 별로예요."

"음?"

이곳 세계에서는 나이가 들면 수염을 기르는 사람들이 대부분이었다. 수염을 애지중지 기르면서 매일같이 다듬는 것을 멋과 자랑으로 여겼다.

그런데 아버지의 반응이 조금 이상했다.

"……그래?"

"어…… 기르실 생각이셨어요?"

"좀 더 나이가 든다면 기르지 않을까 생각하고는 있었다."

나는 입을 살짝 벌렸다.

"저 수염도 조, 좋은 것 같아요."

입가를 슬쩍 올린 아버지가 내 머리를 쓰다듬었다. 나는 재빨리 남궁완 아저씨가 덮고 있는 이불을 들춰 냈다.

뼈가 드러날 정도로 깊었던 남궁완 아저씨의 상처는 이제 연한 붉은빛의 새살로 덮여 있었다. 팔을 거의 반 바퀴 비스듬하게 덮고 있는 붉은빛 새살만이 상처가 깊었다는 것을 짐작케 할 뿐이었다.

아버지가 나직이 말했다.

"이건 볼 때마다 정말 기적 같구나."

확실히 내가 봐도 정말 신기한 모습이었다. 게다가 남궁완 아저씨의 안색도 이레를 누워 있는 사람이라고 볼 수 없을 만큼 아주 건강했다. 정확히 말하면 이레 전의 안색보다 훨씬 좋았다. 근육도 전혀 빠지지 않았고, 기맥의 흐름도 매우 원활했다.

'유일하게 걱정되는 건 신경 문제인데…….'

그건 아저씨가 깨어나 봐야 확실히 알 수 있었다. 일단 내 눈으로 보기엔 괜찮아 보여도 무인에게 손은 가장 예민한 곳이었다. 깨어나더라도 한동안은 무리하지 말고 절대 안정이 필요했다.

남궁완 아저씨를 자세히 살펴보던 나는 고개를 갸웃 기울였다. 그간 차분하던 남궁완 아저씨의 기운이 전과 달리 힘찬 움직임을 보였다. 이런 움직임을 보인다는 건…….

나는 신이 나 말했다.

"아버지, 남궁완 아저씨가 곧 깨어나실 것 같아요."

"……."

그런데 돌아오는 답이 없었다. 의아함에 고개를 돌렸다. 아버지가 멍한 눈빛으로 나를 바라보고 계셨다.

"아버지."

"……."

"아버지!"

아버지가 뒤늦게 정신을 차리고 말했다.

"아, 뭐라고 했느냐?"

아버지는 최근 저렇게 나를 멍하니 바라보는 일이 잦았다. 특히 남궁완 아저씨를 보고 나면 더 그랬다. 처음에는 대체 왜 이러시나 의문을 가졌는데, 곧 깨달았다.

아저씨가 나은 모습을 보니 내가 천명금혼단을 먹었다면 낫지 않았을까, 그런 생각을 하고 계신 것이었다. 그런 아버지 모습에 나 또한 속이 착잡했다.

나는 웃으며 말했다.

"아버지, 아버지. 좋은 소식이 있어요."

"무엇이냐?"

"남궁완 아저씨가 곧 깨어나실 것 같아요."

"벌써? 열흘은 생각하라고 하지 않았느냐?"

"그러게요. 그 사람보다 아저씨 상태가 더 좋은가 봐요."

좀 더 남궁완 아저씨를 살펴보고 아버지와 함께 방을 빠져나왔다. 그리고 바로 일 층 식당으로 내려가 자리를 잡고 앉았다. 나는 점소이를 부르려다 말고, 의아한 얼굴로 주변을 둘러보았다.

"그러고 보니 야율은요?"

늘 함께 식사했는데.

아버지가 태연하게 말했다.

"아직 류청과 함께 있는가 보구나."

"네?"

이게 무슨 소리야? 야율이 남궁류청과 함께 있다고?

"야율이 류청을 데리고 갔단다."

"허어?"

"내가 널 깨우고 완을 살피러 갔을 때, 그 아이가 류청에게 잠시 보자고 하더구나."

남궁류청이 거절했지만 아버지가 자신이 옆을 지킬 테니 가 보라고 했다고.

정말 의외의 일이었다.

'와, 그래도 좀…… 사이가 좋아진 건가?'

"근데 아버지, 그럼 남궁완 아저씨 곁을 지켜야 하는 거 아니에요? 류청 아직 안 왔잖아요."

"아, 너와 얘기하다 잊어버리고 있었다. 올라가마."

그저 별생각 없이 말했던 것인데, 졸지에 아버지를 밥도 못 드시도록 쫓아 보내게 생겼다. 나는 아버지의 옷자락을 붙잡았다.

"아뇨, 아버지. 그냥 계세요. 별일이야 있겠어요?"

"아니다. 약속했으니 지켜야지. 그래, 이리되었으니 이 김에 류청도 여기서 식사하고 올라오라고 하거라. 류청도 아직 식사를 하지 않았으니."

종일 방에만 있던 남궁류청이 걱정되셨던 모양이다. 나는 계단을 올라가시는 아버지의 뒷모습을 시무룩하게 바라보았다.

아버지의 모습이 완전히 사라진 후 한숨을 내쉬며 일어났다.

"도련님 찾으러 가시는 겁니까?"

목소리가 들린 방향은 건너편 탁자의 무사들 쪽이었다. 우리가 내려왔을 때 나와 아버지를 보고 벌떡 인사했던 분들인데, 내가 아까 복도를 지나가며 본의 아니게 대화를 엿들은 분들이기도 했다.

내가 그들의 대화를 들었듯 그들도 나와 아버지의 대화를 들은 모양이었다.

"네."

그중 팔에 칭칭 붕대를 감고 있던 이가 멀쩡한 손으로 한쪽을 가리켰다.

"도련님이라면 저쪽으로 가셨습니다."

"감사해요."

나는 감사를 표하고 걸어 나가다 다시 뒤를 돌아보았다.

"완 아저씨, 곧 깨어나실 것 같으니 너무 걱정 마세요."

두 사람 모두 눈을 동그랗게 떴다.

남궁류청은 앞서가는 야율의 등을 노려보듯 바라보다가 뒤를 돌아보았다. 높게 솟은 객잔 건물이 눈에 들어왔다. 하지만 그의 친부가 머물고 계신 방은 이 방향에서는 확인할 수가 없었다.

남궁류청이 말했다.

"어디까지 갈 생각이야?"

앞서던 야율이 발을 멈추고 뒤를 돌아보았다. 남궁류청이 재촉하듯 말했다.

"별로 중요한 용건 아니면 빨리 돌아가고 싶은데."

남궁류청이 아는 또래 사내들 중 야율은 그와 함께 지낸 시간이 꽤 긴 녀석이었다. 몇 없는 친족마저 빼면 손에 꼽을 정도였다. 하지만 그저 같이 지낸 시간만 길 뿐이었다. 관계로 따진다면 되려 장가장의 장철보다 더 별로였다.

불쾌한 녀석.

남궁류청이 내린 야율에 대한 평가였다.

어렸을 적 처음 봤을 때부터 유난히 기분이 나빴다. 마주치기만 하면 왠지 모르게 적의가 샘솟았다. 게다가 심지어 저 녀석은 자신을 만날 때마다 가끔 정제하지 못한 살기를 흘리곤 했다. 당연히 싫어할 수밖에 없었다.

그래도 지금은 나이 들어서인지 자제하는 모습을 보였다.

'아니, 백리연한테 잘 보이고 싶어서일 수도 있지.'

하지만 그런다고 제게 향하는 살의를 느끼지 못할 리가 없었다. 그래서인지 대련을 할 때도 저 녀석과 할 때는 전력을 다하지 않게 되었다. 본능적으로 실력을 숨기며 견제하게 되는 것이다.

그리고 그건 저 녀석도 마찬가지였다. 그렇게 서로 실력을 숨기면서도 검을 맞댄 느낌으로 알 수 있었다. 비등한 실력이라는 것을.

만약 전력을 다해 싸운대도 누가 이길지 알 수 없다는 것을.

그건 그에게는 매우 자존심 상하는 일이었다. 어처구니가 없기도 했다. 천산염제의 제자라지만 자신의 실력이 저런 출신도 불분명하고 근본도 없는 녀석과 비등하다는 것이.

그리고 그런 녀석이 뭐라도 되는 것처럼 백리연 옆에 종일 붙어 있는 것이 정말 꼴 보기 싫었다.

대체 언제까지 친한 척 붙어 있을는지.

그렇게 싸늘하게 야율을 바라보던 남궁류청이 갑자기 누가 본다면 싸우자고 결투 신청하나 의문을 가질 것 같은 말투로 말했다.

"이번에 아버지를 찾는 일을 도와줘서 고마워."

야율이 남궁류청을 물끄러미 응시했다.

"정신이 없어서 지금껏 한 번도 감사를 표하지 않았더군."

자신과 비등한 실력부터 백리연 옆에 붙어 다니는 태도, 반반한 얼굴 등, 머리부터 발끝까지 하나같이 마음에 들지 않는 녀석이지만…… 그럼에도 제 아버지를 구하는 일에 도움을 주었다.

물론 자신을 위해서가 아니라 백리연을 위해서 도와준 것임을 안다. 그렇다 하더라도 도움을 받은 건 사실이었다.

첩자를 알아본 것은 연이었지만, 저 녀석이 함께 있지 않았다면 놓쳤을 터라는 말을 들은 참이었다. 만약에 아버지가 겪었던 것처럼 산공독을 먹고 천귀조를 비롯한 마교의 습격을 받았더라면…….

시간이 걸려 아버지를 찾았더라도 그렇게 되었다면 아버지의 팔은 살리네 마네 의논조차 할 수 없었을 것이다.

저 녀석에게 도움을 받았다는 사실을 정말로 인정하고 싶지 않지만…….

부친의 팔이 무사히 회복되느냐 마느냐의 기로에 서 있는 지금 왠지 모르게 행동을 흠결 없게 유지하고 싶었다. 그래야 부친이 무탈하게 회복할 것 같은 느낌이었다.

남궁류청이 말을 이었다.

"지금은 상황이 녹록지 않으니, 후일 너에게 최대한 사례하도록 할게."

가만히 듣고만 있던 야율이 갑자기 씩 웃었다. 그 모습에 남궁류청은 오소소 소름이 끼쳤다. 떨떠름하게 바라보는 남궁류청을 향해 야율이 말했다.

"부탁이 있어."

"부탁?"

남궁류청이 믿기지 않아 되물었다.

"네가 나한테?"

야율이 가볍게 고개를 끄덕였다.

"……뭔데?"

남궁류청이 의심을 거두지 못한 표정으로 말했다. 야율이 주변을 쓱 둘러보고 입을 열었다.

"천귀조와 만나게 해 줬으면 해."

"뭐?"

남궁류청이 인상을 찡그렸다. 얼마나 큰 부탁을 하려고 이렇게 구나 긴장했는데, 고작 그거라고?

"만나고 싶으면 그냥 가서 만나면 되잖아?"

"아, 나는 못 만나. 백리 대협이 지키는 사람들에게 내가 천귀조를 만나지 못하게 막으라고 하셨거든."

"대협께서 막으셨다고? 왜?"

"내가 천귀조랑 사이가 안 좋으니까."

남궁류청이 코웃음을 쳤다.

"사람이라면 그 악랄한 마두와 사이가 좋을 수 있나?"

야율이 살짝 시선을 돌렸다가 말했다.

"나는 어릴 적 천귀조에게 잡혀갔던 적이 있거든."

"……."

그제야 떠올랐다. 천귀조가 아이들을 납치했는데 그중 야율이 유일한 생존자였다는 것이. 천귀조에 대해 계속 얘기를 나누면서도 야율과 악연이 있었다는 걸 완전히 잊어버리고 있었다.

야율이 말했다.

"이대로 무림맹에 끌려가면 영원히 만나지 못할 테니까."

"그건 그렇지만 왜……."

왜 만나려고 하는지 질문하려다 말았다. 별로 좋지도 못한 개인사. 자신이라면 말하고 싶지 않을 것 같았다.

남궁류청이 인상을 찡그린 채 말했다.

"대협께서 안 된다고 막으셨는데, 나보고 어떻게 도와 달라는 거야?"

"그건……."

천귀조는 객잔 내에 외따로 놓인 창고에 갇혀 있었다. 무림맹 지부도 없는 이곳에 마땅히 가둬 놓을 곳도 없었기 때문이었다.

어차피 단전을 부숴 내공이 모두 흩어진 데다, 손발의 힘줄마저 자른 상태였다. 거기에 물과 음식도 죽지 않을 정도로만 주고 손발을 묶어 놓기까지 했으니 굳이 철창까지는 필요 없었다.

그래도 창고를 지키는 무사들은 있었다. 백리 세가의 무사는 다가

오는 인물을 보고 의아한 눈을 했다.

"남궁 공자님? 여긴 어쩐 일이십니까?"

"……."

무사들 앞에 선 남궁류청은 입을 꾹 다문 채 아무 말이 없었다. 침묵에 의문을 가진 백리 세가의 무사들이 다시 입을 열려고 할 때 남궁류청이 말했다.

"천귀조와, 잠시, 할, 얘기가, 있습니다."

"공자님이요?"

"네."

어색할 정도로 딱딱하게 굳은 표정에 달아오른 낯빛, 괴이한 말투였다. 누가 봐도 이상한 모습에 무사들이 서로를 바라보았다.

"음…… 무슨 일 있으십니까?"

"없습니다."

"하지만 천귀조를 무슨 용건으로……."

그때 갑자기 무사 한 명이 말하던 이의 말을 막듯 옆구리를 팔꿈치로 툭 치고 자신이 말했다.

"들어가시지요."

막아서던 무사가 놀라서 옆 사람을 돌아보았다.

"뭐……? 아니, 음, 알겠습니다. 조심하십시오. 어차피 묶어 둬서 아무것도 못 하지만 보기 좋은 모습은 아닙니다."

들어가라는 듯이 비켜 줬음에도 남궁류청은 움직이지 않았다. 백리 세가 무사들이 서로 바라보며 고개를 기울였을 때였다.

남궁류청이 말했다.

"잠시, 자리도 비켜 주실 수 있을까요?"

"예? 그건……."

"예. 한 바퀴 돌고 오겠습니다. 편히 계십쇼."

"아니, 자네……."

"아, 일단 따라오게."

"감사합니다."

무사들이 실랑이를 벌이며 창고에서 멀어졌다. 곧이어 한 무사의 목소리가 들렸다.

"내가 백검단원한테 들었는데 남궁 소가주를 그렇게 만든 게 천귀조라고……."

어느 정도 멀어져서 들리지 않을 거라고 생각하고 속삭인 모양이었지만, 안타깝게도 남궁류청은 모두 들었다. 남궁류청이 제 부친 일로 천귀조에게 뭔가 알아낼 것이 있어서 온 거라고 여기는 듯했다.

그렇게 무사들이 자리를 비운 후에도, 남궁류청은 들어가지 않고 계속 창고 앞에 서 있었다.

곧이어 창고로 한 사람이 다가왔다. 야율이었다. 남궁류청은 굳은 얼굴로 다가오는 야율을 노려보았다. 부탁 때문에 어쩔 수 없이 도와주었지만, 거짓말까지 한 이 상황이 마음에 들진 않았다.

남궁류청이 싸늘하게 말했다.

"이번만이야. 앞으로 이런 거짓말 하게 하지 마. 알았어?"

야율은 대답도 없이 바로 창고 문고리를 잡았다. 열기 직전 야율이 갑자기 물었다.

"너, 기막 펼칠 줄 알아?"

"뭐, 기막?"

남궁류청은 살짝 자존심 상한 표정이었다.

"아니."

정확히 말하면 기막을 펼치지 못하는 건 아니었다. 하지만 스스로 이 정도면 괜찮다 인정할 만한 실력이 아니었다. 기막을 펼칠 바에는 전음을 하는 게 훨씬 쉽고 간편하니 그다지 필요 없기도 했다. 다른 여러 수련으로 바빴던지라 기막 수련은 뒷전이었다.

남궁류청만이 아니라 대부분 검을 수련하는 사람들은 다 비슷한 상황이었다.

"연이는 펼칠 줄 알던데."

"하, 걔는 원래도 그런 기교에 뛰어나잖아. 그러는 너는?"

야율이 무심한 어조로 답했다.

"못 하니까 물어본 거지."

"……."

야율이 말했다.

"그럼 잠깐 자리 좀 비켜 줘."

야율을 노려보던 남궁류청은 몸을 휙 돌려 멀어졌다. 같이 있는 시간을 한시라도 더 줄이고 싶다는 태도였다. 야율은 남궁류청이 옷자락을 펄럭이며 멀어지는 것을 지켜보다가 충분히 멀어졌다고 생각했을 즈음 문을 열었다.

끼익.

야율이 연 문에서 들어온 빛이 한낮임에도 어두컴컴한 창고 안을 밝혔다. 꽤 넓은 창고 안은 짐을 모두 치운 모양인지 바닥에 앉아 있는 천귀조 말고는 아무것도 없었다.

마지막으로 보았을 때와 달리 백발이 성성한 노인이 되어 있었다. 보통 내공을 잃는다고 곧바로 저렇게 되진 않았다. 아마도 마공으로 얻은 내공이기 때문일 터다. 쉽게 얻은 강한 힘은 그만큼 부작용도 컸다.

바닥에 그려진 그림자가 야율의 움직임을 따라 움직이다 문이 닫히자 그대로 어둠 속에 잠겼다.

어두워진 창고 안에서 탁하게 갈라진 목소리가 들렸다.

"흐흐, 찾아올 줄 알았다."

"……."

"생각보다 늦었어."

야율은 답하지 않은 채 가부좌를 틀고 앉은 천귀조에게 다가갔다. 천귀조도 상관없다는 듯 말을 이었다.

"어떻게 살았는지 궁금했단 말이지. 분명 백리의강이 눈감아 준 게 아니라면 네가 이렇게 지낼 수 있을 리가 없는데 말이야. 그래 놓고는 나를 무림맹으로 끌고 가려고 하다니. 내가 입을 열면 곤란해질 게 한두 개가 아닐 텐데, 주제에 고결한 척은……."

천귀조가 숨찬 듯 기침을 했다. 잠시 말을 멈췄던 그가 다시 입을 열었다.

"그에 반해 너는 참을 수 없었겠지."

천귀조는 야율을 보며 기분 나쁜 웃음을 지었다.

"백리의강의 딸 옆에 붙어서 눈치 보기 바쁘다던데. 네가 흡성마공을 배운 사실을 그 애지중지하는 계집애한테 들키고 싶진 않겠지. 이렇게 온 건 내 입을 막고 싶어 온 것이겠지?"

"……연이는 아는데."

"뭐?"

"내가 처음 만났을 때 흡성마공 쓰는 걸 보여 줬으니까."

야율은 그때의 기억을 떠올리고 미소 지었다. 제가 죽인 화분의 가루를 치우던…….

천귀조가 눈을 가늘게 뜨고 그런 야율을 바라보았다.

"……부녀가 짜고 무림맹을 속이다니, 네가 대체 뭐라고? 남궁완은 아나? 아, 하긴 이제 팔 병신이 되어서 별로 상관없으려나?"

야율이 조소했다. 천귀조의 표정이 굳었다.

"왜 웃지?"

"네가 멍청해서."

"뭐?"

"…….''

야율은 다시 입을 다물었다. 사나운 눈길로 노려보던 천귀조는 이내 픽 웃었다. 저깟 게 저렇게 나와봤자 어쩌겠는가. 애가 닳아 여기까지 찾아와 놓고는 자존심을 세우는 꼴이라니. 됐다. 여기서 나간 후에 손보면 될 것이다.

"어서 철창 열쇠나 내놓거라. 그리고 내가 쓴 서신 하나를 전하도록."

야율이 고개를 기울였다.

"그럼 네가 죽인 아이들과 흡성마공에 대해서는 비밀로 해 주지."

천귀조가 움직였는지 절그럭거리는 소리가 났다.

"그 계집 한 명이 안다고 한들 뭐가 달라지나? 네가 흡성마공을 배우고 무고한 아이들을 죽였다는 사실이 세상에 알려지면 네가 계속 이렇게 지낼 수 있을 것 같으냐. 애초에 너도 이것 때문에 온 게 아니더냐."

"……하."

야율이 고개를 틀며 한숨을 내쉬었다가 천귀조에게 바짝 다가갔다.

절그럭거리는 소리와 함께 천귀조가 깔고 앉은 멍석 아래에서 천 조각을 꺼냈다.

야율이 말했다.

"내가 널 어찌 믿고?"

천귀조가 혀를 찼다.

"야율아, 이런 귀한 비밀을 내가 뭐 하러 말하고 다닌단 말이냐? 내 손에 쥐고 있을수록 가치가 높아질 텐데. 물론 네가 내 말을 듣지 않는다면 이 창고를 나가는 순간부터 네 비밀이 세상에 알려지겠지만."

마치 아직 세상살이에 무지한 아이에게 가르침을 주며 타이르는 듯한 말투였다.

"천산염제가 이런 건 가르치지 않았나 보지? 천산염제의 제자라니. 하하, 웃기지도 않는 소리! 네 진짜 스승은 나인데 말이야."

야율이 천귀조에게서 천 조각을 건네받았다. 더러운 것을 만지듯 검지와 엄지로 살짝 쥔 천 조각에는 작게 글이 적혀 있었다.

"이걸 전해 달라고?"

"그래. 서호방의 동작이란 자를 찾으면 된다."

"그래."

그 대답과 함께 천귀조의 얼굴 앞으로 뭔가 확 뿌려졌다.

"……!"

강호에서 오랫동안 살아남은 자답게 천귀조는 바로 숨을 멈추고 자리를 빠져나오려 했다.

절그럭.

하지만 움직일 수가 없었다. 야율이 태연한 태도로 천귀조의 족쇄를 밟고 있었다.

절그럭, 절그럭!

천귀조가 쇠사슬을 잡아당기며 몸부림쳤으나 야율의 발은 미동도 없었다. 이내 천귀조가 더는 참지 못하고 숨을 들이쉬었다. 정체를 알 수 없는 무언가가 몸 안으로 흡수되었다.

"허억! 헉! 켁! 콜록, 캑!"

헉헉거리며 숨을 들이쉬던 천귀조가 기침하기 시작했다.

"지금 켁, 캑! 무슨 짓을……!"

비틀거리며 겨우 몸을 세운 천귀조를 내려다보는 야율의 얼굴에는 아무 표정도 없었다. 살짝 붉은 기가 도는 눈동자는 무심하기 그지없었다.

천귀조가 숨을 헐떡이며 손가락으로 야율을 가리켰다.

"네가, 네가…… 감, 감히 컥, 컥."

어떻게든 숨을 참으며 벗어나기 위해 몸부림치던 천귀조의 움직임이 점차 둔해졌다.

어느 순간 코와 입가로 주륵 피가 흘러나왔다. 곧이어 천귀조가 눈을 까뒤집으며 바닥에 쓰러졌다. 간헐적으로 떨리던 움직임마저 완전히 멈추고. 야율의 손에 있던 천 조각이 갑자기 확 타올랐다.

뜨겁지도 않은지 야율은 그대로 허공에 손을 휘둘렀다. 마치 불꽃을 휘두르는 듯한 모습이었다. 그러자 갑자기 야율과 천귀조 주변의 허공에 불꽃이 타올랐다. 허공에 타오르는 불이라니, 누군가 본다면 제 눈을 믿을 수 없으리라.

그리고 기이한 불은 갑자기 피어났듯 갑자기 꺼졌다. 더 태울 독무가 없었기 때문이다.

야율이 멈췄던 숨을 내쉬었다.

"……후우."

잠시나마 환하게 밝아졌던 창고 안이 다시 어둠에 잠겼다. 야율은 바닥에 널브러진 천귀조의 시신을 가만히 바라봤다.

악취 나는 어두운 공간과 시체. 자연스럽게 과거의 기억이 떠올랐다. 야율이 제 손으로 죽인 아이들은 다섯이 넘었다.

"뭘 새삼."

그리고 그에 대한 죄책감이나 미안한 마음도 전혀 없었다.

그때였다. 갑자기 젊은 사내의 목소리가 머릿속에 울렸다. 과거의 일을 떠올리는 느낌이었다.

"악종이구나! 지금 죽여 그 싹을 잘라야겠다."
"헉, 소가주님! 안 됩니다."

바람이 와 닿고 귀 아래부터 목덜미가 뜨끔한 느낌. 새파란 검이 그의 목을 간신히 빗나갔다.

"이런 쓰레기를 살려서 뭐 해?"

그리고 또다시 사내가 소리쳤다.

사내의 목소리는 들어 본 적 있었다. 야율은 잠시 고민했고 곧 그 목소리의 주인을 떠올릴 수 있었다.

남궁 소가주. 남궁완의 목소리였다.

"……?"

이런 일이 있었나? 기억과 전혀 달랐다. 분명 천귀조에게 잡혀 처음 발견되었을 때, 내게 말을 건 사람은…….

"네가 생존자구나……."

백리 대협이었다. 남궁 소가주는 전혀 말이 없었다. 그렇다면 저건 무슨 기억인 거지?

쾅쾅!

야율이 살짝 놀라며 문을 돌아보았다. 누군가 이렇게 접근할 때까지 알아채지 못했다니.

문 너머에서 남궁류청의 목소리가 들렸다.

"얼마나 시간을 줘야 해? 적당히 하고 나와."

"……."

쾅쾅.

"왜 대답이 없어?"

"……."

쾅쾅쾅.

처음에는 조심스럽게 두들기던 소리가 뒤로 갈수록 조급해졌다.

"야율!"

문이 벌컥 열리고 남궁류청이 뛰어들어 왔다.

"……."

남궁류청이 자신을 바라보는 야율을 보고 눈을 치켜떴다.

"뭐야, 멀쩡하면서 왜 대답을 안 해?"

"……."

남궁류청이 야율을 못마땅하게 노려보았다.

"볼일 끝났으면 나와. 백리 세가 무사들이 의심할 수 있으니……."

말을 이어 가던 남궁류청이 그제야 천귀조를 보았다.

어둠 속이어도 야율이 불편함을 느끼지 못했듯, 남궁류청도 이와 같았다. 대낮처럼 시야가 밝진 않았지만 그렇다고 불편하게 느낄 정도도 아니었다. 조그마한 빛에도 상황을 알아볼 수 있는 것이다.

남궁류청은 사체를 한참 바라보았다. 이 상황을 이해하고 싶은 듯 보였다. 꽤 긴 침묵 후 남궁류청이 믿기지 않는다는 듯 말했다.

"……뭐야?"

"……."

"설마…… 천귀조 죽은 거야?"

"응."

"응?"

야율의 대답에 남궁류청이 고개를 매섭게 돌렸다.

"으응? 으으응? 지금 천귀조가 죽었는데 그냥 응이라고?"

"죽은 걸 죽었다고 했을 뿐인데."

남궁류청이 이를 악물고 물었다.

"설명을 하라고! 설명을!"

"그냥 얘기하다 죽었어."

"하! 멀쩡하게, 살아 있던 사람이, 너랑 말하다가 그냥, 갑자기 죽었다고?"

"응."

"……."

"……."

입을 열었다 닫기를 반복하던 남궁류청이 성큼성큼 다가왔다.

"야 이 미친 새끼야, 그걸 말이라고 해? 이놈을 왜 살려 놨는데……!"

다가간 남궁류청이 야율의 멱살을 덥석 잡았다.

"변명이라도 제대로 하는 성의를……."

소리치던 남궁류청이 빠르게 다가오는 기척을 느끼고 입을 다물었다. 남궁류청이 흔들리는 눈빛으로 열린 창고 문과 다가오는 기척을 살폈다. 그리고 다가온 인물을 보고 저도 모르게 안도했다.

창고 문 앞에 선 백리연이 물었다.

"지금 이게 무슨 상황이야?"

그 시각, 백리의강은 객실로 올라가 남궁완을 확인한 후 방을 나왔다. 백리의강이 다구를 꺼내 두 잔을 채웠을 때, 객실 안으로 한 사내가 들어왔다.

"부르셨다고 들었습니다."

"앉게."

자리에 앉은 사내는 백호단 부단주였다. 다가오던 부단주가 방을 둘러보고는 의아한 얼굴을 했다.

"남궁 공자는 자리에 없습니까?"

"잠시 비웠다네. 대신 내가 지키고 있는 것이지."

부단주가 살짝 놀라더니 밝아진 낯빛으로 자리에 앉았다.

"남궁 소가주님의 상태가 많이 회복되셨나 봅니다. 정말 다행입니다."

찻잔을 쥔 부단주가 조심스럽게 물었다.

"어떻게, 소가주님의 팔은……?"

"최선을 다했으니 하늘에 맡기는 수밖에."

부단주가 굳은 표정으로 고개를 끄덕였다. 약을 구하려 모습을 드러내면 바로 추적이 들어올 것을 알면서도 약을 구하러 나섰을 만큼 남궁완의 상태에 대해선 부단주가 가장 잘 알고 있었다.

"정말 대단한 선택입니다."

백리 소저가 자신의 것인 천명금혼단을 넘긴 것 또한 알았다. 잠깐 쓸쓸하게 웃은 백리의강이 말했다.

"그러는 자네는 괜찮은가?"

"물론입니다. 단주님 덕이지요."

팔을 잘라 내야 할 뻔한 남궁완보다는 나은 상황이었지만, 부단주도 부상이 상당했다.

"다른 이들의 부상은 어떠한가?"

"순조롭게 회복하고 있습니다. 다만 대건과 일성, 준안 이렇게 셋은 아직 운신을 조심해야 한다더군요."

"마차를 타는 건 가능한가?"

"예. 그 정도는 가능합니다."

잠시 백리의강을 응시한 부단주가 말했다.

"설마 출발하시려는 겁니까?"

백리의강이 고개를 끄덕였다. 부단주가 할 말이 많은 표정으로 남궁 소가주 있는 방 방향을 보았다가 답했다.

"내일 당장이라도 출발할 준비는 되어 있습니다."

백리의강이 속내를 읽은 듯 말했다.

"완이 곧 깨어날 것 같아서 미리 말해 두는 거네."

"아, 곧 깨어나실 것 같습니까? 다행입니다. 함께 생사를 헤쳐 나왔다 보니 일어나신 모습을 보고 갔으면 해서요."

"이해하네."

"그럼 어디로 가실 생각입니까?"

"본단으로 갈까 하네. 개방에서 알아 온 바로는 맹주님께서 다시 무한으로 귀환하고 계신다더군."

무림맹을 습격했던 마교는 물러난 지 꽤 되었다고 한다. 거리가 워낙 멀고 이쪽도 계속 움직이다 보니 소식이 닿는 데 오래 걸린 것일 뿐이었다. 심지어 남궁완이 마교와 천귀조에게 쫓기고 있을 때 맹주 일행을 쫓던 인원은 이미 물러난 상태였다고 했다.

부단주가 조심스럽게 물었다.

"맹주님이 오시는 겁니까?"

"그렇지."

백리의강이 굳은 얼굴로 끄덕였다.

맹원들을 버리고 도망친 맹주의 행동에 실망한 것은 백리의강도 마찬가지였다. 그 자리에 있었던 부단주라면 감정이 더욱 좋지 못하리라.

부단주가 심각한 표정으로 입을 열었다.

"단주님, 말씀드릴 것이 있습니다."

백리의강이 말하라는 듯 부단주를 바라보았다. 부단주는 말을 꺼내기 어려운 듯 차를 몇 모금 넘기고서야 입을 열었다.

"단주님께서 몇 년 전 흑시에서 구하셨던 아이들에 대해 기억하십니까? 남궁 세가를 방문했다가 돌아오는 길에 무림맹 임무에 잠깐 참여하셨던 일이요."

"물론 기억하네."

"단주님께서 백리 세가로 아이들 몇을 데려가시지 않았습니까?"

"그랬지."

"혹시 어떤 기준으로 나누신 겁니까?"

부단주의 질문에 백리의강이 의아한 눈빛을 했다.

"내가 나이가 어린 쪽을 데려왔네."

"왜 그러셨습니까?"

"맹에서 어린아이들을 데려가기엔 불편할 테고 가문에 사람을 받는다면 어릴수록 좋다 여겼네."

세가의 경우엔 사람을 받는 데 폐쇄적인 편이라 그나마 나이가 어려야 받아들여지기 편했다.

"그 아이들은 문제없이 잘 있습니까?"

"별문제는 없다고 들었네. 그 아이들에 대해서는 연이가 잘 알 걸세."

"그렇군요. 역시……."

말을 흐리는 부단주에게 백리의강이 물었다.

"무슨 일인가? 무슨 문제라도 생겼나?"

"몇 명이 사라졌습니다."

"사라졌다니?"

"예. 가족을 찾았다고 하더니 그대로 사라졌다고 합니다. 하지만 이상하지 않습니까?"

무림맹으로 데려간 아이들은 부모나 친지를 찾아 줄 수 있으면 찾아 주고, 끝내 돌아가지 못한 갈 곳 없는 아이들만 무림맹에서 거뒀다. 대부분 하인이나 하녀로 무림맹에서 허드렛일을 하며 지내고 있었다.

그런데 이제 와서 갑자기 가족을 찾아 사라지다니?

"제대로 설명도 없고 짐도 그대로 둔 채 갑자기 사라졌다고 하더군요. 같이 흑시에서 구출된 이들이 실종 신고를 했습니다만…… 별다른 조사가 없었다고 합니다."

허드렛일을 하던 이들이었어도 무림맹에서 일하던 사람들이었다. 실종되었다면 무림맹에서 조사해야 했다.

하지만 조사를 해야 할 무림맹의 치안대원들은 심드렁한 반응을 보이며 이런 일로 귀찮게 굴지 말라고 돌려보냈다고 한다. 관을 찾아가도 무림맹에서 일하던 사람이니 그쪽에서 알아서 하라며 쫓아내었고.

"본인이 가족을 찾았다며 떠났다는데 뭘 어쩌느냐면서, 아이들을 은혜도 모르는 사람 취급했다더군요. 결국 지푸라기라도 잡는 심정으로 저희 백호단을 찾아왔다고 합니다."

"혹여 정말로 가족을 찾았을 수도 있지 않나?"

부단장이 착잡한 표정으로 고개를 저었다.

"절대 그럴 리 없다더군요. 흑시에 팔려 올 때 이미 가족들이 다 죽었다고 여러 번 말했다고 합니다."

"……그래서 어쨌나?"

"그래서 제가 개인적으로 조사를 좀 했습니다. 그런데 흔적이 맹 내로 이어지더군요."

"맹 내부로 이어졌다고?"

"예. 그래서 좀 더 제대로 조사해 보려는 찰나, 갑자기 감찰원에서 조사를 막았습니다."

감찰원은 맹원들을 조사하고 감독하는 곳이었다. 그곳에서 부단주를 막은 것이다. 탁자 위에 올라와 있던 부단주의 손에 힘이 들어갔다.

"저희 권한이 아니라면서 괜히 들쑤시고 다니지 말라더군요."

"누가 막았는지는 아는가?"

"알 수 없었습니다. 감찰원이 경고한 것뿐이라서요."

하지만 감찰원을 움직일 정도면 맹 내의 영향력을 짐작할 수 있었다.

"이번 맹회에 단주님이 돌아오시면 보고를 드리려고 했습니다. 그런데……."

"내가 가지 않았군."

"마음 쓰지 마십시오. 단주님께서 오지 못하셨다면 그럴 만한 이유가 있었겠지요."

"……."

"단주님께 서신을 보낼까 했습니다만 왠지 서신도 믿을 수가 없어서요. 그래서 제 독단으로 소가주님께 조사를 부탁드리려고 했습니다."

"완에게?"

"예. 아무래도 남궁 세가의 영향력이라면 제대로 조사할 수 있지 않을까 싶어서요. 게다가……."

부단주는 목이 타는지 차를 들이켜고 말을 이었다.

"이 일이 왠지 맹주님과 얽혀 있다는 느낌이 들었습니다."

"정말인가?"

"정확한 증좌가 있는 건 아닙니다. 그냥 제 느낌일 뿐이라서요."

부단주가 입술을 꽉 깨물었다.

전대 무림맹주뿐 아니라 여러 번 무림맹주를 배출한 남궁 세가는 지금도 꽤 큰 영향력을 지니고 있었다. 게다가 현재 남궁 세가는 현 무림맹주와 대립 중이었다.

만약 정말 무림맹주와 연관된 일이라면 남궁 세가에서 제대로 파헤치려 들 터. 남궁완이 믿을 만한 사람인 것도 이유였지만, 둘이 대립 관계라는 것이 가장 크게 영향을 줬다.

"소가주님께 설명하려고 할 때 하필 마교의 습격이 일어나 함께 맞서다 도망치게 되었지요."

부단주가 한숨을 내쉬었다.

"그 아이들이 살아 있는지는 모르겠군요."

"……."

백리의강이 심각한 낯빛으로 미간을 문질렀다. 그러다 갑자기 고개를 들어 문가를 보았다. 부단주가 물었다.

"왜 그러십니까?"

"이게 대체 무슨 소란이지?"

백리의강이 자리에서 일어났다.

나는 야율과 남궁류청을 바라보았다. 당장 싸울 것 같은 기류가 둘 사이에 흐르고 있었다.

나는 재차 물었다.

"지금 이게 무슨 상황이야?"

야율이 태연한 목소리로 말했다.

"왔어?"

남궁류청이 기가 찬다는 듯 소리쳤다.

"왔어? 왔어어? 네가 지금 그렇게 태연할 처지야?"

"왜 둘이 여기에 같이 있는 거야? 게다가……."

나는 두 사람 발치의 천귀조를 향해 천천히 다가갔다. 소란에도 미동조차 없었다. 멀리서 다가오는 동안 확인했듯이 진기의 흐름이 모두 멈춰 버린 채였다.

하- 허탈한 숨이 터졌다.

"죽었네."

천귀조가 죽었다.

허망한 최후.

가장 먼저 든 생각은…….

잘됐다.

그리고 함께 느낀 감정은 안도감이었다.

내가 차마 실행하지 못한 일을 누군가 대신해 준 기분이었다. 나는 두 사람을 바라보았다.

"오는 길에 우리 가문 무사들을 만났어."

두 사람을 찾아 식당을 빠져나온 나는 어슬렁거리던 백리 세가 무사들을 마주쳤다. 묵례를 하고 별생각 없이 지나치려는데 그들이 나를 보고 깜짝 놀란 표정을 짓는 게 아닌가?

되레 수상한 모습에 무슨 일이 있었는지 물어보았고, 그들에게 남궁류청이 천귀조를 만나고 싶다고 찾아와서 자리를 비켜 주었다는 얘기를 들을 수 있었다.

그 얘기를 듣는 순간 뭔가 잘못되었다는 걸 알 수 있었다.

"류청 네가…… 야율이 여기 들어올 수 있게 도와준 거야?"

남궁류청이 입술을 꽉 깨물고 야율을 노려보았다. 이내 야율의 멱살을 밀치듯 내려놓고 나를 보았다.

"맞아, 그랬어. 이 녀석이 만나고 싶은데 도와달라길래…… 내가 깜빡 속았지. 웬일로 말을 거나 했더니만……."

남궁류청의 몇 마디 말로도 무슨 일이 일어났는지 알아내는 건 어렵지 않았다. 상황을 설명한 남궁류청은 무척 화가 나 있었지만, 왠지 조금 허탈해 보이기도 했다.

"만약에 이 녀석이 여기서 도망치기라도 했으면 다 내가 뒤집어썼겠지."

야율이 느긋하게 말했다.

"그러게. 도망칠 걸 그랬네."

"뭐……!"

"그럴 생각도 없었잖아."

남궁류청이 뭐라 소리치려다 나를 보았다. 나는 담담하게 말했다.

"류청, 저런 말에 넘어가지 마. 야율이 정말 도망치려고 했다면, 충분히 몸을 피할 시간이 있었어."

"……."

인상을 찌푸린 남궁류청이 조용히 야율을 바라보았다. 야율은 남궁류청의 시선에 살짝 웃었다. 이 모든 상황이 웃긴다는 듯한 모습이었다.

"왜 화를 내? 천귀조는 죽어도 싼 쓰레기가 아닌가? 오히려 내가 대신 처리해 줬으니 고마워해야지."

스릉. 남궁류청이 허리춤의 검을 뽑아 들었다.

"나와."

창백한 빛의 검날이 야율을 가리켰다.

'이걸…… 이걸 어째야 하나?'

야율은 처음부터 남궁류청을 이용할 생각이었던 게 분명하다. 뒤집어씌울 생각은 아니었다고 한들…… 남궁류청이 베푼 호의를 야율이 보란 듯이 짓밟아 버린 건 달라질 것 없었다.

'둘이 같이 있다길래 웬일인가 했더니만……'

내가 잠시나마 기대했던 것이 바보처럼 느껴질 정도인데, 남궁류청이 느낀 배신감이 어떨지.

반면 야율의 반응은 심드렁했다.

"쓸데없는 일로 힘 빼지 마."

"……"

"고작 이런 일 가지고 검을 뽑다니."

미안하다고 해도 모자랄 마당에…….

나는 잠시 야율을 흘겨보았다가 말리기 위해 입을 열었다.

"그래. 류청, 잠시 진정하는 게 어때? 자초지종을 따져 보고……."

"자초지종?"

남궁류청이 헛웃음을 흘렸다.

"저 녀석이 나에게 뭐라고 한 줄 알아?"

"……뭐라 했는데?"

"천귀조가 얘기하던 중 그냥 죽었다더군."

"……"

나는 그 성의 없는 변명에 말을 잃었다. 남궁류청이 말했다.

"그래. 연이 네 말을 들으니 알겠어. 맞아. 저 녀석은 내게 뒤집어씌울 생각이 없었어. 처음부터 자신이 죽인 게 알려져도 상관없었겠지."

남궁류청의 시선이 야율에게 향했다.

"그럴 가치가 없다고 여겨서. 천귀조의 죽음에도 그럴 가치가 없었고, 내게도 그럴 가치를 못 느껴서."

"……."

"너는 연이와 백리 대협만 납득시키면 될 테니, 누가 뭐라든, 내가 화를 내든 무슨 상관이겠어?"

"……."

정답이었다.

야율은 살짝 기분 나쁜 표정이었다. 제 속내를 제대로 숨기지 않았더라도 남궁류청이 저렇게 정확히 알고 있다는 사실에 기분 나쁜 듯했다.

그때 너무 오래 소식이 없자 백리 세가의 무사들이 다가오는 것이 보였다. 내가 벌어 놓은 시간이 다 된 모양이었다.

나는 서둘러 창고의 문을 닫고 기막을 펼쳤다. 그리고 일단 상황을 막아 보고자 입을 열려는 순간 남궁류청과 눈이 마주쳤다.

검을 든 남궁류청의 눈빛은…… 예상외로 침착했다. 분명 처음 내가 들어왔을 때만 해도 분노에 활활 타오르고 있었는데 지금은 전혀 아니었다. 물론 아직도 화는 잔뜩 나 보였지만 왠지 모르게 차분해 보이는 것이, 되는대로 검을 뽑은 느낌이 전혀 아니었다.

"……."

그 눈빛에서 어떠한 의지가 읽혔다. 자신을 믿고 지켜봐 달라는 듯 보이기도 했다. 나는 입을 다물고 잠시 물러났다.

야율이 고개를 기울였다.

"정말로 고작 이런 일로 검을 뽑는다고?"

"그래. 네게 정식으로 비무를 신청하지."

야율이 귀찮다는 듯한 표정으로 한숨을 내쉬었다.

"나는 별로 너랑 싸우고 싶은 생각이 없는데……. 그냥 내가 졌다고 쳐."

이를 꽉 깨문 남궁류청은 진정하려는 듯 숨을 한 번 크게 들이쉬었다.

"네가 비무에서 이기면 천귀조의 죽음은 내 탓인 걸로 하겠어."

"뭐?"

"내가 널 데려와 벌어진 일이기도 하니 어느 정도 내 탓이기도 하지."

그러니까 이 일을 외부에, 무림맹에 자신이 벌인 것으로 알리겠다는 뜻이다. 야율이 죽였다는 사실이 알려지면 큰 문제야 없겠지만, 귀찮은 일이 몇 생기긴 할 터였다. 그걸 막아 주겠다는 뜻이기도 했다.

어차피 지금 이곳에 있는 사람들은 아버지와 남궁완 아저씨의 사람들. 개방 사람들이 좀 걸리긴 하지만 우리가 입을 맞춘다면 충분히 가능했다.

하지만 처음부터 제가 죽인 사실을 숨길 생각이 없던 야율에게 굳이 필요한 일은 아니었다. 여전히 심드렁한 야율의 태도가 그런 뜻을 알리고 있었다.

"대신 네가 이기면?"

"진심으로 사과해."

"……."

야율이 어처구니없다는 눈빛을 했다.

"고작 그거?"

"그래."

야율이 한숨을 길게 내쉬었다.

그때였다. 남궁류청에게서 생각지도 못한 말이 튀어나왔다.

"야율, 넌 내게 은인이야."

나는 눈을 동그랗게 떴다. 잠시 저게 무슨 말인지 이해가 안 돼 그대로 머릿속을 빠져나갔다가 뒤늦게 파악했다.

"그래. 그걸 따지자면 나는 이 일을 그냥 넘어갈 수 있어."

강호는 은원을 따진다. 남궁류청은 이를 명확히 하고 있었다.

"날 이용한 건 기분 나쁜 일이지만…… 네 말대로 천귀조는 죽어 마땅한 사람이지……. 그러니 따지고 들면 크게 문제 될 것 없는 일이 맞아. 맞는 말이야."

남궁류청은 말하면서 생각을 정리하는 듯한 느낌이었다.

"나 또한 죽일 수 있다면 죽이고 싶었으니까."

남궁류청의 시선이 싸늘한 시신이 된 천귀조에게 향했다.

야율이 잘됐다는 듯 말했다.

"그럼 그냥 넘어가."

남궁류청이 눈을 감았다가 다시 야율을 바라보았다.

"하지만 그래. 나는 은을 고작 이런 일을 넘기는 데 쓰고 싶지 않아."

"……."

"여기서 이 응어리를 풀지 않고 네가 날 도와준 일을 따져 눈을 감고 넘어갈 수도 있어."

"……."

"하지만 이렇게 넘어간다면 앞으로 난 너와 있을 때마다 네 진심을 의심하게 되겠지. 네 말에 다른 뜻이 없나 생각하고, 네가 하는 모든 행동을 믿을 수 없게 될 거야."

"……."

"나는 그러고 싶지 않아."

남궁류청의 시릴 정도로 곧고 맑은 시선이 야율을 향했다.

"……."

"……."

……정말로 남궁류청다웠다.

그래. 이대로 그냥 넘어간다면…… 감정에 앙금이 남을 수밖에 없었다. 남궁류청은 그게 싫은 것이다. 믿는다면 믿고, 아니라면 아니고. 그걸 비무로 깔끔하게 털어 내자는 것이었다. 무림의 방식으로.

새삼 남궁류청이 다르게 보였다. 이렇게 차분하게 은원을 따지며 후일 감정의 앙금이 문제가 될 상황까지 예비하다니. 마냥 어리게만 봤는데…… 어느새 제 감정을 제대로 파악하고 논리정연하게 말할 수 있는 청년이 되어 있었다.

남궁류청이 말했다.

"그러니 무림인의 방식으로 해결해."

남궁류청이 선택하라는 듯이 야율을 바라보았다. 어느새 야율의 얼굴에선 표정이 사라진 상태였다. 나를 잠시 바라본 야율의 시선이 남궁류청을 노려보았다.

"좋아."

안도의 숨을 내쉰 내가 말했다.

"지금은 안 돼."

야율과 남궁류청이 어째서냐는 듯이 나를 보았다.

"그야 아직 남궁완 아저씨도 일어나지 못하셨는데 남궁류청 네가 검을 들고 설칠 때야? 그리고……."

나는 우리를 감싸고 있던 기막을 풀었다. 그러자 창고 밖에서 몇몇 기척이 느껴졌다.

나는 그대로 창고의 문을 열고 나갔다. 문 밖으로 나오자마자 아버지가 기다리고 계셨다. 아버지의 몇 발 뒤에는 내가 마주쳤던 백리 세가의 무인들이 있었다.

그들의 안색은 매우 좋지 못했다. 게다가 내 뒤로 남궁류청, 심지어 야율까지 나오자 안색은 더더욱 검게 죽었다.

나는 아버지 앞에 멈춰서 말했다.

"천귀조가 죽었어요."

"허억!"

"그, 아닙니다. 분명 살아 있었는데. 왜 갑자기…… 설마……?"

아버지가 뒤를 돌아보자 소리치던 무인이 입을 다물고 땀을 뻘뻘 흘렸다.

"확인해 보도록."

무인들이 황급히 창고 안으로 뛰어들어 갔다. 아버지의 엄중한 시선이 나와 남궁류청, 야율을 향했다. 뭐라고 말씀하실 것 같았지만 입을 꾹 다물고 계셨다.

천귀조의 죽음을 확인하자 아버지가 말했다.

"모두 날 따라오너라."

"천귀조가 죽었다더군."

"죽었다고? 그거 잘됐군!"

"조용히 하게! 알아낼 정보가 산더미였거늘. 마냥 좋아할 일이 아니라고."

"흥, 나는 처음부터 그런 마두를 정보 때문에 살려 둬야 한다는 것이 마음에 안 들었네."

손바닥만 한 객잔이었다. 백리연에 남궁류청, 야율, 심지어 백리의강까지 함께 움직인 일이었다. 숨길 수는 없었다. 소문이 나는 건 어쩔 수 없었다.

"누가 죽인 건가?"

"그건 모르겠군. 셋이 함께 있다가 사공자님께 불려 갔으니."

"누가 죽였든, 그게 뭐가 중요한가? 아니, 게다가 죽인 것도 확실하지 않지 않나? 그냥 제풀에 뒈져 버린 걸지도 모르지."

객잔에 있는 무인들 모두 제 가문과 단주에게 충성심이 강한 이들이었다. 하지만 무인들만 있는 건 아니었다. 백리의강과 협력 중이던 개방의 거지는 사건이 벌어진 것을 알자마자 은근슬쩍 나가려고 했다. 당연히 보고를 위해서였을 터다. 하지만 턱도 없었다. 바로 문 앞에서 붙잡혔다.

"단주님의 말씀이 있을 때까진 잠시 계시죠."

"아니……."

"그 정도는 기다려 주실 수 있지 않습니까?"

거지를 붙잡은 백호단의 무사가 눈을 희번덕이며 물었다.

"설마 단주님을 의심하시는 겁니까?"

"아이고, 그럴 리가요! 백리 대협이 공명정대하신 것은 믿어 의심할 일 없죠."

무사는 언제 눈을 희번덕였냐는 양 다시 사람 좋은 웃음을 지으며 말했다.

"그럼 앉아서 기다립시다."

밖에서 그런 사소한 사건이 벌어지고 있을 시각, 백리의강은 야율이 있는 방으로 향했다. 남궁류청은 일단 남궁완의 곁을 지키라 보내 놓은 상태. 백리연도 다른 방에 따로 머물며 자신이 찾아갈 때까지 나오지 말라고 한 상황이었다.

백리의강은 활짝 열려 있던 창을 닫으며 야율을 돌아보았다.

"이게 어찌 된 일이더냐?"

"어찌 된 일이냐니요? 이미 심증은 저로 굳히신 거 아닌가요?"

"……."

"그러니 저와 가장 먼저 얘기하고 계신 거잖아요?"

백리의강이 담담하게 말했다.

"천귀조와 가장 많이 얽혀 있는 자가 너이기에 너와 가장 먼저 얘기하는 것뿐이니라."

멈칫한 야율이 얌전히 고개 숙였다.

"죄송합니다."

누그러진 목소리였다.

백리의강은 별다른 말 없이 움직여 찻주전자를 가져왔다. 그러고는 야율 앞에 차를 따라 주었다.

"내 분명 네게 천귀조와 만나지 말라 이르지 않았더냐? 어떻게 그 안에서 나온 게냐?"

좀 더 명확해진 질문이었다. 야율의 날 선 말이 제 질문이 명확하지 않아 벌어진 일이라는 듯한 태도였다.

침묵하던 야율이 질문으로 답했다.

"······제가 죽이지 않았다고 하면 믿으실 건가요?"

백리의강이 잠시 눈을 내리깔았다가 고개를 끄덕였다.

"그래."

"하."

야율이 탄식하며 고개를 모로 틀었다.

"간단히 살펴보았을 뿐이지만, 사인은 알 수 없었다. 네가 아니라고 한다면 류청과 연이의 얘기를 들어 보고 사인을 알아봐야겠지."

"아니요. 제가 죽인 게 맞으니까 그러실 필요 없어요."

백리의강의 눈빛이 가라앉았다.

"왜 그랬느냐?"

어느새 평소와 같은 표정으로 변한 야율이 되물었다.

"이유가 중요한가요?"

"······."

"대협은 대협이 할 일을 하셨을 뿐이고 저는 제가 할 일을 했을 뿐이죠."

"네 할 일이 천귀조의 목숨을 네 손으로 끊는 것이냐?"

야율이 뜬금없는 질문을 했다.

"천귀조의 사인은 알아내셨나요?"

"······아직이니라."

이를 알아보려면 검시에 소양이 깊은 이를 데려와 자세히 조사해야 했다. 무림맹이라면 모를까, 흑도 영역인 악양에서 그런 사람을 쉽게 구할 수 있을 리가 없었다.

무더운 날씨도 문제였다. 억지로 한다면야 불가능한 건 아닐 터다. 하지만 굳이?

상대는 죽어 마땅한 마두였다.

그가 그동안 납치해 간 아이들은 수를 헤아리기 힘들었다. 야율만이 유일하게 살아남은 아이였다. 그런 놈의 사인을 밝히기 위해서 그렇게까지 정성을 들일 필요가 있느냐는 문제가 있었다.

"......"

야율이 증언하지 않는다면 천귀조의 죽음은 누가 죽였는지 답이 뻔히 나와 있지만, 증거가 없는 상황이 될 것이다.

게다가 야율의 자백으로 천귀조를 죽인 범인이 그라고 알려지더라도…… 무슨 문제가 있겠는가? 천귀조의 죽음에 따지고 들 사람이 없을 텐데.

천귀조를 죽였다고 천산염제의 제자인 야율을 잡아다 감옥에 가두기라도 한단 말인가? 되레 무림맹이 뭐 하는 짓이냐고 욕을 먹게 될 일이었다.

백리의강이 더욱 가라앉은 목소리로 깨달았다는 듯 말했다.

"그래. 내게 천귀조와 만나지 못하게 막았느냐고 물어보러 왔을 때부터 이미 천귀조를 죽일 생각이었구나."

그때 야율이 말했다.

"독으로 죽였어요."

"독? 그런 것을 지니고 다녔느냐?"

그런 위험한 것을 지니고 다녔냐는 듯한 말투였다.

"제 것은 아니고, 연이 거예요."

"뭐? 연이 것이라고?"

침착함을 유지하던 백리의강의 목소리가 높아졌다.

"네. 정확히 말하자면 객잔에서 첩자가 연이를 공격할 때 썼던 독무 가루죠."

백리의강도 들은 바 있었다. 첩자가 백리연을 공격할 때 이상한 가루를 퍼트렸다고. 백리연이 그걸 모아 두었다는 것도.

백리연이 그 공격에 다칠 만한 아이가 아니라는 건 믿지만 그래도 위험한 상황이기는 했다. 하지만 현재 그것에 대해 자세하게 알아볼 만한 상황이 아니었기에 뒷전으로 밀어 두었던 참이었다.

야율이 말했다.

"그걸 썼어요."

백리의강이 미간을 좁혔다. 반면 야율은 재미있다는 듯이 웃었다.

"그게 정말 사람을 죽일 수 있는 독이었다면 죽을 것이고 별거 아니었다면 살았겠지요. 죽은 걸 봐선 독인가 보네요."

"……."

야율이 말을 이어 갔다.

"천귀조가 제게 그러더군요. 무림맹에 제가 흡성마공을 익혔고, 이를 대협이 숨겼다고 알릴 거라고. 그럼 상황이 곤란해지지 않겠냐고. 그러기 전에 자신이 도망치는 데 협조해 달라더군요."

백리의강의 표정이 한층 더 싸늘해졌다.

"대협께도 이런 협박을 했을 것 같은데…… 그래서 저를 천귀조와 만나지 못하게 막으신 거 아닌가요?"

"……."

"대협은…… 좋은 사람이죠. 대협의 명성을 저 같은 놈 때문에 더럽힐 필요 없어요. 그래서 죽었어요."

"……."

"이유를 물어보셨죠. 이게 이유예요."

야율이 길게 숨을 내쉬었다.

"대협, 반성은 없고 협박에 탈출을 생각하는 이런 쓰레기에게서 제대로 된 정보를 얻을 수 있으리라 여기신 건가요?"

"……."

눈을 감은 백리의강이 머리를 짚었다. 하지만 거의 바로 다시 눈을 뜰 수밖에 없었다. 방으로 다급히 다가오는 기척을 느꼈기 때문이다.

야율과 얘기한다고 사람을 물려 놓은 데다가 원래 객잔 삼 층은 남궁완의 상태 때문에 늘 조심스러운 분위기였다.

문 밖에서 부르는 목소리가 들렸다.

"대협."

"무슨 일인가?"

"소가주님께서 일어나셨습니다."

야율이 말했다.

"가 보세요."

백리의강이 잠시 야율을 바라보았다.

"계속하실 건가요?"

야율은 그래도 상관없다는 태도였다. 잠시 고민한 백리의강이 결국 일어났다.

남궁완이 깨어난 이상 천귀조의 죽음은 뒷전으로 밀릴 터였다. 야율로서는 적기에 천귀조를 죽인 상황이나 다름없게 되었다.

"아, 대협."

나가려는 백리의강을 야율이 다시 불렀다.

"천귀조의 소굴에서 절 발견했을 때 대협께서 계셨죠?"

백리의강이 무슨 소리냐는 듯 되물었다.

"기억나지 않느냐?"

"조금 헷갈려서요."

"그래. 내가 널 데리고 나왔느니라."

"그렇군요."

야율이 고개를 끄덕이며 허공으로 시선을 돌렸다. 용건은 그게 다라는 듯한 모습에 백리의강이 방을 나섰다.

방 안이 텅 비자 야율이 느리게 자리에서 일어났다. 그는 창가로 향했다. 백리의강이 닫았던 창으로 손을 뻗던 야율의 눈에 화병이 담겼다. 그의 손이 향한 곳은 옆자리 선반에 있던 꽃병이었다. 약간 시들한 꽃을 야율이 만지작거렸다.

갑자기 백리의강이 다시 방으로 들어왔다. 야율이 의아한 눈빛으로 백리의강을 돌아보았다. 백리의강이 나직한 목소리로 말했다.

"야율, 내 명성에 문제가 생기더라도 그건 너 때문이 아니라 천귀조 때문이니라. 네 탓이라 여길 것 없는 일이다."

백리의강은 오직 그 말을 하기 위해 온 듯 말을 마치자마자 바로 방을 떠났다.

"……."

방 안은 다시 침묵에 잠겼다.

남궁완 아저씨가 멀쩡해진 팔로 모습을 드러내자 남궁 세가 사람들은 거의 축제나 다름없는 분위기였다.

가슴을 졸이던 백리 세가와 백호단 사람들도 안도했다. 그리고 아버지는 남궁완 아저씨가 깨어나기만을 기다렸다는 듯 무림맹의 본단으로 향할 준비를 했다.

때마침 남궁 세가에서 지원을 보낸 사람들이 드디어 근처에 당도했다는 소식도 들어왔다. 아직은 거리가 있어 며칠 뒤에나 도착하겠지만, 그것만으로도 아버지는 걱정을 덜 수 있었다.

무슨 얘기를 하는지, 바쁜 와중에 남궁완 아저씨와 긴 대화도 나누셨다.

그렇게 남궁완 아저씨가 깨어난 이튿날, 나는 떠나는 아버지를 배웅했다.

"완이 말 잘 듣고. 혼자 돌아다니지 말고. 알았느냐?"

"네. 아버지도 절대 무리하지 마시고 몸조심하셔야 해요."

아버지는 걱정이 뚝뚝 떨어지는 눈으로 나를 바라보다가 고삐를 당겼다. 나는 아버지의 모습이 보이지 않게 된 지 한참 후에도 계속 서 있었다.

"아가씨, 이만 들어가시지요."

"네."

나는 좀 더 머물다가 남궁 세가의 지원이 도착하면 남은 백리 세가 인원들과 함께 귀환하기로 했다.

그리고 천귀조는…….

"근방의 야산에 묻었다네. 어후, 지고 가는데 냄새가 심해 고생깨나 했지 뭔가. 날이 더워선가 묻으려고 보니 벌써 구더기가 끓더군."

소개가 다른 거지와 나누는 대화를 들은 것이 천귀조에 관한 유일한 이야기였다. 그것 말고는 아무도 천귀조에 관해 묻지 않았다. 이 기쁜 상황에서 굳이 그런 마두 얘기를 꺼내고 싶어 하는 사람이 있을 리 없었다.

'뭐, 잘됐지.'

천귀조의 죽음은 자그만 파문만 일으키고 허무하게 끝났다.

반면 남궁류청과 야율의 비무에는 다들 관심이 지대했다. 어쩌다 그 이야기가 흘러나갔는지는 알 수 없었다. 남궁 세가 무인이 술잔을 내려놓으며 말했다.

"흥, 우리 도련님이 누군데!"

"그래도 천산염제의 제자지 않은가? 평생 제자를 둔 적 없었는데 들인 걸 보면 재능 하나는 타고났겠지."

"확실히 기도 자체가 가볍지는 않아. 남궁 공자에게 그렇게 간단히 밀리진 않을 걸세."

아버지가 떠나신 지 벌써 나흘이 지난 저녁이었다.

일 층 식당에는 저녁을 먹으러 나온 무인들이 삼삼오오 모여 앉아 식사하며 한 잔씩 걸치고 있었다.

"아기씨!"

계단을 올라가기 위해 식당을 지나치던 나를 누군가 불렀다. 돌아보자 남궁류청을 응원하던 남궁 세가의 무사였다. 나와 함께 만신의를 찾으러 가기도 했어서 꽤 익숙한 이었다.

"아, 이제 소저라고 불러야죠. 아기씨가 입에 붙어서 말입니다. 어디 가십니까? 저녁은 드셨습니까?"

"올라가서 먹으려고요."

고개를 주억거린 그가 장난스럽게 물었다.

"소저는 누굴 응원하십니까?"

당연히 자신들의 대화를 들었을 거라는 어조였다.

"글쎄요."

맞은편의 백리 세가 무사가 눈을 부릅뜨고 소리쳤다.

"우리 아가씨께 그런 곤란한 질문 하지 말게!"

"곤란할 게 뭐 있나? 당연히 우리 도련님 아닌가! 그렇죠?"

"으음, 하 무사님의 모습을 보니 왠지 저라도 야율 편을 들어야 할 것 같은……."

"아이고, 그런 게 어딨습니까? 안 되죠!"

"그럼 나도 아가씨의 의견을 따라서……."

"아니, 자네도?"

산적 같은 생김새의 사람이 어울리지 않게 울상을 짓는 모습에 다들 한바탕 웃음을 터트렸다. 며칠 전 남궁완 아저씨가 누워 계실 때의 우중충한 분위기와는 전혀 달랐다.

삼 층 계단을 다 올라왔을 때였다.

"야율을 응원한다고?"

남궁류청이 난간에 기대서 있었다.

"들었어?"

"그렇게 크게 떠드는데 당연히 들리지."

"다 들었으면 알잖아. 그냥 웃자고 한 소린 거."

"……흥."

휙 돌아가는 몸짓에 따라 감색 장포 자락이 펄럭였다. 남궁류청은 뒤도 돌아보지 않고 자신의 객실로 향했다.

"뭐야, 같이 밥 먹으려고 기다린 거 아냐? 어디 가?"

"혼자 먹어."

쪼르르 쫓아갔으나 눈앞에서 남궁류청의 객실 문이 닫혔다. 나는 문 앞에서 소리쳤다.

"류청, 류청! 삐졌어? 응?"

안에서 애써 화를 억누른 듯한 목소리가 들렸다.

"소리치지 마. 누가 삐졌다는 거야?"

"그래? 그럼 나 들어간다?"

"안 돼."

"왜!"

"……운기조식할 거야."

순간 웃음이 터질 뻔해 볼 안쪽을 꽉 깨물었다. 그러고는 느물거리는 어조로 말했다.

"아~ 그래~ 맞아~ 열심히 해야지~."

네가 이기려면 당연히 열심히 해야 하지 않겠냐는 어조였다. 이를 남궁류청이 읽지 못할 리 없었다. 벌컥 객실 문이 열리는 것과 동시에 나는 까르르 웃으며 내 방으로 도망쳤다.

저녁을 먹은 후, 나도 운기조식을 했다. 운기조식을 할 땐 반쯤 꿈의 경계에 걸쳐 있는 상태였다. 꿈을 꿀 때 그렇듯 잊고 있던 기억들이 떠올랐다가 다시 가라앉기를 반복했다.

운기조식을 끝내고 눈을 떴을 땐 밤이 깊어져 있었다. 운기조식을 시작할 때까지만 해도 시끌벅적했던 일 층 식당은 언제 그랬냐는 듯 고요했다.

'이번에는 별로 건진 기억이 없네…….'

나는 창문을 열고 하늘을 보았다. 짙게 구름이 낀 하늘은 달을 찾을 수 없어 시간을 가늠하기 힘들었다. 구름에 가린 달 대신 어두운 객잔의 안뜰에서 인기척을 느낄 수 있었다.

한참 움직이던 사람이 우뚝 멈춰 서더니 귓가로 바로 목소리가 울렸다.

[백리연, 안 자고 뭘 하느냐?]

전음은 거리가 멀어질수록 하기 힘들다. 게다가 달도 안 뜬 어두운 밤이라 날 제대로 볼 수도 없을 텐데도 바로 옆에서 말하는 듯이 들렸다.

살짝 감탄한 나는 바로 옆 사람에게 말하듯 평범하게 답했다. 나는 저 거리까지 전음하기 힘들고, 어차피 이렇게 말해도 남궁완 아저씨는 들으실 수 있으실 거라는 믿음이 있었다.

"눈치채셨어요?"

[그렇게 뚫어지게 봐놓고 모르길 바라?]

"하하, 죄송해요. 저도 모르게 걱정이 되어서요."

내 말을 끝으로 남궁완 아저씨가 침묵했다. 나는 잠시 기다리다가 창문을 닫고 물러나려고 했다.

사실 이 시각에 수련한다는 것 자체가 다른 이에게 수련하는 모습을 보이고 싶지 않다는 뜻이기도 했다. 남이 수련하는 걸 몰래 지켜보는 것은 무례이기도 했고.

그때 남궁완 아저씨가 갑자기 육성으로 말했다.

"내려오너라."

"네?"

"검도 챙기고."

의문을 가진 채 검을 챙겨서 나가려고 할 때였다. 남궁완 아저씨가 뭐 하냐는 듯한 말투로 말했다.

"어딜 가느냐?"

"네? 내려가려고……."

"창문으로 나오면 되잖느냐?"

한 번 더 주변을 살핀 나는 창틀을 잡고 객잔 삼 층에서 뛰어내렸다. 탁. 가벼운 소리와 함께 바닥에 착지했다. 나는 펄럭이는 옷자락을 정돈하며 말했다.

"아버지가 보셨으면 잔소리하셨을 거예요."

"벌써 혼나 본 적 있는 모양이구나?"

"네. 문이 있는데 왜 창문으로 다니느냐고……."

"그놈의 잔소리. 나도 많이 들었느니라."

남궁완 아저씨가 질색하는 모습에 웃음을 터트렸다.

"그럼 가겠다."

"네?"

뭘 오겠다는 거야?

의문을 가지는 순간 내게 찔러 들어오는 검이 보였다. 깜짝 놀라서 몸을 틀었다. 아슬아슬하게 검이 나를 비껴갔다.

그 이후로 연달아 검격이 이어졌다. 나는 아슬아슬하게 남궁완 아저씨의 검을 피할 수 있었다.

"치사, 앗, 헉! 치사해요! 어떻, 게 선공을 아저씨가 가져갈 수……!"

"그래서 내 미리 말하고 공격하지 않았느냐? 네가 아직 말이 많은 걸 봐선 너무 봐준 모양이다."

그 말대로 그 뒤로는 입을 열 수 없을 정도로 거센 공격이 이어졌다. 간신히 피하다가 겨우 검을 뽑아 들었을 땐 옷자락이 이미 너덜너덜할 지경이었다.

챙―!

남궁완 아저씨의 검을 막은 나는 눈을 크게 떴다.

"왜, 소리가 생각보다 조용해서?"

"어…… 네."

남궁 세가의 검법은 뇌우 같은 소리를 내는 것이 특징이었다.

"이 야밤에 모두 깨울 일 있느냐? 그 정도야 조절할 수 있다. 그리고 고작해야 널 상대하는 데 전심전력을 다할 필요도 없고."

나는 입술을 꽉 깨물었다. 얄미운 태도였으나 내가 할 수 있는 건 별로 없었다.

"몸놀림은 가벼운 것 같은데 왜…… 흠, 몸이 눈을 따라가지 못하는 느낌인데. 더 빨리 움직이지 못하느냐?"

심지어 검면으로 몇 군데 얻어맞기까지 했다.

"그렇지. 눈에만 의지하지 말고 감각을 키우거라. 더 가볍게 움직여."

그리고 검을 맞부딪칠 때마다 조금씩 커지던 소음이 어느 순간 무시할 수 없는 수준이 되었다.

쾅―!

남궁완 아저씨가 뒤로 물러났다.

"여기까지 하지."

"하, 하아, 하아, 하아."

나는 거친 숨을 몰아쉬며 검을 바닥에 세워 기대듯 주저앉았다.

"마지막 수는 괜찮았다."

"가르침 감사합니다."

갑작스럽게 시작한 것이었지만 남궁완 아저씨의 지도 대련이라니 귀한 경험이었다. 아버지와 대련하는 것과는 전혀 다른 느낌이었다.

아버지와의 대련은 이미 익숙할 대로 익숙한 데다 백리 세가의 무공이 방어적으로 공격을 받아치는 방식이다 보니 머리싸움을 하게 되는 경우가 많았다.

반면 남궁완 아저씨의 검은 패도적으로 몰아치는 느낌이었다. 머리를 굴려 반격하려 들면 힘으로 짓누르고, 피하면서 기회를 노리려고 하면 되레 피하기 힘들 정도로 정제된 공격이 들어왔다.

"어떤 것 같으냐?"

"하아, 하아, 하악. 무, 뭘요?"

"내 팔 말이다."

나는 뭐 그런 걸 물어보냐는 듯 잔뜩 인상을 찡그리고 말했다.

"아주, 아주, 아주 괜찮은 것 같, 같은데요."

검을 검집에 넣은 남궁완 아저씨가 숨을 가다듬으며 오른손을 펼쳐 보았다.

"그래 보이느냐?"

나는 깜짝 놀라 되물었다.

"아니에요?"

"음, 아직은 좀 둔한 느낌이다. 한 번 신경이 죽었으니 그런 거겠지."

이게 둔해진 거라니.

남궁완 아저씨가 턱을 쓰다듬으며 말했다.

"이 정도면 류청과 야율 비무를 시켜도 괜찮겠구나."

입술을 비죽이던 내가 고개를 번쩍 들었다.

"너와 대련하며 꽤 감각이 돌아왔다."

비무 중에는 다치더라도 책임을 묻지 않았다. 저 조건이 기본적으로 있다는 것은 그만큼 비무를 하다가 다치는 사람이 많다는 뜻이기도 했다.

당연한 일이었다. 진검으로 싸우는지라 조금만 잘못해도 생각지도 못한 큰 부상을 입는 경우가 있었다. 잘못하면 목숨이 날아갈 수도 있었다. 그러니 중재하는 사람의 실력이 매우 중요했다.

"아무래도 다들 내 팔 걱정에 제대로 상대를 못 할 것 같아서 말이다."

"……."

그러니까 다들 아저씨 팔 걱정에 슬슬 피하니까 나를 불러다 대련해서 확인했다 이 말인가? 겸사겸사 나를 가르친 것도 있고.

감동이 조금, 아니 꽤 희석되었다.

남궁완 아저씨가 대뜸 물었다.

"너는 누가 이길 것 같으냐?"

"야율이요."

"뭐야?"

나를 흘겨본 아저씨가 이내 어깨를 으쓱거렸다.

"뭐, 그것도 나쁘진 않지."

나는 어처구니가 없어 저절로 목소리가 높아졌다.

"아니, 아저씨 아들이잖아요. 그렇게 말해도 돼요?"

"그놈은 져 보기도 해야 한다."

"……."

나는 조심스럽게 물었다.

"비무, 왜 하는지 들으셨죠?"

"그래."

그런데 괜찮으냐는 내 표정에 남궁완 아저씨가 말했다.

"원래 아이들은 싸우면서 크는 게다."

이번 비무를 어찌 생각하는지가 담겨 있는 깔끔한 말이었다. 남궁류청의 성품이 누구를 닮았는지 알 수 있기도 했다.

남궁완 아저씨가 내게 손을 뻗었다. 나는 이를 잡고 일어났다.

나는 남궁완 아저씨와 나란히 걸었다. 밤바람이 땀으로 흠뻑 젖은 옷자락을 식혔다.

이내 객잔에 들어가기 직전.

"연아."

"네. 말씀하세요."

"류청에 대해 어찌 생각하느냐?"

남궁완 아저씨의 질문이 나를 훅 치고 들어왔다.

'아…… 씁, 이걸 어떻게 대답하지?'

차라리 아무것도 몰랐다면 쉽게 답했을 텐데. 가문 간에 무슨 얘기가 오고 갔는지 아니까 말하기가 껄끄러웠다.

'내가 혼담에 대해서 알고 있다는 걸 아저씨도 아시나……?'

쓸데없이 침묵이 길어지면 이상하게 여길 터였다. 나는 떠보듯 물었다.

"느닷없이 그건 왜 물어보시는 거예요?"

"류청과 잘 지내는 것 같아서 말이다."

나는 고개를 기울였다.

"갑자기요?"

"그래. 나 잡아 봐라 뛰어다니면서 놀지 않았느냐? 너야 그렇다 쳐도 류청 그 녀석 나이가 몇인데. 쯧, 창피한 줄 알아야지."

"제가요? 제가 언제요!"

"뭘 모르는 척이야?"

"모르는 척이라뇨! 전 그런 적 없어요!"

"하, 그런 적 없기는. 객잔 복도에서 저녁을 같이 먹네, 운기조식을 하네 열심히 해라 마라 이러면서 뛰어다녔지 않으냐?"

"……!"

나는 말을 잃은 채 입을 헤벌렸다.

'그, 그걸 다 들었어? 아니, 당연히 다 들었겠지!'

같은 층에 있었으니 아저씨라면 듣고도 남았을 텐데 당시에는 거기까지 생각이 닿지 않았다. 얼굴이 다 화끈거렸다. 굳이 확인하지 않아도 분명 시뻘게졌으리라. 그리고 남궁완 아저씨는 그런 나를 왠지 모르게 흐뭇한 눈길로 바라봤다.

왜 저렇게 보시는 거야! 눈빛이 이상해!

"그래서 질문에 대한 답은?"

나는 입을 뻐끔거리다 답했다.

"류청…… 류청은 좋은 애죠."

"좋은 애?"

"네."

"어떤 점이 좋은데?"

"……."

아니, 왜 이렇게 꼬치꼬치 물어보시는 거야? 안 그래도 창피해 죽겠는데!

그나마 다행인 건, 아저씨는 내가 아직 혼담 얘기를 듣지 못한 것으로 알고 있는 모양이었다. 내가 혼담에 대해서 알고 있다는 걸 안다면 남궁완 아저씨 성격에 이렇게 편하게 질문할 수 있을 리가 없었다.

"……."

내가 침묵하자 남궁완 아저씨가 대신이라는 듯이 물었다.

"이상형이 어떻게 되느냐?"

"이상형이요?"

남궁류청이 좋은 이유를 얘기하다가 이상형 얘기라니.

'아저씨, 대화 주제 너무 노골적인 거 아니에요?'

이걸 어디까지 모르는 척해야 하나? 계속 모르는 척하는 게 맞나? 이 정도 되면 모르는 척하는 건 바보처럼 보이는 거 아닌가?

그러나 여기선 방도가 없었다. 나는 어쩔 수 없이 멍청한 척, 아무 것도 모르는 척 가볍게 답했다.

"몰라요. 생각해 본 적 없어요. 계속 이상한 거 물어보실 거예요?"

남궁완 아저씨가 갑자기 답답하다는 듯 중얼거렸다.

"……멍청한 놈. 대체 뭘 하고 지낸 거야?"

"네?"

"하긴…… 아니다."

무슨 생각을 하셨는지 혼자 고개를 끄덕인 남궁완 아저씨가 말했다.

"혹시나 좋아하는 사람이 생기면 내게 말하거라."

"예에? 아저씨한테요?"

내 의문이 뻔히 보였는지 남궁완 아저씨가 답했다.

"그래. 얼마나 잘났는지 내 눈으로 확인해 봐야겠다. 최소 내 아들 보다는 나아야겠지."

마치 그렇지 않으면 혼담을 허락 못 한다는 듯한 어조였다.

사실 난 아버지가 둘이었던 것일지도 모른다.

그래도 그 안에 담긴 뜻이 달가웠다. 그만큼 나를 아끼신다는 뜻이었으니. 나는 장난스럽게 답했다.

"글쎄요. 류청보다 잘난 사람이 존재할까요?"

객관적으로 가문에 외모, 능력까지 셋 다 잘난 사람을 찾으려면 으으음. 게다가 부모 눈에는 자식이 제일 예뻐 보인다고, 아저씨 아들이니 류청이 최고로 보일 텐데.

"그래. 잘 알고 있구나. 그럼 됐다."

남궁완 아저씨가 의기양양하게 웃으며 다시 발을 내디뎠다. 그러나 얼마 지나지 않아 다시 입을 열었다.

"연아."

"네."

진지한 목소리였다.

"내가 어쩌다 팔에 부상을 입었는지 아느냐?"

"갑자기 민가 아이가 튀어나와서 지키다가 그리되셨다고 들었어요."

성 무사의 시신을 확인하자 갑자기 보인 장면에서도 그랬고, 후일 백호단 무사들에게 들은 묘사도 내가 본 상황과 똑같았다. 다시 한번 내가 본 것이 그저 환상이 아니란 것을 확신할 수 있었다.

"그래. 결국 그 아이는 죽었다."

"그렇군요……."

남궁완 아저씨가 그리되시고 사상자들이 몇이나 나온 상황에서 아이까지 지키기란 어려웠으리라.

"그때의 일을 후회하진 않지만 멍청했지. 그리고 난 그저 그 순간의 내 판단이 잘못되어 팔을 잃게 된 거라 여겼다."

나는 계속 말씀하시라는 듯이 고개를 끄덕였다.

"그런데 팔이 낫고 나서 생각해 보니 무척 이상하더군."

"뭐가 이상해요?"

"내가 그렇게 큰 부상을 입었는데, 그 자리에서 더 몰아붙이면 될 것을 퇴각해 버리다니."

"……격전 끝에 겨우 빠져나오신 게 아니었나요?"

"내가 마교를 이끌던 놈에게 부상을 입히긴 했으나, 그렇다고 해도 분명 쫓을 여력이 있었을 게다."

그렇다면 확실히 이상한 일이었다. 남궁완 아저씨가 천천히 말을 이었다.

"처음부터 그들의 목적은 내게 부상을 입히는 게 아니었을까? 그렇게 생각하면 그들의 행동이 이해가 되지."

"아저씨가 검을 들지 못하게 만드는 게 목적이었다고요?"

"아마도."

남궁완 아저씨가 살짝 혀를 찼다.

"쯧, 천귀조가 살아 있었다면 확인해 볼 수 있었을 텐데."

"하하, 그, 그러게요."

남궁완 아저씨가 나를 흘겨보았다.

"왜 네가 겸연쩍어하느냐? 네가 죽인 것도 아니거늘."

그야, 나는 천귀조가 죽어서 매우 좋았기 때문이었다.

어쨌든 천귀조에게서 아무 정보도 얻지 못했기에, 나는 혹시나 하는 생각으로 천귀조의 시신도 몇 번이나 살폈다. 성 무사의 시신에서 기억을 읽은 것처럼 천귀조에게서도 어떤 환상을 볼 수 있지 않을까 해서 말이다.

하지만 성 무사 말고는 다른 이들의 시신에서 아무것도 읽어 내지 못했던 것처럼 천귀조도 똑같았다.

남궁완 아저씨가 말을 이었다.

"게다가 무림맹에서 습격을 받은 이들 중 나와 비슷한 부상을 입은 이들이 몇 있다. 그리고 그들은 대부분 한 가문이나 문파, 혹은 단체를 이끌던 이들이었다."

그리고 그들 대부분 아저씨처럼 협객으로 명망이 높았다.

백도 정파라지만 모두 아버지나 남궁완 아저씨처럼 의로운 이들만 있는 곳은 아니었다. 되레 무림맹주처럼 인품에 문제 있는 이들이 더 많았다. 그저 백도 정파라는 껍데기를 뒤집어쓰고 정의를 위한다는 명목으로 제 이득만 취하는 사람들.

그리고 무림맹주와 비슷한 부류의 사람들은 대부분 다친 곳 없이 살아남았다. 죽고 다친 쪽은 아버지나 아저씨와 비슷한 부류의 사람들이었다.

남궁완 아저씨가 말을 이었다.

"우리의 전력을 약화하는 것은 마교로서는 당연한 행동이다."

"……."

"하지만 죽이면 훨씬 간단해질 일이지."

남궁완 아저씨의 말처럼 검을 들지 못할 만큼만 부상을 입히는 것보단 그냥 죽이는 게 훨씬 편한 방법이었다.

"분명 어떤 목적이 있는 게야. 그놈들이 절대 이유 없이 이런 행동을 했을 리가 없어."

남궁완 아저씨가 나를 응시하는 눈빛이 느껴졌다.

"내겐 누이가 하나 있었다. 마교 놈들에게 살해당했지."

"……."

"어릴 적부터 동고동락했던 놈이 마교의 간자였다."

나는 깜짝 놀라 눈을 크게 뜨고 남궁완 아저씨를 바라보았다.

"누구도 예상 못 했지. 그놈 때문에 어머니부터 누이, 누이가 혼인한 가문까지 모두……."

아주 유명한 사건이었다. 남궁 세가의 금지옥엽, 그리고 그 금지옥엽이 시집간 단목 세가가 마교 때문에 몰살당한 일이니까.

하지만 내가 태어나기도 전, 남궁류청조차 태어나기 전에 있었던 일이었다. 그래서 이렇게 사건의 내막을 듣는 건 처음이었다.

남궁류청조차 딱히 언급한 적이 없었으니까.

'간자 때문에 그렇게 된 거였다니.'

어릴 적부터 같이 자란 후에 직계를 죽일 정도라니…….

대체 어떻게 남궁 세가의 눈을 피해 간자를 심어 놓았는지 그 대단한 능력에 섬뜩할 정도였다. 남궁완 아저씨가 울분이 끓어오르는 듯한 목소리로 말했다.

"그때 맹세했지. 마교 놈들이 한 번만 더 내 사람을 건드린다면 절대로 넘어가지 않겠다고."

갑자기 남궁완 아저씨가 피식 조소했다.

"그런데 복수는커녕, 그놈들 때문에 다시는 검을 들지 못하게 될 뻔하고 꽤……."

남궁완 아저씨는 말을 하다 멈췄다. 그리고 끝까지 힘들었다는 말은 하지 않았다. 괜찮으신 것처럼 보였는데, 그저 태연한 척했을 뿐이었다. 팔을 자르겠다고 결정하면서도 장난스럽게 말하던 모습이 떠올랐다.

나는 장난스럽게 말했다.

"제가 있어서 다행이죠?"

"하…… 그래. 고맙다."

잠시 말을 멈췄던 남궁완 아저씨가 다시 입을 열었다.

"그리고 조심하거라."

나는 고개를 갸웃 기울였다.

"그놈들이 이유 없이 만신의를 찾아 죽인 게 아닐 터다."

갑자기 튀어나온 이름에 나도 모르게 멈칫했다. 뭐지……? 설마 만신의의 능력이 마교와 연관되어 있다는 사실을 아는 건가?

"만신의를 죽인 놈들이 마교였다."

"만신의를 죽인 놈들이 마교였다고요?"

"그래. 당시에 암살자들을 추적하다 알게 되었는데……."

남궁완 아저씨가 걱정스러운 눈빛으로 나를 보았다.

"마교에서 만신의를 죽인 것은 지금 네 능력, 만신의에게 받았다는 그 능력을 노렸던 것일 수 있어."

"아…… 네."

나는 잠시 머뭇거리다 말했다.

"하지만…… 만신의의 능력을 노렸더라면, 마교에서 진즉에 저를 노리지 않았을까요?"

"글쎄. 방심해서는 안 된다. 그들의 생각은 예측하기 어렵고, 아주 치밀하고 교묘해. 목적을 위해서라면 몇 년이라도 기다릴 수 있어."

"……."

"아직 어린 네게 이 얘기를 하는 이유는……."

남궁완 아저씨가 긴 한숨을 내쉬었다. 미안하고 괴로운 듯한 느낌이었다.

"이제는 미래가 너희들에게 달렸기 때문이다."

모두가 잠들었을 시각.

투둑투둑 한 방울씩 떨어지던 빗방울이 어느새 요란스럽게 기와 천장을 내리쳤다.

"쏟아지네, 쏟아져."

홀로 중얼거리는 막개의 표정에는 고뇌가 가득했다. 그는 들고 있던 서신을 다시 보았다.

"아니, 하필 출발하고 나서 오냐? 며칠만 더 일찍 왔으면……."

서신은 최근 무림맹이 돌아가는 상황을 담고 있었다. 그리고 무림맹의 근황은 적어도 막개가 느끼기에는 가관이라는 말이 걸맞았다.

"백리 세가를 끌어들일 줄이야. 위 맹주가 미친 건가? 아니, 아니지. 머리 하나는 잘 굴렸다고 봐야 하냐?"

악양까지 이 정보가 오는 데 꽤 걸렸을 테니, 지금은 또 어떻게 되어 있을지 알 수 없었다. 하지만 결코 백리 세가와 백리의강에게 좋은 방향은 아닐 것 같은 예감이 들었다.

"이걸 어쩌나……? 아니 뭐, 내가 알려 줄 의무는 없지 않나?"

개방에서 그에게 내린 임무는 백리의강을 적당히 도우며 정보를 얻어 오는 것이지, 물심양면 지원하라는 뜻이 아니었다.

심지어 백리의강은 이미 며칠 전 무림맹 본성으로 떠난 상황.

"……."

한참 침묵하던 막개가 종이를 꺼내며 붓을 들었다.

"······그래도 빚을 지워 두면 나쁘지 않겠지? 게다가 무슨 일 있으면 알려 주기로 했고······. 약속한 건 지켜야지."

도와주고 싶어서 자신이 핑계를 대고 있다는 걸 알았지만, 무슨 상관이란 말인가?

그는 백리의강이 꽤 마음에 들었다. 그에게 도움을 받은 어린 거지들이 많았다. 부잣집 도련님이 돈 많으니 좀 뿌리는 게 대수냐고 빈정대거나 심지어 재수 없다고 말을 하는 사람도 있었지만, 그는 다르게 생각했다.

부자라고 모두 돈을 뿌리고 다녔으면 거지가 왜 있어? 도움을 받았으면 도와주고 그러는 게 세상사 아닌가? 게다가······.

막개가 짜증스럽게 혀를 찼다. 이곳의 상황이 위지백, 맹주에게 흘러들어 간 정황이 있었다.

"대체 어떤 쥐새끼가 정보를 넘긴 거야?"

다시 떠올리니 열이 확 뻗쳤다. 분명 제 부하 중 누군가가 이곳의 소식을 맹주 측에 넘긴 것이다. 백호단, 백리 세가와 남궁 세가의 사람들도 있지만, 그 셋은 맹주 측에 정보를 넘길 이유가 없었다. 낯 뜨거워 얼굴을 들 수가 없었다.

서신을 다 쓴 막개는 전서구들을 관리하는 방으로 향했다. 심정만으로는 문을 쾅 열어젖히고 싶었으나 새들은 새가슴이기 때문에 조심스레 다뤄야 했다. 훈련한 전서구는 부르는 게 값이었다.

그는 기척을 죽이고 조심스레 문을 열다 멈칫했다.

"거기 누구야? 음? 소개? 너 안 자고 여기서 뭐 하냐?"

작은 체구의 거지가 눈을 끔뻑이다 답했다.

"비 맞는 새가 없는지 확인하러 왔죠."

"그래? 잠도 안 자고 잘했다."

전서구가 언제 돌아올지 모르기에 열어 둔 창문 근처가 쫄딱 젖어 있었다.

"그러는 형님은 이 시간에 어쩐 일이십니까?"

막개는 새똥 냄새가 가득한 안쪽으로 걸어 들어가며 새장들을 살폈다.

"전서구 있는 방에 왜 왔겠냐?"

"어디에 보내시려고요?"

"위쪽에 보고할 게 좀 있어서."

파드득, 파드득.

불빛에 깨어난 새들이 새장 안에서 부산스럽게 날갯짓했다. 막개는 적당한 새를 고른 후 새장을 열어젖혔다.

소개가 조심스럽게 말했다.

"비가 이렇게 오는데 그치고 보내는 게 낫지 않을까요?"

막개가 잠시 멈칫했다.

"그러게. 음…… 급해서 거기까진 생각을 못 했네."

막개가 얼굴을 긁적이더니 다시 손을 움직였다.

"일단 이놈은 보내고, 나중에 그치고 나서 또 한 놈 보내지 뭐."

곧이어 전서구 한 마리가 쏟아지는 빗속을 뚫으며 날아갔다.

"그럼 저도 가 보겠습니다."

"소개야."

막개의 음성이 착 가라앉아 있었다.

"손 좀 펴 보거라."

"……."

"왜 대답이 없어? 손 좀 펴 보라니까."

그가 전서구를 고르기 전 쭉 훑어본 새장 속 새 한 마리가 흠뻑 젖어 있었다. 그리고 새장까지는 비가 들이치지 않았다. 즉, 흠뻑 젖은 새는 비가 내리고 나서 도착했다는 뜻이었다.

그리고 그 새의 발목에 매달린 대롱은 열려 있었다. 자신은 비가 오고 나서 전서구를 확인한 적이 없었다.

소개가 억울하다는 듯 말했다.

"형님, 절 의심하시는 겁니까?"

"혀가 길다? 헛짓거리하지 말고 손바닥 내놔."

머뭇거리던 소개가 결국 손을 펼쳤다. 그리고 손바닥에는 구겨진 서신이 있었다. 이미 의심하고 있었지만, 실제로 행한 모습을 보니 화가 절로 치솟았다.

"너 이 새끼!"

퍽!

막개가 소개의 뒤통수를 거세게 갈겼다. 소개가 비틀거리는 사이 손의 종이를 휙 뺏어 갔다. 구겨졌지만 글을 읽는 건 문제없었다. 그리고 몇 글자 읽기도 전에 막개의 표정이 심각하게 굳었다.

"너 이걸 왜 숨긴 거야? 너, 설마 마교……."

"형님! 형님. 잠시만요. 제가 설명할 수 있습니다."

"그래. 어디 한번 설명……."

막개가 말할 때였다. 소개가 갑자기 막개에게 일장을 내뻗었다. 개방의 거지들이 가장 먼저 익히는 장법 중 하나였다.

저런 공격이라니, 막개는 다소 안도했다. 손쉽게 소개의 공격을 피해 낸 막개가 말했다.

"네 실력으로 날 상대할 수……."

그 순간 막개의 손바닥에 따끔한 느낌이 들었다. 손바닥을 바라보자 가느다란 침이 박혀 있었다. 그리고 손바닥부터 시작된 마비가 순식간에 온몸으로 퍼져 갔다.

소개가 뻣뻣이 굳은 막개를 향해 말했다.

"형님, 그동안 고마웠소."

"너……."

"하루 일찍 가는 것뿐이니 너무 억울해할 것 없소."

밤새 내리던 비는 아침이 되자 조금 잦아들었다.

어젯밤 남궁완 아저씨와 밤 산책을 하다가 갑자기 쏟아지는 비에 급하게 들어가야 했다.

'어차피 아저씨는 하고 싶으셨던 말씀은 다 하신 모양이지만.'

나는 이마를 짚었다. 머리가 먹먹한 느낌이었다.

남궁완 아저씨께 그런 얘기를 들어서일까? 최근 꿈꾸는 것이 줄어들었는데 어제는 다시 내리 꿈을 꿨다.

운기조식에서 별것 없던 것과 정반대였다. 심지어 이번에 꾼 꿈은 아주 예전에 꿨던 적이 있는 꿈이었다. 나는 어둡고 서늘한 감옥 속에 있었고, 눈매가 익숙한 복면인이 겁에 질려 떨던 나를 끌고 나갔다.

'이 꿈을 꿨던 게 그러니까…… 석가약을 치료하고 나서였지?'

그러고 보니 그때와 지금은 비슷한 점이 있었다. 내 금안의 능력을 다루는 것에 발전을 이룬 시점이라는 것이다.

나는 그에게 거의 질질 끌려가듯 한참을 걸었다. 내가 뿌리치지 않았던 것은 이 사람이 정말로 나를 이곳에서 꺼내 주려고 노력하는 느낌이 들어서였다.

그리고 그게 이상했다. 아니, 정확히 말하면 꿈을 꾸면 꿀수록 이상하다는 느낌이 들었다.

내가 꾸는 꿈들이 소설 내용이 맞는 건가?

저번에 남궁류청과 서하령이 내게 화를 낼 때 느꼈던 억울하고 서러웠던 감정, 그리고 지금 겁먹은 감정까지 모두 내가 직접 겪는 것처럼 선명했다.

밤새 이어진 길고 긴 탈출.

"여기서부턴 너 혼자서 가야 한다."

말에는 안장과 간단한 짐이 놓여 있었다.

"이쪽으로 조금 내려간다면 널 찾으러 온 이들과 마주칠 수 있을 것이다."
"저를 찾으러…… 청이요? 청이가 절 찾으러 온 건가요?"

그만해! 청이는 무슨 청이!

알아서 혼자 결론을 낸 나는 황급히 말의 고삐를 잡았다. 마지막에는 지쳐서 복면인에게 업혀서 옮겨졌던 주제에 말에 오르는 속도는 재빨랐다. 하지만 거기까지였다. 말에 오르자마자 갑자기 머리가 어지럽더니 몸이 휘청거렸다.

그가 나를 황급히 잡아 주려 했다. 그리고 고삐를 놓치고 허공을 휘젓던 내 손이 하필이면 복면을 붙잡았다.

투둑. 아차 하는 사이 복면이 벗겨졌다. 그리고 한 여인이 있었다.

"허억, 죄, 죄송……."

반사적으로 사과하던 나는 여인을 멍하니 바라봤다. 등에 업혔을 때부터 여인인 것은 이미 짐작하고 있었다. 다만 내가 놀란 것은 너무나 고운 얼굴 때문이었다. 나이는 중년 정도로 보였다.

익숙한 눈매로 보아 아는 사람이 아닐까 싶었는데, 전혀 아니었다. 완전히 처음 보는 사람이었다. 확언할 수 있는 게 한 번 보면 절대 잊어버릴 수 없는 외모였다. 그런데도 어딘가 모르게 익숙했다.

"……."

중년의 여인은 딱딱하게 굳은 얼굴로 나를 바라보곤 복면을 다시 썼다. 그리고 먼저 자리를 떴다.

저 꿈이 지금 내 머리를 복잡하게 만든 원흉이었다.

"머리 아파?"

야율이 걱정스러운 목소리로 물었다.

"아니, 밤새 꿈을 많이 꿔서. 나만 주지 말고 너도 먹어."

"무슨 꿈?"

"그냥 옛날 일들?"

나는 젓가락을 내려놓고 나를 걱정하는 얼굴을 바라봤다.

"지금 네가 날 걱정할 때야?"

"왜?"

"너 오늘 비무…… 됐다."

"네가 내가 이길 거라며?"

"그건……!"

"그냥 장난이었다고? 그래도 난 좋은데."

야율이 살풋 웃었다. 나는 한숨을 내쉬며 고개를 내저었다.

사실 누가 이길지 전혀 예상이 가지 않았다. 소설에서…… 아니, 이젠 소설이기는 한지 믿을 수도 없지만. 하여튼 내가 알기로 둘은 몇 번이고 마주쳐 싸웠지만 제대로 승부를 가린 적은 없었다.

한번은 야율이 비겁한 수로 이겼는데, 웃긴 게 이겨 놓고는 남궁류청을 죽이지 않았었다. 그땐 주인공이 죽으면 소설이 거기서 끝나니까, 라고 별생각 없이 넘겼더랬다.

식사를 마친 후에 나는 밖으로 향했다. 객실을 나가자마자 남궁완 아저씨가 보였다. 인사를 하러 가려고 할 때 아저씨가 심각한 표정으로 마주 선 무사를 향해 말했다.

"이상하군. 본가에서 아직도 연락이 없다고? 슬슬 도착할 때가 된 것 같은데. 적어도 늦어지면 연락은 할 법하지 않나?"

맞은편의 무사가 가볍게 답했다.

"이동 중이라서 연락이 힘든 모양입니다. 어젯밤 같은 비를 마주쳤다면 오는 길이 지체됐을 법합니다."

남궁완 아저씨가 팔짱을 끼려다가 멈칫하고 다시 팔을 풀었다. 어젯밤 내게 지도하던 모습을 보아 팔이 나은 것은 맞지만 그래도 일단은 최대한 조심하는 모습이었다.

"하늘이 아직도 꾸물꾸물한 게 또 쏟아질 것 같은데. 그럼 일단 악양으로 오는 길목에 발이 빠른 녀석을 보내도록 하지. 거의 다 왔다고 들었으니 멀리 가지 않아도 금방 마주치겠지."

"알겠습니다. 발 빠른 놈이면…… 아이고, 불쌍한 녀석."

"갑자기?"

"오늘 비무하신다고 하셨잖아요."

"그게 뭐? 아하, 참, 애들 싸움을 그렇게 보고 싶어?"

"애들 싸움이라니요. 후기지수들의 비무라고 봐야죠. 게다가 제가 들은 말이랑은 다른데요. 소가주님, 분명 도련님이 지시면 가만 안 둘 거라고 하셨다고……."

"당연하지. 그럼 그걸 가만둬?"

"애들 싸움이라면서 왜 진지하십니까?"

"내 생각엔 네가 가는 게 좋겠다."

"예?"

"뭐 해? 준비해."

"소가주님……!"

때마침 남궁완 아저씨가 나를 보았다. 나는 고개를 숙여 인사했다.

그러고 보면 나는 남궁류청과 야율이 대련하는 모습을 가끔 보았지만, 쉽게 구경할 수 있는 일이 아니긴 했다.

나야 맨날 보는 얼굴이지만, 만약 저 둘을 알지 못한 채 남궁 세가 공자와 천산염제 제자가 어디서 비무한다고 하면 구경하고 싶었을 것이다.

시간이 지날수록 객잔의 내원으로 사람들이 몰려왔다. 나중에는 객잔에 머무는 거의 모든 사람이 모인 듯싶었다.

'아니, 일이 이렇게 커질 줄이야.'

둘이 비무한다는 얘기가 흘러나간 순간부터 예견된 일이기는 했다. 내가 비무하는 것도 아닌데 살짝 기가 질렸다.

나는 야율을 살폈다. 야율은 평소와 같은 모습이었다. 무표정한 낯이 나와 눈이 마주치고는 살짝 웃음 지었다.

"검은 왜 안 들고 나왔어? 빌려줘?"

"괜찮아."

"……?"

내 표정에 설명이 부족하다 여겼는지 야율이 빈손을 내보이며 가볍게 답했다.

"이걸로 충분해."

"……."

아마 권장법으로 상대하겠다는 뜻인 것 같았는데…… 오해하기 딱 좋은 언행이었다. 아니나 다를까 싸늘한 시선들이 다닥다닥 꽂혔다. 모두 남궁 세가의 무사들이었다. 당연했다. 제 작은 주인이 무시당한 것이나 다름없는 발언이었는데.

"……공자의 실력 기대하겠소."

백리 세가의 손님이자 소가주의 은인이라 온건히 넘어가는 듯했다.

'아주 간덩이가 배 밖으로 나왔지.'

그리고 의외인 것은 남궁류청이었다. 눈썹을 살짝 찡그리긴 했지만, 그것뿐이었다. 동요 없이 태연했다. 비무 전에 평정을 지키는 모양새였다.

몇 가지 주의해야 할 점을 얘기하고 남궁완 아저씨가 가장자리로 자리를 옮겼다.

"그럼, 시작하거라."

쾅!

말이 끝나기가 무섭게 강력한 기파의 충돌이 작렬했다. 충격으로 생긴 바람에 머리칼이 뒤로 확 휘날렸다. 야율과 남궁류청 둘 다 물러났다가 바로 격돌했다.

쿠르릉! 쾅!

맨손과 검이 부딪치는데 우레가 내리치는 것 같았다. 누군가 중얼거렸다.

"허, 아니, 저 연배에 벌써 맨손으로 검기를 막다니."

야율의 흑색 소맷자락이 거칠게 휘날렸다. 그의 양손에는 붉은색 진기가 아지랑이처럼 피어오르고 있었다. 몸을 보호하기 위해 두르는 호신강기를 손에 집중시켜 검기처럼 이용하는 것이었다. 호신강기를 저렇게 운용하기 위해서는 내공이 그만큼 받쳐 줘야 했다.

야율의 눈동자도 양손을 두른 진기와 같은 빛을 띠었다. 유형화한 진기의 색이 몸에서 가장 얇은 곳을 통해 보이는 것이었다.

"대체 호신강기가 어찌 만들어졌길래 남궁 세가의 검기를 버티는 거지?"

"양기 무공이라 그런가?"

양기든 음기든 극단으로 한쪽에 치우친 기운은 파괴력과 밀도가 남달랐다. 대신 그만큼 다루기도 훨씬 어려웠다. 나도 자연지기를 다룰 때 느꼈다.

더 파괴력이 높다는 걸 알면서도 사람들이 쓰지 않는 데에는 이유가 있는 것이었다. 그리고 쓰기 어려우나 또 사용한다면 어려운 만큼 더 위력적이었다.

"검을 들고 다니더니. 원래 장법이 주 무공이었나 보군."

"천산염제도 권장법을 썼으니 당연하겠지. 게다가 저 열기를 보게. 어디 검이 버티겠나?"

"남궁 세가의 검법을 저렇게 수월하게 받아 내다니."

"구화적염결. 역시 명불허전이군."

남궁 세가의 절기를 맞받아치는 모습을 보니 정말 신공절학이라고 부르기에 손색이 없었다. 저런 무공이 물려받을 사람이 없어서 소실되었다니.

강호의 비극이었다.

'아니, 따지자면 안타까울 일은 아닐지도…….'

천산염제는 구화적염결은 극양지체가 아니라면 배울 수 없다고 말했다. 하지만 정확히 말해 매우 어렵긴 하지만 배울 수는 있었다. 비록 배우다가 주화입마에 빠져 죽는 경우가 구 할이 넘었을 뿐.

백 명의 아이를 데려다 익히게 하면 그중 한둘만이 살아남는다고 했다. 본디 타고난 체질을 무공이 바꿔 버리기 때문이었다. 극양지체와 비슷한 몸으로 바뀌는 것을 버티면 살아남고 버티지 못하면 죽는 것이었다.

극양지체인 사람을 살리는 무공이 일반 사람은 죽이는 무공이 되는 것이다. 천산염제 또한 그렇게 구화적염결을 배우기 위해 거둬진 고아 중에 살아남은 것이라고 했다.

일반적으로 고수일수록 수명이 길었다. 내공이 깊어질수록 노화가 더디고 지병이 생길 일이 적으니 자연스러운 일이었다.

하지만 천산염제는 벌써 수명의 끝자락을 바라보고 있었다. 비슷한 연배로 백리 세가주인 내 할아버지와 남궁 세가주인 남궁무철 두 분이 아직 현역인 것과는 완전히 달랐다.

'아마…… 구화적염결로 체질이 바뀐 영향이겠지.'

천산염제가 제자를 정말 들이고 싶었다면 가르칠 아이를 찾는 건 어렵지 않았으리라. 관이 제 기능을 못 한 지 오래였다. 도처에 비적들이 날뛰고 고아들이 넘쳤다.

게다가 죽을지 모른다고는 해도 신공절학이었다. 죽을 확률이 구 할이라도 제 자식을 데려다 바치는 사람들이 줄을 섰을 것이다.

하지만 회귀 전 천산염제는 결국 제자를 두지 않았다. 자신만의 기준이 있었던 것일지도 모른다.

나는 문득 의아한 사실을 깨닫고 물었다.

"그러고 보니 왜 막개 선배는 안 왔어요?"

이런 구경거리, 정보 수집 기회를 놓칠 사람이 절대 아닌데.

"저도 잘 몰라요. 아침에 일어나니까 없더라고요. 그래서 제가 대신 급하게 왔죠."

거지라고 보기 어려울 정도로 커다란 덩치의 사내, 대개가 뒤통수를 긁적이며 답했다. 덩치랑 다르게 무척 순한 사람이었다.

"소개도 어디 갔는지 안 보이고……."

쿠르릉─!

나는 다시 비무로 시선을 돌렸다.

야율이 대단한 모습을 보였으나 이를 상대하는 남궁류청도 절대 밀리지 않았다.

야율의 구화적염결은 양기, 화기를 띠고 있기에 맞부딪칠수록 상대의 진기 흐름을 흐트러트리기 쉬웠다. 하지만 남궁류청은 처음부터 지금까지 단 한 번도 흔들리지 않았다. 더는 검기를 두르는 데 문제가 있던 어린아이가 아니었다.

안정적으로, 아니, 되레 몰아치듯 검을 휘둘렀다.

야율의 양손이 번갈아 가며 남궁류청의 검면을 강타했다. 보통이라면 검로가 틀어지고도 남았을 것이다. 하지만 남궁류청의 검로는 바뀌지 않았다. 야율의 장력을 버틴 것이다.

백색 검광이 공기를 가르며 야율을 찔러 들어갔다. 살짝 미간을 일그러트린 야율의 양손의 진기가 한층 더 짙어졌다. 더 두껍게 두른 호신강기와 백색 검광이 맞부딪쳤다.

쾅!

또 한차례 큰 파동이 퍼졌다. 흑색 옷자락과 청색 옷자락이 펄럭이며 바닥에 긴 선을 만들어 냈다. 충격에 밀려났던 둘이 다시 맞부딪치려는 순간…….

남궁류청과 야율 둘 다 객잔 입구를 바라보았다.

언제 왔는지 모를 고급스러운 차림새의 사내가 그곳에 서 있었다.

나는 사내가 객잔 정문을 넘어올 때까지 기척을 전혀 느끼지 못했다는 사실에 등허리에 소름이 쫙 끼쳤다.

사내가 느긋하게 말했다.

"한참 재미있었는데."

남궁완 아저씨가 말했다.

"누구냐?"

그 순간, 주변의 기운이 묵직해지는 것을 느꼈다. 어둡고 탁한 기운이었다.

강자. 게다가…….

나는 마른침을 삼켰다. 중년의 사내가 남궁완을 응시하고는 이내 헛웃음을 지었다.

"하아, 정말이었군."

"……."

남궁완 아저씨가 검 손잡이를 쥐었다. 객잔의 무인들도 긴장한 표정으로 각자 자세를 취했다. 남궁완 아저씨와 비슷한 연배의 사내는 객잔 안을 느리게 둘러보다 내게 시선을 멈췄다.

약간 놀란 얼굴이었다. 나 또한 사내를 의심스러운 얼굴로 바라보았다. 또 어디서 본 듯한 사람이었다.

사내가 말했다.

"애야, 네가 무슨 짓을 했는지 아느냐?"

"……무슨 짓이라니요?"

그때였다.

"사, 사, 삼공자!"

대개의 외침이었다.

"삼공자라니? 어디 삼공자?"

"그, 그냥 삼공자입니다. 그놈들이 그렇게 불러서…… 그러니까, 그러니까…… 마교의 삼공자입니다."

"……!"

모두 깜짝 놀라 사내를 보았다. 마교의 삼공자라니. 교주의 아들이란 말이야?

"음."

삼공자라고 불린 사람은 부인하지 않았다.

교주의 후계자에 대해서는 대부분 제대로 알려진 것이 없었다. 다만 삼공자는 이번 무림맹 습격에서 모습을 드러내 그 존재가 알려졌다.

그리고 이번 습격을 함께한 마교의 삼공자도 당연히 무림맹 공적 명단에 올라가게 되었다. 보통은 바로 인상착의와 용모파기가 돌 텐데, 무림맹 상황이 혼란스럽다 보니, 우리는 아직 보지 못한 상태였다. 하지만 개방은 정보를 주로 다루니 따로 용모파기가 돌았을 법했다.

대개가 마른침을 꿀꺽 삼키며 말했다.

"조심하십시오. 화산지검을 죽인 사람입니다."

그 말에 대답하듯 삼공자가 말했다.

"그건 실수였네. 죽일 생각은 없었는데 워낙 질겨야 말이지. 꽤 귀찮은 여인이었지."

"……."

삼공자가 답을 할 줄은 몰랐는지 대개가 화들짝 놀라며 입을 다물었다. 삼공자는 대개에게서 관심을 거두고 남궁완 아저씨를 바라보았다.

"그러니 자네도 그리되고 싶지 않다면 얌전히 팔을 내놓는 게 어떤가?"

"뭣?"

"이 자식이 지금……!"

남궁 세가의 무사들이 분노에 차 한마디씩 내뱉었다. 어느새 객잔의 이곳저곳에 흩어져 있던 남궁 세가의 무사들이 삼공자를 포위하듯 조금씩 자리를 옮겼다.

삼공자가 말했다.

"쓸데없이 힘 빼지 말자고. 이미 독 안에 든 쥐니. 저번처럼 도망칠 수 없을 거야."

"……."

삼공자의 말처럼 금안으로 확인한 객잔 바깥은 어느새 포위되어 있었다. 어림잡아 천귀조와 함께 있던 마교 병력의 두 배가 넘었다.

"……."

내가 확인이 늦었던 것이 아니다. 저들이 내 시야 밖에 있다가 삼공자가 객잔에 모습을 드러내는 것과 동시에 일거에 들이닥친 것이었다.

이내 다른 사람들도 상황을 눈치챘는지 안색이 더더욱 굳었다.

'대체 어떻게 온 거지?'

내 금안은 그렇다 치더라도 이 정도의 병력이 이곳으로 움직이는 걸 어떻게 아무도 몰랐는지 이해가 되질 않았다.

우리를 이곳에 보내 놓은 가문도 손을 놓고 있지는 않았다. 계속 꾸준하게 연락을 취하며 주변 상황을 살피고 있었다. 매우 힘들겠지만, 백리 세가의 영향력이 미치지 않는 지역만을 통해서 움직였다고 치더라도 개방조차 전혀 모르고 있었다는 사실이 믿기지 않았다.

'여기서 빠져나갈 수 있을까?'

그때 삼공자가 덧붙였다.

"아, 남궁 세가의 지원을 기다린다면 쓸데없는 생각이란 말을 미리 해 주지."

나는 이를 꽉 깨물었다. 마치 머릿속을 읽은 듯한 말이었다.

남궁완 아저씨가 가라앉은 목소리로 말했다.

"무슨 짓을 한 거지?"

"음, 지금쯤 우리 교도들과 마주쳤겠군."

남궁완 아저씨의 표정이 한층 더 사나워졌다. 삼공자는 신경도 쓰지 않고 안타깝다는 듯이 말했다.

"자네가 팔을 잃고 얌전히 살았다면 우리도 마주 볼 일도 없었을 텐데 말이야."

대체 남궁완 아저씨의 팔이 뭐라고 저렇게 집착하는 건지 이해가 되지 않았다. 인상을 잔뜩 찡그린 남궁완 아저씨도 나와 같은 심정인 듯했다.

그때 삼공자가 나를 바라보며 선심 쓴다는 듯이 말했다.

"팔이 싫다면 저 아이처럼 내공 폐인이 되는 것도 방법이지."

이를 악문 백리 세가의 무사들이 나를 보호하듯이 감쌌다. 삼공자가 그 모습이 우습다는 듯 피식 웃고는 말했다.

"어떤가? 내 말대로 한다면 조용히 물러가겠다."

남궁완 아저씨가 말도 안 된다는 듯이 물었다.

"이만한 병력을 끌고 와 놓고, 물러간다고?"

삼공자는 가볍게 고개를 끄덕였다.

"내가 받은 명령은 그것뿐이니 굳이 피를 볼 필요가 없다면, 보지 않고 넘어가는 편이 좋지."

이성적인 척 말하면서 온통 개소리였다. 남궁완 아저씨가 다시 물었다.

"하, 고작 내 팔을 노리고 이런 짓을 벌였단 말이냐?"

"그래."

"대체 왜?"

"나는 그저 내려진 명을 수행할 뿐. 이유는 알 필요 없다."

삼공자는 말도 안 되는 명령에 전혀 의문을 가지지 않는 모습이었다.

"……."

남궁완 아저씨가 주변을 둘러보았다. 그것은 마치 병력을 가늠하는 듯한 모습이었다.

그리고 마지막으로 나를 바라보았다. 눈을 마주친 것만으로도 무슨 생각을 하는지 알 수 있었다. 나는 버럭 소리쳤다.

"어디서 개소리야? 아저씨 팔은 내 거거든! 절대 못 줘!"

나를 보호하듯 둘러싼 백리 세가의 무사들이 아연실색하는 기색이 느껴졌다. 마교 교주의 자식이자, 후계자 중 하나인 삼공자에게 이렇게 대거리를 하다니. 솔직히 나도 내가 미친 게 아닐까 싶었다.

삼공자가 황당하다는 듯한 어조로 말했다.

"소가주의 팔이 왜 네 것인가?"

"내 천명금혼단으로 살려 낸 팔인데 내 거지!"

"……."

나는 미쳤냐는 듯이 나를 바라보는 남궁완 아저씨에게 당부하듯 말했다.

"아저씨, 절대 안 돼요."

"……."

삼공자가 깨달았다는 듯 말했다.

"그렇군. 대체 어떻게 나은 건지 의문이었거늘. 천명금혼단이라……."

고개를 주억거린 삼공자가 나를 보곤 살짝 웃었다.

"패기 있는 건 좋으나, 입을 함부로 놀리면 안 된다는 걸 배워야겠구나."

"무슨……?"

말을 채 마치기도 전 뭔가 번쩍였다. 비수 한 자루가 날아갔다. 그러니까 내가 아닌 남궁류청을 향해서.

내 눈으로도 간신히 확인할 수 있는 정도였기에 남궁류청의 반응이 살짝 늦었다.

나는 자연지기를 압축하여 남궁류청의 오금을 후려쳤다. 허공섭물과 비슷한 원리였다. 대신 중심이 될 매개가 없다 보니 훨씬 힘들었다. 순간적으로 머리가 띵할 정도였다.

어찌 되었든 남궁류청이 자연스럽게 피하는 자세로 이어지고 비수가 빗나갔다. 남궁류청이 이미 피하려고 자세를 취하고 있었기에 도울 수 있었던 것이기도 했다.

"호오."

삼공자가 감탄사를 티트렸다. 남궁류청이 피할 줄 몰랐다는 듯한 모습이었다. 나는 이를 악물었다.

'나를 공격하면 될 텐데 왜 남궁류청을……!'

곧 삼공자가 만족스럽게 웃는 표정을 보고 깨달았다. 일부러 남궁류청을 공격한 것이다. 그게 내게 더 타격이 클 테니까. 확실히……남궁류청이 피하지 못했더라면 나는 내 말을 후회했을지도 몰랐다. 인간 말종들이 모인 마교다운 행동이었다.

다만 이 자리에는 나만 있는 것이 아니었다. 비수가 날아간 찰나를 남궁완 아저씨가 놓치지 않고 공격했다. 삼공자의 옷자락이 크게 잘렸지만 안타깝게도 그저 살갗이 살짝 베인 정도인 듯했다.

남궁완 아저씨는 남궁류청을 돌아보지도 않고 맹공을 이어 갔다.

쿠르릉-!

남궁류청과 비슷한, 그러나 그보다는 더 큰 소리가 검에서 울렸다.

눈으로 확인하기 힘들 정도의 공방이 순식간에 몇 합이나 오갔다. 다른 무사들이 함부로 끼어들지 못할 정도였다.

콰쾅!

귀청이 떨어질 것 같은 굉음과 함께 삼공자가 하늘을 날았다. 이를 쫓으려던 남궁완 아저씨가 멈칫하더니 우리의 앞으로 돌아왔다. 너무 멀어지는 상황을 경계한 것이다.

삼공자는 몸을 빙그르르 돌리더니 객잔 입구 지붕에 올라섰다. 밖에서도 아주 잘 보이는 위치였다. 당장에라도 밖에 모인 병력들에게 공격하라고 손짓할 것 같은 느낌에 모두 바짝 긴장했다.

"소가주."

남궁완 아저씨는 입을 열지 않았다.

"쓸데없는 피를 보고 싶지 않다는 것은 진심일세."

내가 남궁완 아저씨 대신 답하려는 순간 누군가 내 입을 턱 막았다. 언제 다가왔는지 모를 야율이었다. 아직도 비무의 열기가 남아 있어 손바닥이 뜨거울 정도였다. 야율의 시선도 매우 뜨거웠다. 그러니까 제발 아무 말도 하지 말라는 듯한 눈빛이었다.

"……."

그사이 삼공자는 말을 이어 갔다.

"도망치고 추격하고. 귀찮은 일이야."

"하고 싶은 말이 무엇이냐?"

남궁완 아저씨는 경계를 늦추지 않고 말했다.

"간단하게 하자고. 비무, 어떤가?"

삼공자가 남궁류청과 여전히 내 입을 막고 있는 야율을 가리켰다.

"저 아이들이 하던 것처럼 말일세."

남궁완 아저씨는 대답 없이 삼공자를 매섭게 바라볼 뿐이었다. 삼공자가 말을 이었다.

"내가 이기면 자네는 팔을 내놓게. 자네가 이기면 이 자리에 있는 이들을 건드리지 않도록 하지."

남궁완 아저씨가 싸늘하게 말했다.

"내가 네놈 말을 어찌 믿지?"

"내가 굳이 이런 제안을 해서 얻는 이득이 있겠나?"

"하, 내가 널 죽여도 저놈들이 가만히 있겠다는 뜻이냐?"

삼공자가 고개를 갸웃했다.

"비무란 게 원래 그런 게 아닌가?"

"……."

"그래서 거절하겠다는 건가?"

남궁완 아저씨가 자신만만하게 웃었다.

"아니, 좋다."

즉답. 삼공자가 가볍게 웃었다.

"그래. 맘에 드는군."

나도 모르게 이를 악물었다가 아직도 야율이 내 입을 가로막고 있는 것을 알았다.

"읍읍!"

이제 놓으라며 떼어 내려 했지만 어찌나 거세게 붙잡고 있는지 미동도 없었다. 심지어 좀 전에 야율이 내 입을 막을 때 백리 세가 무사들이 감사하다는 듯이 보기까지 했다.

삼공자가 어떤 손짓을 하자 바깥에서 온통 시커먼 옷을 두른 흑의인들이 담벼락에 올라왔다. 삼공자가 말했다.

"모두 들었을 테니, 설명은 않겠다. 내가 지면 물러나라."

"알겠습니다."

반문도 없이 깔끔했다. 그때 귓가에 목소리가 들렸다.

[기회가 생긴다면 바로 떠나거라.]

남궁완 아저씨의 전음이었다.

[넌 똑똑하니 내 뜻을 알아들었을 것이다. 류청을 부탁한다.]

남궁완 아저씨는 내게 전음한 사실을 전혀 티 내지 않으며 내원 중앙으로 향했다. 객잔에서 가장 넓은 공간으로 좀 전까지 남궁류청과 야율이 비무를 하던 곳이었다.

마주 향하는 삼공자는 객잔이 마치 제집인 것처럼 뒷짐을 진 채 아주 느긋한 태도였다. 여유가 느껴졌다.

비무라니.

남궁완 아저씨의 뜻을 이해했다. 마교의 약속을 믿을 수 있을 리가 없었다. 그런데도 남궁완 아저씨가 이 제안을 받아들인 이유. 그건 시간과 기회를 벌기 위해서였다.

사파 세력권이긴 하나 우리가 있는 이곳 악양은 백리 세가에서 멀지 않았다. 마교 놈들이 백리 세가의 눈을 어떻게 피했는지는 모르지만, 그것도 아주 잠시뿐일 것이다.

'바로 지원이 올 거야.'

이미 지원을 보냈고 당도하는 데 시간이 걸리는 것뿐일 수도 있다. 우리는 최대한 시간을 벌면서 이곳을 빠져나갈 기회를 노리는 게 옳았다. 게다가 남궁완 아저씨가 삼공자를 비무에서 끝내기라도 한다면 훨씬 더 탈출이 용이할 것이었다.

그렇다면 삼공자는 왜 비무를 제안했는가? 심지어 처음부터 비무를 하자고 했으면 될 것을 왜 이제 와서 제안한단 말인가?

인정하고 싶지 않지만 답은 간단하게 나왔다. 삼공자가 비무 제안을 하기 전 무엇을 했나?

남궁류청을 기습하고, 이에 남궁완 아저씨가 받아치며 짧은 사이에 수십 합을 주고받았다. 그리고 안 것이다. 남궁완 아저씨가 저를 상대할 만한 상태가 아니라는 것을. 팔을 아직 다 회복하지 못한 것을…….

고수들 간의 싸움에서는 미묘한 차이가 생사를 갈랐다. 그 사실을 남궁완 아저씨 또한 알았을 것이다. 그러니 내게 그런 당부를 한 것이다.

남궁류청이 아버지를 두고 도망칠 리 있겠는가? 제 아버지를 뚫어져라 보고 있는 남궁류청을 보았다. 남궁완 아저씨가 내게 무슨 말을 했는지 전혀 모르는 모습이었다.

'알았다면 저리 태연할 리가 없겠지.'

내 시선을 느꼈는지 남궁류청이 나를 돌아보았다. 야율도 손에서 힘을 뺐다. 나는 다시 이를 악물었다가 애써 태연하게 물었다.

"괜찮아?"

"……."

남궁류청은 잠시 제 몸을 바라보듯 시선을 두었다. 내가 오금을 내리쳤기에 뭔가 이상하다는 것을 알 터였다. 남궁류청은 말없이 고개만 살짝 끄덕이고 다시 남궁완 아저씨를 보았다.

나는 아직 둔한 머릿속을 짜내듯 굴렸다.

'삼공자, 삼공자…….'

하지만 정말로 아는 정보가 하나도 없었다. 어떤 무공을 쓰는지, 어떤 실력자인지는 고사하고 죽었는지 살았는지조차 기억나지 않았다.

'이상해.'

교주의 후계자 정도 되면 나름 중요 인물이지 않나?

'아니면 남궁류청이 활동할 때쯤엔 이미 죽었나?'

마교 안에서 조용히 죽었더라면 내가 아무 정보도 모를 수 있었다.

그렇다면 왜 여기서 모습을 드러낸 것인가?

'나 때문에?'

내가 남궁완 아저씨를 치료했기 때문에?

내가 고민을 거듭하는 사이 남궁완 아저씨와 삼공자가 서로 자리를 잡았다.

처음 갑작스러웠던 격돌과 달리 마주 선 둘은 고요했다. 하지만 그게 폭발하기 직전의 고요임을 모두 알았다.

수많은 사람이 모여 있음에도, 바늘 떨어지는 소리도 들릴 만큼 조용했다. 그리고 이미 몇 차례나 싸움이 벌어진 탓에 버티지 못한 바닥의 석판이 파삭, 부서지는 소리를 낸 순간.

남궁완 아저씨가 빗살처럼 튀어 나갔다. 흐릿한 잔영까지 남은 남궁완 아저씨의 검을 삼공자가 양손으로 막았다.

쾅-!

귀청이 찢어질 것 같은 굉음이 터졌다. 가공할 공력의 격돌에 먼지구름이 회오리처럼 주변에 일어났다.

푸른 청색 의복과 흑색 의복. 검을 쓰는 남궁완 아저씨와 새카만 수투를 낀 손으로 권장법을 쓰는 삼공자.

내원을 뒤엎은 먼지구름에 시야까지 흐려지자 마치 야율과 남궁류청의 대련이 이어지고 있는 듯한 느낌이었다.

쿠릉- 쾅 콰쾅!

굉음이 먼지구름 안에서 이어졌다. 어지러운 움직임에 먼지구름은 가라앉을 줄 몰랐다. 그 탓에 다른 사람들은 안의 상황을 제대로 알아볼 수 없었다. 간간이 백색 검광만 흐릿하게 보일 뿐이었다.

소리가 들릴 때는 그나마 나았다. 소리가 없을 때가 더 무서운 상황이었다. 남궁류청은 당장에라도 뛰쳐나가고 싶은 것처럼 두 주먹을 꽉 쥐고 있었다.

물론 나는 먼지구름과 상관없이 그 안을 볼 수 있었다. 그리고 시간이 조금 지나자 더는 남궁류청과 야율의 모습이 겹쳐 보이지 않았다.

두 사람의 싸움이 훨씬 더 수준 높았다.

그 순간이었다. 나는 내 앞을 보호하듯 막아선 백리 세가의 무사 한 명을 뒤로 확 당겼다. 날아온 검기가 바로 무사가 서 있던 곳의 석판을 부서트렸다. 산산조각이 난 석판 아래 바닥까지 움푹 팰 정도였다.

"가, 감사합니다."

놀란 백리 세가의 무사가 얼떨떨하게 감사 인사를 했다. 놀란 시선들이 내게 와 닿는 게 느껴졌다. 잘못하면 백리 세가의 무사들이 다칠 뻔한 상황이었으나, 남궁완 아저씨가 공격 범위까지 생각할 만큼 여유로운 싸움이 아니었다.

넓어 보이던 내원이 이제는 답답할 정도로 좁아 보였다. 내원을 아름답게 장식했던 태호석과 나무, 화초들은 이미 제 모습을 찾을 수 없을 정도였다.

순간 삼공자의 장력에 객잔 기둥 하나가 마치 짐승에게 물린 것처럼 뜯겨 나갔다. 그렇게 시간이 조금 지나자 남궁완 아저씨와 삼공자의 공격 의도를 읽을 수 있었다.

남궁완 아저씨는 단기 결전을 노리는 듯 처음부터 전력으로 매서운 공세를 퍼부었다. 남궁류청에 비하면 훨씬 더 깊고 심후한 공력이었다. 그 공격을 맞받아칠 때마다 삼공자가 밀려나는 것이 보였다.

언뜻 보기에는 삼공자가 불리한 형세였다. 하지만 삼공자가 노리는 것은 따로 있었다. 삼공자는 최대한 남궁완 아저씨의 공격을 흘려 내며, 아저씨의 오른팔을 집요하게 공략하고 있었다.

오른팔의 움직임이 나쁜 건 아니었다. 하지만 그렇다고 좋지도 않았다. 점차 부담이 가중되고 있는 느낌이 들었다. 남궁완 아저씨가 조급하게 보이는지 삼공자가 놀리는 것이 역력한 목소리로 말했다.

"소가주, 그렇게 공격해도 괜찮겠나? 싸움을 길게 가져가야 도움이 되⋯⋯!"

말을 잇던 삼공자가 다급하게 공격을 피했다.

"아⋯⋯!"

가슴팍이 꽤 크게 베였는데, 호신강기에 막혀 깊은 상처까지는 미치지 않은 듯 보였다. 내내 여유롭던 삼공자의 표정이 살짝 굳었다.

그러고 보면 삼공자는 수투를 낀 손으로 남궁완 아저씨의 검을 상대했다. 수투란 손을 보호하는 장갑이자 무기인데⋯⋯ 새삼 맨손으로 남궁류청을 상대했던 야율의 행태가 정말 미친 짓으로 느껴졌다.

한번 밀려나기 시작해서인지 삼공자의 옷자락이 이곳저곳 베이기 시작하면서 여기저기 피도 비치기 시작했다. 남궁완 아저씨의 공격을 계속 흘려 내기 힘든지 삼공자의 표정이 점차 일그러졌다. 이대로만 이어지면 승리가 눈앞일 것 같은 상황에서⋯⋯.

남궁완 아저씨의 공세가 갑자기 줄어들었다.

"……."

처음 비무를 하자고 했을 때부터 걱정하던 그 상황이 되었다.

아직 검을 놓치거나 그런 것은 아니었다. 검 끝이 의도한 위치를 살짝 빗나갔다. 종이 한 장보다 더 얇은 차이였다. 하지만 그게 문제였다.

그때부터 두 사람의 공방이 뒤바뀌었다. 약간 당황한 듯 보였던 삼공자의 안색도 돌아왔다.

삼공자가 내뿜은 장력을 남궁완 아저씨가 왼손으로 맞받아쳤다.

쾅一!

쇠북이 울리는 듯한 소리가 들렸다. 싸움이 점차 장력 대결로 흘러갔다. 둘 다 내공의 깊이는 비슷했으나, 권장법을 주로 쓰는 삼공자에게 유리한 방향이었다.

그리고 나 또한 삼공자의 권장법에 익숙해져 갔다.

장력을 맞부딪친 충격에 남궁완 아저씨와 삼공자가 뒤로 밀려났다. 밀려나기 무섭게 삼공자의 발이 바닥을 찍으며 파고들었다.

남궁완 아저씨도 대비한 것처럼 바로 검을 횡으로 휘둘렀으나…….

미세한 차이로 늦었다.

그 틈을 탄 삼공자의 손이 남궁완 아저씨의 검격을 파고들었다. 내력을 머금은 손끝이 남궁완 아저씨의 호신강기를 찢어 냈다.

피가 튀었다.

"……!"

가슴팍에서 올라 어깨로 이어지는 핏줄기.

되레 삼공자가 눈썹을 모았다. 분명 그 손에 두른 내공이 남궁완의 호신강기를 풀어 헤친 느낌이었다. 제대로 된 한 수였거늘, 상처가 깊지 않았다.

검격 안의 한 수가 빗나갔다면 다음은 남궁완의 차례였다.

몸을 뒤로 확 젖힌 남궁완 아저씨가 검을 쥔 오른손으로 바닥을 짚는 것과 동시에 묵직한 발길이 삼공자의 허리를 걷어찼다.

쾅—!

커다란 충돌음과 함께 옆구리를 걷어차인 삼공자가 객잔 담벼락까지 날아갔다. 담벼락이 부서지며 삼공자의 모습이 먼지구름 사이로 사라졌다.

보통 사람이 맞았다면 그대로 으스러졌을 정도였다. 하지만 삼공자는 미간을 좁힌 채 먼지구름 사이를 걸어 나왔다. 그 짧은 사이 팔로 막아 낸 것이다. 팔꿈치 아래 소맷자락은 찢어져 흔적도 찾을 수 없었다.

삼공자가 주먹을 쥐었다 펼쳤다.

"좀 전엔 무슨 짓을 한 건가?"

남궁완 아저씨가 오른손의 검을 한 바퀴 돌리며 비웃었다.

"네놈 손이 무딘 거겠지."

나는 지끈거리는 머리를 붙잡았다.

야율이 걱정스럽게 내 이름을 불렀다.

"연아?"

괜찮다고 반사적으로 고개를 저으려다가 나직하게 신음을 내뱉었다. 조금 전 공격을 비껴 나가게 한 영향이었다. 자연지기로 삼공자가 손에 두른 기파를 흐트러트리고 그사이 진기 방패를 펼쳤다. 물론 찰나에 찢겨 나갔지만, 종이 한 장 차이가 생사를 가른다지 않나? 생사를 다투는 영역에선 그것만으로도 중상을 막을 수 있었다.

'하지만 몇 번 못 해.'

남궁완 아저씨와 삼공자 둘 다 묘한 점을 느꼈으나, 당장 비무를 하는 지금은 까닭을 파헤칠 여유가 없을 것이다.

내가 계속 손을 쓴다면 이상하다는 것을 눈치챌 것이다. 게다가 가장 중요한 건…….

내가 버틸 수가 없었다.

한 번 막은 것만으로도 머리가 이렇게 지끈거리는데 몇 번이나 가능할지 알 수 없었다.

일대일 비무에 끼어든 셈이 되었지만…….

어쨌든 사는 게 중요했다.

'고결한 죽음 따위 개나 주라지.'

아버지의 죽음에서 얻은 교훈이었다.

나는 얕게 숨을 쉬며 다시 삼공자를 바라보았다. 삼공자의 내공 흐름이 살짝 흐트러진 것이 보였다.

'내상을 입었어.'

피를 토할 정도는 아니지만, 남궁완 아저씨의 발차기에 호신강기가 부서진 탓인 듯했다. 다행히 이번에는 서로 한 수를 교환한 셈이 되었다.

삼공자가 살짝 귀찮다는 듯 말했다.

"숨겨 둔 힘이 아직 남아 있을 줄이야. 어디 그 방법을 언제까지 쓸 수 있는지 보자고."

아직은 남궁완 아저씨가 무슨 수작을 부린 거라 여기는 듯했다. 게다가 여유롭기까지 했다.

"……."

언제까지 그럴 수 있을지 보자고? 세상에 완전무결한 무공은 없었다.

나는 남궁완 아저씨께 전음했다.

[삼공자가 좌장을 하단에서 우측 상단 방향으로 올려치는 수를 펼칠 때가 기회예요.]

남궁완 아저씨는 나를 돌아보지도 대답하지도 않았다. 나는 답이 돌아오지 않음에도 전음을 계속했다.

[오른팔을 내주세요. 일격 승부예요.]

……알아들으셨겠지.

몸을 숙였던 삼공자가 바닥을 박차고 순식간에 거리를 좁혔다.

'삼공자는 아저씨를 죽일 생각이 없어.'

처음에는 오른팔이 덜 회복되었다는 사실을 알고 오른팔을 약화해 승부를 가져오려는 거라고 여겼다. 하지만 방금 내가 막은 공격으로 확실히 느낄 수 있었다. 오른팔을 약화하는 게 아니라 오른팔 자체가 목적이라는 것을.

그리고 보면 비무에서 이겼을 때 오른팔을 내놓으라고 하였다.

'왜 이렇게 집착하는 거야?'

이유는 알 수 없었다.

'어쨌든 목숨은 두고 팔만 취하라는 명령을 받은 거겠지.'

삼공자가 어떻게 해서든 지키려는 것을 봐서는 상부…… 그러니까 교주의 명령 정도 되는 게 아닐까?

그러니 기회가 있었다. 남궁완 아저씨도 제 팔을 노린다는 사실을 눈치챘을 터였다. 남궁완 아저씨가 팔을 약점으로 노출한다면 삼공자는 분명 그곳을 노릴 것이다.

그때 남궁완 아저씨에게서 전음이 왔다.

[아주 진짜 네 팔이지?]

팡!

아슬아슬하게 빗나간 권격에 휩쓸린 남궁완 아저씨의 머리카락이 나풀거리며 바닥으로 떨어졌다.

나는 눈을 부릅떴다.

'제정신인가? 비무에 집중 안 하고 뭐라는 거야?'

게다가 아주 중요한 말도 아니고 농담이었다.

지금 농담이 나와? 농담하지 마! 난 농담할 상태 아니니까!

남궁완 아저씨는 더는 물러서지 않았다. 다시 처음처럼 검을 휘둘렀다. 삼공자가 슬쩍 웃었다. 마치 그 팔로 다시 공세를 선택한 것을 비웃는 듯한 표정이었다.

역시나 남궁완 아저씨의 팔은 검격이 미묘하게 어긋났다. 슬슬 남궁완 아저씨의 몸에도 잔상처가 늘어 갔다.

삼공자가 말했다.

"이만 패배를 인정하지 그러나? 어차피 오래 못 버틴다는 것을 알지 않나? 오른팔, 점점 느려지는군."

남궁완 아저씨가 무심하게 말했다.

"어디서 개가 짖나?"

"……."

삼공자의 표정이 굳었다. 순간, 남궁완 아저씨의 오른팔에 빈틈이 크게 보였다. 그때를 놓치지 않고 삼공자의 좌장이 하단에서 솟구쳤다. 팔이 잘리고도 남을 공력이었다.

이건 도박이었다. 제 오른팔을 미끼로 쓴다는 사실을 안다면 삼공자는 더는 팔을 노리지 않을 가능성이 컸다. 꼭 비무 도중 오른팔을 취할 필요 없이 어차피 비무에서 패배 선언을 받아 내기만 하도 오른팔을 취할 수 있으니까.

남궁완 아저씨는 오른팔을 빼는 대신 기다렸다는 듯이 안으로 파고들었다. 삼공자의 좌장이 남궁완 아저씨의 호신강기를 찢어 내며 상완을 강타하는 것과 동시에 남궁완 아저씨의 검이 삼공자의 몸을 꿰뚫었다.

"……."

"……."

나는 쓰러질 것 같아 내 옆의 야율을 꽉 붙잡았다. 머리가, 정수리가 타오르는 듯한 느낌이었다.

남궁완 아저씨가 물었다.

"내 팔만 그리 노린 것은 교주의 명령인가?"

쿨럭. 삼공자가 기침하자 피가 주륵 흘러내렸다. 삼공자가 말했다.

"교주님이시다."

"지랄. 내 교주도 아닌데."

남궁완 아저씨가 가차 없이 검을 쑥 뽑았다. 탁 트인 공터에서 피비린내가 느껴질 정도였다. 삼공자의 발치로 거침없이 흘러내린 피가 점차 고여 웅덩이를 이루었다. 심장과 가까운 동맥이 그대로 잘려 나갔다. 치명상이었다.

남궁완 아저씨가 싸늘하게 말했다.

"제 바보 같은 명령으로 자식 목숨을 잡아먹었군."

삼공자가 잠시 의아한 얼굴을 했다가 깨달았다는 듯 말했다.

"아, 맞아. 그랬지. 네 누이가 죽었지. 복수로군."

"……."

까맣게 잊어버리고 있었다는 듯한 말투에 남궁완 아저씨가 이를 꽉 물었다. 노기를 토하기엔 삼공자의 눈은 이미 빛을 잃어 가고 있었다. 삼공자가 중얼거렸다.

"하나, 교주님껜 혈육 따위 무가치한 것을."

털썩.

무릎이 바닥에 닿은 삼공자가 눈동자를 굴려 정확히 나를 직시했다. 일부러 찾아낸 듯한 움직임이었다. 삼공자의 입이 달싹였다.

[곧 깨달을 것이다.]

귀를 통해 머릿속에 삼공자의 목소리가 울리듯 들렸다. 전음이었다.

"……?"

그 전음을 마지막으로 삼공자는 바닥에 엎드리듯 쓰러졌다.

'곧 깨달을 것이다?'

뭘?

하지만 여기서 더 생각에 골몰하기에는 당장 두통이 너무 심했다.

그때 남궁 세가와 백리 세가 무사들의 날 선 기운이 동시에 한곳으로 향했다. 객잔 입구로 좀 전에 삼공자의 명령을 받고 물러갔던 흑의인이 수하로 보이는 여럿을 거느리고 다가왔다.

흑의인은 객잔에 들어오지 않고 문 앞에서 정중하게 양손을 모은 후 말했다.

"삼공자의 시신을 거둬 가도 되겠습니까?"

삼공자의 죽음에 동요 한 점 없는 목소리였다. 굳이 따지자면 약간의 애석함이 담긴 정도?

남궁완 아저씨가 답했다.

"꺼져."

남궁 세가와 백리 세가의 무사들에게서 당장에라도 폭발할 것 같은 내기 흐름이 느껴졌다. 다들 병력들이 덮쳐 올 것을 대비하여 이미 반쯤 출수를 준비하고 있었다. 또다시 싸움이 일어날까 긴장했으나 상대는 허탈할 정도로 순순했다.

"알겠습니다."

"……."

그 대답을 끝으로 흑의인은 수하들과 함께 물러갔다.

저게 지금 무슨 반응인 거지?

지끈거리는 머리를 붙잡은 상태에서도 얼떨떨했다. 게다가 우리를 둘러싼 병력에서도 움직임은 없었다. 분명 삼공자가 죽은 사실을 알 텐데…….

나만 당황한 것이 아닌 듯 다들 목소리를 낮춘 채 수군거렸다.

"왜 공격하지 않는 거지? 정말 약속을 지키려는 건가?"

"저놈들이 순순히 약속을 지킬까요?"

"아직 몰라. 저들도 당황한 걸지도. 긴장을 늦추지 마."

수군거림 속에서 백리 세가의 무사 한 명이 내게 물었다.

"아가씨, 괜찮으십니까?"

나는 말 걸지 말라는 듯 손바닥을 내보이고 앞으로 걸었다. 한 걸음 걸을 때마다 머리가 징징 울리는 기분이었다. 야율이 나를 부축해 줬다. 삼공자의 앞에 다다랐을 때 내 팔을 붙잡는 손길이 느껴지고 눈앞이 가려졌다.

"봐서 뭐 하려고?"

"……."

한 놈은 입을 가리고 한 놈은 눈을 가리고. 이것들 번갈아 가면서 뭐 하는 거야?

나는 움직이기 힘들어서 말로 했다.

"치워."

남궁류청이 화를 억누른 목소리로 말했다.

"넌 간이 배 밖으로 나온 거야? 그 상황에서 아버지 팔이 네 것? 하, 정말…… 내가 진짜……."

내 팔을 쥔 남궁류청의 손이 떨리는 것이 느껴졌다.

"……."

사과라도 해야 하나?

'하지만 그때 내가 나서지 않았다면…….'

그때 도움의 목소리가 들렸다.

"아들놈 키워야 소용없다더니. 후우. 네 아비는 안 보이느냐?"

"……."

잠시 그대로 있던 남궁류청이 멀어졌다. 나는 잠깐 남궁완 아저씨를 보았다가 발치의 삼공자를 보았다. 삼공자는 눈을 뜬 채 숨이 끊어져 있었다.

그때 야율이 내게 말했다.

"신경 쓰이는 거라도 있어?"

"응?"

"아는 사람이야?"

나는 말도 안 된다는 듯 말했다.

"그럴 리가 있어? 마교의 삼공자잖아. 내가 어떻게 알아?"

"그래?"

그런데 야율의 반응이 뜨뜻미지근했다.

"왜?"

야율이 나를 빤히 바라보다가 눈을 내리깔았다.

"넌 아는 게 많으니까 알 줄 알았어."

하지만 야율의 질문에 순간 내 속이 읽힌 것 같아 깜짝 놀랐다. 정확히 말하면 삼공자를 본 적 없다는 건 거짓이 아니다. 다만…….

'어젯밤에 꿈에 나타났던 여인이랑 닮았어.'

시기가 묘했다. 어제 꿈을 꿨던 게 아니라면 아마 만나도 전혀 알아차리지 못했을 거다.

'무슨 관계라도 있는 건가?'

나는 삼공자의 눈을 감겨 주었다. 아직 남아 있는 온기가 손끝에 느껴졌다. 손을 거두자마자 야율이 손수건으로 내 손을 닦았다. 언제 묻었는지 엄지에 핏자국이 말라붙어 있었다.

그러고 보면 바로 전에 야율의 반응도 뭔가 묘했다. 하지만 더는 깊게 고민하지 못하고 왼손으로 관자놀이 부근을 꾹 눌렀다. 머리가 아직도 둔해서 잘 돌아가지 않았다.

몇 발 떨어진 곳의 대화도 왠지 막에 쓴 것처럼 멀게만 들렸다. 대충 남궁 세가의 무사가 대개를 추궁하고 있는 듯했다.

"정말 모릅니다. 억울합니다."

대개는 거의 울먹이고 있었다.

"진짜 모른다니까요. 총타와 연락을 주고받던 건 막개 형님이었고 저희는 볼 수도 없었단 말입니다."

"그래서 그 사람은 지금 어디 있습니까?"

"그, 그건…….."

"하필 오늘 같은 상황에 자리를 비운 건 너무 공교롭지 않소? 제집처럼 드나들 땐 언제고……!"

"형님은 절대, 절대 그럴 분이 아니십니다! 형님이 배신했을 리가 없다고요. 백리 대협을 돕자고 주장한 것도 형님이란 말입니다! 차라리처음부터 돕지 않았으면 될 것을, 돕고 나서 왜 이런 상황을 만든단말입니까?"

대개의 말을 들을수록 상황이 묘하게 느껴졌다. 이 정도의 교도들이 움직이는데 개방이 몰랐을 리 없다. 대개의 말과 그간 막개 선배의 행동을 보아서는 배신자일 확률은 낮았다.

'게다가 왜 공격하지도 물러나지도 않는 거지?'

시간은 우리 편이었다. 이 대치가 길어질수록 지원이 올 확률이 높았다. 삼공자의 죽음에 초연한 것도 그렇고…….

'아직 뭔가 숨기는 게 있어.'

나는 대화에 끼어들었다.

"대개 선배, 전서구 있죠?"

"어, 어? 전서구?"

대개가 깜짝 놀라 나를 돌아보았다.

"네. 전서구요."

"어, 아, 아마?"

개방에서 급한 일이 있을 때 쓰려고 객잔에 데려다 놓은 전서구가있었다.

"잠깐 빌릴게요."

"으응? 이 상황에서 전서구를 날린다고?"

의문을 가졌지만, 설명하기 귀찮았던 내가 머리를 잡고 신음하자 대개가 깜짝 놀라 전서구를 가지러 달려갔다.

대개는 금세 새장을 가지고 돌아왔다. 품속에서 전서구를 보낼 때 주로 쓰는 듯한 먹물을 묻힌 세필과 종이도 꺼냈다. 준비성 하나만큼은 마음에 들었다.

대개가 말했다.

"어, 어디로 날릴까요?"

웬 존댓말?

일단 급한 일부터 답했다.

"백리 세가로…… 대충 현 상황을 설명해서 날려 보내 주세요."

각기 대화를 하던 이들도 나와 대개를 주시하는 게 느껴졌다. 곧 대개가 침을 꿀꺽 삼키고는 전서구를 날렸다.

근처 양민들 모두 줄행랑을 친 거리는 생활 소음 하나 없이 고요했다. 당장에라도 전투가 벌어질 것 같은 긴장된 분위기 속, 회색 구름이 잔뜩 낀 하늘을 전서구 한 마리가 가로질렀다.

모두 전서구에 화살이 날아가 꽂히는 장면을 예상했다. 하지만 아무 일도 없었다. 여전히 고요했다. 화살 한 대면 죽을 전서구가 유유히 창공을 가로지르고 이 장소를 빠져나갔다.

"……."

"……."

갑자기 공중으로 몸이 뜨는 느낌에 "앗!" 소리를 내며 손에 닿는 것을 꽉 붙잡았다. 남궁완 아저씨가 나를 안아 든 것이다.

"아저씨?"

아니 무슨, 내가 그래도 꽤 자랐을 텐데 팔 하나로 안아 드는 게 놀라울 따름이었다. 나는 남궁완 아저씨 목덜미를 꽉 끌어안았다. 나를 부축하고 있던 야율은 왠지 살짝 기분 나쁜 기색이었다.

남궁완 아저씨는 내 말에 답하지 않고 좌중을 돌아보며 말했다.

"예감이 좋지 않아. 바로 돌파한다."

그러곤 백리 세가의 무사들을 바라보며 말했다.

"상황상 연이는 내가 데려가마. 그쪽은 야율을 보호하도록. 너희는 류청을 데리고 빠져나가. 방향은 말해 둔 대로. 문제가 생기면 그곳으로 보는 걸로."

내가 삼공자를 살필 때 의논을 끝낸 듯 보였다.

"알겠습니다."

"무운을."

그때였다.

갑자기 우리를 둘러싼 교도들 중 일부가 갈라졌다.

'뭐지?'

이내 나는 겹겹이 겹쳐 시선을 어지럽히는 교도들 너머 있던 누군가를 발견하고는 아저씨 목덜미를 감싸 안은 팔에 힘을 주었다.

갈라진 교도들 사이로 또 흑색 의복을 입은 무사들이 말을 타고 나타났다. 눈만 내보이고 있는 흑의인들과 달리 가장 앞에 선 중년의 인물은 맨얼굴이었다. 홀로 흑의도 아니었다.

나를 안고 있는 남궁완 아저씨의 온몸이 긴장으로 바짝 날이 섰다.

이 자리에 모인 이들 중 남궁완 아저씨를 뛰어넘는 자는 없었다. 그나마 삼공자가 엇비슷했는데, 이자는 남궁완 아저씨를 뛰어넘는 수준이었다.

좌사.

무림맹 습격을 주도했던 인물이자 무림맹주 위지백을 도망치게 했던 자였다. 우사와 달리 자주 모습을 드러내진 않았으나, 한 번 나타나는 순간 피바람이 불어 요주의 인물이었다.

말을 탄 채로 객잔 입구 앞에 선 좌사가 중얼거렸다.

"허, 정말 죽었군? 이런."

혼잣말이었지만, 바늘 하나 떨어지는 소리가 들릴 정도로 고요한 곳에서는 선명하게 들렸다. 그는 좌중을 쓱 둘러보더니 말을 돌려 물러났다.

"……."

좌사와 함께 온 이들이 일사불란하게 자리를 잡고, 이어서 커다란 마차가 텅 빈 거리를 달려왔다. 온통 새카만 마차가 다가올수록 나는 목이 졸리는 듯한 느낌이 들었다. 숨 쉬는 것이 어려울 정도였다. 상황이 이렇게 되자 이제는 웃음이 나올 지경이었다.

마차가 객잔 앞에서 멈춰 서고 문이 열렸다. 그 안에서 흑색 옷을 입은 사람이 천천히 걸어 나왔다. 온통 검은색투성이라서 그런 걸까? 공기마저 어둡게 느껴졌다.

그자가 마차에서 나온 순간, 주위의 교도들이 오체투지를 하기 위해 바닥에 머리를 조아렸다.

"……."

"……."

숨 막힐 듯한 침묵 속에서 그가 교도들을 굽어보았다. 이내 천천히 돌아간 시선이 정확히 나를 향했다.

그 시각, 무한.

백리의강 일행은 무림맹 본단이 위치한 무한 성내로 향하는 대로를 걸어갔다. 고된 여정이었다. 며칠 동안 최소한의 휴식만 취하며 말을 달린 끝에 드디어 도착할 수 있었다.

성에 가까워질수록 대로의 인파가 점점 불어났다. 잔뜩 짐을 짊어진 짐꾼들과 상인들, 이를 보호하는 호위들로 북적거렸다.

무림맹 본단 정도 되면 도시에 미치는 영향력이 매우 컸다. 마교의 습격이 있었으니 분위기가 가라앉아 있을 거라고 예상했으나, 거리는 되레 매우 활기찼다.

백호단 무사 한 명이 의외라는 듯 말했다.

"분위기가 밝네요."

이내 이유를 깨닫고 미간을 좁혔다.

"저희가 좀 지체하긴 했나 봅니다. 벌써 복구를 시작하였으니."

커다란 나무 기둥들과 흙, 돌 등 평소 보기 힘든 건축 자재를 잔뜩 실은 마차와 우마차 등이 군데군데 보였다. 이미 복구 작업이 한창인 것으로 보였다.

거리에 온갖 계층의 사람이 오가다 보니 삿갓을 쓰고 있음에도 그들을 알아보는 자들이 나타났다.

"저기 백호단 아닌가?"

"오, 드디어 복귀하나 보군."

"백리 대협도 함께로군!"

그들의 귀환을 환영하는 분위기였다. 수군거림 속에는 선망하는 시선도 함께였다.

"내가 들었는데, 무림맹주가 맹원들을 버리고 먼저 퇴각할 때 백호단은 끝까지 남아서 도왔다더군."

"맹주 얘기는 하지도 말게. 그런 소인배."

"목소리 낮추게! 여기가 무림맹 본단인 거 모르나?"

"뭐, 욕먹어도 싸지! 욕 좀 먹었다고 날 잡아가려고? 그게 사파지 정파야?"

"흥, 맞는 말이지. 돈을 뿌리면 다야? 죽은 이들이 돌아오는 것도 아닌데!"

그때 성 안쪽에서 말을 탄 한 무리가 우르르 달려 나왔다. 그리고 정확히 백호단이 있는 방향으로 다가왔다. 모두 검을 허리에 찬 건장하고 단정한 용모의 사람들. 무림맹의 무인들이었다.

백호단 부단주가 인상을 살짝 찌푸리고 말했다.

"설마 저거, 저희를 맞이하러 오는 겁니까?"

"그래 보이는군."

백리의강은 곧은 자세로 다가오는 이들을 바라보았다.

"천귀조는 죽었다고 연락하지 않았습니까?"

"했지."

굳이 저렇게 요란 피우며 데리러 올 필요가 전혀 없었다. 갑작스레 등장한 한 무리의 기마들에 대로의 사람들이 서로 가장자리로 피했다.

"어머!"

"어이쿠!"

몇 사람은 급하게 피하느라 부딪치고 넘어지며 소란도 일었다. 하지만 아무도 그들에게 화내거나 소리치지는 못하고 못마땅한 표정으로 뒤꽁무니를 노려볼 뿐이었다.

순식간에 코앞까지 달려온 무인들이 말에서 뛰어내렸다. 빠르게 달린 말들이 숨을 고르듯 푸르릉거리며 투레질했다. 백호단 무사들도 말에서 내렸다. 몇몇 무사는 숨긴다고 숨겼지만 떨떠름한 감정이 얼굴에 나타나 있었다.

고개를 치켜든 채 수염만 쓰다듬는 사내 뒤에서 젊은 무사가 포권을 했다.

"무사 귀환을 축하드립니다."

마주 포권한 백리의강이 수염을 쓰다듬던 사내를 향해 말했다.

"벽 소가주께서 오실 줄은 몰랐습니다."

"고생한 무림맹 단원을 맞이하러 온 것이오."

벽 소가주 옆에는 아들인 벽성율도 함께였다. 기린회 소속으로 천귀조와 마주쳤을 때까지만 해도 아직 소년티가 남아 있었으나, 이제는 스물이 넘은 청년이 되어 있었다. 벽성율은 백리의강과 눈을 마주하지 못하고 시선을 피했다.

그때 벽 소가주가 말했다.

"남궁 소가주는 함께 안 왔소?"

"이미 연락하였던 것으로 알고 있습니다만."

남궁완은 악양에 남고 백호단만 함께 올 거라고 연락했다. 그들이 아무리 빨리 왔다고 한들 그 전에 이미 전서구가 당도하고도 남을 시점이었다.

"듣긴 했소만, 그냥 한번 확인해 봤소. 남궁 소가주가 큰 부상을 당했다고 하던데?"

전서구에 그런 내용은 적어 넣지 않았다. 백리의강이 벽 소가주를 물끄러미 응시하다 말했다.

"큰 부상을 입었다는 사실을 알고 계신다면 그가 함께 오지 못하는 이유도 아시지 않습니까?"

벽 소가주가 움찔 몸을 떨었다가 말했다.

"아니, 그저 걱정되어서 말해 본 것이오."

앞뒤 말이 전혀 맞지 않았다. 백리의강은 담담하게 답했다.

"후일 만나거든 벽 소가주께서 염려하였다고 전하지요."

그때 벽 소가주가 목청을 키워 말했다.

"큼, 남궁 소가주의 부상이 다시는 검을 들지 못할 정도라 하던데."

"……."

구경하러 모여든 사람들이 놀라 숨을 들이켜더니 수군거렸다. 남궁 소가주, 검, 부상 등의 단어들이 들렸다. 그간 무림맹의 전력 약화를 최대한 소문내지 않기 위해 노력하던 것과 전혀 다른 행보였다.

안에서 조용히 의논해도 모자랄 일을, 이건 마치 모두 들으라는 것이나 다름없지 않은가?

부단주가 화를 억누른 목소리로 답했다.

"벽 소가주께서 걱정하실 필요 없습니다. 남궁 소가주께서는 완전히 회복하셨으니까요!"

당연히 벽 소가주가 당황할 거라 여겼으나 오히려 기다렸다는 듯이 받아쳤다.

"그것참 신기한 일이오. 다른 이들도 그리 치료할 수 있었다면 좋았을 것을. 어째 남궁 세가주만 운이 아주 좋소."

부단주는 왠지 모르게 말려든 기분에 눈을 가늘게 떴다. 구경꾼들이 "그럼 그렇지.", "후, 다행일세." 등의 말을 했다.

벽 소가주가 보란 듯 주변을 둘러보고 또 물었다.

"천산염제의 제자는 없소?"

이번에는 백리의강이 바로 답했다.

"야율을 말하는 것이오?"

"그렇소."

"그 아이는 왜 찾는 것이오?"

벽 소가주가 오히려 백리의강이 이상하다는 듯 쏘아붙였다.

"친지로서 행방을 궁금해하는 게 당연하지 않소?"

"그동안 벽가에서 야율을 찾는 것을 한 번도 들어 본 적 없어 그랬소."

"그쪽과 무슨 상관이오? 누가 보면 그쪽이 보호자인 줄 알겠소."

"벽가에서는 야율의 친부도 모르고, 심지어 벽가에는 야율에 대해 들은 자도 없는 걸로 아오만."

헛기침한 벽 소가주가 뻔뻔하게 답했다.

"큼, 집안 사정이오."

그러곤 들으란 듯 중얼거렸다.

"뭐 그리 남의 가정사를 파헤치고 다녀? 그러는 본인도 딸의 어미가 누군지 밝히지 않으면서……."

"……."

"말이 너무한 거 아닙니까?"

백호단 무사 한 명이 머리끝까지 화나 소리쳤다.

제가 뭘 잘못했냐는 듯 뻔뻔하게 수염을 쓰다듬으며 턱을 치켜들던 벽 소가주는 백리의강과 눈이 마주치자 순간 움찔 뒤로 물러났다.

부단주가 차갑게 말했다.

"소가주께서는 저희를 맞이하러 오신 겁니까, 추궁하러 오신 겁니까?"

주변에 구경하듯 모여든 이들도 대체 뭐 하는 짓이냐고 투덜거렸다.

"그러니까 말이야. 저럴 거면 뭐 하러 온 거야?"

"왜들 저래? 뭐 급한 일 있는 것처럼 달려와 민폐 끼치더니, 이럴 거면 차라리 안 오는 게 나았겠네!"

벽 소가주의 낯빛이 붉으락푸르락해졌다.

그때 백리의강이 갑자기 하늘을 바라보았다. 다들 그 시선을 따라 고개를 들자 백리의강 머리 위를 빙빙 도는 새 한 마리를 볼 수 있었다. 백리의강이 손을 뻗자 새가 천천히 활공하며 다가왔다.

벽 소가주가 인상을 찡그린 채 물었다.

"그건 무엇이오?"

"보면 모르십니까? 전서구지요."

백리 세가의 무사가 쏴붙이듯 퉁명스럽게 대꾸했다.

"누가 그걸 몰라서 물어보오? 어디서 온 것이냐는 거지 않소."

"알아서 뭐 하시려고요?"

"아니, 이 사람이 아까부터…… 그쪽은 누구길래 내게 이리 무례하오?"

백리 세가의 무사와 벽 소가주의 언성이 높아지자 백호단 부단주가 끼어들었다.

"두 분 다 그만하시지요. 단주님 가문에서 온 전서구입니다."

"……."

벽 소가주가 인상을 살짝 찌푸렸다.

전서구의 서신을 읽은 백리의강의 표정이 굳었다. 부단주가 의아하다는 듯 물었다.

"단주님?"

백리의강이 벽 소가주를 보며 말했다.

"제게 하실 말씀이 있지 않습니까?"

"그건 본인이 할 말이오."

벽 소가주가 손짓하자 뒤편의 무림맹 무사들이 검을 뽑아 들었다. 모여든 사람들이 깜짝 놀라며 후다닥 물러났다. 놀란 것은 백리 세가의 무사와 백호단원들도 마찬가지였다. 그들 또한 검을 마주 뽑아 들었다.

부단주가 소리쳤다.

"지금 뭐 하시는 겁니까!"

벽 소가주가 말했다.

"백리 세가가 마교와 내통했다는 얘기가 있소."

곧장 외침이 터졌다.

"말도 안 되는 소리!"

"우리도 이러고 싶지 않소. 백호단주, 아니, 이제 백호단주도 아니오. 그제 해임되었으니 이제 전 단주가 되겠지. 부단주, 검을 겨눌 사람은 우리가 아니오!"

부단주가 이를 악물었다.

"누구 마음대로 단주님을 쫓아낸단 말입니까? 어디서 그런 허무맹랑한 소문을 듣고는…… 설마 맹주님입니까? 맹에서 지금 단주님을 억압하겠다는 겁니까?"

"그간의 행적을 보아 나쁘게 대하진 않을 것이오. 맹에서 찬찬히 소명하면 될 것이오."

그때 백호단의 무사가 벽 소가주 뒤쪽의 말끔하게 생긴 청년을 향해 소리쳤다.

"벽 공자! 자네가 한번 설명해 보게. 그래도 단주님께 받은 은혜가 있는데 헛소리를 지껄이진 않겠지!"

"……."

움찔 떤 벽성율이 시선을 피했다. 벽 소가주가 나서며 버럭 소리쳤다.

"괜한 사람 잡지 말게! 내가 설명하지! 백리의강! 자네와 자네의 가문은 분명 맹회에 참석하기로 했지. 하나 갑자기 말을 바꿔 중간에 되돌아갔어. 왜 그랬나?"

"가문에 일이 생겨서 어쩔 수 없었소."

벽 소가주의 요란스러운 다그침에도 백리의강은 덤덤한 목소리였다. 벽 소가주가 어디 언제까지 그리 태연할 수 있는지 본다는 듯 노려보고 이어 소리쳤다.

"그게 대체 무슨 일이란 말이오."

"좀 전에 벽 소가주께서는 집안 사정에 끼어들지 말라지 않았소?"

벽 소가주는 순간 말문이 막힌 듯했다. 물러났어도 아직 둘러싸고 있던 인파가 고개를 끄덕이며 웅성거렸다. 벽 소가주가 이를 악물고 소리쳤다.

"흥, 발뺌해도 소용없네! 이미 다 밝혀졌어! 자네 누이가 마교와 내통했다는 게!"

"……!"

백리 세가의 무인들이 흠칫 놀랐다.

그들이라고 정확한 사정을 알진 못했다. 다만 그들이 남궁완을 구하러 출발하기 전 백리 세가 내부에서 한차례 큰 소란이 일었고 백리의란이 어디론가 쫓겨났다는 사실은 알았다.

"그리고 백리 세가만 마교의 습격을 피했지!"

"……."

"아주 대단한 우연이지! 백리 세가에서 내통자가 생긴 후 백리 세가만 화를 피할 수 있었으니!"

뒤늦게 백리 세가의 무사가 정신을 차리고 소리쳤다.

"고작 그것 가지고 백리 세가를 모함한 것입니까?"

"흥. 그렇다면 이건 어찌 된 일이오? 자네가 보증한 천산염제의 제자, 야율이 흡성마공을 익힌 것 말이오!"

백리 세가의 무인과 백호단 모두가 깜짝 놀라 벽 소가주를 바라보았다.

"야율 공자가 흡성마공을 익혔다고요?"

"그렇네! 천귀조가 흡성마공을 익힌 마인이었더군. 야율 또한 천귀조에게서 배웠겠지!"

"……."

"애써 잡은 천귀조도 갑작스레 죽었지. 왜, 천귀조의 죽음도 우연이란 말이오?!"

웅성거리는 인파들 사이에서 유달리 한 사람의 목소리가 선명히 들렸다.

"수상하긴 수상하군. 결백하다면 맹에 가도 문제없는 것 아닌가!"

미리 인파 사이에 껴 놓은 바람잡이였다. 부단주가 이를 악물었다. 이렇게 뒤집어씌울 줄이야. 터무니없는 모함이었다.

처음부터 이것이 벽 소가주의 목적이었다. 여론과 명분을 얻는 것. 백리의강이 이 자리에서 빠져나간다면 소문은 걷잡을 수 없게 커질 테고, 만약 순순히 무림맹에 들어선다면 핏줄이 붙잡힌 백리 세가에서 함부로 움직일 수 없게 될 것이다.

부단주가 불안한 눈으로 백리의강을 바라보았다.

밖에서 안을 한눈에 들여다볼 수 있도록 문과 창을 떼어 낸 객잔 일 층.

십 장 정도 떨어진 거리에서 남궁완 아저씨가 나를 바라보는 시선이 느껴졌다. 그리고 나는 객잔 일 층에서 대여섯 발자국 거리를 두고 천마신교의 교주, 천마와 마주 앉아 있었다.

마차에서 내린 천마는 우리를 공격하지 않았다. 심지어 제 아들인 삼공자의 시신에도 눈길 한 번 주지 않았다. 마치 자신은 싸우러 온 것이 아니라는 듯 행동했기에, 우리도 함부로 움직일 수 없었다.

천마는 나와 대화를 하고 싶다 요구했다. 받아들이지 않을 도리도 없었다.

그렇게 천마와 마주 앉아 있는 상황이 된 것이다.

'이곳의 많은 이들을 두고 나와 마주 앉다니.'

어째서 이런 상황이 되었는지 알 것 같기도 했고 전혀 알 수 없기도 했다.

시선을 마주쳤을 때부터 용건이 내게 있는 건 알 수 있었다. 회귀와 내가 바꾼 미래 등, 아마도 그와 관련한 얘기겠지. 하지만 대체 왜 이런 식으로 행동하는지, 그 목적에 대해선 전혀 예상이 가지 않았다.

"……."

원래도 있던 두통이 긴장으로 더더욱 심해졌다.

천마가 마교 본산에서 내려오다니……. 최근 백 여 년 동안 한 번도 없던 일이었다.

게다가 천마는 소설 속에서도 한 번도 움직인 적 없었다. 남궁류청이 점차 날개를 펴며 마교의 잔당을 물리치는 동안 단 한 번도. 그런데 왜 이번에 여기까지 와서 탁자를 사이에 두고 나와 마주 앉아 있는가.

지금까지 계속 시련이 있었지만, 그래도 왜 이런 일이 벌어졌는지 흐름을 이해하고, 어찌 극복할 방법이 보였다. 하지만 이번 일은 어떻게 된 영문인지 전혀 알 수가 없었다.

대개는 거의 넋이 나간 표정이었다. 백리 세가의 무사들 또한 애써 정신을 붙잡고 있는 느낌이었다. 반대로 마교 쪽은 그나마 얼굴을 드러낸 소수의 몇 명조차 훈련받은 듯 완벽하게 무표정해서 속을 알 수가 없었으니 교주는 말할 것도 없었다.

불쌍한 객잔 점원이 찻잔과 찻주전자를 날랐다. 무척 떨고 있을 줄 알았는데, 어째 아주 멀쩡한 얼굴이었다. 차분하게 걸어온 점원이 찻잔과 찻주전자를 내려놓고 물러갔다.

곧 이유를 깨달았다. 점원은 혼이 빠져나간 것처럼 뭔가에 홀려 있었다. 아마도 후일 천마가 왔고, 자신이 차 심부름을 했단 사실조차 기억도 못 할 듯싶었다.

'여기서 살아남는다면 말이야.'

나는 빈 찻잔과 찻주전자를 바라보고도 움직이지 않았다. 차 안 따라 줬다고 죽일 놈이라면 내가 뭘 하든 죽일 테니까. 천마가 손가락 하나 까딱하면 남궁완 아저씨가 뭘 해 보기도 전에 숨이 끊어질 터였다.

천마는 내가 따라 줄 생각이 없어 보여서인지, 혹은 아무 생각이 없어서인지 본인이 소매를 잡고 찻주전자를 들어 자신의 찻잔과 내 찻잔을 모두 채웠다. 정말 예상하기 어려운 사람이었다.

천마의 서두 또한 전혀 예상하지 못한 말이었다.

"오랜만이구나."

중압감에 입을 떼는 것조차 어려웠다. 나는 억지로 목소리를 쥐어짜 내 답했다.

"……오랜만이라고요?"

천마가 나를 억누르는 건 아니었다. 그런 게 아니라 뭔가 알 수 없는 힘이 천마에게 있고, 나도 그 영향을 받는 느낌이었다. 게다가 천마의 힘 자체가 음침하니 어둠을 모아 둔 것만 같은, 그래, 마(魔) 그 자체였다. 그래서 더더욱 꺼려졌다.

천마가 말했다.

"거기까진 아직 떠올리지 못했나?"

거기까진 떠올리지 못했다? 의미심장한 말이었다.

'설마 내가 최근에 여러 기억을 떠올리고 있다는 것을 알고 있는 건가?'

나는 조심스레 질문했다.

"……제가 떠올리지 못했다니요? 저와 만난 적 있나요?"

"아직도 눈치채지 못하다니."

마치 실망이라도 했다는 듯한 어조였다. 천마가 말을 이었다.

"제갈 세가주의 모습을 보고 느끼지 못했나?"

"……."

"사람의 기억은 한계가 있지. 그게 너라고 다를 거라 여기나?"

나는 눈을 크게 떴다.

제갈 세가주는 대대로 기억을 물려받았다. 그리고 제갈화무는 그걸 무척 싫어하고 경계했다. 물려받은 기억을 받아들일수록 자신만의 기억이 사라졌기 때문이다. 본인의 정체성이 흔들린다고.

자신이 자신 같지 않고 가문의 주구가 된 느낌이라고.

제갈화무가 기억을 모두 받아들이면 많은 정보를 얻을 수 있겠지만, 본인이 기억을 받아들이길 바라지 않았다. 그리고 나라고 다를 것 같으냐는 건…….

나는 미간을 찡그렸다.

'나도 기억을 모두 받아들이기 어렵다는 건가?'

설마 그래서 그동안 전부는 기억하지 못했던 건가?

최근 내가 계속해서 기억을 떠올리게 된 것도 짐작되는 바가 있었다.

'근래 금안의 능력이 한 단계 상승했지.'

금안의 능력은 상단전의 영향을 받았다. 그리고 기이하게 상단전만 발달한 제갈화무를 보아 기억과 상단전이 연관이 있다는 걸 알 수 있었다.

"……."

제갈화무와 내가 이런데, 아무리 윤회에서 벗어난 불사의 괴력난신이라도 천마는 대체 이 모든 걸 어떻게 감당하고 있는 걸까?

의문을 가진 순간 나는 천마를 멍하니 바라볼 수밖에 없었다.

'……저게 뭐야?'

어디서 왔는지 모를 실 같은 것들이 천마의 몸에 잔뜩 얽혀 있었다. 자세히 살펴보려는 순간 순식간에 사라졌다.

하늘에서 벼락이 내리꽂히듯 깨달았다. 천마가 회귀했으면서 무림맹을 습격하기 전까지 만신의에 관한 일을 빼면 별다른 움직임 없이 지냈던 이유.

그게 바로 저 몸을 칭칭 감싼 줄 때문이라는 것을. 게다가…….

'이걸 사람이라고 볼 수 있나?'

사람의 형태를 하고 있지만, 이걸 절대 사람이라고 할 수는 없었다. 어둡고 탁한, 알 수 없는 지독한 힘으로 만들어진…… 덩어리에 가까운 것이 사람의 탈을 쓰고 있을 뿐이었다.

"보았구나."

천마의 입꼬리가 살짝 올라갔다. 사람의 얼굴을 하고 평범하게 짓는 미소였다. 그래서 더 섬뜩했다.

당장 일어나 이 자리에서 도망치고 싶었다. 하지만 마음과 달리 몸은 움직이지 않았다. 정체를 알 수 없는 실에 묶여 있는 건 교주가 아니라 내 몸인 것만 같았다. 고작해야 탁자 아래 손끝만이 덜덜 떨렸을 뿐이다.

교주가 말했다.

"겁먹지 마라. 널 죽일 생각은 없으니."

천마가 찻잔을 들어 입술을 축였다. 여상한 태도였다.

"널 죽일 생각이었다면 이러고 대화할 리가 없지 않으냐."

이유를 묻고 싶었지만, 숨조차 쉴 수 없게 짓누르는 듯한 압박감에 입술을 뗄 수 없었다. 다행이라고 해야 할까, 천마는 처음부터 내게 모든 걸 말해 줄 생각이었던 모양이다.

"게다가 널 죽이면 백리의강이 구도자가 될 테니."

"아버지요?"

갑자기 튀어나온 아버지 얘기에 깜짝 놀라 물었다. 좀 전까지 입술을 떼기조차 어려웠지만, 정신 차리고 보니 질문을 던진 상태였다.

천마가 나를 지그시 응시하더니 마음에 들었다는 듯 또 입꼬리를 올렸다.

"그래. 구도자."

"구…… 도자요?"

"대적자라고도 할 수 있지."

"……."

무슨 소린지 알 수 없어 잔뜩 얼굴을 찌푸렸다. 천마가 나를 바라보며 찻잔을 내려놓았다.

"백리의강을 해독하고 싶겠지?"

"……!"

아버지가 독에 당한 사실도 알고 있다니. 이미 회귀를 몇 번이나 반복했을 테니, 당연히 알고 있을 법했다. 하지만 그보다는…….

"당신이 독을 쓴 거였군요?"

그는 일상적인 어조로 말했다.

"그래. 그는 내 대계에 방해물이었으니."

나는 탁자 아래 주먹을 꽉 쥐었다. 천마가 말을 이어 갔다.

"너는 기억하지 못하겠지만 반복된 회귀 속에서 백리의강이 해독에 성공한 적이 몇 번 있었다. 모두 공통점이 있었지. 방법이 궁금한가?"

당연하지! 내 눈빛에서 답을 읽어 낸 듯 천마가 말했다.

"그 방법이 매우 어렵더라도?"

"상관없어요."

본인이 중독시켜 놓고 해독 방법을 알려 준다니, 웃기는 상황이었다. 대체 무슨 생각을 하는 건지 알 수 없었다.

하지만 방법을 알려 주는 것이 그저 천마의 흥미에 불과한 일일 뿐이더라도, 갑자기 든 변덕일 뿐이더라도, 심지어 함정이더라도 절대 포기할 수 없었다.

"사실은 간단하단다."

천마가 다시 미소를 지었다.

"네가 죽으면 된다."

순간 무슨 뜻인지 이해가 되지 않아 귀를 의심했다. 천마가 느긋하게 말을 이었다.

"네가 없으면 백리의강은 내가 어떻게 방해하든 끝내 독을 해독하여 내 앞길을 막아섰지."

천마가 낮게 웃었다.

"그 외에는 한 번도 해독에 성공한 적이 없었다."

"……."

"네가 죽으면 백리의강은 자유로워질 테니."

그러니까 교주의 말은…….

내가 있어 그동안 아버지가 해독에 온전히 신경을 쓰지 못했다는 뜻이었다. 그리고 내가 없어진다면 얽히는 것 없이 자유로워진 아버지가 해독 방법을 찾아낸다는 뜻이었다.

나 때문에, 내 존재에 그동안 발목을 잡혀서 해독하지 못한 채 그렇게 허무하게 돌아가셨다는…….

천마가 말했다.

"그런데 과연 백리의강이 그걸 바라겠느냐?"

침묵하던 나는 더듬거리듯 말했다.

"……그럼 나를 그동안 내버려 둔 이유가……?"

"그래. 그것이 네 용도니라."

천마가 아직 웃음기 남은 목소리로 말했다.

"미래를 바꾸었다고 좋아하고 있었느냐? 이기고 있는 것 같았느냐?"

"……."

"안타깝구나. 네가 없는 미래가 훨씬 가능성이 큰 미래였거늘."

천마가 자비를 베푼다는 듯 말했다.

"어떤가, 네 아비를 위해 죽을 수 있겠느냐? 무섭다면 내가 대신 해 줄 수도 있느니라."

쿠릉.

나는 갑자기 울리는 소리에 움찔 놀랐다. 남궁완 아저씨가 무슨 짓이라도 한 건가 싶었는데 아니었다. 내내 꾸물꾸물하던 하늘에서 나는 소리였다. 하늘에서 비가 한 방울씩 떨어지기 시작했다.

나와 달리 미동도 없었던 천마가 말을 이었다.

"의문이 들겠지. 왜 이런 말을 해 주는지. 네가 죽는다면 자신에게 불리하다면서 알려 주다니."

천마가 옅게 웃었다.

"그야 네가 죽을 리가 없지 않으냐?"

"……."

"나무라는 것이 아니다. 생을 가진 이가 죽음을 두려워하는 건 당연한 것을. 모든 생명은 이기적이지."

나는 주먹을 꽉 쥐고 천마를 노려보았다.

"대체 무슨 생각인지 모르겠네요. 그래서 날 죽일 생각도 없고, 내가 죽음을 선택하지 않을 걸 알고 있다면 내게 그런 제안을 한 이유가 뭐죠? 그냥 고약한 취미?"

천마가 한숨을 내쉬었다.

"아이야, 내 말이 기분 나쁘더냐? 하나 기분 나쁠 것이 무어 있느냐?"

"……."

천마는 나를 지긋이 바라보았다. 그것만으로도 다시 숨이 막힐 정도로 위협적이었다.

"나는 네가 오랫동안 가졌을 의문에 답을 해 준 것이다."

"그냥 알려 주는 것뿐이라고요?"

"그래. 네가 이 정보를 알려면 얼마나 오랜 시간과 경험이 필요할지 예상치 못하느냐? 이를 내가 대가 없이 알려 주고 있거늘. 여전히 아비 일만 얽히면 감정적으로 변하는구나."

천마는 무심하게 느껴지는 말투로 찻잔을 들었다.

"또 궁금한 것이 있다면 물어보거라."

"……계속 질문하라고요?"

"궁금한 것이 꽤 많을 것 같다만."

나는 기가 막혀 맞은편에 천마가 있는 걸 알면서도 헛웃음이 터져 나올 지경이었다.

천마가 말을 이었다.

"네가 보기에는 내가 지금 뭘 하는 것 같으냐?"

"……."

"의도를 따지지 말고 내 행동만 보아라. 생각이 너무 많구나. 부정적인 감정에 휩쓸리지 마라. 호의는 그저 호의로 받아들이면 될 것이야."

정말 기가 막힌 상황이었다. 과거의 나에게 너 후일 천마랑 탁자에 마주 앉아서 이야기할 거야, 라고 말하면 미친 소리…… 하고 넘어갈 터였다.

하지만 정말 천마가 나를 죽일 생각이 없고 질문에 답해 줄 생각이 라면…….

'이건 기회야.'

나는 바로 물었다.

"아버지가 대적자라는 게 무슨 소린가요?"

"제갈 세가주가 제대로 설명하지 않았나 보군. 하긴, 당연한가?"

나는 미간을 좁혔다. 아버지 일을 물었는데 갑자기 제갈화무라니?

천마가 말을 이었다.

"네가 미래를 바꿀수록 나 또한 움직이기 쉬워지느니라."

"……움직이기 쉬워진다네요?"

"시간을 역행한다는 천륜을 거스르는 짓을 했는데, 너만은 거기서 벗어날 수 있다고 여겼느냐?"

"천륜이라고요?"

천마는 내 질문에 답해 준다는 말이 허언은 아니었는지, 친절하게 설명까지 해 주었다.

"천기라고도 할 수 있지. 매우 귀찮은 것들이다. 그들은 운명을 안 배하고 흘러가게 하지. 나 또한 천기에 얽매여 있다."

거기까지 듣자 깨달았다. 천마의 몸에 엉켜 있던 수많은 줄. 그 줄 들이 천마가 말한 천륜, 천기, 운명이라는 것들과 관련이 있다는 것을.

천마가 말을 이었다.

"그리고 제갈 세가주는 원래 지금 죽어야 했을 운명이니라. 내가 오 랜 세월에 걸쳐 그렇게 만들어 놓았지."

"방금…… 운명은 하늘이 안배하는 거라면서요?"

"그래. 그래서 나는 오랜 시간을 들이고 반복하여 그들의 죽음을 운명으로 만들었다."

그들. 제갈화무만을 말하는 게 아닌 것을 알 수 있었다.

"그런데 죽어야 할 운명이었던 제갈화무를 네가 살렸지."

"……."

"천기가 흐트러졌다는 뜻이다."

천마가 낮게 웃음 지었다.

"그 덕에 이번에는 나 또한 이렇게 움직일 수 있게 된 것이다. 네 덕분이라고 할 수 있지."

그러니까 천마 말을 해석해 보자면…… 원래 천마는 함부로 움직일 수 없는데, 천기가 흐트러져서 움직일 수 있게 되었다는 건가?

내 의문에 마침표를 찍듯 천마가 말했다.

"네가 누군가를 살린다면 나는 누군가를 죽일 수 있단 뜻이다."

"설마, 그럼 갑자기 무림맹을 습격한 건……."

"그래. 무림맹의 습격…… 원래라면 지금 행하기는 무리였지. 하지만 네가 너무 날뛰었어."

나는 입술을 꽉 깨물었다. 천마는 후후 웃으며 긍정했다.

"덕분에 가능했다."

"남궁완 아저씨의 팔만 노린 이유도……?"

"그래. 네가 짐작한 게 맞다. 남궁완의 팔만 노린 것. 그는 천기의 큰 중심축 중 하나. 그가 죽는 건 천기에 막대한 영향을 끼치지. 그러니 힘만 뺏으려 한 것이었다."

"죽이지만 않으면 된다는 건가요?"

천마가 눈을 가늘게 뜨며 나를 귀엽다는 듯이 바라보았다.

"물론 영향이 없지는 않다만…… 이 역할극에서 퇴장할 정도는 아니지. 너는 한창 극 중인 인형의 팔이 떨어졌다고 극을 멈추게 하느냐?"

"……."

"이건 굳이 나만이 아니라 제갈 세가주 또한 잘 알고 있는 이야기다."

"제갈화무도…… 알고 있다고요?"

"그래. 알려 주지 않은 이유가 궁금한가?"

천마가 목소리를 낮춰 말했다.

"제 명줄 하나 잇자고 천기를 이렇게 흩트려 놓았으니, 차마 네게 진실을 말해 줄 수가 없었겠지. 그리고 진실을 들은 네가 자신을 살려 주지 않을까 두려웠겠지. 그 또한 이기적인 인간이니."

나는 천마를 노려보며 단호하게 말했다.

"살고 싶은 건 이기적인 게 아니에요. 사람이라면 당연한 거라고요."

조금 전에 하지 못하고 넘어갔던 말이었다. 게다가 제갈화무를, 제갈 세가를 이렇게 되도록 만든 건 자기면서 되레 탓하다니.

"당신은 이제 사람이 아니라 모르겠지만."

저 모습을 하고도 사람이라고 할 수는 없었다. 내 조소에도 천마는 전혀 표정에 변화가 없었다.

"생을 가진 이가 죽음을 두려워하는 건 당연하다. 내가 왜 죽음의 고통을 모르겠느냐? 그 고통으로부터 중생을 구원하는 것이 바로 내가 해야 할 일이거늘."

"그래서 구해 줘야 할 중생을 이렇게 죽게 만들고 그러는 건가요?"

"누가 죽었단 말이냐?"

태연한 답에 나는 황당한 얼굴을 했다.

"당신 명령에 죽은 교도들이 한둘이 아닌데, 누가 죽었냐니요?"

조금 전에 죽은 삼공자는 뭔데? 그가 누구 명령을 받고 싸우다 죽었는데?

천마는 담담하게 말했다.

"내가 기억하는 한 그들은 살아 있는 것이다."

"……."

이 미친 사이비 교주 같으니라고.

나는 질려 버렸다. 천마는 내 표정에도 전혀 변함없이 담담한 어투로 말을 이었다.

"말이 길어졌군. 대적자가 무엇이냐고 물었지."

돌고 돌아 내가 처음 한 질문으로 돌아왔다.

"지금까진 내가 천명을 거스르려 들 때마다 이를 대적자가 막아섰다."

대적자가 막아섰다?

순간 남궁류청이 떠올랐다. 남궁류청의 모습은 이 방향에서 보기 힘들었지만, 그가 어쩌고 있을지 떠올리기 어렵진 않았다. 아마 굳은 얼굴로 나를 걱정스럽게 바라보고 있겠지.

천마가 말을 이었다.

"네가 죽으면 네 아비가, 네 아비가 죽으면 남궁의 아이가, 남궁의 아이가 죽으면 갑자기 연원도 파악하기 어려운 또 다른 이가. 대적자는 그런 식으로 생긴다."

천마가 나를 보고 뿌듯하다는 듯이 웃었다.

"그리고 넌 내 손으로 만들어 낸 대적자란다. 그래서 꽤 기대하고 있지."

나는 놀란 채 천마를 바라보았다.

뭐? 이번에는 내가 대적자라고? 남궁류청이 아니라?

내가 죽으면 아버지가 대적자가 된다고는 했지만, 그게 내가 대적자
라는 말로 들리지는 않았다.

"그러니 최선을 다해서, 죽을 만큼 노력하거라. 나의 능력도 그래서
두고 가는 것이니."

나는 흠칫 놀랐다. 능력이라니? 원래는 금안을 가져가기 위해서 온
거였나?

그것도 모르고 죽이지 않는다는 말에 내심 안심한 채 이렇게 마주
얘기 나누고 있었다니. 온몸에 소름이 끼쳤다.

그리고 천마가 어떤 식으로 움직이는지 이제야 확실히 알 수 있었
다. 죽이지 않은 채 독에 중독시키고, 팔을 잘라 가고, 능력을 회수해
간다. 죽이지 않는다는 말 뒤에 숨겨져 있는 말들을.

"네가 내 앞을 막아설 날을 기다리마."

그 말을 끝으로 천마가 할 말을 다 했다는 듯 자리에서 일어났다.
나는 황급히 질문했다.

"저를 당신이 만들었다는 건 무슨 말이에요?"

천마가 나를 잠시 지그시 바라보았다.

"그건 네 아비에게 물어보거라. 만날 수 있다면 말이지."

의미심장한 어조에 나는 눈을 부릅뜨고 소리쳤다.

"아버지께 무슨 짓을 한 거예요!"

천마는 대답하지 않고 몸을 돌려 비가 쏟아지는 하늘을 바라보았
다. 분명 쏟아지는 빗줄기 안인데도 전혀 젖지 않고 있었다. 어마어마

한 내공 수발력에 나는 말을 잃었다.

"때가 된다면 하늘도 내게 복종하리라."

"……."

천마를 바라보던 나는 그가 어느 정도 멀어지자 순간 온몸에 힘이 쭉 빠져 등받이에 기대듯 앉았다. 손이 덜덜 떨렸다. 아니, 손이 아니라 온몸이 덜덜 떨리고 있었다.

천마가 빠져나가기가 무섭게 남궁완 아저씨가 다가왔다.

"괜찮으냐?"

"……아뇨."

남궁완 아저씨가 나를 내려다보다가 머리를 쓰다듬었다.

"조금 있다가 말씀드릴게요."

마교 놈들이 모두 나가고 나면, 이라는 뜻을 읽은 듯 남궁완 아저씨가 고개를 끄덕였다.

그때 옆에서 손을 잡는 느낌이 들었다. 나를 잡은 손이 떨리고 있었다. 야율이었다. 얼굴이 창백해 내가 아니라 야율이 천마와 대화했다고 해도 믿을 법했다.

일사불란하게 들어온 마교도들이 삼공자의 시신을 천으로 덮고 정중하게 데리고 갔다. 어느새 객잔 입구까지 걸어간 천마가 몸을 돌려 우리를 바라보았다.

"……."

"……."

나와 눈이 마주치고 천마가 미소 지었다. 내가 벌떡 일어나는 순간, 거리와 상관없이 이곳 모두의 귓가에 정확하게 목소리가 들렸다.

"모두 죽여라."

"……!"

챙-!

쾅-!

순식간이었다.

"도련님을 지켜라!"

"소가주님!"

나는 당황하며 소리쳤다.

"분명 죽일 생각 없다고……!"

천마가 웃음기 어린 목소리로 말했다.

"삼공자의 목숨값은 받아야지 않겠느냐?"

"그게 무슨…… 설마?"

삼공자는 원래 아직 죽을 때가 아니었던 건가?

천기가 흐트러질수록 자신 또한 정해진 운명을 비틀 수 있다고 했다. 만약 삼공자가 원래 아직 죽을 때가 아니었다면?

'게다가…….'

사실 비무에서 남궁완 아저씨는 삼공자를 죽이지 않고 패배시킬 수 있었다. 하지만 기회를 얻자마자 가차 없이 칼을 찔러 넣었다.

당연한 일이었다. 아저씨 가족을 죽인 놈들이었는데. 그리고 삼공자가 약속을 지키지 않을 거라면 차라리 이 자리에서 없애는 편이 도주가 편할 거라는 계산도 있었을 터다.

결과적으로 남궁완 아저씨는 복수에 성공한 셈이 되었다.

그리고 뻔한 이야기가 되어 버린 것이다. 복수가 복수를 불러일으킨다는 것은.

만약 남궁완 아저씨가 삼공자를 죽이지 않았다면 천마가 물러갔으려나?

'아니, 이제 와선 의미 없는 얘기지.'

남궁완 아저씨가 나를 확 안아 들었다. 나 또한 아저씨를 꼭 끌어 안았다.

쏴아아─

객잔을 빠져나가자 쏟아지는 빗줄기에 순식간에 온몸이 젖어 들어 갔다.

그나마 다행인 점은 천마는 명령만 내렸을 뿐, 직접 움직이지 않고 있다는 것이었다. 게다가 바깥에 우리를 둘러싸고 있던 병력들은 물러간 듯, 보이지 않았다. 우리를 공격하는 것은 교주와 함께 온 이들뿐이었다.

실력 차에 밀리고 있지만, 수가 많지는 않아 어찌 버티고 있었다. 개방의 거지들은 별 전력이 되진 않았지만, 대개는 평소의 순한 모습과 달리 싸우기 시작하니 실력이 대단했다.

그리고 남궁류청과 야율은…… 의외로 손발이 매우 잘 맞았다.

'비무 영향인가?'

그러고 보면 둘이 무예를 겨룬 게 마치 며칠 전의 일처럼 아득하게 느껴졌다.

그때였다.

짤랑짤랑. 빗소리를 뚫고 어디선가 희미하게 방울 소리가 들렸다. 갑자기 주변에 안개가 자욱하게 끼기 시작했다. 기현상이었다.

남궁완 아저씨가 중얼거렸다.

"진법까지 펼치다니."

그게 아니라면 이 기현상을 설명할 수가 없었다.

'언제는 나중에 보자더니 이거 완전 작정했잖아!'

이상하게 천마의 속내가 짐작이 갔다. 마치 하늘에서 알려 주는 느낌이었다. 만약 여기서 내가 죽는다면 아쉽긴 하겠지만 그냥 거기까지라고 생각하는 것이었다.

남궁완 아저씨의 죽음 또한 마찬가지였다. 내가 정말로 그놈의 대적자인지 뭔지라면 이 정도는 극복할 수 있을 거라고 여기는 듯했다. 그리고 또 정 안 되겠다 싶으면 회귀하겠지.

'차라리 어떻게 회귀할 수 있는지 물어볼 걸 그랬나?'

그 이상한 줄들은 회귀를 반복해서 생긴 건가? 아니면 미래를 바꾸려 들 때 생긴 걸까? 내게도 있는 걸까? 오히려 천마와 만난 덕에 의문만 더 늘어난 기분이었다.

순간 나는 품에서 단검을 꺼내 집어 던졌다.

쐐액!

남궁류청의 등 뒤를 노리던 마교도 한 놈이 내가 던진 단검을 황급히 쳐 냈다. 내 단검에 시선을 빼앗긴 순간 야율의 손이 마교도의 가슴팍을 때렸다. 마교도는 가슴팍이 움푹 들어간 채 뒤로 날아갔다.

야율의 손 주변에는 연기 같은 수증기가 흘러나오고 있었는데, 여기서 가장 체력 소모가 빠른 건 야율이었다. 이 빗줄기. 날씨 자체가 극양지체인 그에게 불리했다. 진기를 더 많이 소모하게 만들고 있었다. 그 전에 남궁류청과 비무도 한 상태였고. 만약 야율의 상태가 완벽했다면 남궁류청의 등 뒤가 비는 일은 없었을 것이다.

마교도가 쳐 낸 내 단검이 흙탕물 속에 박히기 전, 남궁류청이 발뒤꿈치로 걷어찼다. 나는 날아온 단검을 받았다.

'대체 어떻게 해야 이 상황을 벗어날 수 있는 거지?'

이런 일은 하늘이 안 알려 주나? 천마 속내 같은 거나 알려 주지 말고……!

그때 꾸준히 이어지던 방울이 딸랑이는 소리가 하나 줄어들었다. 곧 또 하나가 줄어들었다. 정신없이 싸우는 이들은 아직 눈치채지 못한 듯싶었다. 그리고 하늘에서 뭔가 툭 떨어졌다.

쾅광!

객잔의 일부가 부서지며 그쪽에 있던 마교도 몇이 휩쓸렸다. 모두 갑작스럽게 벌어진 일에 싸움을 멈출 정도였다.

싸움이 잠시 소강상태가 되고, 빗줄기와 희뿌연 안개를 헤치고 객잔이 부서진 방향에서 한 사람이 걸어 나왔다.

천마가 말했다.

"천산염제."

"……."

천산염제가 손에 움켜쥐고 있던 무언가를 툭 던졌다. 구리 조각이 있는데, 우그러진 게 원래의 형태를 알아보기 힘들 정도였다. 나는 얼굴에 흘러내리는 빗물을 닦아 낼 생각도 못 하고 눈을 껌뻑였다.

"어르신? 어떻게……?"

나는 야율을 보았다. 인상을 찌푸리고 있던 야율과 눈이 마주쳤고, 야율이 고개를 저었다. 그도 천산염제가 올 줄은 전혀 예상하지 못하고 있었던 듯싶었다.

천산염제가 빗줄기를 뚫고 걸어 들어왔다.

"제갈 세가주에게 서신을 받았다."

나는 눈을 동그랗게 떴다.

"화무에게 서신을요?"

"그래. 아무에게도 알리지 말고 눈에 띄지 않게 오라더군. 유일한 제자를 죽이고 싶지 않다면 말이야."

미친놈. 천산염제를 협박한 거야?

어쨌든 결론적으로 야율이 죽을 위기에 처해 있던 건 맞긴 했다. 하지만…….

천산염제가 야율을 잠시 바라봤다. 야율은 어느새 무표정한 얼굴이 되어 천산염제를 물끄러미 바라볼 뿐이었다. 수염에 가려 잘 보이진 않았지만, 천산염제가 피식 웃은 듯싶었다.

천산염제가 말했다.

"그래서 오는 도중에 요 앞에 남궁 세가의 무사들이 웬 정체 모를 녀석들과 싸우고 있길래, 좀 도와주고 있었는데……."

남궁완 아저씨가 눈을 크게 떴다. 남궁완 아저씨를 호송하기 위해 오던 남궁 세가 사람들을 말하는 게 분명했다. 삼공자가 마교의 습격이 있었다고 했으니 상황도 알맞았다. 그 상황에 천산염제가 도와주었다면, 피해가 별로 없을 수도 있었다.

그때 천산염제가 뭔가를 들어 올렸다.

"갑자기 이놈이 나타나서, 뭐 어쨌든 이놈 덕분에 헤매지 않고 올 수 있었지."

빗줄기 사이로 선명한 금색 눈동자가 보였다.

"결아!"

대체 언제 빠져나갔는지 모를 결이 천산염제에게 목덜미를 잡힌 채 대롱대롱 매달려 있었다.

아니, 고양이 그렇게 잡으면 안 되는데……!

그때 천산염제가 내게 고양이를 획 던졌다.

"허어억······!"

나는 깜짝 놀라며 고양이를 받아 들려 했다. 원래라면 수월하게 잡고도 남았다. 그런데 잡으려는 내 움직임과 착지하려는 고양이의 움직임이 어긋나며, 퍽! 결이 앞발이 내 콧등을 후려쳤다.

"······."

바닥에 착지한 결이 두 눈을 동그랗게 뜨고 날 보았다. 나는 콧등을 문질렀다.

천산염제가 혀를 찼다. 억울했다. 내가 둔한 게 아니라 결이 반(半)영물이나 다름없어서 그런 거라고······!

"하하하."

때아닌 웃음소리가 들렸다. 천마였다. 천마가 결과 나를 보고 웃었을 리는 없다. 아니나 다를까 이어지는 말들은 내가 아니라면 영문을 알아들을 수 없는 말이었다.

"그래. 이럴 줄 알았지. 꽤 머리를 썼다고 해야 하나, 아니면 이것도······ 하늘의 뜻이려나?"

웃음기 어린 목소리로 중얼거린 천마가 나를 보고 미소 지었다. 그러고는 돌연 표정을 굳히고 천산염제를 응시했다. 천산염제 또한 천마를 바라보았다.

두 절세고수가 눈을 마주쳤다. 그들에게서 일어나는 기운에 주변이 일렁여 보일 정도였다.

"······."

"······."

피부를 바늘로 찌르는 듯한 긴장감이었다. 마른침조차 삼키지 못했다. 천산염제가 우리를 돌아보지 않고 말했다.

"가라."

나는 깜짝 놀라 소리쳤다.

"……어르신!"

같이 싸워도 모자랄 판에, 여기서 우리에게 가라고 하는 건…….

남궁완 아저씨가 천산염제를 향해 감사하다는 듯이 고개를 살짝
숙였다.

천마가 중얼거렸다.

"다 죽어 가는 늙은이가."

"그러는 자네는 위명과 비교하면 생각보다 별거 아니군. 그 몸도 간
신히 다루는 것 같은데 말이야. 그 꼴이 뭔가? 시체가 걸어 다녀도 그
보다 낫겠군."

시체가 걸어 다닌다고? 몸을 간신히 다룬다고? 그게 무슨……?

하지만 의문을 확인할 수는 없었다.

콰아아아아아앙-!

그 뒤는 내 눈으로도 거의 확인할 수 없었다.

두 사람이 격돌한 순간 어마어마한 폭풍이 몰아닥쳤다. 빗방울이
두 사람의 격돌에 순간 사라질 정도였다. 고막이 나간 것처럼 찰나 소
리가 들리지 않았다.

조금 뒤 빗소리가 다시 들리기 시작하고 멀리서 여러 목소리가 들
렸다.

"도망친다!"

"쫓아라!"

쿵- 우직, 콰앙!

"크아아악!"

싸움에 끼어들었는지 피하지 못한 건지 누군가의 비명이 빗소리를 뚫고 길게 울려 퍼졌다.

나는 남궁완 아저씨의 목을 꽉 붙잡았다. 천산염제 어르신은 수명의 끝자락이었다. 이미 완전히 영락했다고 볼 수 있었다. 그 몸 상태론 절대 천마를 이길 수 없었다.

누구보다 본인이 잘 알고 계실 터였다.

우직, 쿠쿵, 쿵, 쾅!

우지끈.

객잔은 순식간에 무너져 내렸다. 하지만 눈으로 확인할 수 없었다. 어느새 주변에 안개가 자욱하게 끼었기 때문이다. 천산염제가 진법을 펼치는 술사 두엇을 죽였어도 잠깐 시간을 버는 정도였던 모양이다.

객잔 주인과 점원이 제때 도망쳤길 바랐다. 나는 주변을 살피다 말했다.

"아저씨, 이쪽으로 가요."

아저씨가 내 말에 바로 방향을 틀었다.

"……아는 진법이냐?"

"아뇨, 그냥 보여요."

"그래."

남궁완 아저씨가 숨을 들이쉬고 뒤를 향해 소리쳤다.

"다들……! 젠장."

순간 남궁완 아저씨의 발이 멈췄다. 아저씨를 따라 뒤를 돌아보았던 나 또한 놀라서 눈을 부릅떴다. 뒤따라오는 이는 넷뿐이었다. 그것도 남궁완 아저씨를 가장 가까이서 경호하던 자들이었다.

금안으로 아직 확인할 수 있는 걸로 보아 다른 이들과 멀리 떨어진 것은 아닌 듯했다. 하지만 진법 때문에 함부로 움직일 수 없었다. 뒤따라오던 무사 또한 우리가 멈춰 서자 뒤늦게 상황을 파악했다.

"아니, 다들……!"

남궁완 아저씨가 혀를 찼다.

"내가 너무 빨랐나 보군."

이런 진법 안에서는 아주 바짝 붙지 않으면 순식간에 거리가 멀어질 수 있었다. 아저씨가 나를 달래듯 말했다.

"류청도 진법에 대한 교육은 진즉에 받았으니 조금 헤매도 금방 나가는 방법을 알아낼 수 있을 것이야."

"……."

"걱정해야 할 것은 우리니라."

나는 입술을 깨물었다. 남궁완 아저씨와 나까지 합쳐서 고작 여섯.

"진법을 나갈 때까지 버틸 수 있을까요? 지금이라도 류청 쪽으로 가는 게……."

"아니, 그들도 움직이면 계속 뒤만 쫓다가 완전히 진법 안에 갇힐 수 있다. 심지어는 아군이 아닌 적군으로 오인해 공격할 수도 있지. 진법 안에서는 다른 이를 찾는 게 아니라 생문을 먼저 찾아야 한다."

남궁완 아저씨가 다시 경공을 펼쳤다.

"수는 적지만, 네가 도와주면 되지 않겠느냐?"

삼공자와 비무했을 때를 말하는 것임을 알 수 있었다. 나는 여러 감정이 복받쳐 빽 소리쳤다.

"그게 쉬운 줄 아세요?"

그렇게 소리치기 무섭게 말했다.

"아저씨, 와요."

"뭐? 어느 쪽을 말하는 게냐?"

감각이 흐트러진다는 게 이건가 보군. 아저씨가 이렇게 가까이 온 적도 못 알아채다니.

"위!"

소리치는 것과 동시에 나는 단검을 뽑아 들었다. 마교도가 위에서 뛰어내려 검을 내려찍는 것을 내가 단검으로 막았다.

마교도의 단검이 그대로 숭덩 잘려 나갔다. 내가 쥔 건 예전에 남궁완 아저씨가 주신 단검이었다. 백련정강으로 만든 단검다운 위력이었다.

잘려 나간 검날을 잡아챈 남궁완 아저씨가 그대로 마교도에게 되돌려 보냈다. 푹! 신음도 내지 못한 채 마교도가 쓰러졌다. 남궁완 아저씨가 나를 흘끔 보았다.

"역시, 네게 주길 잘했구나."

뒤이어 덤벼든 다른 마교도의 공격도 아저씨와 남궁 세가의 무사들이 협공해 물리쳤다.

진법에서 간신히 벗어났을 때였다.

"소가주님!"

"자네들!"

"무사하셨군요!"

남궁 세가에서 온 지원 온 병력들이었다. 천산염제의 도움을 받았다는 말이 맞았는지, 전투의 흔적은 있었으나 피해가 크지 않았다.

"지금 이게 어떻게 된 상황입니까?"

"그보다 류청은 못 봤나?"

"예. 만나지 못했습니다."

"제길. 알았다. 일단 설명할 시간 없다. 당장 여길 정리해야 해!"

그때부터는 이제 진법을 빠져나가는 것에서 마교도와의 전투로 목적이 바뀌었다.

진법을 펼친 마교도들과 싸우고 있을 때, 진법 안에서 탈출한 이들이 하나둘씩 나왔다. 계속해서 남궁류청과 야율을 기다렸으나, 그보다 백리 세가에서 보낸 지원 병력이 도착하는 게 먼저였다.

내 전서구를 받고 온 것은 아니었고, 마교 병력의 움직임을 뒤늦게 파악한 가문에서 보낸 병력이었다. 백검단주께서 직접 이끌고 오신 정예 인원까지 합세하자 전투의 흐름은 순식간에 우리 쪽으로 넘어왔다.

얼마나 지났을까?

진법을 깨트리고, 마교도들을 모두 몰아낼 때쯤에는 비가 그쳤다. 그리고 어스레한 저녁 석양빛 아래 드러난 객잔의 모습은 원래 형태를 찾아볼 수 없었다.

천산염제도, 천마도 모습을 찾아볼 수 없었다.

이 와중에 객잔 주인과 점원은 살아남았다. 다행인 일이었다.

그런데 뒷이야기가 기가 막혔다. 마교 놈들이 보호해 준 덕에 살아남았다는 것이다. 심지어 객잔이 부서진 피해 보상비까지 넉넉하게 주고 갔다고 했다.

'이건 또 무슨 짓거리인지.'

양민에게는 손을 안 댄다는 건가?

'그렇다기에는 만신의가 머물던 마을 사람들을 모두 죽여 버리지 않았나?'

그러면 딱히 양민의 목숨을 아낀다든가 하는 것도 아닐 텐데. 마치 살아남기 위해 온 힘을 다해 그 자리에서 빠져나온 우리를 조롱하는 것처럼 느껴졌다.

그리고……

남궁류청과 야율은 여전히 찾을 수가 없었다.

진법 안에서는 꽤 많은 시신이 발견되었다. 아주 다행히도 남궁류청과 야율의 시신은 없었다. 하지만 나는 그 이상 수색 작업을 지켜볼 수 없었다.

"……"

마지막 목격자에 의하면 남궁류청과 야율은 함께 진법을 빠져나가고 있었다고 하였다.

"……"

백검단주가 내게 다가왔다. 무슨 말을 할지 예상이 되어 절로 표정이 굳었다.

백검단주는 좀 전까지의 전투로 가라앉지 않은 투기와 핏자국 덕에 위협적으로 보일 정도였다. 게다가 외부 사람들이 있기에 나와 있을 때 다정하고 친절한 할아버지와 같던 모습은 보이지 않았다.

백검단주가 말했다.

"아기씨, 바로 귀환하시라는 가주님의 명이 있었습니다."

"……"

"아기씨, 지금 당장 귀환하셔야 합니다. 가주님께서 걱정이 크십니다."

나는 입술을 꽉 깨물고 작게 말했다.

"저 류청이랑 야율을 찾을 때까지만이라도 여기 있으면 안 될까요?"

백검단주가 한숨을 내쉬었다.

"백리연."

그때 남궁완 아저씨가 나를 부르며 다가왔다.

"넌 최선을 다했다. 걱정하는 가족들을 안심시키는 것이 먼저다. 돌아가라."

"……."

"네가 남아 있다 해도 도움 되는 건 없다."

이 말을 듣고도 더 남아 있겠다고 우길 수는 없었다. 백검단주가 남궁완 아저씨께 눈으로 감사 인사를 했다.

그렇게 나는 백검단주를 따라 악양을 떠났다.

악양으로 향할 때는 후덥지근한 열기와 푹푹 찌는 햇살에 고통받았는데, 돌아오는 길은 연일 내린 비와 흐린 하늘로 선선했다.

"……."

왠지 모르게 상황이 우스웠다. 갈 때는 남궁완 아저씨가, 올 때는 남궁류청이 실종되다니. 아비와 아들이 번갈아 사라지다니. 하늘도 참 얄궂었다.

가문에 거의 도착했을 무렵. 거리가 조금 어수선한 느낌이었다. 여기저기 흩어져 있는 백리 세가 무사들도 확인할 수 있었다.

일행이 가문 정문을 넘자, 백검단원으로 구성된 두 조를 마주쳤다. 다섯 명이 한 조를 이루는데 백검단 정도면 한 조만 되어도 백리 세가에서는 꽤 큰 병력이었다. 그들은 백검단주께 인사를 올리고는 어디론가 빠르게 빠져나갔다.

내 의아한 시선을 느꼈는지 백검단주가 부드럽게 말했다.

"가주님을 만나면 알게 될 거다."

처소에 도착하자 금쇄와 소녹, 심지어 언두까지 나를 붙잡고 다들 한바탕 눈물바다를 이뤘다. 겨우 진정시키고 꿉꿉한 옷을 벗은 후 깨끗이 씻고 바로 할아버지께 향했다.

긴 시간이 지나지는 않았거늘 왠지 모르게 오랜만인 느낌이 들었다. 할아버지의 정방 앞을 지키는 노복은 변한 것 없이 여전했다.

"아기씨, 오셨습니까. 기다리고 있었습니다."

바로 안에 고할 줄 알았는데 갑자기 내게 노복이 물었다.

"다치신 곳은 없습니까?"

나는 살짝 멈칫했다가 답했다.

"네. 없어요."

"무사하셔서서 정말 다행입니다."

노복은 필요한 말 외에는 거의 하지 않는 할아버지의 충신이었다. 회귀 전에도, 회귀 후에도 늘 할아버지가 계신 문 앞을 지키며 내게 호불호를 보이지 않았다.

할아버지의 그림자 같은 사람이었는데, 정확히 말하자면 그는 모든 할아버지의 피를 이은 자들을 평등하게 대우했다. 그래서 내게 이런 친근한 말을 하는 것에 놀랐다.

"……하여 처음부터 아기씨를 노린 것 같다고 합니다."

"뭐라?"

탕!

탁자를 내리치는 소리와 함께 노성이 터져 나왔다.

"내 손녀딸을 노리다니, 그것들을 다 쳐 죽이겠다!"

노복이 다급히 말했다.

"연이 아기씨가 오셨습니다."

내가 열린 문 안으로 들어서자 대번에 호통이 들렸다.

"왜 이리 늦은 것이야? 늦은 주제에 웃음이 나와?"

"에이, 할아버지를 뵈니까 좋아서 그렇죠."

"……."

할아버지가 입을 꾹 다물었다. 이내 할아버지가 다시 입을 열었다.

"이리 와 보거라."

내가 세 발 정도 앞에 멈춰 서자 할아버지가 말했다.

"더 가까이."

거의 코앞까지 다가선 나를 할아버지가 꽉 안았다. 머리 위에서 할아버지의 목소리가 들렸다.

"무사해서 다행이구나."

"……."

이번에는 내가 입을 꾹 다물었다. 눈시울이 붉어졌다. 웃기게도 할아버지의 품에 안기자 정말 안심이 되었다.

'애도 아닌데 말이야.'

회귀 전에는 몇 마디 나눠 본 적 없는 분이었는데 언제 이렇게 되었는지. 아버지는 그래도 나를 아낀다는 사실을 뒤늦게 깨달았을 뿐, 회귀 전에도 친부 같지 않다고 생각해 본 적이 없었다.

하지만 할아버지는 몇 번 뵙지도 못한 데다, 대화는 더더욱 나눠 본 적 없었기에 내 할아버지라기보다는 백리 세가의 가주라는 느낌이 컸다. 그렇게…… 생각하고 있는 줄 알았다. 지금까지. 멍청하게도.

안겨 있던 나는 숨을 크게 들이마시고 웃는 얼굴로 고개를 들었다.

"그리고 안 돼요."

할아버지가 뜬금없다는 듯이 미간을 좁혔다.

"뭐가 안 된단 말이냐?"

"천마는 제가 쳐 죽일 거예요."

"……."

"……."

두 분 다 말을 잃은 채 눈을 끔뻑였다. 백검단주가 호탕하게 웃으며 말했다.

"크하하, 가주님, 연이가 말하는 거 들으셨습니까?"

할아버지가 한숨을 내쉬며 고개를 틀었다. 백검단주가 웃음기 어린 목소리로 말했다.

"연아, 내가 죽기 전에는 볼 수 있겠지?"

"물론이죠."

"흐흐, 그래, 그래. 기대하마."

할아버지가 머리를 짚었다가 손을 내저었다.

"자넨 쓸데없는 소리 그만하고 이제 가 보게."

백검단주가 정방을 나가고 나는 할아버지와 마주 앉아 자초지종을 이야기했다. 회귀, 천기, 운명, 이런 얘기는 할 수 없었다. 천마는 남궁완 아저씨를 죽이려 들지 않고 팔만을 노렸던 것이며, 또한 원래는 내가 지닌 금안의 능력을 뺏으러 왔으나 갑자기 마음을 바꾼 거라는 정도······.

그리고 아버지의 독이 천마가 꾸민 일이라는 이야기도 하였다.

아버지의 독 이야기를 할 때 할아버지의 눈빛이 서늘하게 가라앉았다.

"그놈의 목적이 대체 무엇인지······."

나는 할아버지가 잠시 생각을 정리하길 기다렸다. 그리고 이 정도면 되었다 싶을 때 심호흡을 하고 말했다.

"할아버지, 악양에서 새롭게 온 연락은 없나요?"

내가 이 방에 들어오자마자 가장 먼저 묻고 싶었던 말이었다. 나는 양손을 꽉 잡은 채 초조한 심경을 억눌렀다.

"있다."

나는 눈을 크게 떴다. 할아버지가 나를 응시하며 짧게 침묵하다 입을 열었다.

"네가 악양을 떠난 이틀 후에 호수에서 시신 몇 구를 찾아냈는데 마지막까지 야율, 남궁류청과 함께 있으리라 여겼던 무사들이라더구나."

"······."

나는 멍하니 바라보다 말했다.

"류청과 야율은요? 같이 발견되었나요?"

"아니, 그 아이들의 시신은 없었다."

나도 모르는 새 할아버지의 대답을 기다리며 숨을 멈췄던 모양이다. 나는 크게 숨을 내쉬고 말했다.

"아, 그럼 괜찮아요."

할아버지가 멈칫하더니 나를 안쓰러운 눈길로 바라보며 말했다.

"······그래. 살아 있을 게야. 너무 걱정 말거라."

할아버지의 말은 마치 희망을 가지라는 듯한 어조였다. 발끈한 나는 그게 아니라 둘은 정말로 살아 있는 거라고 반박하려다가 입술을 깨물었다. 하늘인가 뭔가가 정말 있다면, 야율과 남궁류청이 여기서 죽을 리가 없었다.

나를 지켜보던 할아버지가 다시 입을 열었다.

"네게 알려 줄 것이 있다."

"……또 무슨 소식이 있나요?"

심장을 졸이는 내게 할아버지가 말했다.

"네 고모가 사라졌다."

"……네? 아니…… 어떻게요?"

고모는 단전을 폐하고 시골 장원의 가문 사당에 유폐되었다. 그 일을 직접 행한 것은 아버지셨다. 절대 허투루 하셨을 리가 없었다.

"그러고 보니 올 때 왠지 가문이 소란스러워 보이던 게 그 때문이었던가요?"

할아버지가 고개를 끄덕였다.

"아직 찾지 못했다."

고모가 다시는 무공을 쓸 수 없는 폐인이 되었다 한들, 백리 세가의 무공 구결, 검법 같은 것은 모두 기억하고 있었다. 당연히 고모가 갇혀 있는 사당의 감시와 경계 또한 아주 엄중하기 그지없었다. 그런데 거길 고모가 빠져나갔다니? 대단한 조력자가 있지 않은 한 불가능했다.

하지만 할머니는 고모가 그렇게 사당에 끌려간 후, 계속 몸져누운 상태였다. 그렇다면…….

"마교 짓인가요?"

"모른다. 최악의 경우 그럴 수 있지."

할아버지가 찻잔을 꽉 쥐었다. 그걸 본 순간 나는 찻잔이 깨질까 조마조마했다.

할아버지가 말했다.

"어쨌든 의란을 찾느라, 마교 놈들이 움직이는 걸 알아채는 게 늦었다."

그래서였구나.

이제야 알 수 있었다. 바로 코앞이라고 볼 수 있는 악양에서 마교가 움직이는 것에 반응이 늦었던 이유를.

그런데 거기서 끝이 아니었다. 할아버지가 내게 서신 하나를 건넸다.

"읽어 보거라."

나는 누군가 화를 참지 못한 흔적이 가득한 구깃구깃한 서신을 펼쳤다. 읽어 내려가던 나는 몇 줄 읽다가 빽 소리쳤다.

"우리 가문이 마교랑 내통했다니요!"

무림맹에서 백리 세가가 마교와 내통하여 무림맹 본단 습격에 조력했다는 혐의를 뒤집어씌웠다.

말도 안 되는 트집이었다. 하지만 할아버지와 아버지가 맹회 직전에 참석을 취소한 일, 고모가 마교의 독을 쓴 일을 합치자 은근히 그럴듯한 이야깃거리가 되었다.

'게다가 때마침 고모마저 사라졌으니.'

입방아를 찧기 매우 좋았다.

그리고…… 야율이 흡성마공을 배웠고, 이를 아버지가 숨긴 사실도 밝혀졌다. 무림맹은 이 일로 아버지를 구금하려 했으나, 아버지는 이에 저항하다가 빠져나갔다고 했다.

백도 정파의 많은 가문이 무림맹의 행동을 성급하다고 비난했다. 하지만 소문은 이상하게 퍼졌다. 아버지가 내통한 사실이 들키자 겁먹어 도망쳤다는 식으로.

소문은 매우 기이할 정도로 빠르게 퍼져 나갔다. 이 또한 마교의 짓인가 했으나…… 소문의 출처를 뒤쫓으니 벽가였다. 그들은 돈을 풀어 소문을 부추기고 있었다.

더위가 한풀 꺾인 여름의 끝자락. 아버지가 집으로 돌아오셨다. 동행했던 백리 세가의 무사들과 함께였다.

미리 소식을 듣고 백리 세가 대문 앞에 나와 있던 나를 본 아버지가 말에서 뛰어내렸다. 나는 그대로 달려가 아버지 품에 안겼다. 무사하다는 소식을 들었지만, 그동안 걱정에 제대로 잠을 이룰 수 없었다.

처소로 들어간 아버지는 씻고 곧장 할아버지께 향했다.

"괜찮을 거라고 호언장담을 하더니, 대체 무슨 꼴이더냐?"

아버지가 고개를 수그렸다.

"심려를 끼쳐 드렸습니다."

"대체 어찌 된 일이냐? 네가 무공을 잃었다는 소문이 돌고 있는 건 아니냐?"

"예."

아버지가 무림맹에서 빠져나올 때 하필 발작이 일어났다. 다행히 그 자리에 있던 백호단원들과 백리 세가 무사들의 도움으로 부상을 입지 않고 빠져나올 수 있었으나…… 이미 많은 이가 발작을 목격했고, 돌이킬 수 없었다.

"그보다 오는 길에 객잔에서 들었습니다. 악양에서 마교와 큰 싸움이 있었다고요."

아버지가 잠시 눈을 내리깔았다가 말을 이었다.

"류청과 야율이 실종되었다고……."

나도 모르게 잡고 있던 아버지의 팔을 꽉 붙들었다.

할아버지가 말했다.

"류청은 찾았다. 열흘 정도 떨어진 거리에 있는 작은 포구 마을에서 발견했다더군."

"아, 정말 다행입니다."

아버지가 안도하는 표정을 지었다가 곧 다시 미간을 좁혔다.

"그런데 류청'은', 이라면……?"

"그래. 천산염제의 제자는 아직 못 찾았느니라."

남궁류청이 발견된 곳에 야율은 없었다. 남궁류청은 곧장 남궁 세가로 돌아갔다고 한다. 남궁완 아저씨도 함께였다. 그리고 당연히 백리 세가에 있던 나는 남궁 세가로 곧장 귀환한 남궁류청과 만날 수 없었다.

주먹을 꽉 쥔 아버지가 말했다.

"찾으러 가야겠습니다. 그 아이는……."

할아버지가 탁자를 내리쳤다.

"허튼소리! 그 몸으로 또 어딜 나간다는 말이냐!"

집에 돌아온 지 겨우 몇 시진이 지났다고 바로 나가겠다니. 이번만큼은 나도 할아버지가 화내는 것에 매우 동의했다. 그리고 그런 내가 싫었다.

할아버지가 말을 이었다.

"벌써 네게 원한을 가진 마두와 사파들 몇 곳이 움직이기 시작했다는 정보를 얻었다!"

"……."

"그리고 이미 최선을 다해서 찾고 있다."

남궁 세가와 백리 세가 모두 최선을 다해서 야율을 찾고 있었다. 그러니까…… 지금 동원할 수 있는 정도에서의 최선이었다.

격해지는 무림맹과의 대립. 움직이기 시작한 마교. 이러한 상황에서 야율의 수색에 많은 인력을 쓸 수는 없었다. 다들 각자 자신의 가족과 가문이 먼저인 것은…… 당연한 일이었다.

그런데 그것이 너무 씁쓸하게 느껴졌다. 안쓰러웠다.

아버지는 내가 사라진다면 만사 제쳐 두고 무조건 찾으러 오실 것이다. 그리고 할아버지도. 그래. 내게는 아버지와 할아버지가 계셨다. 류청에게도 양친과 조부님이 계셨다. 하지만…….

야율에게는 아무도 없었다.

'그래서 내게 더 매달렸던 게 아닐까?'

야율에게도 가문이 있긴 했다. 그것도 가문이라고 할 수 있다면 말이다.

벽가의 행태는 치가 떨렸다. 그들은 누구보다 열성적으로 야율이 마교도라고 퍼트리고 다녔다. 무림맹과 우리 가문의 갈등은 나날이 심화했고, 마교 앞에서 똘똘 뭉쳐도 모자랄 판인 백도 정파인들은 결국 무림맹주파와 반무림맹주파로 갈라져 싸우기 시작했다.

얼마 뒤 천마가 자신이 천산염제를 죽였다고 공표했다. 그렇게 천하 십일강은 천하 십강이 되었다. 그와 함께 백도와 흑도의 균형이 빠르게 무너지기 시작했다.

천산염제는 정사지간, 즉 정파와 사파를 오가는 이로 취급되었다. 하지만 백도인가 흑도인가를 나누자면 백도에 가까웠다. 당연했다. 남궁 세가주와 의형제니. 천산염제를 합쳐서 천하 십일강에 이름을 올린 수를 따지면 백도가 우세를 점하고 있었다.

천하 십일강은 그냥 강자만을 꼽는 것이 아니었다. 천하 십일강이 있는 지역의 주도권이 정파와 사파, 백도와 흑도 중 누구에게 있느냐를 따지는 일이기도 했다.

마교의 무림맹 습격.

천하 십일강 중 한 명의 사망.

무림맹의 내분.

연달아 백도 세력이 약해지는 일뿐이었다. 이에 바로 흑도들이 날뛰기 시작한 것이다.

그렇게 강호에 혼돈의 시기가 펼쳐졌다.

오월 하순, 화창한 하늘 아래 한 사내가 땀을 닦아 내며 사람들이 바글바글 가득 찬 객잔 안으로 들어왔다.

점소이가 곧장 물었다.

"몇 명이십니까?"

"혼자요."

"다행이네요. 딱 한 자리 남았습니다만, 합석 괜찮으신지요?"

사내가 지친 기색으로 고개를 끄덕였다.

점소이가 안내해 준 자리에는 이미 음식이 나온 세 명의 선객이 있었다. 그중 사내 맞은편에 앉아 있던 선객이 넉살 좋게 말했다.

"밖이 상당히 덥나 보구려. 여기 차 좀 드시오."

차를 들이켠 사내가 크게 숨을 내쉬고는 투덜거렸다.

"여기가 네 번째 객잔이오. 앞서 세 군데는 자리가 하나도 없더군. 아니, 백리 세가주의 손녀라지만 고작해야 계집애 계례에 무슨 손님이 이렇게 많은지 원……."

선객끼리 눈빛을 교환하고 물었다.

"외지인이오?"

사내가 손부채질을 하며 고개를 끄덕였다.

"그냥 손녀가 아니지 않소. 다음 대 가주가 될 것 같으니 다들 눈도장이라도 찍어 놓으려는 게지."

"허? 가주? 자식들은 어쩌고? 게다가 장손도 아니지 않소?"

"크흠. 장손에게 문제가 있어서 장자도 가주 자리를 잇기는 어렵다 들었소. 뭐, 재능 있는 이에게 물려주고 싶지 않겠소?"

"계집애가 가주라니…… 그럼 혼인은 어쩌고?"

사내 옆자리의 선객이 젓가락으로 음식을 휘휘 저으며 말했다.

"데릴사위를 들이겠지. 뭘 걱정이오?"

"맞소. 벌써 제 아들 밀어 넣겠다고 문지방이 닳고 있소."

"백리 소저가 그렇게 미인이라던데, 얼굴 한번 봤으면 좋겠구먼."

"그럼. 백리 사공자 피가 어디 가겠어? 백리 사공자를 멀리서 본 적 있는데 아주 멀리서도 후광이……."

"왕년에 거리에 나서기만 하면 그렇게 여인들이 꽃이랑 손수건을 던져 댔다지 않소."

"흥, 이제 계례를 치른다면 고작해야 열다섯인 것 아니오?"

"……."

"……."

"그리고 어미를 닮았을 수도 있잖소? 어미가 누군지는 아직도 모르오?"

"……."

"다들 왜 갑자기 말이 없소?"

그때 점소이가 그릇을 들고 다가왔다.

"여기 국수 나왔습니다."

헛기침한 선객이 더는 말을 섞기 싫다는 기색으로 말했다.

"뭐…… 사연이 있나 보지. 식사하세."

그러나 사내는 계속해서 말을 이어 갔다.

"말이 나왔으니 말입니다, 게다가 그 아이, 천마를 만나고도 살아 돌아왔다면서요?"

"……."

"거기에 대해서도 말이 많던데요. 설마 정말 백리 세가가 마교와……."

국수 그릇을 내려놓던 점소이가 깜짝 놀라며 물었다.

"뭐요?"

탕!

선객 또한 젓가락으로 탁자를 내리치며 나무랐다.

"어허! 지금 이 사람 지금 무슨 말을 하는 건가?"

"아니, 왜 화를 냅니까? 내가 뭐 틀린 말이라도 했소? 아니 땐 굴뚝에서 연기 나겠냐 말이지요. 무림맹에서도……."

그때 점소이가 갑자기 젓가락과 국수 그릇을 다시 가져갔다. 사내가 깜짝 놀라 말했다.

"무슨 짓이오?"

"무슨 짓이긴 무슨 짓이야? 나가란 뜻이지!"

"뭐, 뭐요?"

"그쪽한테는 안 파니까 나가라고요! 부정 타게 뭐라는 거야? 퉤!"

"아니 지금……! 이보시오!"

바깥에서 백리연의 계례로 이러쿵저러쿵 말이 많듯 백리 세가 안도 계례 준비로 소란스럽기 그지없었다.

"아가씨, 비녀는 어떤 걸로 하실 거예요?"

"할아버지 걸로 해야지."

할아버지가 보내 주신 비녀는 봉황이 장식되어 있었는데 깃털을 비취로 조각해 절로 입이 벌어질 만큼 화려했다. 오늘 같은 날이 아니고서야 평소에는 무거워서 꽂고 다니기 불편할 정도였다.

아버지는 산호와 진주를 장식한 상아로 만든 머리 장식을 주었다. 큰어머니는 홍옥 장식의 귀걸이를 주었고, 백리명 오라버니도 금으로 된 팔찌를 주었다.

그 외에도 여러 곳에서 선물을 보내왔는데, 고작 열다섯 살 여자아이의 성인식 축하 선물이라고는 보기 어려운 것들이었다.

그 선물에 무림맹과 백리 세가의 대립에서 우리 가문을 지지한다는 뜻이 담겨 있는 것을 알 수 있었다.

그 화려한 선물 목록 중 남궁 세가에서 보내온 것은…….

"이것도 예쁜데 아쉽네요."

백옥으로 연꽃을 조각하고 거기에 순금으로 장식한 나비를 단 비녀였다.

영롱한 빛깔의 백옥은 둘째 치더라도 순금으로 만든 나비는 움직일 때마다 파르르 떨리며 당장에라도 날아갈 것같이 날갯짓하는 모습이었다. 장인 몇 명이 공을 들였을지 알 수 없을 지경이었다.

"내가 받기에는 너무 귀한 선물이야."

"아무도 그렇게 생각 안 할걸요."

[맞아요.]

들려오는 전음에 소녹을 돌아보았다.

그간 소녹도 무공을 조금 배웠다. 그녀가 말을 못 하는 것은 정신적인 문제였다. 그래서 혹시나 전음은 할 수 있지 않을까 하여 가르쳐 본 것인데, 좋은 결과를 얻을 수 있었다. 심지어 무공에 꽤 재능이 있는 편이었다.

다만 소녹은 전음을 할 수 있게 되고 나서도 말하는 걸 꺼리는지 주로 손짓을 많이 썼다.

소녹이 자신의 팔을 가리킨 후 동그라미를 표현했다. 무슨 뜻인지 너무 잘 읽혔다. 천명금혼단으로 팔을 낫게 해 줬는데 저 정도는 당연하다…… 그런 뜻이었다.

애매하게 웃을 때 금쇄가 말했다.

"그러고 보니 아가씨, 남궁 세가에는 답신을 보내지 않으시나요?"

"……."

"……"

잠깐 방 안에 침묵이 맴돌았다. 소녹은 눈을 내리깔고 듣지 못한 것처럼 열심히 물품을 정리했다.

"이미 보냈잖아."

"그…… 남궁 공자님께서도 서신을 보내셨잖아요."

"……"

나는 입을 다물었다. 불편한 침묵이 방을 채웠다. 다행이라고 해야 할까, 때마침 바깥에서 말소리가 들렸다.

"사공자님 오셨습니다."

방에 들어온 아버지가 금쇄와 소녹에게 눈짓하자 두 사람이 재빨리 방을 나갔다.

나는 탁자 위의 찻잔을 채워 아버지께 드리며 말했다.

"무슨 일로 오셨어요?"

내 계례, 성인식에 온 손님이지만 대접은 내가 아니라 아버지가 하고 계셨으니 나보다 아버지가 더 바쁜 상황이었다.

"정오가 넘으면 정신이 없을 것 같아서 말이다. 열어 보거라."

아버지는 흑색의 기다란 나무함을 탁자에 내려놓았다. 흘끔 본 것만으로도 안에 무엇이 들었는지 짐작하긴 어렵지 않았다. 하지만 전혀 모르는 척 설레는 표정으로 나무함을 집었다.

"뭐예요? 선물이에요? 이미 머리 장신구도 주셨는데 뭘 또……?"

나는 나무함을 열던 자세 그대로 멈췄다.

"……검이네요."

기다란 함을 본 순간 검이 들어 있을 것을 예상하였다. 그럼에도 나는 상자 안의 붉은 비단으로 감싼 검에서 눈을 떼지 못했다.

별다른 장식은 없는 깔끔한 백색의 검집. 화려하지 않았지만 고아한 느낌이 물씬 풍겼다. 평소 아버지의 취향 그대로였다. 나는 나무함에서 조심스럽게 검을 꺼내 손잡이를 쥐었다.

아버지가 물었다. 살짝 긴장한 듯한 목소리였다.

"어떤 것 같으냐?"

"……."

손잡이를 잡고 당기자 달칵 걸리는 느낌과 함께 손만 대도 베일 듯 새파란 칼날이 검집 밖으로 나왔다.

"밖에서 한번 휘둘러 보겠느냐? 잘 맞는지 봐야지."

나는 고개를 저었다.

"그럴 필요 없어요."

손에 와 닿는 감촉. 무게감.

회귀 전에 아버지께 계례에 받았던 검과 완벽하게 똑같이 생겼다. 휘둘러 보지 않아도 어떤지 알 수 있었다.

신기한 노릇이었다. 아버지의 취향이 일관되어 똑같은 외견으로 의뢰를 넣은 걸까? 그렇다고 한들 아버지와 나의 관계가 전과 달라졌는데, 이렇게 똑같이 생기는 게 가능할까?

문득 의심이 들어 물었다.

"이거 언제 만드신 거예요?"

"……."

아버지가 잠시 침묵했다.

"네가 처음 목검을 잡았을 때, 대대로 백리가의 검을 만들어 오던 장인에게 부탁했다."

"……고작해야 여섯 살이었는데 제가 성인이 되어서 쓸 검을 맡겼다고요?"

아버지가 별거 아니라는 듯 말했다.

"근골을 살피면 성인이 되었을 때를 짐작하긴 어렵지 않다."

"……."

나는 검집을 쓸어내렸다.

아버지가 무슨 생각을 하면서 검을 맡겼을지. 그리고 무슨 생각을 하며 과거 내게 이 검을 선물로 주셨을지. 이제는 영영 알 수 없어졌다.

아버지가 깜짝 놀란 목소리로 말했다.

"여, 연아, 우느냐?"

나는 고개를 저었다.

"마음에 들지 않는다면……."

나는 또다시 고개를 저으며 검을 꼭 끌어안았다.

"정말 마음에 들어요."

계례를 치른 그날 밤.

나는 침상에 서신을 남겨 놓고 조용히 백리 세가를 빠져나왔다. 그러고는 한참을 달려 백리 세가에서 멀찍이 떨어진 숲속으로 들어갔다.

푸릉, 바스락.

투레질 소리와 함께 커다란 그림자가 내게 다가왔다. 이제 청년이된 석가약이었다.

나는 살짝 민망한 웃음을 지으며 말했다.

"맡아 줘서 고마워."

"대체 뭘 부탁하려나 했더니만…… 고작 이런 거라니."

내 한 몸 백리 세가에서 빼내는 것은 어렵지 않았으나, 말을 데리고 나가는 건 다른 얘기였다. 어쩔 수 없이 석가약에게 말을 맡겨 놓고 늦은 시각에 데리고 와 달라고 부탁했다.

최근 석가약은 점점 석 태의네에서 머무는 시간이 줄어들고 있었다. 일 년을 넘게 비웠다가 한 달 머물고 다시 떠나고, 지금 또 사 개월 만에 돌아왔다. 그리고 나는 사 개월 만에 만난 석가약에게 이런 부탁을 한 것이었다.

석가약이 말고삐를 넘기며 물었다.

"정말 가?"

"응."

석가약은 마치 배웅하듯 내 옆을 따라왔다.

"이 방향은 강인데…… 배를 타려고?"

배를 탈 거면서 말은 왜 끌고 가냐는 의문이 드러나 있었다.

"응. 한 시진 정도 배를 탄 다음에 거기서부터 말을 탈 거야."

아버지는 늘 새벽같이 일어나셨다. 금세 내가 없어진 것을 눈치채실 터였다. 그러니…… 그전까지 최대한 빨리 백리 세가에서 멀어져야 했다.

석가약이 물었다.

"그 애를 찾으러 가는 거야?"

침묵하던 난 작게 답했다.

"아니."

야율은 여전히 소식을 알 수 없었다. 거의 삼 년이 다 되었으니, 이제는 백리 세가와 남궁 세가에서도 손을 놓은 상태였다. 언제까지 야율 한 사람에게 매달려 있을 수는 없었다.

그리고 야율이 살아 있다면 자신을 이렇게 찾는다는 것을 모를 리 없었다. 연락하고도 남았을 정도의 시간이 지난 것이다.

그의 소식을 전혀 알 수 없다는 것은 본인이 알릴 생각이 없거나, 어딘가에 억류되어 있거나, 혹은…… 죽었거나.

석가약이 고개를 기울이더니 물었다.

"그럼 왜 떠나는 거야? 이런 위험한 때에?"

나는 미리 생각해 놓은 답을 말했다.

"수련하러 간다고 보면 돼."

"수려언?"

석가약의 표정이 더 괴상해졌다.

"수련이라면 집에서도 할 수 있잖아? 그렇지 않아도 지금 세상이 혼란스러운데……. 네가 실력이 좋은 건 알지만…… 너무, 너무 위험하지 않아?"

석가약의 걱정스러운 목소리를 들으며 나는 고개를 주억거렸다.

"위험하지. 그래도 밖에서만 손에 넣을 수 있는 게 있어."

"……"

석가약이 미간을 살짝 좁혔다. 이해가 가지 않는다는 듯한 표정이었다.

하지만 설명해 줄 수는 없었다. 미래를 알기에 힘을 손에 넣기 위해서 떠난다고 말할 수는 없지 않은가? 아버지와 할아버지에게도 말할 수 없었다. 그리하여 이렇게 야밤에 몰래 빠져나온 것이었다. 게다가…….

나는 쓸쓸하게 말했다.

"어차피 가문에 있다고 해도 안전한 건 아니야."

"네 할아버님, 백리 세가주께서 계시잖아?"

"할아버지는 지킬 게 많으시지. 천마는 지킬 게 없는 사람이고."

천마의 이야기가 나오자 석가약의 표정이 굳었다.

이건 패배가 정해진 싸움이나 다름없었다. 내가 백리 세가에 틀어박혀 있다고 천마를 영원히 피해 갈 수 있을까? 할아버지가 강하시다고 해도 세월의 흐름은 피할 수 없었다.

게다가 집에만 틀어박혀 있는다면…… 아버지는? 아버지의 독을 해독할 방법에 대해서는 아직도 전혀 감을 잡지 못했다.

그때 석가약이 말했다.

"만약에 천마에게서 벗어나서 남은 생을 안전하게 살 방법이 있다면 어쩔 거야?"

나는 놀라며 석가약을 돌아보았다.

"뭐라고?"

"나를 따라오면 평생 검 들 일 없이 평안하게 지내게 해 줄게."

어느새 석가약은 걸음을 멈춘 채 나를 응시하고 있었다. 석가약은 허튼 말을 하는 성품이 아니었다. 이 제안이 그냥 빈말이 아닌 것을 본능적으로 알 수 있었다.

"어떻게?"

"양부가 생길 예정이거든."

"……양부?"

"……."

석가약은 더는 답하지 않고 그저 미소 지었다.

그간 교류하며 석가약이 그저 평범한 의원 집안의 자제가 아니라는 것을 느꼈다. 그리고 석가약이 한 이 제안은 그가 숨기고 있던 비밀과 관련이 있을 것이다.

천마에게서 완전히 벗어난다? 가능한지는 둘째 치더라도 정말 매력적인 제안이었다.

나는 잠시 고개를 틀었다.

어느새 시야 끝에 흐르는 강이 보였다. 짙은 밤하늘 아래 흐르는 강은 별이 총총 박힌 밤하늘보다 더욱 새카매 그 깊이를 알 수 없는 어둠 같았다.

"제안은 고맙지만 거절할게."

푸흐, 웃는 소리가 들리고 석가약이 말했다.

"그럴 줄 알았어."

"고마워."

"이유를 물어보면 답해 주려나?"

나는 백리 세가가 있을 방향을 바라보았다.

"나만 살아남는 게 무슨 의미가 있겠어?"

석가약은 내가 벗어날 수 있는 방법이 있다고 했지 모두가 벗어날 수 있다고는 말하지 않았다. 만약에 저번 생이었다면 고민할 것 없이 석가약을 따라갔으리라.

"게다가 세상에 아무 대가 없는 일은 없어."

석가약이 나를 바라보다 희미하게 미소 지었다.

"맞아. 아마 더는 검을 들기 힘들 거야. 취미 정도면 상관없지만."

나는 미간을 좁혔다. 그건 절대 받아들일 수 없는 일이었다.

"처음에 그것부터 말했어야지."

"그러면 네가 대답하기 너무 쉬워지잖아."

나는 석가약을 흘겨보았다. 석가약이 담담히 웃었다.

"그리고 내가 아쉬워서."

"……."

석가약이 나를 향해 몸을 숙였다. 너무 가까워 뒤로 물러나려는 내 귓가에 석가약이 속삭였다.

"사실 내 성씨는 진이야."

나는 눈을 부릅뜨고 석가약을 보았다. 진씨라니? 현 황가의 성이 진씨였다. 갑자기 생길 양부, 그리고 진가약이라면…….

아니, 세상에.

나는 입을 틀어막았다.

"그럼, 잘 지내."

석가약이 가 보라는 듯이 뒤로 물러나며 말했다. 이에 떠밀리듯 나는 발을 옮겼다. 걸어가면서도 헛웃음이 절로 나왔다.

그래, 석가약의 이름을 들어 본 적 없던 게 당연했다. 진가약이 원래 이름이었으니.

'천마도 이걸 알고 있을까?'

왠지 아닐 거라는 생각이 들었다.

'아니, 그런데 석가약은 갑자기 그 사실을 왜 알려 주는 거지? 이 상황에서?'

입술을 깨물며 고민하던 나는 이내 답을 깨달았다. 앞으로 석 태의 네에서 석가약을 보는 일은 없을 것이라는 걸. 나는 뒤를 돌아보았다. 눈이 마주친 석가약이 싱긋 웃으며 내게 손을 흔들었다. 나 또한 석가약을 향해 작별 인사를 했다.

이별은 늘 아쉬운 일이다. 하지만 같은 하늘 아래 있다면 언젠가 만날 날이 올 수도 있었다.

어둠 속에 선착장이 아닌 강가에 홀로 서 있는 배는 주의 깊게 살피지 않는다면 거기에 있는지 알 수 없을 정도로 눈에 띄지 않았다.

내가 다가가자 배 안의 천막이 걷히고 안에서 소녹이 모습을 드러냈다. 내게 고개 숙이는 소녹은 꽤 당혹스러운 낯이었다. 그리고 소녹이 몸을 모로 틀자 소녹 뒤편에서 진진이 내게 인사했다. 이미 멀리서도 진진이 배에 함께 있다는 것을 알고 있어서 놀랍지는 않았다.

코흘리개 꼬맹이였던 진진은 이제 나와 눈높이가 같았다. 죽순 자라듯 매일 쑥쑥 자라더니 어느새 내 키마저 따라잡은 상태였다. 참고로 내가 작은 게 아니라 진진의 발육이 유달리 빠른 편인 것이었다. 키뿐만이 아니었다. 앙증맞고 귀엽던 아이는 이제 백검단주의 막내 제자답게 흐트러짐 없이 단단한 기도를 가지고 있었다.

나는 진진을 향해 물었다.

"네가 어떻게 여기 있는 거야?"

내가 집을 떠나는 것은 소녹만 알고 있는 일이었다. 진진이 공손하게 말했다.

"가주님께서 아가씨를 잘 보필하라 하셨어요."

나는 어떤 표정을 지어야 할지 모른 채 중얼거렸다.

"할아버지가……?"

"예."

소녹이 송구하다는 듯이 고개를 조아렸다. 몰래 준비한다고 하였는데, 할아버지의 눈을 피할 수는 없었던 모양이다.

"아니, 그런데 왜 아무 말씀도……."

머릿속이 복잡해 이마를 짚었다. 나는 내가 떠난다는 사실을 안다면 할아버지가 당연히 못 가게 막으실 거라고 생각했다. 그래서 이렇게 몰래 빠져나온 것이었는데…….

그때 진진이 내게 서신을 하나 내밀었다.

"그리고 여기, 가주님께서 전달하라고 하셨습니다."

나는 머리를 짚던 손을 내밀어 서신을 받아 펼쳤다. 할아버지의 호방한 필체가 눈에 들어왔다.

[어디서든 네가 백리 세가의 사람인 것을 잊지 말거라.]

할아버지의 목소리가 절로 연상되었다. 살짝 떨어진 아래, 뒤늦게 덧붙인 듯한 글이 적혀 있었다. 쓴 지 얼마 안 된 것처럼 그 글귀만 아직 먹이 덜 말라 있었다.

[할애비가 있으니 걱정 말고.]

다음 날 아침 백리연의 빈 침상을 확인한 백리 세가는 한바탕 뒤집어졌다. 그러나 가주가 무슨 말을 해 놓았는지 이내 아무 일 없다는 듯 조용해졌다.

백리연의 이름이 다시 들린 것은 이 년 후 악양에서였다.

三部

3부

第一章 上

삼월 초.

추위가 물러가고 따뜻한 봄기운이 몰려오는 듯하더니 한바탕 쏟아진 비에 갑자기 날이 추워졌다.

철벅철벅.

팔짱을 낀 채 움츠리고 걸어가는 사람들 사이로 말을 탄 한 여인이 지나갔다.

여인을 목격한 사람들이 놀라서 손가락질하며 수군거렸다. 검을 찬 험상궂은 인상의 사람들은 황급히 자리를 뜨기도 했다.

말을 타고 가는 여인은 상아색 무복을 입고 허리에는 백색 검집의 검을 차고 있었는데, 특이한 점은 눈에 두른 천이었다.

"저러고 어떻게 싸우는 거요?"

"쉿, 목소리 낮추게나. 강호인 중에 기인이 한둘이오?"

사실은 이제 가릴 필요가 없었다. 더는 빛에 눈이 부시지도 않고 능력 조절도 익숙해졌다. 그럼에도 내가 천을 두르고 다니는 건 그냥 버릇 같은 것이었다.

나는 객잔 거리를 둘러보며 걸었다. 이렇게 여행자로 보이는 이가 지나가면 호객하는 애들이 붙을 만도 한데, 호기심 어린 눈으로 바라볼 뿐 내게 호객하려는 아이는 없었다.

좌판을 펼친 상인들 사이에서 여전히 수군거리는 말이 들렸다.

"그 소문이 사실인감? 아직 약관도 못 된 것 같은데. 심지어 혼자지 않은가?"

"왜, 작년에 동호방에 쳐들어가서 부방주의 팔을 날려 버렸을 때도 혼자였네. 이제 나이가…… 부방주를 외팔이로 만들었을 때가 열일곱이었으니 지금은 열여덟이겠군."

흑도방파에게 매번 보호세라는 이름으로 돈을 뜯기는 상인들은 이 바닥의 세력 구도에 관심이 깊었다. 괜히 줄을 잘못 섰다간 장사하기 귀찮아지기 때문이었다.

"세상에. 그런 일이 있었구먼. 팔이 날아간 부방주는 어떻게 됐나?"

"검을 쥐는 팔이 날아갔는데 어떻게 됐겠는가? 당연히 쫓겨났지. 그리고 부방주를 새롭게 뽑아 앉혔는데…… 이번에는 남궁 공자가 와서 새 부방주를 외팔이로 만들었다더군."

나도 모르게 고삐를 쥔 손에 힘이 살짝 들어갔다.

"이번에는 무슨 일로 왔으려나?"

"무슨 일이겠어? 당연히 동호방이겠지. 이번에야말로 정말 동호방을……."

"목소리 낮추게나. 만약 그놈들 귀에 들어가면 당장 자네 가게부터 때려 부수지 않겠나."

말이 원흉이라도 된 듯이 갑자기 비명과 함께 누군가 날아와 객잔 창문을 부수며 좌판 위를 나뒹굴었다.

"아이고!"

방금까지 수군거리던 좌판 주인과 상인들이 놀라며 황급히 자리를 벗어났다.

곧이어 객잔 안에서 소녀가 뛰쳐나왔다. 그러고는 부서진 좌판과 함께 바닥에 나뒹굴던 중년의 위로 엎어졌다.

"아버지, 아버지!"

그 뒤를 험상궂은 사내들이 걸쭉하게 욕설을 내뱉으며 뒤쫓았다.

"뭐라고 이 새끼야? 다시 한번 말해 봐. 그깟 백리 세가 계집한테 동호방이 뭐? 방주님이 도망친 거라고? 감히 그딴 말을, 너 이 새끼 장사 접고 싶지?"

"딸년이 반반해서 좀 봐줬더니 아주 주제를 모르네."

사내가 주먹을 쥐며 건들건들 다가왔다.

"어디 당장 백리 세가로 달려가서 살려 달라고 빌어……."

그 순간 사내들과 내 눈이 마주쳤다.

"……."

"……."

여기 오는 동안 당연히 동호방도들도 몇 명 마주쳤다. 나를 마주친 이들이 꽁지 빠져라 도망친 지 시간이 좀 지났으니 내가 왔다고 소문이 퍼지고도 남았을 텐데…… 뭐 때문인지 모르겠지만 이 녀석들은 소식이 좀 늦은 모양이었다. 입을 꾹 다문 사내들의 안색이 하얗게 질렸다.

탁. 나는 말 위에서 가볍게 뛰어내렸다.

"계속 말해 봐. 왜 갑자기 멈춰?"

그 순간 동호방도들이 뒤돌아 도망쳤다. 서로 반대 방향, 내 좌우로 흩어지는 게 마치 짜고 움직이는 것 같았다.

나를 언제 둘러쌌는지, 구경하던 사람들이 동호방도들에게 거칠게 떠밀려 넘어졌다.

"꺄악!"

"어이쿠!"

나는 쫓지 않았다. 그 자리에서 바닥에 나뒹굴던 부서진 좌판 파편을 발로 걷어찼다.

숙!

주변의 구경꾼들에게는 동호방도들이 갑자기 바닥을 나뒹군 것처럼 보였을 것이다.

동호방도는 수는 많았지만 수준은 대부분 삼류 무사로 건달에 가까웠다.

나는 바닥에 쓰러진 동호방도를 한 명씩 멱살을 잡고 일으켰다. 죄다 점혈당해 꼼짝도 못 하는 모습이었다.

넘어지면서 얼굴을 바닥에 박았는지 코피를 줄줄 흘리며 동호방도가 말했다.

"사, 살려 주십쇼."

붙잡은 동호방도를 앞세워 동호방으로 향했다. 동호방의 본거지는 누가 보면 고관대작의 저택인 줄 알 정도로 크고 웅장했다. 내가 오길 기다리기라도 한 듯 이미 장원의 정문은 활짝 열려 있었다.

의외로 안에는 사람이 적었다. 대충 가늠해 보았을 때 간부급만 모인 듯한 느낌이었다.

나는 이제껏 길을 안내한 동호방도를 버리고 안으로 걸어 들어갔다. 넓은 공터의 중앙은 비어 있었고, 동호방주가 앞쪽 단상 위의 태사의에 앉아 있었다. 그 옆에는 동호방의 간부로 보이는 이들이 주르륵 서 있었다.

윤기가 좔좔 흐르는 낮의 동호방주는 평범한 분위기에 무인이라기보다는 왠지 모르게 장사꾼 같은 모습이었다. 마지막으로 보았을 때와 변한 점은 없었다. 아니, 내공은 마지막으로 마주쳤을 때에 비하면 늘었다.

'동호방이 돈은 많다더니.'

대체 얼마나 영약을 먹어 댔으면······.

수를 알 수 없을 만큼 많은 아이들을 잡아먹고 마공을 쌓은 천귀조와 비슷한 정도였다.

어쨌든 동호방주의 내공만큼은 심후하다고 할 수 있을 정도였다. 저 정도 되니 그동안 악양 제일의 흑도로 군림하기는 어렵지 않았을 것이다.

간부들도 대부분 비슷한 느낌이었다. 호의호식한 생활이 얼굴에 드러나 있었다.

나는 동호방주 앞에 마주 서서 고개를 기울였다.

"웬일로 도망을 안 갔지? 매번 쥐새끼처럼 도망치기 바쁘더니."

간부들 몇 명이 발끈한 표정을 지었으나 우습게도 덤벼들지 않았다. 악양의 동호방과 충돌하는 것은 벌써 이번이 세 번째였다.

처음 왔을 때 동호방의 고수들을 죽이고 부방주의 팔을 날렸다. 하지만 그사이 어디론가 도망친 방주의 위치를 찾을 수 없어서 물러났다.

다음에 방주의 위치를 파악하고 왔을 때는 방주는 새롭게 뽑은 부방주와 방도를 희생양 삼아 도망쳤다.

그리고 이번이 세 번째였다.

동호방주가 입을 열었다.

"백리 소저, 이번에도 혼자 온 것인가?"

나는 대답하지 않았다. 동호방주가 말을 이었다.

"자네 때문에 우리의 체면이 말이 아니네. 우리에게 이러는 이유가
대체 무엇인가?"

"이유?"

고개를 기울인 나는 이내 헛웃음을 지었다.

"왜 갑자기 모였나 했더니 지금 나랑 협상해 보려고 그런 거였어?"

동호방주는 담담한 표정으로 말했다.

"우린 백리 세가와 사감이 없네. 원한이 있다면 이번에 풀었으면
하네."

나는 웃음기가 남은 낯으로 말했다.

"육 년 전, 천마가 악양에 왔을 때."

"⋯⋯."

"그 병력이 어떻게 눈에 띄지 않고 올 수 있었는지 그쪽이 잘 알 것
같은데?"

동호방주가 고개를 끄덕였다.

"그건 우리도 어쩔 수 없는 일이었네. 천마에게 저항할 수 있는 이
가 있을 것 같나?"

나는 이해한다는 듯이 까딱이고 말했다.

"오는 길에 너희 방도와 마주쳤거든."

뜬금없는 말에 다들 의아한 눈빛을 했다.

"양민에게 폭력을 휘두르며 이런 말을 하더라고. '어디 당장 백리 세가로 달려가서 살려 달라고 빌어 봐.'"

"……"

"그 말 그대로 돌려줄게. 어디 당장 천마한테 달려가서 살려 달라고 빌어 봐."

"……"

간부들의 낯이 일그러졌다. 하지만 여전히 덤벼들지는 않았다. 나는 한숨을 내쉬고 말했다.

"아직도 준비 안 됐어?"

순간 간부 두엇의 표정이 눈에 띄게 굳었다. 나는 허리를 짚으며 공터를 쭉 둘러보았다.

"함정 파고 기다린 거 아냐? 언제까지 기다려 줘야 해?"

동호방주가 억지로 웃는 표정을 지으며 말했다.

"함정이라니, 그럴 리가 없지 않나."

나는 고개를 갸웃 기울였다.

"아니라고요? 그럼 동호방주 선배님, 검을 뽑으시지요. 아니면 선수는 제게 양보하시겠습니까?"

아니라기에 나는 정중하게 말했다.

동호방주의 표정이 점차 굳었다. 이내 벌떡 일어난 동호방주가 내 앞으로 저벅저벅 걸어왔다.

그렇게 당장 검을 뽑아 들 것처럼 패기 있게 걸어와 놓고서는 검을 뽑지 않았다.

"……"

"……"

태연하게 표정을 꾸며 내던 동호방주가 결국 버럭 소리쳤다.

"시팔, 이게 어찌 된 일이야! 분명 때맞춰서 온다고 했잖아!"

나이 든 간부가 뻘뻘 흘리며 말했다.

"그, 모, 모르겠습니다."

"그걸 말이라고 해?"

역시나. 덕분에 무슨 상황인지 대충 파악했다. 아마도 돈을 주고 고수를 고용했을 것이다. 그런데 도망을 쳤는지, 나타나지 않은 것이다.

나는 비웃는 어조로 말했다.

"흑도 놈들이란."

그 순간이었다.

쒜액!

바람을 가르며 내게 무언가 날아왔다. 나는 피하지 않았다. 보지 않아도 알 수 있었다. 어떻게 생겼는지, 어느 정도의 내력을 담았는지, 누가 던졌는지.

"허억!"

"흡!"

놀란 듯 숨을 들이켜는 소리가 연달아 들렸다. 나는 느리게 뒤를 돌아보았다. 간부들이 경악한 표정으로 눈을 부릅뜨고 있었다. 눈동자가 당장 굴러떨어질 것만 같았다.

"허, 허공섭물?"

"이건 얘기가 다르잖아!"

"아니…… 무슨 말도 안 되는……!"

역시 입 다물게 만드는 데는 이게 최고지. 저들은 그렇게 느낄 수도 있었다.

내 시선이 닿는 순간 수군거리던 입이 조개처럼 다물어졌다. 반쯤 뽑은 검들을 보아하니 이 암습은 함께 덤벼들 신호인 모양이었다. 하지만 모두 검을 뽑던 자세 그대로 멈춰 있었다. 그러고는 검을 더 뽑지도, 다시 넣지도 못했다.

그리고 허공에 떠 있던 암기가 빛살이 되어 다시 날아갔다.

쐐애애액!

암기를 던지고 숨어 있던 간부는 장풍에 맞은 것처럼 몸이 반으로 접혀 뒤로 날아갔다.

암기에 내공을 담은 것이라면 암기가 간부의 몸을 꿰뚫었을 터이나 자연지기로 조종하듯 움직였기 때문에 벌어진 현상이었다.

"커억!"

허공을 날아간 간부가 퍽 소리와 함께 전각 기둥에 부딪혔다. 간부는 대략 삼 자 정도 높이에 부딪혔는데 바닥으로 떨어지지 않았다.

대신 핏물만 기둥을 타고 주르륵 내려왔다. 암기가 그를 기둥에 고정한 것이었다.

동정하지 않았다. 만약 내가 막거나 피하지 못했더라면 저승에 간 건 나였을 테니까.

"……."

"……."

모두의 시선이 아직 숨이 끊어지지 않은 사내가 버르적거리는 것에 고정되었다. 나는 말했다.

"검 뽑는 순간 덤비는 걸로 알겠어."

마른침을 삼키는 이들 눈에 공포가 깃들어 있었다. 찰칵. 철컥. 반쯤 뽑혔던 검이 검집 안으로 다시 돌아갔다. 동호방주가 눈이 뒤집혀

소리쳤다.

"뭣들 하는 거야! 당장 쳐!"

나는 아직 검을 집어넣지 않은 사내를 향해 손을 뻗었다.

"헉!"

사내가 쥐고 있던 검이 내게 날아왔다. 검과 함께 살짝 딸려 오던 사내는 기겁하며 검을 놓았다가 엉덩방아를 찧었다.

날아온 검을 쥔 나는 바로 동호방주를 향해 돌진했다. 동호방주가 기겁하며 검을 뽑아 들었다.

베고 찌르고 휘두르며 동호방주는 잘 버텼다. 한 지역을 주름잡은 흑도 방파의 수장다웠다.

쩡!

검과 검이 마주쳤다. 동호방주가 의심스러운 눈빛으로 나를 살피는 것이 느껴졌다. 무슨 생각인지 속내가 모조리 읽혔다. 아마도 내가 허공섭물을 보여 준 것에 비하면 상대할 만하다고 느꼈기 때문일 테다.

아니나 다를까. 동호방주가 내력을 가득 담은 공격을 펼쳐 밀어낸 후, 멀찌감치 떨어진 간부들을 향해 명령했다.

"구경만 하지 말고 쳐! 치라고! 다들 한꺼번에 덤벼!"

동호방주의 명령에 몇몇 사람이 움찔거렸다. 나는 그 순간 검을 놓았다.

쐐액!

내가 허리춤의 검을 뽑아 드는 것과 동시에, 가장 크게 움찔거린 간부를 향해 검이 날아갔다.

그 간부가 기겁하며 몸을 날려 피했다. 하지만 검은 마치 살아 있는 것처럼 간부를 쫓았고 결국 검을 쥔 간부의 손목이 바닥에 툭 떨어졌다.

"끄윽……."

손목이 날아간 간부가 팔을 쥔 채 바닥에 쓰러져 신음했다.

웃기게도 동호방주는 그 틈을 타 도망치려 했다. 손목을 잘라 낸 검이 곧장 동호방주에게 날아갔다. 동호방주는 기겁하며 제게 날아온 검을 쳐 냈다.

캉!

귀청 떨어지는 소리가 들렸다.

동호방주가 날아온 검을 쳐 낸다고 내게 등을 보였으니 당연히.

스걱.

살점을 베는 느낌이 들었다. 상처가 깊지는 않았다. 동호방주의 옷자락이 피로 물들었다.

나도 모르게 한숨을 내쉬며 중얼거렸다.

"하, 고작 이런 놈 때문에……."

동호방주의 안색이 창백했다. 나와 마주쳤던 검보다 좀 전에 쳐 낸 검에 담긴 힘이 더 강하다는 것을 느낀 탓이었다.

"대체 이게 무슨……."

나는 동호방주의 말을 끊으며 물었다.

"방주, 야율은 어디 있어?"

"……."

"알잖아?"

동호방주의 목덜미에 아슬아슬하게 검이 스쳐 지나갔다. 동호방주가 비명처럼 소리쳤다.

"지금 어디 있는지는 나도 모르오! 당시 교주가! 천마가 데려갔소!"

"……그래."

핏물이 하늘로 치솟았다.

〈무림세가 천대받는 손녀 딸이 되었다〉

4권에서 계속